AUG 1 5 2017

D1769786

Los CHICOS del calendario

- MAYO JUNIO JULIO -

Los CHICOS del calendario

Candela Ríos

TITANIA
Argentina • Chile • Colombia • España
Estados Unidos • México • Perú • Uruguay • Venezuela

1.ª edición Marzo 2017

Reservados todos los derechos. Queda rigurosamente prohibida, sin la autorización escrita de los titulares del *copyright*, bajo las sanciones establecidas en las leyes, la reproducción parcial o total de esta obra por cualquier medio o procedimiento, incluidos la reprografía y el tratamiento informático, así como la distribución de ejemplares mediante alquiler o préstamo público.

Copyright © 2017 by Candela Ríos
All Rights Reserved
© 2017 *by* Ediciones Urano, S.A.U.
  Aribau, 142, pral. – 08036 Barcelona
  www.titania.org
  atencion@titania.org

ISBN: 978-84-16327-23-2
E-ISBN: 978-84-16715-63-3
Depósito legal: B-3.737-2017

Fotocomposición: Ediciones Urano, S.A.U.
Impreso por Romanyà Valls, S.A. – Verdaguer, 1 – 08786 Capellades (Barcelona)

Impreso en España – *Printed in Spain*

MAYO

1

El Dragon Khan, la primera montaña rusa en la que me monté, tiene una bajada de cuarenta y nueve metros por la que la vagoneta desciende a ciento diez kilómetros por hora. Es un hecho, lo leí en la *Guía oficial de Port Aventura*, el parque donde se encuentra, y lo sentí en mis huesos, bueno, básicamente en mi estómago. No vomité al bajar, porque habíamos ido al parque de excursión con la clase del instituto, pero me temblaron las piernas durante horas y decidí no volver a subir en la vida.

Las montañas rusas no son lo mío.

O no lo *eran*, a juzgar por cómo es mi vida desde el pasado enero, una auténtica y descerebrada montaña rusa que ni el mismísimo Mickey Mouse querría para ninguno de sus parques de atracciones. Tal vez debería planteárselo, podría ser una campaña de *marketing* muy interesante: «Ven, sube a nuestras montañas rusas y perderás el miedo a las entrevistas de trabajo o a tener una reunión con tu ex».

Ahora mismo mi estómago y yo preferiríamos estar en lo alto del Dragon Khan a tener que cruzar la puerta de la sede de Olimpo en Barcelona.

¿Cuánto tardaría en llegar a Tarragona? ¿Port Aventura estará cerrado por vacaciones?

Sacudo la cabeza, no puedo quedarme aquí plantada en la calle todo el día, tengo cosas que hacer. Cientos de cosas, entre ellas resolver lo de esta reunión cuanto antes para poder irme a La Rioja. Víctor me está esperando para pasar un fin de semana «único», sí, esa fue la palabra que utilizó ayer y otras en las que ahora no puedo pensar o entraré más acalorada y acelerada de lo que ya estoy. Aunque, a decir verdad, pensar en Víctor me ayuda.

Cojo aire y lo suelto despacio, puedo hacer esto. Por supuesto que puedo hacer esto. Puedo hacer esto y muchísimo más. Puedo hacer todo lo que me proponga. Entraré, tendré esa estúpida reunión, grabaré el vídeo del chico de abril y me subiré al Dragon Khan dos veces antes de desayunar. Claro que sí.

Los discursos de motivación de Jorge empiezan a afectarme. Jorge es el chico de febrero y va en camino de convertirse en uno de mis mejores amigos o asesor espiritual, como a él le gusta llamarse. Víctor es el chico de marzo y él va en camino de convertirse en mi... ¿mi qué?

Cuando le conocí le comparé con un leñador, porque es altísimo, siempre va mal afeitado y le encantan de un modo extraño las camisas a cuadros. Y lo cierto es que, después de pasar la noche juntos el día de Sant Jordi, le llamo *leñador* de un modo cariñoso y a él le encanta, finge que le molesta, pero sonríe y me coge por la cintura y me besa. Él me llama *nena*, nunca pensé que me gustaría, pero el modo en que me mira cuando dice esa palabra me pone el estómago del revés. Algo también parecido a las montañas rusas, pero en el buen sentido.

El chico de abril, del que me he despedido esta mañana, es Bernal y de momento no le definiría como un amigo, está más perdido que yo y eso es decir mucho, claro que tengo el presentimiento de que él conoce el camino para salir del lío en el que se ha metido.

Bernal, por eso estoy aquí, para grabar el vídeo del mes de abril y para tener una reunión con mi jefe.

Sí, mi jefe.

Salvador Barver, el chico de enero, el inmaduro, estúpido, egoísta, zumbado, tarado con el que me lié y del que creí que me había enamorado. Sí, lo sé, no se puede ser más cliché. Pediría disculpas, pero estoy ocupada dándome patadas en el culo por haber sido tan idiota.

Metí la pata, cometí un error, un error garrafal, ¿pero en esto consiste este año, no? En cometer errores, aprender de ellos y en descubrir quién soy de verdad.

Cojo aire y cruzo la puerta de la entrada. Yo no tengo de qué avergonzarme, estuve con él, me atreví a ser sincera después de que Rubén, mi ex, me dejase por Instagram y de que todo el país me viese en Youtube despotricando contra los hombres de este país. Nadie puede acusarme de ser una cobarde, ya no. Me atreví con Salvador y él me dijo que sí, y después que no, y después que sí otra vez, y después que no, y vuelta al sí y entonces, cuando creía que la vida era perfecta y maravillosa, va el muy cretino y me deja en medio de Paseo de Gracia en una escena que podría estar sacada de *Love Actually* (si *Love Actually* fuese una película de terror).

Tendría que haber una norma que prohibiese pedirle al chico o a la chica que dejas que sea tu amigo. Y tendría que fulminarte un rayo si te atreves a humillar a alguien, romperle el corazón y después decirle: «Pero quiero que nos comportemos con normalidad en el trabajo». A Salvador no le fulminó ningún rayo el día que me dijo esas cosas, justo después de recordarme que no me quería (algo que yo le había confesado escasos segundos antes).

Es agua pasada.

Salvador me mandó un mensaje pidiéndome que nos viéramos y yo respondí (haciéndome la tonta) que por supuesto que nos veríamos, que ya teníamos programada la reunión de hoy. El tono de su mensaje no era profesional y no sé si quería hablar de nosotros o del tiempo, pero fuera lo que fuese, no insistió. Típico. Probablemente recordó que no está interesado en mí.

Entro en el ascensor y cierro los ojos. Ya han pasado algunos días y yo estoy mejor así. Estoy muchísimo mejor. Creo que por fin me siento cómoda en este proyecto; *Los chicos del calendario* no consiste en buscar a míster España ni tampoco es una cita a ciegas constante. *Los chicos del calendario* está sirviendo para que muchos chicos y chicas demuestren que tienen la cabeza bien puesta y que, como dice mi hermana Marta, «no estamos tan mal». Aparte del candidato con el que pase cada mes, se me ha ocurrido que en la revista y en las redes sociales podríamos ir presentando a distintos chicos que hayamos descartado, pero cuyas historias también puedan resultar interesantes a nuestros lectores.

Quizás aún no he encontrado al ganador del concurso ni sé qué causa, fundación u ONG se llevará el premio, pero empiezo a entender que hay mucha gente que vale y que compensa hacer el esfuerzo de conocerla y de dejar que te conozcan. Incluso gente como Salvador, supongo, porque sin él este proyecto no habría empezado.

El ascensor se abre en la sexta planta, de momento no me he encontrado a nadie. Mejor, suspiro tranquila, así podré repasar el texto que he garabateado durante el viaje de regreso de Galicia a Barcelona. He quedado con Abril dentro de unas horas, antes hablaré con Salvador, y después mi vida volverá a la normalidad.

Igual que el Dragon Khan, subir, anudar el estómago, contener las ganas de vomitar, bajar y seguir adelante. Pan comido.

Abro la puerta del despacho y el estómago me baja a los pies. El Dragon Khan ese es muy traidor, quiero decir Salvador, que está allí cuando se supone que tenía que estar en su casa.

«No pienses en su casa».

—Oh, lo siento, he entrado sin llamar.

Él se levanta de inmediato, estaba sentado escribiendo algo en el ordenador. Se quita las gafas y las sujeta como cuando está nervioso.

—No, por favor, no. Este también es tu despacho.

—Tienes razón. —Tiene toda la razón, este también es mi despacho, al menos en lo que queda de año, no debería comportarme como si no tuviera que estar aquí—. Buenos días, pues.

—Buenos días.

Camino hasta mi mesa, mi bote de lápices está en el lugar exacto en el que lo dejé, aunque es evidente que durante las semanas que no he estado le han quitado el polvo. Todavía tengo pósits de colores pegados en el monitor y seguro que si abro el primer cajón encontraré uno o dos paquetes de chicles a medias. Cuelgo el bolso en el respaldo de la silla y me quito la chaqueta sin mirar de nuevo a Salvador. No hemos quedado hasta dentro de una hora y tengo intención de fingir que no existe hasta entonces.

—¿Vas a ignorarme hasta la hora de nuestra reunión?

Me cae el papel que estaba leyendo al suelo, lo recojo muy dignamente.

—Sí, es exactamente lo que voy a hacer.

—¿No te parece una tontería?

—No exactamente.

Deja las gafas en la mesa y se acerca a la mía. Le veo abrir los ojos, no sabe qué hacer. Reconozco que me gusta alterar a Salvador, se lo tiene merecido.

—Todavía estás enfadada por lo que sucedió el día de Sant Jordi.

Se refiere al 23 de abril, el día que me dijo bajo la lluvia que no me quería, que no sentía nada por mí y que entendía que yo hubiese malinterpretado lo que había sucedido. *Malinterpretado.* Y una mierda, lo interpreté perfectamente.

—No estoy enfadada. No hemos quedado hasta dentro de un rato y me sorprende encontrarte aquí. Eso es todo. No querría que *te dejases llevar* y que celebrásemos nuestra reunión fuera de horario.

—No tendría que haberte dicho eso, lo siento.

—¿El qué?

—Que me había dejado llevar. Fue una estupidez.

—¿Hacerlo o decírmelo?

—Candela. Por favor. —Se pasa las manos por el pelo—. ¿No podemos volver a empezar?

—No, no podemos. Esto no es un jodido videojuego, Salvador. La cagaste. La cagué. La cagamos y ahora vamos a seguir jugando. Hablaremos en la reunión, así ninguno de los dos corremos el riesgo de *malinterpretar* nada. Ahora mismo, si me lo permites, tengo mucho que hacer.

No tengo ni idea de lo que voy a hacer, estoy tan alterada que tendré suerte si consigo encender el ordenador.

—Está bien. Tú ganas. Hablaremos en la reunión.

Durante un segundo respiro aliviada. Salvador se dirige hacia la puerta; con algo de suerte saldrá y me dejará sola hasta entonces. Él debe sentir que le estoy observando, porque se detiene y cambia de opinión. Camina hasta su mesa y se sienta, echa la silla hacia atrás, se pone las gafas y con las manos entrelazadas sobre el estómago se dispone a mirarme.

Lo hace para ponerme nerviosa y está funcionando. Jamás tendría que haberle dicho el efecto que me produce verle con gafas.

—Quítate las gafas, solo las necesitas para leer o para ver la tele.

—Estoy bien así, gracias.

Si las miradas matasen, ahora mismo Salvador estaría en peligro de muerte. Enciendo el ordenador y rezo para que llame alguien o para que alguien, cualquiera, entre en el despacho.

—No puedo creerme que no tengas nada que hacer, Salvador. Se supone que diriges Olimpo, seguro que tienes mil asuntos que atender.

—Ahora mismo no.

—Te estás portando como un niño pequeño.

—Mira...

—Si dices «mira quién fue a hablar», no respondo, Salvador, lo digo en serio.

Desvío de nuevo la mirada hacia la pantalla, pero él sigue sin moverse con los ojos fijos en mí y apenas sin respirar. Parece estar muy concentrado observándome, prestándome atención. Igual que hacía en enero. Por eso pensé que le importaba, por suerte ahora sé que no.

—Está bien, Salvador. Hablaremos ahora —concedo resignada porque temo estar a punto de lanzarle el bote de lápices a la cabeza—. Cuanto antes resolvamos esto, mejor. Tengo que prepararme para grabar el vídeo del chico de abril.

Además, no quiero que él crea que me estoy haciendo la interesante y así dejo de darle vueltas al tema. Igual que la bajada del Dragon Khan, un par de minutos de sufrimiento y a pasear por el parque hasta que se me pasen las náuseas. Lo nuestro, fuera lo que fuese, ha acabado y tenemos que portarnos como profesionales, así que uno de los dos debería empezar a dar ejemplo. Y voy a ser yo.

Salvador vuelve a levantarse y a acercarse a mí.

—La noche del 23 de abril, en la fiesta de Olimpo, nos cruzamos en el ascensor cuando te ibas.

—Sí, lo recuerdo. ¿A qué viene esto?

—Viene a que quiero decirte que no estaba ni estuve ni estaré jamás con esa mujer con la que me viste.

Trago saliva, odio que me duela ese comentario.

—Puedes estar con quien quieras, Salvador, a mí no tienes que darme explicaciones. ¿Eso es todo? ¿Por eso querías verme y hablar conmigo? Creía que era por temas de trabajo.

—No estaba con ella, Candela. Ni con ella ni con nadie.

Le aguanto la mirada.

—¿Y por qué me lo cuentas? Entre tú y yo no hay nada, Salvador.

—Joder. —Se aparta y camina hasta la ventana donde apoya la frente—. Me encontré con Bernal más tarde; él volvió a la fiesta después de que tú te fueras. Me dijo que te había visto con Víctor.

Me levanto de la silla sin pensar, más que sin pensar me hierve tanto y tan rápido la sangre que tengo que ponerme en pie.

—¿Estás celoso? ¡¿Este numerito es porque tienes celos de Víctor?! Tú no estás bien, Salvador, no estás bien.

Él tensa los hombros.

—Tienes razón, no lo estoy. —Se da media vuelta—. No importa si estoy o no celoso —afirma mirándome de nuevo a los ojos, aguantando todos los insultos que no le he dicho, pero que son evidentes en mi mirada—. No importa. Solo necesitaba que supieras que entre esa mujer y yo no hay nada.

—De acuerdo, pues ya lo sé. ¿Eso es todo lo que querías decirme? ¿Por eso me mandaste ayer un mensaje diciéndome que necesitabas verme? Porque no me dirás que te referías únicamente a la reunión de control de *Los chicos del calendario*.

—Me preocupo por ti, Candela.

Me río mentalmente. Esta conversación se está convirtiendo en una broma de mal gusto.

—No lo hagas. En serio. Insisto en que no lo hagas.

Él vuelve a apartarse.

—Creo que no voy a poder evitarlo. Bernal insinuó que te habías ido con Víctor por despecho y que...

—No tengo ni idea de qué te dijo Bernal ni por qué, no sé qué pudo ver, la verdad, pero te aseguro que ese chico es pésimo juzgando a la gente, créeme. He estado un mes con él en Muros y lo suyo son las piedras, no los seres humanos. —Voy a matarlo en cuanto vuelva a verle. ¿Cuándo me vio con Víctor? ¿Me vio con él o está haciendo de Celestina para vengarse de todas las veces que yo he intentado hacer lo mismo con él y Manuela?—. Bernal no tiene ni idea de lo que pasó la noche de Sant Jordi. Pero te aseguro que el despecho no tiene nada que ver con lo que hice o dejé de hacer, ni con quien.

—¿Entonces es cierto? ¿Tú y Víctor estáis juntos?

—Mira, Salvador, tú has sentido la necesidad de decirme que entre la Barbie esa y tú no hay nada. Genial, no sé por qué lo has hecho, pero vale. Felicidades por tener cierto criterio. Yo no siento la necesidad de contarle mi vida al primero que pasa.

—¿El primero que pasa?

—Bueno, es un decir. —Está tan enfadado que incluso se ha sonrojado—. No te preocupes por mí. No me hace falta. No quisiera *confundir las cosas*. Hablemos de trabajo, de los próximos chicos del calendario, de tu hermano, si te apetece, pero nada de hablar de ti ni de mí. A estas alturas es más que evidente que sería absurdo..

Él vuelve a la mesa, pero no se sienta en su sitio, se queda de pie.

—No quería hacerte daño, Candela, y no quiero que te lo haga nadie.

La puerta se abre y aparece Abril, que también ha llegado antes. Mi mejor amiga acaba de evitar que le preguntase a Salvador por qué me hizo daño si sabía que me lo hacía.

—¿Estás lista para grabar el vídeo del chico de abril, Cande?

—Claro, dame unos minutos, ¿quieres?

Salvador no le dice nada a Abril, pero a ella parece no importarle.

—Por supuesto. Baja en cuanto estés lista, ya lo tengo todo preparado.

Cierro el cuaderno con mis notas y cojo el móvil y el bolso. Podría irme así sin más, grabar el vídeo, ir a la reunión que tenemos después con los de *marketing* y terminar el día sin decirle ni una palabra más a Salvador.

Pero no lo hago.

—Supongo que nunca entenderé qué pasó esa semana de abril, cómo pudieron cambiar tanto las cosas. —Él levanta la cabeza para mirarme y los ojos le brillan de un modo distinto, es como si de repente tuviesen luz cuando antes estaban apagados—. Y no lo entenderé porque tú no vas a contármelo, Salvador. Y yo no voy a volver a preguntártelo. Se supone que el amor es bonito y me imagino que no tendría que ser tan difícil; si lo es, algo estamos haciendo mal. O no somos las personas adecuadas para intentarlo o no es el momento adecuado. No lo sé. Pero nos quedan ocho meses por delante, ocho meses en los que tendremos que vernos, aunque sea solo unos días, y trabajar juntos. Puedo hacerlo, Salvador. Quiero hacerlo. Tú tienes que seguir con tu camino y yo con el mío, eso es todo. Nada de mensajes ni de correos ni de nada. Solo trabajo. Solo *Los chicos del calendario*. ¿Entendido?

—Entendido.

Suelto el aliento e intento sonreírle. Estoy hecha un flan, pero me siento muy orgullosa de mí misma.

—Bien. Voy a grabar el vídeo, nos vemos luego.

—Hasta luego, Candela.

No sé si estoy del humor más adecuado para grabar un vídeo, aunque en cierta manera esta confusión e ilusión e incluso la alegría y la pena que siento por haber hablado por fin con Salvador son las emociones perfectas para explicar a los seguidores de *Los chicos del calendario* qué me ha parecido Bernal.

2

—¡Hola! ¿Os estáis preguntando si el chico de abril ha conseguido hacerme cambiar de opinión sobre los hombres de este país? Pues dejad de hacerlo; no lo ha conseguido. Los hombres de este país sois un desastre y las mujeres también para lo que viene al caso. ¿Por qué nos cuesta tanto decir la verdad? En serio, ¿por qué?

Estamos en mi antigua mesa de *Gea*, Abril lo ha preparado todo antes y ahora me está mirando confusa desde detrás de la cámara. Parpadeo e intento centrarme.

—¿Por qué tenemos tanto miedo a reconocer que hemos metido la pata y que nos hemos comportado como unos idiotas? Mirad a Bernal, por ejemplo, hace unos años la cagó con la chica que quería. Metió la pata hasta el fondo y él lo sabía, se dio cuenta y ¿qué hizo después? Pues acostarse con todo bicho viviente. En serio, cero criterio selectivo. Cero. El «quita bicho» no existía para él. Oh, y si esa chica, la que él quería y dejó marchar por comportarse como un... como un idiota, estaba cerca para verlo, mejor que mejor. ¿A que tiene lógica? No, no tiene ninguna. Vamos a ver, niños y niñas, lo de tirar de las coletas de la niña que te gusta se supone que lo dejamos en la guardería y lo de mirar por encima del hombro al niño que nos hace tilín, también.

»Maduremos todos un poco, hombre, que si no nos exterminaremos. Hemos inventado mil y una maneras de comunicarnos; Bernal me ha enseñado que incluso en la Prehistoria nuestros antepasados se dejaban mensajes dibujando, tallando las piedras. ¿Somos capaces de mandar satélites al espacio por si un pobre extraterrestre quiere ponerse en contacto con nosotros, y no somos capaces de decirle a la persona que nos gusta que él o ella es importante para nosotros? Anda ya, tenemos que espabilar. Un inciso, E.T., si estás viendo esto, no vengas. Estamos locos, solo conseguiremos liarte la cabeza, quédate donde estás.

»Tengo que reconocer que, a lo largo de las semanas que he pasado en Muros con Bernal, él ha espabilado. Bernal me ha demostrado que sí, que el hombre aprende de sus errores. O ciertos hombres. De él también he aprendido que en ocasiones tengo que ser menos seria. Jorge, el chico de febrero, ya me toma el pelo con que soy demasiado neurótica, aunque yo prefiero definirme como precavida, y Víctor, marzo —creo que no puedo evitar sonrojarme—, insiste en que no puedo controlarlo todo. En todo caso, Bernal me ha enseñado a divertirme. Gracias, Bernal, bebes como si fueses miembro de una *boy band*, es decir, no sabes beber, pero me ha encantado jugar al «yo nunca» contigo y, si sigues portándote como un ser humano civilizado, estoy segura de que nos haremos grandes amigos.

»Y ahora, redoble de tambores, ha llegado el momento de anunciar quién es el chico de mayo y qué ciudad visitaré. Hemos recibido muchísimas propuestas, gracias. Gracias. Sois los mejores. Nos ha costado muchísimo decidirnos y estamos buscando la manera de hacer algo con los chicos que descartamos. Ojalá tuviera mil vidas y tiempo de conoceros a todos, pero a no ser que mi gato de la suerte tenga un as en la manga y poderes mágicos, no voy a poder. El chico de mayo vive en Madrid y se presentó él mismo como candidato. Mandó una fotografía de un perro y nos explicó que acababa de rescatarlo y que nos escribía porque estaba harto de que la gente maltratase y abandonase animales. Sí, yo también hice «ooooohhh» cuando lo leí. Se llama Javier y es veterinario. ¡Hola, Javier!

»Sigo con mi aventura, estoy impaciente por pasar los próximos días en Madrid con Javier, metiéndome en su vida e intentando averiguar si existe algún chico que de verdad valga la pena, aunque ahora que lo pienso tal vez todo sea cuestión de perspectiva o del momento, ¿no os parece? Tal vez la cuestión es encontrar a un chico o a una chica cuyo momento coincida con el tuyo y haga que este caos que es el día a día sea tan intenso que ya no te dé miedo montarte en el Dragon Khan.

»Otro día os cuento qué me pasa con las montañas rusas, os dejo que voy a hacer las maletas. Portaos bien, o no, en realidad. Chicas, portaos como os dé la real gana y, chicos, cuidado, que en cualquier momento puedo venir a visitaros. Adiós.»

Saludo con la mano hasta que Abril apaga la cámara y entonces me aparto el pelo de la cara para disimular lo nerviosa que estoy. No tendría que estarlo, Abril es mi mejor amiga, pero al parecer estos vídeos son una especie de confesionario para mí y siempre acabo contando más de lo que pretendo.

—¿Crees que podrás salvar algo? —le pregunto.

—Dudo que tenga que retocarlo, ha quedado genial, Cande. Lo visionaré una vez para asegurarme de que se ve y oye bien, pero por lo demás has estado perfecta. —Deja la cámara en la mesa y se acerca a mí. Todavía estamos solas, los empleados de *Gea* no tardarán en volver, les hemos pedido que nos dejasen la sala libre durante una hora y está a punto de terminar—. ¿A qué ha venido eso de las montañas rusas?

—Ya sabes que me dan un miedo atroz.

—Sí, lo sé, y también sé lo que es una metáfora. No solo soy una cara bonita, Cande.

—No eres tan bonita, Abril, no te pases.

Abril sonríe y se hace la ofendida.

—Vamos, te invito a un café.

—Acepto.

Salimos de *Gea*, Abril saluda a un par de personas en el ascensor mientras yo saco el móvil y lo pongo de nuevo en marcha, pues lo he parado durante la grabación. Creo que esta vez me habrían avisado, pero no quería correr el riesgo de que Abril o los de *marketing* volvieran a hacerme lo del mes pasado y me hicieran una llamada sorpresa durante la grabación. En abril salió bien, dudo que ahora reaccionase del mismo modo si Víctor me llamase en directo.

Sonrío al pensar en Víctor y creo que me sonrojo.

—Te estás sonrojando, Cande. Tienes que decirme en qué estás pensando. O en quién.

Guardo el teléfono en el bolso y miro a Abril.

—Primero tú, en Sant Jordi apenas pudimos hablar. ¿Cómo están las cosas con Manuel?

—No están. Le he dejado. Manuel no lo entendió, se lo tomó muy mal en realidad, y yo ignoré sus llamadas y mensajes hasta que se cansó.

Entramos en la cafetería que hay al lado del trabajo; ni ella ni yo tenemos ganas de ir en busca y captura de un local de moda. Ese es perfecto para lo que tenemos que hacer: ponernos al día y desahogarnos. Es increíble lo mucho que puede echarse de menos a tu mejor amiga.

—¿O sea que pusiste a Manuel a prueba y ahora estás enfadada o dolida porque no la ha superado? —le pregunto mientras remuevo el azúcar.

—No le he puesto a prueba. Lo dejé. Punto.

—Eso no te lo crees ni tú, Abril. Le dejaste porque te agobiaba, te agobia —me corrijo— que él sea más joven que tú. Algo que es una soberana tontería, deja que te lo diga. Y ahora interpretas que él haya dejado de llamarte como la prueba definitiva de que tenías razón.

—La tengo. Ha dejado de llamarme. Es un inconstante.

—¿Él? ¿Él? Le dejaste tú, chica, yo el último día que vi a Manuel parecía estar dispuesto a todo para hacerte feliz, Abril. Eso es muy difícil de encontrar. Y te estás comportando como esos hombres condescendientes que te abandonan con el rollo «no eres tú, soy yo» o con el «te mereces algo mejor».

Abril se queda callada unos segundos, temo haberme pasado de la raya, aunque para eso están las amigas, ¿no? Para grabarte un día medio borracha y colgarte en Youtube. Así fue como empezó esto de *Los chicos del calendario*, gracias en parte a Abril. Lo mínimo que puedo hacer ahora por ella es hacerle ver las cosas como son.

—Le echo de menos, Cande. Echo de menos a Manuel.

Alargo la mano y cojo la de ella. Suspiro aliviada al ver que no he metido la pata con mi mejor amiga, aunque me entristece verla así.

—Pues díselo.

—Lo he intentado —reconoce y aparta la mano—. Ha dejado el trabajo en el bar y no contesta el teléfono. La he cagado, Cande.

—A lo mejor solo necesita tiempo.

—No lo creo. Me porté como una loca con él. Dejemos de hablar de mí. Por favor. Estoy tan contenta de que pases el mes de mayo en Madrid, así podré verte más a menudo, o al menos intentarlo. Si quieres puedo ir todos los fines de semana, si el trabajo no me lleva a la otra punta del mundo.

Abril tiene muchos amigos en Madrid, incluso parte de su familia vive en la ciudad.

—Me encantaría. Te he echado mucho de menos estos meses. —Consigo hacerla sonreír—. Deja que me sitúe con Javier y vemos cómo nos organizamos.

—¿Ya has hablado con él, con el chico de mayo?

—Sí, ayer, parece muy simpático. La verdad es que el correo que nos mandó es precioso y la fotografía del perro es increíble, el pobrecito está muy malherido, pero hay algo en su mirada que te roba el corazón. Creo que después de Bernal es justo lo que necesitamos, un chico del calendario sin miedo a demostrar que es un ser humano.

—¿Y los de *marketing* te han dejado decidir sin más?

—Le mandé un correo a Barver con el nombre y los datos, y después otro a los demás. Supongo que después de lo que sucedió el día de Sant Jordi no se ha atrevido a llevarme la contraria. Dudo que el mes que viene me dejen elegir tan alegremente.

—¿Qué sucedió el día de Sant Jordi, Cande? Te quedaste en el restaurante a esperar a Barver, estabas impaciente por verlo, y en la fiesta no os dirigisteis la palabra. ¿Qué pasó?

No tengo ganas de recordar esa tarde, pero contárselo a Abril me hará bien. Ella sabe escuchar y da los mejores consejos del mundo, aunque quizá, si en diciembre del año pasado le hubiese hecho caso y hubiese seguido a Rubén al aeropuerto para insultarle, ahora *Los chicos del calendario* no existirían.

—Esperé a Salvador y cuando llegó le dije que le quería. Creía que me había enamorado de él.

—¿Solo lo creías?

Abril está pasmada y a la espera de mi respuesta.

—Da igual si lo creía o lo sabía, o qué sé yo. La cuestión es que Salvador me dijo que él a mí no y me pidió perdón; me dijo que temía que yo hubiese podido malinterpretarle.

—¿Malinterpretarle? ¿Cómo diablos se puede malinterpretar ese beso que te dio cerca de la catedral? Esto es como si Brad Pitt se te acerca, te mira y después te pide perdón por haberte hecho explotar los ovarios. No hay malinterpretación que valga, es instintivo.

—Bueno, Brad Pitt no está aquí.

—¿Y qué le dijiste a Barver?

—No lo recuerdo exactamente —es la verdad—. Le abofeteé y le ignoré en la fiesta.

—¿Y ya está?

Sonrío al pensar en Víctor, esa parte de la noche de Sant Jordi la recuerdo a la perfección.

—Estuve con Víctor. Estoy con Víctor —añado—. Creo que me gusta mucho, Abril.

—Deberías dejar de decir «creo» cuando en realidad quieres decir «estoy segura», Cande. Arriésgate, la vida son cuatro días y dos nos los pasamos en Hacienda.
—¿En Hacienda? Creía que ibas a decir durmiendo o algo así.
—Es que estos días estoy peleándome con Hacienda por unos papeles y no me los quito de la cabeza. Cuéntame lo de lo Víctor, ¿qué quiere decir que estás con él?
—Víctor es especial, Abril, es divertido, listo y quiere conocerme. Me gusta estar con él. No sé cuándo ni cuánto podremos vernos, yo estoy con *Los chicos del calendario* y él, ahora que por fin se ha dado cuenta de que su hermana Victoria puede hacerse cargo de la bodega mucho mejor que él, buscará trabajo de lo suyo. Quizá se marche a Estados Unidos. No sé qué pasará, pero es increíble saber que él está dispuesto a intentarlo.
—Me gusta Víctor, me gustó el día que lo conocí y todo lo que he visto de él desde entonces. Parece un tipo legal, sincero y no voy a pasar por alto que está buenísimo.
—En esa frase hay un pero, te conozco.
—Hay un pero.
—Suéltalo.
—¿Estás segura de que quieres estar con él porque es él?
—No estoy con Víctor porque Salvador me haya hecho daño, no le doy tanta importancia a mi ego. Sí, soy consciente de que ha pasado muy poco tiempo entre los dos. —Abril levanta una ceja—. Vale, lo reconozco, muy pocas horas. Pero en mi defensa diré que en marzo, cuando conocí a Víctor, ya me gustó y que, cuando me besó antes de que me fuera de La Rioja, ese beso me afectó más de lo que estaba dispuesta a reconocer entonces.
—No te estoy juzgando, Cande, si tú me dices que estás con Víctor porque él te gusta y no para vengarte de Barver ni para lamerte las heridas, te creo. Si él es el chico adecuado, tanto da que pasaran unas horas entre él y el anterior, no hay ninguna regla para eso. Y si a alguien no le gusta, que se vaya a la mierda.
—Estoy con Víctor porque me gusta.

—Entonces, felicidades, Cande, te mereces ser feliz.
—Gracias. Mañana me voy a Haro para estar con él antes de ir a Madrid. Ya veremos cómo van las cosas, no voy a montarme ninguna película. Una de las cosas que más me gustan de estar con Víctor es que no es complicado.
—¿Y cómo es?
Me arden las mejillas.
—Apenas hemos estado juntos. Dejando a un lado el mes que pasé con él cuando fue chico del calendario, solo le vi el pasado veintitrés de abril, pero... ¿te acuerdas de que lo llamaba «leñador»? Pues digamos que se merece ese apodo por más de un motivo.
—¡Cande! —se ríe—. ¿Lo dices por los troncos, por el hacha o por todo en general? Estoy escandalizada, mi pequeña se ha hecho mayor. Voy a llorar de emoción. Quiero detalles. Muchos detalles. —Le suena el teléfono y tiene que contestar. El trabajo de Abril no le permite ignorar llamadas en horario laboral—. Espera un segundo. Mierda —farfulla antes de contestar.
Por la conversación deduzco que tenemos que irnos y, mientras ella atiende la llamada, pago los cafés y voy poniéndome el abrigo.
—Lo siento, Cande. Tengo que irme. —Me da un beso en la mejilla. Estamos en la calle y ella para un taxi con la mano—. ¿Nos vemos luego? ¿Antes de que te vayas a Haro con el señor leñador? —Me guiña un ojo.
—Claro. Estaré en Olimpo un rato más, he quedado con Marta esta tarde y después me iré a casa. Llámame cuando termines y vamos a cenar o a tomar algo.
—Genial.
El taxi se lleva a Abril y yo entro de nuevo en el edificio. La sensación Dragon Khan ha desaparecido, tengo el presentimiento de que ahora ya puedo hablar con Salvador sin que me pase nada. Lo único que tengo que hacer es recordar que mañana veré a Víctor y que dentro de tres días estaré en Madrid con el chico

de mayo, dispuesta a conocer la ciudad y a un nuevo candidato de un modo distinto.

La reunión con Sofía y Jan empieza dentro de unos minutos. Tenemos una cada mes, nos reunimos Salvador y yo con el departamento de marketing para poner en común nuestras ideas sobre Los chicos del calendario y hablar de la estrategia que en principio seguiremos durante el mes siguiente. Al principio de cada reunión estoy un poco tensa, no voy a negarlo, me molesta que hablen de los chicos del calendario en ciertos términos, como si fuesen concursantes de un reality o coches de lujo, es decir, meros objetos. Quizá lo que pasa es que nunca me ha gustado compartir mis juguetes; en la guardería una niña me quitó una muñeca en el patio, mi muñeca, y mi madre tuvo que venir a buscarme porque yo intenté cortarle la coleta. No fue culpa mía que la profesora se hubiese olvidado unas tijeras tan cerca y que esa niña no tuviera respeto por la propiedad ajena.

No puedo cortarle el pelo a Sofía y Jan está calvo... Y se supone que soy una chica hecha y derecha que sabe defender sus ideas y a los chicos del calendario, con su ingenio, su trabajo y su buen hacer más que demostrado, ¿no?

Cuando entro en la sala, Salvador está sentado en un extremo de la mesa, al lado de Sofía, y por primera vez no hay una silla vacía a su lado. Al parecer hoy a todos nos ha dado por ser muy puntuales. Yo saludo a Vanesa, por suerte para mí se ha acercado a darme un abrazo y durante unos minutos hablamos de trabajo.

—Te he mandado un correo con el billete para Madrid y con los datos del piso que hemos alquilado para todo el mes.

—Gracias, eres la mejor.

Ella se ríe y desvía la mirada hacia Salvador y después hacia mí.

—Sé que no debería preguntarlo, pero ¿ha sucedido algo entre él y tú?

—No, nada. ¿Por qué lo dices?

Vanesa finge estar muy concentrada en la carpeta roja que hay encima de la mesa. Por el rabillo del ojo veo que Sergio acaba de entrar y que se une a la conversación de Salvador y Sofía. Jan está tecleando algo en el móvil. ¿Por qué no hemos empezado la reunión?

—Tal vez deberíamos hablarlo en otra parte —susurra—, pero le oí hablar de ti la noche de la fiesta de Sant Jordi.

Sacudo la cabeza, sin duda tengo que hablar con Vanesa en otro momento, pero ahora hay algo que me preocupa mucho más.

—¿A quién estamos esperando? ¿Por qué no empezamos la reunión?

La puerta se abre y aparece un hombre que vi hace años y que creía que estaba jubilado jugando al golf en Marbella o persiguiendo a bailarinas en Las Vegas. Lo primero que hago es buscar a Salvador con la mirada y le veo tan frío, tan hermético, que me entran ganas de acercarme a él y abrazarlo; lo cual, por supuesto, no hago.

—Buenas tardes, señor Barver, le estábamos esperando. —Sofía ha acudido a recibirlo oficialmente.

—Gracias, Sofía. Empecemos cuanto antes.

Todos nos sentamos, yo me quedo al lado de Vanesa y sigo mirando a Salvador. De repente él parpadea y es como si despertase de un sueño o de un estado hipnótico, como si se diese cuenta de dónde está y con quién. Me sonríe un poco, solo un poco, y yo le devuelvo la sonrisa. Pero entonces también entra Montse, la directora de la editorial Hermes, la editorial más potente del grupo Olimpo; la conocí en enero, cuando acompañé a Salvador a una reunión, y me bastó con esa vez para saber que no es una mujer de la que me pueda fiar. ¿Qué está haciendo aquí?

—Buenas tardes a todos —nos saluda Montse y, cuando veo cómo mira a Salvador, me entran ganas de volver a portarme como en la guardería. ¿Hay algunas tijeras por aquí?

Creo que Salvador me ha leído la mente porque me guiña un ojo. Tal vez no seremos ni amigos ni pareja, pero siempre le guardaré un cariño especial y creo que él también a mí.

—*Los chicos del calendario* ha captado mi atención —empieza el señor Barver—. Me pareció una idea absurda al principio. —¿Ese hombre tan desagradable es el padre de Salvador? Físicamente se dan un aire, eso por desgracia es más que evidente, tienen la misma constitución fuerte y la misma mandíbula. Pero allí acaban las semejanzas. A pesar de que Salvador también impone respeto y que nadie le acusaría jamás de ser el alma de la fiesta, desde el principio he sabido que había algo especial en él, quizás una promesa, pero el señor Barver solo da miedo.

—*Gea* ya no corre peligro, hemos aumentado la tirada y vamos a ampliar ciertos departamentos en breve —apunta Salvador como si nada.

—Y la página web y los vídeos también están generando mucho negocio —añade Sofía—. Estamos dándole vueltas a la posibilidad de lanzar también una *app* con contenido adicional.

—Sí, todo eso sin duda llamará la atención —dice el señor Barver; podría ser un halago, pero a mí me suena condescendiente, como una palmadita en la espalda.

—¿A qué has venido, Ricardo? —le pregunta entonces Salvador. Me imagino que está tan harto como yo de esa pantomima.

—Para variar te has olvidado de lo primordial para nuestro grupo, *hijo*.

—No, créeme, de eso no me he olvidado, *padre*. ¿Qué quieres? ¿A qué viene este repentino interés por *Los chicos del calendario*?

—Vamos a convertir *Los chicos del calendario* en un libro. Contrataremos a un escritor para...

—No.

—Ni hablar.

Salvador y yo hablamos a la vez.

—*Los chicos del calendario* son propiedad de *Gea* y, por tanto, del grupo Olimpo. Podemos hacer con ellos lo que queramos y es una lástima que no tengan su propia novela. Hermes puede lograr que este proyecto vuestro llegue a otro nivel. A un nivel superior.

—*Los chicos del calendario* son propiedad de Candela. De Candela y de nadie más. Yo mismo me aseguré de que este punto quedase clarísimo en el contrato que firmó y nadie, ni tú, ni yo, ni nadie puede hacer nada al respecto. Y si no quieres que me replantee otros asuntos, te sugiero que no intentes nada.

—Tal vez *Los chicos del calendario* sean propiedad de la señorita Ríos —el padre de Salvador se dirige entonces hacia mí—, pero ellos pueden conceder entrevistas a otras personas y si una de estas personas trabaja para Hermes, para Olimpo, igual que usted...

—No será necesario —le digo. No sé exactamente qué está pasando, pero sé que tengo que detenerle—. No será necesario, señor Barver. Lo cierto es que estoy escribiendo una especie de diario.

Salvador se gira y me mira de un modo que me pone la piel de gallina.

—¿Un diario? —Creo que le ha cambiado la voz. No, estoy segura de que le haya cambiado la voz porque mi corazón está bailando una jota. ¡Para! Ya no nos ponemos así cuando él nos habla o nos mira, ¿de acuerdo?

—La idea del libro no me disgusta del todo —digo tras parar el baile aragonés que se estaba produciendo en mi pecho—. Pero creo que para sacarle mayor partido... —Ni yo misma me puedo creer que se me esté dando tan bien esto de improvisar. Me imagino como a una leona protegiendo a sus crías. Sí, sé que soy lo menos parecido a un león y que los chicos del calendario no son peluches, pero hace unas semanas vi *El libro de la selva* con mis sobrinas y es la imagen que me ha venido a la cabeza—. Creo que para sacarle mayor partido deberíamos trazar un *planning* con el departamento de *marketing*.

Estoy sudando tanto que dentro de unos minutos empezaré a brillar.

—Sí, estoy de acuerdo con Cande —me ayuda Sofía y decido que cuando esta tortura acabe le daré un abrazo—. Podríamos sincronizar la publicación del libro con ciertos actos. Seguro que nuestros anunciantes estarán impacientes por figurar en ellos y podríamos elegir algún que otro patrocinador.

El señor Barver mira a Sofía fríamente.

—Prepáreme un informe detallado para la próxima semana.

—Por supuesto.

—Además —vuelvo a hablar porque veo que Salvador está cerrando los puños y que su padre arruga las cejas—, si otra persona entrevista a los chicos del calendario, es muy probable que ellos no confíen en ella o en él. Pasaron un mes conmigo, esa persona no dispondrá de tanto tiempo.

—En eso tiene razón, señorita Ríos. Veo que tal vez la he subestimado.

Salvador me mira y yo tengo que tragar saliva para continuar.

—Si lo ha hecho, no debería decírmelo, señor Barver.

Creo que él sonríe y en ese instante se me hiela la sangre. Este hombre me produce escalofríos, ¿cómo es posible que sea el padre de Salvador?

—Mándele un borrador y un posible calendario de entregas a Montse a lo largo de este mes. Si su idea funciona, no buscaremos a nadie más. —Se pone en pie y todos hacemos lo mismo como si estuviéramos en el colegio. Todos, excepto Salvador—. Ha sido un placer verlos, buenas tardes.

El señor Barver se va con Montse pegada a sus talones, los demás estamos petrificados. Sofía es la primera en reaccionar, probablemente porque sea la que más experiencia tiene con este hombre.

—Será mejor que nos pongamos a trabajar. Si no queremos que el señor Barver se inmiscuya en *Los chicos del calendario*, no podemos dejarnos ni un cabo suelto.

—Cierto, muy cierto. —Jan recoge sus cosas—. Voy a ver si ya podemos colgar el vídeo del chico de abril.

—Y yo iré a asegurarme de que ninguno de los chicos de los meses pasados haya recibido ningún correo de Montse o de nadie de Hermes.

—Muy buena idea —apunta Sergio—; yo revisaré los contratos de Candela, si no te importa —me mira un segundo.

—Por supuesto que no.

Estoy abrumada, sé que Abril es mi mejor amiga y que mi hermana siempre ha estado a mi lado, pero desde enero estoy aprendiendo que, si confías en la gente y la dejas entrar en tu vida, corres el riesgo de que te hagan daño, pero también puedes tener la suerte, la increíble suerte, de encontrar a personas que se preocupan por ti como las que yo ahora tengo delante y los chicos que me han acompañado estos cuatro últimos meses.

—Gracias.

Cuando consigo decir esa palabra me doy cuenta de que estoy sola en la sala de reuniones con Salvador. Él sigue sentado y no empieza a levantarse hasta que nuestras miradas se encuentran en medio de la mesa y de todas las preguntas que quiero hacerle.

—Te has enfrentado a mi padre, Candela, eso ha sido una temeridad —suelta el aliento— y lo más impresionante que he visto en muchísimo tiempo. Has estado... —baja la vista y vuelve a levantarla despacio unos segundos más tarde—, has estado fantástica. ¿De verdad estás escribiendo?

—De verdad.

Tengo que centrarme en esa pregunta. Si pienso en lo que ha dicho antes, me entrarán ganas de volver a discutir con él y en algún momento tengo que parar de hacerme esto.

—¿Algún día me dejarás leerlo?

—Al parecer sí, si tu padre se sale con la suya.—Me vibra el móvil, lo llevo en el bolsillo y al sacarlo veo la hora que es y que si no me doy prisa llegaré tarde a mi cita con Marta y si mañana me voy a Haro...— Tengo que irme, Salvador. Lo siento.

Él parece estar a punto de decirme algo más, pero al final cambia de opinión.

—No te preocupes, Candela. Ya hablaremos.

3

No negaré que estoy nerviosa. Ayer, después de la extrañísima reunión en la que apareció el señor Barver (padre) y yo prácticamente me comprometí a escribir un libro, ¿doce libros?, fui a ver a mi hermana Marta y a las dos chicas que salvarán al mundo en el futuro, mis sobrinas. Me gustó muchísimo verlas y mis sobrinas me ahorraron del interrogatorio de Marta; no sé qué le habría contado y lo cierto es que, ahora que estoy compartiendo tantas partes de mi vida con los seguidores de *Los chicos del calendario*, hay algunos secretos que quiero quedarme para mí.

Como, por ejemplo, que estoy muy nerviosa porque voy a ver a Víctor.

El lunes tendré que despertarme a una hora inhumana, pero vale la pena para estar más horas con Víctor, y el chico de mayo ha accedido a empezar el mes el día dos.

Aún no sé cómo me he atrevido a elegir a un veterinario como chico del calendario. Cuando descubra que no se me dan bien los perros, ni los gatos, ni básicamente ningún animal peludo con cuatro patas o con plumas o escamas le dará algo. Bueno, a decir verdad, los animales de dos patas tampoco se me dan demasiado bien. Pero la historia de Javier me recordó a mí, a esos meses que trabajaba en la revista y que veía pasar historias importantes a las que no podíamos dedicarles páginas porque teníamos que colocar reportajes de colonias, bodas y cremas con productos innombrables y pensaba que me gustaría ser la clase de persona capaz de hacer algo para cambiar un poquito el mundo. No lo hice, pero

Javier sí y, ahora que mi trabajo ha cambiado, que mi vida está cambiando, quiero conocerlo a ver si así también me ayuda a seguir siendo valiente.

Tendría que quedarme dormida, pero aunque cierro los ojos y busco una postura cómoda, no lo consigo. Estoy nerviosa y contenta. Conocí a Víctor en marzo, cuando él fue chico del calendario, estuve un mes en Haro y al principio no pudimos soportarnos. Mejor dicho, él no podía soportarme. Víctor aceptó ser chico del calendario porque su hermana, Victoria, lo presentó como candidato y, si hay una persona a la que Víctor no puede negarle nada, es ella. Además, estaba embarazada de ocho meses y él no quería hacer nada para contradecirla. Ahora es tío de una niña preciosa que se llama Valeria y de la que no deja de mandarme fotografías. Le cae la baba.

Y ver a un hombretón como Víctor babeando por un bebé es lo más sexy del mundo. En serio, creo que en los últimos meses me han explotado tantas veces los ovarios que voy a tener problemas médicos. Víctor parece un leñador, no solo es enorme físicamente, sino que también es rudo (antes de conocerle a él creo que no había utilizado este adjetivo con nadie) y tiene una extraña y entrañable debilidad por las camisas de cuadros que él niega. Y se deja barba cuando está demasiado ocupado trabajando, algo que le sucede con frecuencia, aunque tengo que reconocer que Víctor sabe desconectar y que cuando lo hace es algo digno de presenciar.

Me sonrojo al recordar lo que pasó la noche de la fiesta de Sant Jordi en Barcelona y abro los ojos como si me hubiese pillado alguien con las manos en la masa. Con las manos en la masa... ¡mente sucia, Candela! Mente sucia. Me entran ganas de reírme.

En marzo no sucedió nada entre Víctor y yo: discutimos, nos hicimos amigos, me obligó a pensar en muchas cosas de mi vida, le vi emocionarse con el nacimiento de su sobrina y me besó. Y yo le besé a él. Fue un beso impresionante. Espectacular. Beso tipo *Crazy Stupid Love*, beso Ryan Gosling, vaya, pero con un hombretón del norte.

Después me fui, volví a Barcelona, volví a complicarme la vida con Salvador y después fui a Muros a pasar allí el mes de abril. Bernal, el chico de Muros, la había cagado mucho más que yo en la vida, hay gente que mete la pata, hay gente que provoca al karma y este le hace una jugarreta tras otra, y después está Bernal. A lo largo del mes de abril, sin embargo, creo que conectamos, jugamos al «yo nunca» y descubrí que existe gente que no sabe enfrentarse al dolor sin hacer daño a los demás o sin esconderse detrás de una máscara de ironía y sarcasmo.

Supongo que en cierto modo ayudé a Bernal, él me lo dijo cuando nos despedimos, y ahora está intentando rehacer la vida al lado de la chica de la que se enamoró cuando apenas empezaba a afeitarse. Antes de ir a Barcelona para la fiesta de Sant Jordi, la que organiza el grupo Olimpo cada 23 de abril, yo me sentía muy satisfecha de mí misma, había hecho dos buenos amigos, Jorge, el chico de febrero, y Víctor, el chico de marzo (el beso habíamos decidido aparcarlo, porque mi situación era complicada), e iba en camino de hacer otro, Bernal. Llegué a Barcelona impaciente por ver a Salvador... por estar con él.

Abro los ojos y me pregunto si no será que los viajes en tren o en avión me dan mala suerte. Las cosas iban bien con Salvador... ¿pero qué estoy diciendo? Las cosas nunca han ido bien con Salvador.

Hasta diciembre del año pasado, Salvador Barver solo era el señor Barver (hijo), es decir, el director de Olimpo, el grupo al que pertenece la revista *Gea* para la que trabajo. Le había visto de lejos unas cuantas veces y poco más. Me parecía atractivo igual que me lo parece a veces un camarero, un actor o un chico con el que te cruzas por la calle. Nunca había dedicado dos segundos de mi vida a pensar en él, por el mismo motivo por el que nunca me he imaginado siendo la señora de Brad Pitt o caminando por la luna, las dos cosas son igual de imposibles.

Al parecer ahora soy Neil Armstrong.

Después de que Abril me grabase despotricando contra los hombres de este país porque Rubén, mi ex, me había dejado plantada colgando una foto en Instagram, me convertí en una especie de celebridad. Nada del otro mundo, aunque Salvador vio el vídeo y pensó que, si a mi sin duda efímera popularidad le añadíamos un concurso, podíamos salvar la revista y no despedir a la mitad de la plantilla, que es lo que habría hecho a finales de enero si *Los chicos del calendario* no hubiesen funcionado.

En resumen, que cada mes conozco a un chico distinto que vive en una ciudad distinta y tiene un trabajo distinto, con la esperanza de encontrar a uno que me demuestre que mi discurso de fin de año, inducido por los *gin-tonics* de Manuel (el ex de Abril) y mi orgullo herido, carece de fundamento.

Y así fue cómo pasé enero con Salvador y pasé de ser una chica con una vida sexual que se movía a la velocidad del carrusel del Tibidabo a tirarme del Dragon Khan. Era evidente que no iba a funcionar; a las montañas rusas solo te subes de vez en cuando, no son para todos los días.

Aunque jamás se me ocurriría comparar a Víctor con un carrusel ni definirlo como un chico tranquilo o monótono...

Lo mío con Salvador no funcionó, ahora por fin veo claro que estábamos condenados desde el principio, tal vez él lo sabía y por eso se alejó antes. O tal vez él nunca quiso intentarlo. Yo lo intenté y no siento vergüenza, sí, mi orgullo ha quedado tocado, mi corazón tiene una herida de guerra e incluso reconozco que le falta un trocito en la punta, pero al menos en enero empecé a cambiar y ahora llevo las riendas de mi vida y me atrevo a correr riesgos. Tal vez, pienso al oír el altavoz que anuncia que estamos a punto de llegar a Haro, tal vez si Salvador no hubiese existido, no me habría atrevido a estar con Víctor hace unos días.

El tren se detiene y me levanto para bajar la bolsa y el abrigo que he dejado en el compartimento superior. Me gusta que no sucediera nada —o casi nada— entre él y yo en el mes de marzo, que hayamos empezado siendo amigos y confieso que, después de que Rubén me dejase con el *hashtag* #AdiósCandela y de que Salvador me dijese bajo la lluvia torrencial que yo le había «malinterpretado», es muy agradable que Víctor me llame solo para decirme que tiene ganas de verme y que vendrá a buscarme a la estación.

Muy agradable y excitante.

Me cuelgo la bolsa del hombro, no voy muy cargada, ayer hice la maleta para todo el mes y la dejé en casa, donde pasará a recogerla alguien de *Gea* para mandarla a Madrid, al piso donde voy a pasar el mes de mayo. Vanesa se ha ocupado de todo, incluso de mandarme allí el ordenador, porque me he prometido que este fin de semana no voy a trabajar, ni escribir, ni nada. Solo voy a estar con Víctor, sus camisas de cuadros, su incipiente barba y sus aires de leñador.

Hay tanta gente que soy la última en bajar del tren y cuando mis pies tocan el andén me giro hacia la derecha en busca de mi chico, pero él me sorprende por la izquierda y me levanta en brazos.

—¡Estás aquí! ¡Estás aquí! —Su risa es contagiosa.

—Me estoy mareando.

Él me pone en el suelo y me besa. Mi bolsa cae al suelo e incluso hago esa tontería de levantar un pie en el aire en medio del beso, pero el ímpetu de Víctor lo justifica.

—Te he echado de menos, nena.

—Yo también, *leñador*.

Me tiemblan un poco las rodillas y dejo que él me coja de la mano, que cargue la bolsa, que parece un complemento de Nancy en su hombro, y que me lleve fuera de la estación.

—Tengo tantas cosas que contarte...

—Nos vimos hace poco más de una semana, Víctor, y hemos hablado casi a diario. ¿Qué has hecho, hacer estallar el laboratorio?

Víctor es químico y está buscando una cepa de uva indestructible. Al principio lo hacía para honrar la memoria de su padre y porque, a pesar de su aspecto de hombretón, tiene un corazón de oro y estaba convencido de estar en deuda con su familia y cosas muy propias de los caballeros de la mesa redonda o de *Star Wars*. Ahora que su hermana le ha hecho entrar en razón, y me gusta creer que yo he ayudado un poco, está dispuesto a volver a dedicarse a lo suyo, la investigación biológica, y está buscando trabajo.

—¿Te han llamado para alguna entrevista?

—Aún no, señorita Headhunter, pero antes de que me lo preguntes te diré que me ha llamado varia gente preguntándome si es verdad que estoy dispuesto a dejar de hacer vino para volver a ponerme la bata.

—Pero si siempre llevas bata y ¿quién es «varia gente»?

—Varia gente.

Abre la puerta del maletero del coche para dejar mi bolsa y se coloca tras el volante. Me gusta que no haya ido a abrirme la mía y que sea la clase de chico al que ni se le pasa por la cabeza hacer algo así. Oh, me la abriría si yo no pudiera, claro, es solo que sé que Víctor no me ve nunca como una damisela en apuros.

—«Varia gente» —repito al ver que él no sigue con la explicación y pone el vehículo en marcha—. ¿Te has quedado a media frase o no quieres decirme de quién se trata?

—Es que no puedo pensar de las ganas que tengo de tumbarte en el asiento trasero del coche y echarte un polvo.

—¡Víctor!

De repente tengo mucho calor, muchísimo calor, y una risa nerviosa y nada sofisticada se escapa de mis labios.

—¿Qué pasa? ¿No puedo decirte la verdad?

Aparta la mirada de la carretera un segundo y me mira; yo consigo aguantársela y veo que está hablando en serio. El calor va a peor.

—Claro que puedes decirme la verdad —consigo decirle.

—Solo he logrado contenerme porque el asiento es jodidamente pequeño y...

—Pequeño para ti, querrás decir. Tu coche es enorme.

Víctor suelta una carcajada.

—¿Solo mi coche? —Alarga una mano para cogerme la mía y la besa—. Gracias, nena, por tomarme el pelo. Creo que ahora podré conducir hasta casa sin provocar un accidente. Sigue distrayéndome.

Estar con Víctor es como beber chocolate caliente una tarde de invierno, noto un calor muy agradable en el estómago extendiéndose por todo mi cuerpo, y unas absurdas ganas de sonreír y de tocarle el pelo o besarlo se apoderan de mí.

—No intentaba tomarte el pelo, tu coche es muy espacioso. Pero está bien, voy a intentar distraerte. No quiero que nos pase nada hasta llegar a tu casa. —Él asiente y hace ese ruidito tan sexy con la garganta, una especie de ronroneo para decirme que siga hablando aunque a mí me acelera la respiración—. ¿Cómo está Valeria?

—Es la niña más lista y preciosa del mundo. Ya me reconoce.

—Aún no tiene ni dos meses, Víctor, dudo mucho que te reconozca.

—Me reconoce. Estoy seguro. Tiene una sonrisa especial solo para mí. Igual que tú.

—¿Yo tengo una sonrisa solo para ti? —Me suben las comisuras de los labios—. ¿Desde cuándo?

Él sonríe y vuelve a besarme la mano.

—Desde que has bajado del tren —confiesa muy orgulloso de sí mismo—. O desde Sant Jordi, ahora que lo pienso.

—Te lo estás inventando.

—No. Soy un científico, yo nunca me invento nada.

—¿Así que según tú tengo una sonrisa especial solo para ti, leñador?

—La tienes, nena. —Me suelta la mano y con un dedo me señala las mejillas—. Y está aquí mismo. La vi por primera vez ese día, cuando me dijiste «hola» en el hotel. Sonreías a todo el mundo, pero a mí de un modo diferente.

¿Y si tiene razón? ¿Y si incluso cuando se suponía que estaba con Salvador miraba a Víctor de un modo especial?

—¿Qué tiene de distinto?

—Te brillan los ojos. Y te aconsejo que ahora mismo dejes de hacerlo o tendré que detener el coche a dos quilómetros de casa para follarte aquí mismo.

—Dios santo, Víctor —río en medio de un ataque de tos.

—¿Qué pasa? ¿Te pone nerviosa que hable así? —Me mira y yo veo que aprieta las manos en el volante—. Yo diría que no, nena, yo diría que te gusta ver cómo me conviertes en un bruto.

—Tú fíjate en la carretera y conduce.

Suelta otra carcajada y se fija en el camino. Falta muy poco para llegar a Villa Victoria, la casa de la familia de Víctor. Él vive allí solo, tiene el laboratorio en la planta inferior, y las habitaciones del piso superior están prácticamente vacías. Me imagino que cuando él vuelva definitivamente a su antigua vida y encuentre un nuevo trabajo de investigador, Victoria y Carlos se mudarán allí con la pequeña Valeria. Aunque no hemos hablado del tema, sé que puedo hacerle todas las preguntas que quiera.

—Deja de sonreír, Cande. Lo digo en serio.

—Sí, señor leñador.

—Para o te prometo que paro el coche... Menos mal que ya hemos llegado.

Miro por la ventana y veo que tiene razón. Víctor para el coche y me deja las llaves de casa en la palma de la mano. Yo las observo atónita.

—Baja del coche y entra mientras yo me ocupo de la bolsa y voy a cerrar la verja del camino.

—Podrías haber detenido el coche.

—Podría. Lo he hecho adrede para ver si así lograba calmarme un poco. No exagero, Cande, tengo muchas ganas de...

—Voy a entrar en casa. —Si le oigo decirme una vez más lo mucho que me desea, me lanzaré encima de él y le demostraré que el coche no es tan pequeño como él cree—. ¿Voy a tu dormitorio?

Por fin he conseguido sorprenderle; con Víctor suele ser él quien me deja a mí sin habla.

—Sí —dice abriendo la puerta del coche—. Te había preparado el tuyo, pero, joder, quiero que estés en el mío. No tardaré nada.

Sale del coche y le veo caminar hacia la entrada del camino por el que hemos pasado hace unos segundos. Hay una verja, suele estar cerrada a no ser que Víctor espere la visita de alguien. Entro en casa; me ha costado un poco abrir la puerta, y me fijo enseguida en algunos cambios. Sigue siendo enorme, pero ya no me parece tan fría como cuando la vi por primera vez en marzo. Hay una foto de Valeria, flores en un jarrón, un par de botas manchadas de barro al lado del mueble y, cuando me acerco para ver mejor a la pequeña, me quedo sin habla al descubrir una foto mía junto al ramo.

Oigo la puerta y los pasos de Víctor.

—Tienes una foto mía, ¿de dónde la has sacado?

—Ya está —farfulla él—, ya no puedo más.

Me coge en brazos y sube los escalones de dos en dos hasta llegar al dormitorio. No me lanza ni me tumba en la cama, sino que caemos los dos, él encima de mí, aunque Víctor apoya las palmas en el colchón para no chafarme. No deja de besarme y con una mano empieza a desnudarme. Es tan sexy y romántico que tardo unos segundos en reaccionar, ¿desde cuándo me pasan estas cosas a mí? Me riño mentalmente porque sé que me pasan desde que estoy dispuesta a correr riesgos y a exigir lo que de verdad me merezco.

Me merezco a un chico como Víctor perdiendo la calma para estar conmigo.

Muevo las manos en busca de la camisa de él, de cuadros, obviamente, para quitársela.

—Ya era hora, nena.

No acabamos de desnudarnos; tengo tiempo de quitarle la camisa, porque realmente estar en la cama con Víctor y no tocarle sería un desperdicio, y él me quita los pantalones y la ropa interior sin dejar de besarme, morderme y decirme lo mucho que quiere estar dentro de mí.

Nunca había creído que oír a un chico diciéndome estas cosas de esta manera pudiese excitarme tanto, pero es así.

—Cállate, Víctor. —Le muerdo el hombro.

—No pienso hacerlo. —Se ríe, el muy canalla se ríe. Si pudiera viajar en el tiempo, o si me fuera lo de los juegos de rol en la cama, Víctor sería un pirata—. Te gusta. Vaya si te gusta.

—Víctor —suspiro y gimo al mismo tiempo que me penetra.
—Hola, nena.—Me besa la punta de la nariz y me mira—. Te he echado de menos.

Creía que lo mío con Víctor iba a ser fácil. La noche de Barcelona, después de esa fiesta, fue muy erótica y emocionante y... sencilla; sencilla porque estaba con él y sabía que, pasara lo que pasase, no iba a hacerme daño. Quizá subestimé lo nuestro, porque ahora mismo, con los ojos de él mirándome, sus labios recorriéndome el rostro y sus manos temblando a ambos lados de mi cabeza, no creo que lo nuestro sea solo una mera atracción mezclada con grandes dosis de amistad.

Le sujeto el rostro y con la mano derecha le acaricio la barba un segundo.

—Yo también te he echado de menos, leñador.

4

—Tienes que salir de la cama, Cande.
—No pienso hacerlo. Hace semanas que no duermo tan bien. —Meses, en realidad, pienso—. Así que no me importa lo que me digas o lo que me hagas. No pienso salir.

Le observo por debajo de la sábana y le veo sonreír. Creo que he cometido un error, tendría que haber adivinado que Víctor no iba a retroceder ante un reto.

—Vale, pues no salgas. —Se quita la camiseta y se mete en la cama conmigo—. Pero cuando Victoria pregunte por qué no hemos ido a verla, le cuentas que eres insaciable en la cama.

—¡¿Yo insaciable?! Pero si te estoy diciendo que quiero dormir... deja de hacer eso...

Víctor me está besando la espalda y la verdad es que me cuesta pensar o respirar.

—Tal vez tú no seas insaciable, Cande. —Se aparta y me acaricia la columna vertebral con la mano—. Pero creo que yo sí y es todo culpa tuya.

Hay algo en su voz que hace que me dé la vuelta y necesite mirarle. Ayer fue increíble, Víctor sabe bromear y volverme loca al mismo tiempo, pero ahora ha sonado tierno, romántico incluso.

Quiero averiguar si esta última frase es un comentario sin más.

—¿Lo dices en serio?
Él me sonríe.

—¿El qué? ¿Que eres insaciable? Muy en serio. —Se agacha y me da un beso mientras me tumba de nuevo en la cama para acariciarme.

—No. Que lo eres tú y que... es culpa mía.

Se coloca entre mis piernas y veo cómo me recorre con la mirada, cómo junta las cejas como cuando está pensando. Creo que no va a contestarme y la verdad es que solo con esos besos, esas caricias y esa mirada, en especial esa mirada, he empezado a temblar y tengo ganas de volver a estar con él. Tal vez Víctor...

—Sí, Cande, lo digo muy en serio. Muy en serio. Creo que solo tienes que mirarme para saber que es verdad. —Me sonrojo ante la intensidad de su voz y la evidencia de la que me está hablando—. Y ahora deja de hablar, nena, voy a despertarte como es debido.

Exclamo su nombre entre suspiros cuando me besa el ombligo y sigue bajando.

Una hora más tarde salgo de la ducha precipitadamente con una sonrisa en los labios y con Víctor esperándome en la cocina diciéndome que ha tenido que comer algo por mi culpa, pues le he dejado exhausto.

No sé si darle una colleja o un beso. Ha descubierto la vergüenza que paso cuando hace esa clase de comentarios y es incapaz de parar, aunque tampoco es que lo intente demasiado.

—¿Cómo es posible que te sonrojes tanto, Cande? —me pregunta de nuevo en el coche cuando vamos de camino a casa de Victoria.

—No lo sé, ¿vale?

—¡Me encanta! Estás guapísima cuando se te ponen las mejillas tan rojas.

—Eso es porque estoy conteniendo las ganas de estrangularte, Víctor.

—No es verdad. —Él no deja de sonreír—. No es verdad para nada. Creo que te gusta mucho que te hable así.

—No es cierto.

—Lo es. Ahora mismo te desabrocharía los botones y volvería a morderte allí donde te he mordido antes, seguro que aún se te ven la marca de los dientes, y después seguiría bajando hasta llegar a los pantalones y te separaría las piernas.

—¡Víctor!

—Dime que te gusta que te hable así...

Río y le miro con los ojos abiertos como platos (y con la respiración entrecortada aunque me esfuerzo por disimularlo).

—¡No!

—Seguiré hasta que me digas la verdad. Veamos, te separaría las piernas, bajaría la cremallera y metería la mano para ver si...

—¡Está bien, lo confieso! Me gusta que me hables así. ¿Contento?

Nos detenemos en un semáforo y Víctor pone el freno de mano y tira de mí para besarme.

—Muchísimo —contesta cuando el claxon del coche de atrás nos recuerda que estamos en medio de la calle.

En casa de Victoria y Carlos, Víctor se comporta más o menos. Me besa delante de ellos como si fuera lo más normal y durante unos minutos creo que lo es, que él ha hecho eso con otra chica, u otras chicas, antes que conmigo, pero entonces veo la cara de sorprendida de Victoria y no lo veo tan claro. La niña está preciosa y, aunque no ha pasado tanto tiempo y solo los vi interactuar como familia pocas veces, me doy cuenta de que Víctor ha cambiado y que está más relajado con ellos.

—¿Hasta cuándo te quedas, Cande? —me pregunta Victoria.

—Me voy el lunes con el primer tren.

—Oh, es una lástima. —Se levanta de donde está sentada y me entrega a Valeria. En esta familia no deberían de ser tan confiados con la gente—. Creía que ibas a estar más tiempo.

—Victoria tiene miedo de que a Víctor se le pase el efecto y tú no estés por aquí.

—¿Qué efecto?

—No le hagas caso a mi cuñado. Es idiota —sentencia Víctor.

Carlos se ríe, creo que él fue el primero en darse cuenta de que los insultos de Víctor son en realidad muestras de afecto.

—¿Entonces tú cómo lo llamarías? Antes vivías encerrado en el sótano de Villa Victoria buscando no sé qué cepa mágica en plan científico chiflado. Y ahora estás aquí, tu piel no tiene el color de los fluorescentes, has llamado a tus antiguos amigos y compañeros de trabajo, y sé de buena tinta que llevas el móvil lleno de fotos de Valeria.

—Es que es preciosa.

Me sonrojo porque creo que está hablando de mí, pero Víctor se acerca y me coge a la niña de los brazos. Al alejarse me da un beso.

¿Estaba hablando de la pequeña o de mí? Y, en serio, ¿qué nos pasa a las chicas cuando vemos a un tío bueno con un bebé precioso en brazos? Tenemos un gen o algo que se pone a bailar la salsa ante esas imágenes.

No es justo. Dudo que a ellos les pase lo mismo. Por suerte, Victoria decide salvarme.

—Víctor me ha dicho que vas a Madrid. Si tienes algún fin de semana libre siempre puedes acercarte, ¿no?

—En principio no tengo tiempo libre. Tengo que pasar todo el mes con el chico del calendario. De aquí me fui unos días antes porque nació Valeria. —Vamos a omitir el detalle de que Víctor me besó y que yo estaba hecha un lío—. Este año me va a ser difícil organizarme.

—No te preocupes. Yo iré a Madrid a verte. —Víctor ha dejado a la niña en la cuna y se está sentando a mi lado—. O a la ciudad que sea, seguro que encontraremos la manera de organizarnos.

Parpadeo algo confusa y me doy cuenta de que he dado por hecho que seguiremos juntos.

—Bueno, yo no quería...

Él me besa otra vez.

—Cállate, nena, yo también lo pienso.

Carlos se levanta y tras dar una palmada en el hombro a Víctor va hacia la cocina, de la que vuelve unos minutos más tarde con una botella de vino y cuatro copas.

—Bueno, creo que todo esto se merece un brindis. —Descorcha el vino que, evidentemente, es de la bodega de Víctor y Victoria, y lo sirve—. Porque pensé que el día que vería a mi cuñado el robot besando a alguien sería el fin del mundo y no ha sido así. Gracias por salvar a la humanidad de su extinción, Cande.
—Eres idiota, Carlos, pero me parece bien brindar por Cande.
—Yo preferiría brindar por Valeria —les digo.
Victoria es la primera en chocar la copa conmigo y me dice:
—Déjalos, son como niños. Me alegro de ya no estar sola con ellos. ¡Por Cande!
—Por nosotros —digo yo al final y Víctor me guiña el ojo.
Pasamos lo que queda del sábado con Victoria, Carlos y Valeria y, cuando volvemos a casa, Víctor empieza a desnudarme en la escalera y no conseguimos llegar al dormitorio. Creo que seré incapaz de no sonrojarme cuando las vuelva a bajar o a subir.

Estoy en la cama con Víctor durmiendo y roncando al lado. Este chico me gusta mucho, más de lo que creo, porque incluso sus ronquidos me parecen atractivos. Y no son solo los ronquidos, también es lo feliz que me siento con él, lo fácil que me parecen las cosas cuando hablamos. Él me escucha, me cuenta lo que pasa y lo que siente. Y yo me odio un poco cuando, en medio de estos momentos perfectos, estos instantes sexys, románticos y divertidos que harían babear a cualquier guionista de Hollywood, me pregunto por qué no podía pasarme esto con Salvador.
Suspiro furiosa conmigo misma. Soy idiota, una completa idiota. En mi defensa me digo que lo que sucedió con Salvador fue muy intenso y que es normal que piense en él porque acabo de verlo y porque... porque soy una idiota. Ya está. Cuando en una película o en un libro la protagonista duda entre el chico bueno y el malo siempre me entran ganas de matarla y de gritarle a la cara que es tonta del culo. No pienso convertirme en ella, en esta clase de protagonista idiotizada, ni hablar. Rubén me dejó y me quedé hecha

polvo porque me sentí como una estúpida por haberle permitido que me utilizase de esa manera cuando era más que evidente que ni yo le quería a él ni él a mí. Conocí a Salvador y sucedieron muchas cosas, él despertó algo en mí que yo no sabía que tenía, o tal vez fue el cambio de trabajo, no lo sé.

Víctor cambia de postura y me rodea con un brazo.

Víctor me gusta, me acelera el corazón y me hace sonreír. Me hace feliz y es increíble en la cama. Con él he hecho las cosas bien, empezamos con la amistad y ahora estamos juntos. No voy a sobreanalizar cada una de las frases que nos decimos ni cada una de las reacciones que me provoca en busca de defectos. No voy a sabotearnos.

Tengo que dejar de pensar en Salvador.

No cambiaría a Víctor por Salvador, se me encoge el corazón solo con pensarlo, eso jamás. Lo que siento podría compararse a un recuerdo, a un quiero y no puedo. Al Dragon Khan.

A pesar del miedo cuando me subí al Dragon Khan, estuvimos hablando de ello durante semanas en el instituto y colgué la foto de la visita a Port Aventura en mi dormitorio. No he vuelto a subir, aunque he visitado el parque en alguna que otra ocasión, pero en cada visita he pasado por delante y he pensado que fue emocionante subirme y bajar por sus curvas de infarto.

Tal vez Salvador sea eso, mi Dragon Khan.

Y Víctor es el parque de atracciones entero.

Me quedo dormida abrazada a él.

Pasamos el domingo solos en casa. No sé qué hora es cuando salimos de la cama, aunque bajamos medio desnudos al piso inferior en busca de comida y nada más. Estamos sentados en el suelo de la habitación de Víctor, es de madera y tiene una alfombra preciosa y una chimenea.

—Confiesa que esta chimenea te ha servido para ligar.

—Lo confesaré si tú me dices que gracias a ella ahora mismo tienes ganas de arrancarme la ropa.

—Solo llevas calzoncillos.
—Arráncamelos si quieres.
—Lo que decía yo, la chimenea sirve para ligar.
Victor me tumba en la alfombra y me sujeta las manos antes de besarme.
—Eres la primera chica que está aquí, Cande.
—Creo que voy a arrancarte los calzoncillos.

Más tarde, cuando entra oscuridad por la ventana del dormitorio y los dos por fin estamos exhaustos y solo somos capaces de abrazarnos, recuerdo todas las cosas que no he tenido tiempo de preguntarle.

—Al final no me dijiste quiénes eran esas «varias personas» a las que les has dicho que quieres reincorporarte a tu trabajo.

Víctor me acaricia la espalda y me contesta.

—He hablado un par de veces con los laboratorios americanos. Cubrieron esa plaza que me habían ofrecido, pero siempre están expandiéndose y abriendo nuevos centros en otras ciudades. Me han escrito unos cuantos correos con distintas opciones, pero aún no hay nada concreto.

—¿Te gustaría trabajar en Estados Unidos?

—Depende. Supongo que sí me gustaría si el trabajo valiese de verdad la pena y mi vida personal no se viese afectada. No quiero estar mucho tiempo lejos de Valeria o de Victoria. Ni de ti.

—Bueno —carraspeo un poco nerviosa—, por lo que dices, todavía no ha llegado el momento de decidirte, ¿no?

—No, todavía no. Sé que esto nuestro está empezando, pero no tomaría una decisión de esta clase sin, como mínimo, hablar contigo, Cande. —Le beso el hombro y él sigue hablando—. También me han llamado de los laboratorios de Barcelona; ellos también cubrieron mi baja, obviamente, pero tengo varios amigos allí y hemos quedado para almorzar dentro de unos días.

—Es una lástima que yo no vaya a estar en Barcelona.

—Antes, ayer, ya no sé qué día vivo porque me has secuestrado en este dormitorio, lo he dicho en serio. Iré a verte a Madrid.

—Yo no te he secuestrado, has sido tú.

—Vamos, Cande, si solo te ha faltado atarme a la cama.

Me incorporo un poco hasta quedar sentada y le miro. Tiene más barba porque lleva dos días sin afeitarse o arreglársela, va completamente despeinado y tiene las ojeras un poco marcadas; aun así sé leer en su mirada que es feliz. Víctor está feliz conmigo.

—He descubierto algo sobre ti, señor leñador. —Él enarca una ceja—. Cuando te emocionas, o insultas a la persona que te ha hecho emocionarte, como a tu cuñado Carlos, por ejemplo, o haces broma. No me importa que bromees, gracias a ti he descubierto que me gusta reírme en la cama y no —le detengo con la mano porque le veo venir—, no hagas una broma al respecto. Me gustas mucho, Víctor, y tú también me haces muy feliz a mí.

Levanta una mano y me coge del pelo para acercarme a él y besarme como si el mundo estuviera explotando a nuestro alrededor y ese beso fuese a salvarnos.

—Joder, nena —farfulla sin soltarme—, lo de atarme en la cama quizá deberías planteártelo porque de lo contrario voy a perder el control y meterme dentro de ti ahora mismo.

—Piérdelo. Te ataré cuando vengas a verme a Madrid.

Las despedidas no son lo mío, creo que alguien debería inventar ya la teletransportación y ahorrarnos a todos el drama que supone decirle adiós a alguien en una estación de tren o en un aeropuerto. Víctor me lleva en coche a pesar de que yo insisto en que es muy temprano y en que puedo coger un taxi sin ningún problema. Y en la estación insiste en aparcar y acompañarme dentro. No va a ahorrarme el mal trago de decirle adiós allí en medio. Sé que es una tontería y seguro que es culpa de mi hermana Marta, que me obligó a ver esos culebrones de pequeña; decía que la ayudaban a relajarse, pero no puedo evitarlo.

—Llámame esta noche, cuando estés instalada y me cuentas qué tal el chico de mayo.

—Te llamaré.

—Lamento que no hayamos podido hablar más estos días —me sorprende diciendo.

—No lo lamentas.

—Está bien, no lo lamento, lo reconozco, pero me gustaría haber tenido más tiempo contigo. No me has contado qué pasó en Barcelona o qué se supone que vas a hacer todo este mes. Tal vez te estoy mandando a los brazos de Benedict Cumberbatch y yo sin saberlo.

Me pongo de puntillas y le doy un sonoro beso.

—Esto ha sido por entender que Benedict Cumberbatch me parece sexy.

—No lo entiendo, pero escucho. No sé qué le veis a ese hombre.

—El chico de mayo no es como Benedict, te lo aseguro. Y aunque lo fuera, yo solo pienso en ti.

—Por cursi que haya sonado esa frase...

—Te ha encantado.

—Sí, me ha encantado, ¿puedo seguir? Por cursi que haya sonado y aunque me ha encantado, sé que no es verdad. No solo piensas en mí. Pero no pasa nada. No podemos controlar todo lo que pensamos, yo a veces estoy en el laboratorio y pienso en una canción de un anuncio de la tele de cuando tenía doce años. Solo podemos controlar las acciones, las decisiones. Será mejor que vayas hacia el andén, tu tren sale dentro de diez minutos.

Miro el reloj, no me había dado cuenta de la hora que era.

—Tienes razón. —Le doy un último beso—. Te llamo esta noche, lo prometo. —Empiezo a andar con la bolsa colgando del hombro hasta que de repente me detengo y me doy media vuelta. Víctor no se ha movido de donde estaba—. ¿Sabes una cosa, Víctor?

—¿Qué?

—Yo solo me río contigo y solo quiero estar contigo. Eso es una decisión, ¿no te parece?

Él elimina los pocos metros que nos separan y me da unos de sus besos de infarto.

—Es una gran decisión, nena. Sube al tren y pásame tu agenda para que yo pueda devanarme los sesos y encontrar la manera de venir a verte y volver a estar juntos.

—Claro, leñador. Cuídate y piensa en mí.

Víctor me da otro beso y no se mueve de allí hasta que yo entrego el billete y me subo al tren.

5

Estoy atontada media hora, tal vez un poco más, pero me obligo a dejar de pensar en Víctor y a centrarme un poco. El chico de mayo me estará esperando en Madrid y se merece toda mi atención. El proyecto de *Los chicos del calendario* me pide lo mejor de mí y voy a esforzarme al máximo.

Hago la foto de rigor del tren para colgarla y anunciar que voy camino a Madrid. Este fin de semana no he colgado nada sobre Víctor, quiero proteger estos momentos, los que siento que suceden en mi corazón. Solo colgué el vídeo del chico de abril y una de las fotos que Abril le hizo a Bernal cuando él estuvo en Barcelona por Sant Jordi.

Javier Arroyo, el chico de febrero, es veterinario y él mismo escribió a la web de *Los chicos del calendario* para ofrecerse como candidato. No es el único que lo ha hecho, pero sí el único cuya carta captó mi atención y me emocionó.

«No soy el chico perfecto, ni siquiera estoy medio bien, y creo que tienes razón en el vídeo cuando dices que los hombres son el problema de este país. Los hombres y las mujeres, añadiría yo. Somos unos egoístas que solo pensamos en nosotros mismos. Somos las criaturas más crueles de la Tierra, los únicos capaces de hacer daño a otro ser vivo para pasar el rato o de abandonar a alguien que nos necesita, porque tenemos que irnos de vacaciones. Como supongo que con esta última frase estoy descartado, en el suponer que hayas llegado a leer hasta aquí, añadiré que estoy convencido de que los perros son mejores amigos que nosotros y que por eso me he animado a escribirte. Esta tarde, cuando salía del trabajo, me he encontrado a un labrador retriever (es el perro del anuncio del papel higiénico) atado a una basura. Su propietario le había golpeado hasta dejarlo moribundo. No sé si se recuperará. ¿Qué clase de persona hace eso? Por lo que he leído y visto sobre ti, te dejaron por Instagram, pero visto está que te has recuperado muy bien y que estás mejor sin ese tipo. Te deseo mucha suerte y, si por casualidad o por algún milagro nuestros caminos se cruzan, te aviso que intentaré convencerte de que me ayudes a hacer entender a la gente que los perros, y cualquier animal, no tienen la culpa de que nosotros seamos unas bestias sin corazón».

Yo nunca he tenido perros o gatos, ni siquiera he tenido un pez; de pequeña mi madre decía que era alérgica y que no podíamos tenerlos en casa. Con el paso del tiempo acabé averiguando que nadie de mi familia es alérgico, mi madre sencillamente no se veía capaz de tener otro animal en casa. Supongo que la entiendo, ni Marta ni yo nos caracterizábamos por ser ordenadas ni por ayudar demasiado y mi padre... mi padre se olvida las llaves del trabajo dos o tres veces por semana. Una mascota habría acabado muerta en nuestras manos, a no ser que mamá se hubiese hecho cargo de ella, y mamá con nosotros y su trabajo ya tenía bastante.

Pero en el caso de que hubiésemos conseguido convencer a mamá, estoy segura de que ese perro o gato habría recibido cariño, tal vez nos habríamos olvidado alguna vacuna o no habría ido a la peluquería canina tanto como al bicho le hubiese gustado, pero habríamos sido cariñosos con él. De eso estoy segura.

La carta de presentación de Javier me gustó, porque me lo imaginé escribiéndola un día que estaba harto de todo y profundamente decepcionado, me lo imaginé preguntándose algo que yo hasta hace unos meses casi me preguntaba a diario: «¿Es que acaso no hay nadie que valga la pena en este mundo?».

El tren llega a la estación de Atocha y espero a que bajen los demás pasajeros del vagón. Aprovecho estos últimos minutos para coger aire y prepararme.

Javier me está esperando; no lleva ningún cartel, los dos nos vimos el otro día cuando hablamos por Facetime. Es alto y más pelirrojo de lo que creía, y lleva vaqueros, lo que parecen unas botas negras muy cómodas y gastadas, un jersey azul marino y un abrigo abierto del mismo color. Tiene las manos en los bolsillos y me está buscando por encima de las cabezas de la gente que ocupa el pasillo.

En cuanto nuestras miradas se encuentran los dos sonreímos y camino hacia él con un paso más ligero. Intuyo que este mes también va a ser muy interesante.

—Hola, Javier, ya estoy aquí.

—Bienvenida a Madrid, Cande. —Se agacha y me da dos besos—. ¿Quieres que te lleve la bolsa?

—No hace falta, gracias. No pesa nada, es solo la bolsa del fin de semana. El resto de mis cosas las han mandado directamente al piso.

—Sí, es verdad, me escribió una chica de Olimpo, Vanesa, para decirme que ibas a vivir en un piso de alquiler cerca de mi clínica veterinaria.

Javier vive en un piso encima de la clínica y, aunque Vanesa averiguó que él tiene espacio de sobra, preferimos alquilar un piso para mí. Es lo más correcto y lo más cómodo para todos. El único chico del calendario con el que compartí alojamiento fue Víctor en marzo y quedaba justificado porque vive en medio del campo y no podía pasarme los días arriba y abajo en coche. En Barcelona, en enero, me quedé en mi casa, obviamente. En febrero, en Granada, alquilamos un piso y en abril tenía mi propia habitación en la casa de huéspedes donde se alojaba Bernal.

—Es lo más práctico —le explico—. Pasarme un mes entero en un hotel sería muy raro y muy frío, y así, viviendo cerca de tu casa y de tu trabajo, podemos organizarnos mejor sin tener la sensación de que te estoy acosando.

Caminamos hacia la salida.

—Creía que las normas del concurso de *Los chicos del calendario* establecen que tenemos que estar todo el tiempo juntos —me recuerda él.

—Sí, tengo que conocer tu vida, tu trabajo, a ti, en resumen, pero si sucede algo en lo que no puedo estar, no pasa nada. Esto no es *Gran Hermano*. No voy a meterme en tu cama.

Cruzamos una calle muy ancha, pasamos por delante de una parada de taxis sin subirnos a uno.

—He pensado que podríamos ir paseando, mi barrio no está muy lejos.

—Claro. ¿Por qué elegiste abrir la clínica veterinaria en la Latina? No sé mucho de Madrid, en realidad sé muy poco, pero me parece curioso.

—Crecí allí, a dos calles del mercado, y me pareció el lugar perfecto para establecerme. Me gusta estar cerca de mis amigos y de mi familia. Además, es un barrio con muchos perros y mascotas; tengo unos pacientes estupendos.

—Me alegro. Estoy impaciente por conocerlos mejor a todos.

Nos detenemos en medio de la calle y Javier me mira de un modo extraño. No le conozco, pero diría que está entre nervioso y preocupado.

—¿Sucede algo, Javier? —Él me mira a los ojos—. ¿Has cambiado de opinión sobre ser el chico del calendario?

No sé si puede hacer eso, creo que no, pues ya ha firmado todos los papeles del departamento jurídico, pero tampoco quiero pasarme un mes con alguien que no quiere formar parte de esto.

—No, no he cambiado de opinión —me asegura y yo respiro aliviada—. Es sobre eso que dijiste de que no vas a meterte en mi cama.

Me sonrojo de los pies a la cabeza. ¿Cuándo aprenderé a pensar antes de hablar?

—Lo siento mucho, Javier, ha sido una frase desafortunada. Quería decir que voy a respetar tu intimidad, que *Los chicos del calendario* no es un programa de...

—Soy gay.
—Vale.
Me ha interrumpido para decírmelo y, dado mi historial de meteduras de pata, prefiero no arriesgarme demasiado y esperar a ver si él dice algo más.
—No lo puse en la carta porque ni se me pasó por la cabeza. Los heterosexuales no vais por el mundo terminando las cartas con un «por cierto, soy hetero, que tengas un buen día».
—No tenías por qué ponerlo, Javier. No es un dato que nos incumba.
Él reanuda la marcha y yo le sigo.
—No iba a decírtelo así —sigue al cabo de unos segundos—, mi sexualidad no ha sido nunca, o casi nunca, un secreto. Nunca he estado metido en ningún armario. Pero tú has hecho ese comentario sobre la cama y desde hace unos días una de mis amigas, Rita, insiste en que tengo que decírtelo. No quiero que haya ningún malentendido entre nosotros.
—Por supuesto que no. Tranquilo. Se supone que este mes tengo que conocerte y que tú tienes que demostrarme que los hombres de este país no están tarados. Diría que hemos empezado con muy buen pie.
—Los hombres de este país están tarados, Cande. Pero me alegro de que estés aquí, tal vez entre los dos podamos encontrar unos pocos que estén bien y enseñarles a tratar bien a los animales.
—¿De qué te viene tu pasión por los animales? ¿Siempre quisiste ser veterinario?
—Siempre. Mis padres eran geniales, fallecieron hace unos años —apunta como si nada—, y mis hermanos son estupendos. Uno vive en Madrid y los otros dos en Sevilla y en Londres. Tuve una infancia muy normal, feliz, supongo. Pero siempre noté que era distinto y tenía miedo de decepcionarlos. Le contaba todas mis dudas y neurosis a mi perro, Trex, me encantaban los dinosaurios, y a veces tenía la sensación de que él era el único que me entendía. Trex murió en mi último año del instituto; una semana más tarde se

celebraba la fiesta de fin de curso y le pedí a un chico, a un compañero de clase, si quería ir conmigo.

—¿Y qué te dijo?

—Que no. Pero mis padres me dijeron que él era un idiota que no sabía lo que se estaba perdiendo. Luego empecé Veterinaria; nunca he dudado sobre mi vocación ni sobre lo demás. Me temo que en ese sentido te pareceré poco interesante.

—Te equivocas, Javier, creo que eres muy interesante. Háblame más de Trex, ¿has tenido más perros desde entonces? Mi madre nos decía a mi hermana y a mí que no podíamos tener una mascota porque ella era alérgica, pero no era verdad.

—Muchas madres lo hacen, no se lo tengas en cuenta. Tener una mascota es una gran responsabilidad. Mira, ya hemos llegado.

Cruzamos una plaza pequeña y veo el cartel de la clínica veterinaria de Javier. Clínica Trex, sonrío al descubrir allí el detalle sobre su primer perro. Es un local muy amplio y en la recepción hay una chica que nos saluda nada más entrar.

—Hola, Javier, tu primera visita no es hasta dentro de cuarenta minutos. Buenos días —se dirige a mí—, tú debes de ser Candela Ríos, ¿no? He visto tus vídeos y te sigo en Insta.

No sé si se sonroja más ella o yo.

—Muchas gracias.

—Yo soy Alba, la enfermera de Javier.

—Sí, perdona —interviene Javier, que estaba leyendo el contenido de una carpeta que le había pasado Alba—. Ella es Alba, Cande.

Las dos sonreímos.

—Es un placer conocerte, Alba. Vamos a vernos mucho este mes, ¿te importa que te mencione en algún comentario?

—No, por supuesto que no.

Entonces caigo en la cuenta de que todavía no he hecho ninguna foto con Javier, me he despistado hablando con él. Le miro y desprende tanta paz, tanta seguridad en sí mismo, que me encantaría preguntarle cómo lo ha conseguido, qué tengo que hacer para sentirme tan bien conmigo misma como él.

Tengo un mes para averiguarlo.

—Javier, ¿te importa que nos saque una foto?

Él aparta la vista del informe médico de su próximo paciente.

—No, supongo que forma parte del trato, ¿no?

—Exacto, tenemos que compartir nuestro mes con los seguidores del concurso, pero te prometo que jamás colgaré nada que tú no quieras, ¿de acuerdo?

—De acuerdo.

—Bien, pues vamos allá.

Me acerco a Javier, que se ha puesto una bata blanca, y nos saco una foto.

«Os presento a Javier #ElChicoDeMayo 🐼 y es veterinario y pelirrojo. Hoy es mi primer día en #Madrid y de momento estoy más feliz que una perdiz. #ElChicoDeOutlanderTieneCompetencia».

Javier lee el texto y suelta una breve carcajada.

—¿Vas a entrar en la consulta conmigo?

—Si a tu paciente y a su propietario o propietaria no le importa, sí. Se lo preguntaré cuando llegue, ¿te parece bien?

—Me parece perfecto. Aún tenemos media hora, si te apetece tomar un café podemos ir a una cafetería que hay aquí al lado o podemos... —Se detiene al oír las campanillas de la puerta y, al ver a la persona que entra, su rostro cambia y se endurece—. Hoy no. Mierda. Hoy no.

—¿Sucede algo?

Me he preocupado porque la persona que acaba de entrar es un policía. Es enorme y tiene cara de pocos amigos o de no haber dormido en una semana.

—Nada. No sucede nada.

Javier se acerca a la puerta donde se ha detenido el policía y voy con él. Alba también tiene la mirada fija en el recién llegado.

—¿Qué estás haciendo aquí, Esteban?

Si le conoce por su nombre, señal que no es nada grave, me digo.

—Quería verte.

—Prueba otra vez.

—Quería hablar contigo, Javier.

Javier se pasa una mano por el pelo, lo lleva un poco largo y un mechón pelirrojo queda descolocado. No soy la única que se fija: la mirada del policía se detiene allí unos segundos aunque la aparta en cuanto detecta que le he pillado y me fulmina con ella.

—Mira, si has venido a hacerme perder el tiempo, ya puedes irte. Cualquier otro día estaría encantando de discutir contigo, pero hoy estoy muy ocupado.

—Tintín se ha hecho daño.

La actitud de Javier se altera de nuevo.

—¿Qué le ha pasado?

—Nos lo llevamos a una redada. Recibió un disparo; el veterinario del cuerpo dice que solo es un rasguño, pero...

—Iré a verle esta tarde. ¿Eso es todo?

No sé si el policía tiene intención de decir algo más, pero al observar a Javier creo que él, durante un segundo, espera que lo haga y después, casi de inmediato, acepta que no va a hacerlo.

—No, nada más.

—Perfecto. Pasaré por la comisaría cuando cierre la clínica. Cande vendrá conmigo. —Me señala con un dedo y el policía vuelve a mirarme—. Candela Ríos, te presento al agente Llorente, ya se iba.

—¿Candela Ríos? ¿Eres la chica de ese vídeo de Youtube?

Entre el tono y la mirada no me ha costado deducir que no le caigo especialmente bien al señor agente.

—La misma. —A pesar de todo le tiendo la mano y él la acepta.

—¿Qué está haciendo aquí, señorita Ríos?

—Llámeme Cande, agente Llorente, voy a pasar el mes aquí, con Javier, él es el chico de mayo.

El agente me suelta la mano como si yo tuviera una enfermedad contagiosa y clava los ojos en Javier.

—¿Eres el chico de mayo? ¿Acaso te has vuelto loco? ¿Por qué? Pero... es una... locura.

—No es ninguna locura y lo he hecho porque yo, a diferencia de otras personas, sí que lucho por las causas o las personas en las que creo.

Una chica con un gato en los brazos aparece detrás del agente e intenta apartarlo para entrar. Él no parece dispuesto a moverse.

—Lo siento, disculpe, señor policía.

—Apártate, Esteban, Rosalía no tiene la culpa de que te hayas quedado helado.

El policía por fin se aparta y la chica y el gato entran.

—Buenos días, doctor Arroyo.

—Buenos días, Rosalía, enseguida estoy contigo. ¿Te importa hablar un segundo con Cande? —Javier me mira y deduzco que quiere que le pregunte a Rosalía si le importa que entre en la consulta y que él quiere hablar a solas con el policía antipático.

—¿Eres Candela Ríos? —La chica abre los ojos y me sonríe—. Te he reconocido. ¡¡Ya verás cuando lo cuente en clase!! ¿Podemos hacernos una foto?

—Claro.

Mientras Rosalía nos saca la foto sin dejar de hablar, veo que el policía se va con peor cara que con la que ha llegado y que Javier tarda unos instantes en darse media vuelta y volver a mirarnos.

6

El gato de Rosalía tiene una infección en los ojos. Javier no solo atiende al animal, sino que habla con su propietaria, una chica de dieciséis años, y la tranquiliza sobre el tratamiento.

—Perla se pondrá bien, ya lo verás, Rosalía. La estás cuidando muy bien, solo tienes que ponerle las gotas unos cuantos días más e intentar mantenerle limpia la herida.

Javier no pierde nunca la paciencia. Atiende a un paciente tras otro con una sonrisa y sin prisas, les concede a todos el tiempo que necesitan y los escucha atentamente. Al mediodía cierra un rato para ir a comer y vamos juntos a un restaurante que hay cerca.

—Casi siempre como en casa —me dice—, pero he pensado que hoy podíamos comer fuera.

—Claro. Lo que tú quieras. ¿Dónde está el perro de la carta, el labrador que te encontraste?

—Parche está recuperándose en el centro canino de la policía.

—¿Se llama Parche?

—Sí, si le conoces entenderás por qué.

—¿Qué hace en el centro canino de la policía?

Entramos en el restaurante. Es pequeño y el camarero saluda a Javier, buscamos una mesa para dos y veo que no hay carta.

—Tienes que elegir del menú de la pizarra —me explica Javier—. Parche es demasiado grande y está demasiado enfadado para estar en mi clínica. Mis instalaciones no están preparadas para un animal como él y allí podrán ayudarlo a recuperarse mejor.

—¿Y qué sucederá cuando se recupere?

—Lo llevarán a una perrera y con algo de suerte alguien lo adoptará. El problema es que ningún perro puede estar allí por tiempo ilimitado y Parche intimida un poco, aunque en el fondo es todo corazón.

—Yo nunca he tenido una mascota, antes ya te lo he dicho, pero no entiendo que alguien pueda hacerle daño a un animal.

—Te sorprenderías de lo que es capaz la gente, Cande.

Pedimos la comida y veo que Javier está serio, o quizás esté cansado. Aunque él tiene un rostro muy expresivo, no me atrevo a adivinarlo.

—¿Y quién es Tintín?

—Tintín es un pastor alemán, uno de los perros que utiliza la policía para hacer redadas antidroga o en las unidades de asalto o de control de masas. Yo antes solía trabajar para ellos, en su departamento canino.

—¿Cuánto hace que abriste la clínica?

—Aún no hace un año, lo cumplirá en septiembre.

—Vaya, felicidades. Eres un valiente por atreverte a abrir tu propio negocio.

—Mi madre lo habría llamado ser temerario. En fin, era lo que tenía que hacer. Pero aún no es suficiente, hay casos como Parche que no puedo atender y las perreras municipales no dan abasto, por no hablar de la escasez de centros para animales maltratados.

—No sé casi nada de tu profesión, Javier, hoy he entrado por primera vez en una clínica veterinaria. Nunca había visto a una iguana de cerca y no se me había pasado por la cabeza que un hámster pudiese estar estresado, pero tus pacientes han entrado preocupados y se han ido con una sonrisa, así que diría que estás haciendo algo bien.

—Tal vez. Eso espero. Pero me gustaría hacer más y no volver a encontrarme nunca más a un perro en el estado en que me encontré a Parche.

—¿Lo visitas a menudo?

—No tanto como me gustaría.

—Esta tarde, cuando vayamos a ver a Tintín, ¿Parche también estará allí?

—Sí, eso espero.

Acabamos de comer, Javier me cuenta algunas anécdotas de la consulta y me hace alguna que otra pregunta sobre *Los chicos del calendario*.

—Al principio me pareció una locura, pero ahora sé que es lo mejor que me ha pasado en la vida. Me ha dado la oportunidad de conocerme de verdad, de saber qué quiero, y no voy a desaprovecharla.

—Me alegro por ti, Cande. A mí me costó mucho saber quién era y creo que en esta vida todos podemos soportar muchas cosas si nos mantenemos fieles a nosotros mismos. No debes traicionarte por nadie. Tú eres la persona más importante de tu vida.

Me quedo pensándolo unos segundos. Javier tiene razón, si yo no me hubiese traicionado a mí misma, si no hubiese decidido callar por miedo a la soledad, las cosas con Rubén habrían terminado mucho antes de que él me dejase por Instagram. Y con Salvador, si no me hubiese mantenido firme, probablemente le habría tolerado que me tomase el pelo unos meses más. Es curioso que él fuese en cierto modo el artífice de ese cambio y que también haya pagado las consecuencias.

—Es verdad —le digo a Javier—. El problema es que a veces conoces a alguien que intenta hacértelo olvidar.

—Sí, y a veces ese olvido quizá compensa durante unos segundos. Quizás incluso durante una noche. Pero todos tenemos una vida por vivir y, no sé tú, pero yo no voy a vivirla siendo otra persona. Me gusta quién soy.

—Sí, a mí también me gusta quién soy. —Miro a Javier—. Me alegro mucho de haberte elegido como chico del calendario, Javier. Espero que después de este mes haya más gente concienciada sobre el maltrato animal y que consigas obtener lo que quieres de esta experiencia.

—Gracias, Cande.

Abandonamos el restaurante y Javier me explica que, antes de la primera visita de la tarde, va a aprovechar para resolver temas de papeleo. Alba solo está por la mañana, porque es cuando más visitas tienen, y ella por la tarde está terminando la carrera. Me acompaña hasta el piso que Olimpo me ha alquilado para este mes y, tras comprobar que mi maleta llegó bien y está dentro, gracias a la señora de la agencia inmobiliaria que accedió a ir a abrir al mensajero, suspiro aliviada. Ya temía que mis cosas estuviesen dando vueltas por España.

—Si te parece bien, me voy a quedar aquí para organizar mis cosas y descansar un poco. ¿Te va bien que me acerque a la clínica en cuanto termine o me avisas en cuanto termines tú?

—Por supuesto. No me iré a la comisaría sin ti.

Javier se va y yo me siento en el sofá color gris merengue de IKEA que hay en el salón comedor del pequeño apartamento. Tiene las paredes blancas y una pequeña cocina al fondo. Una habitación, un baño. No necesito más. Las vistas dan a la plaza por la que hemos pasado antes y desde la ventana puedo ver la clínica veterinaria de Javier. Es el lugar perfecto para este mes.

Saco el móvil del bolso y veo que la foto de Javier ha causado furor. Él tiene una sonrisa muy franca y no he exagerado al decir que podría hacerle la competencia al chico de *Outlander*. Me pregunto durante un instante cómo ha debido sentirse cuando me ha dicho que era gay; nunca me había parado a pensar en que los heterosexuales no vamos por el mundo confirmando nuestra condición sexual a los demás. Él tampoco tendría que creer que debe hacerlo. Nadie tendría que creer eso.

He pasado unas pocas horas con él y ya siento que he aprendido algo de Javier y, sin duda, ya puedo decir que admiro lo cómodo que parece estar consigo mismo y el optimismo que transmite. Hace falta más gente así.

Veo que tengo un mensaje de Víctor diciéndome que espera que haya llegado bien y que hablaremos esta noche. Le contesto mandándole un beso. También tengo un correo de Salvador; mi corazón sufre una leve parada hasta que compruebo que dicho correo lleva la dirección de Olimpo, así que deduzco que será para comentarme una cuestión de trabajo.

Aun así suspiro antes de abrirlo y leerlo.

«Buenos días, Candela.

Sergio y yo hemos repasado los contratos y puedes estar tranquila, mi padre no tiene ningún fundamento legal para obligarte a escribir un libro sobre los chicos del calendario y tampoco puede apropiarse de la idea sin tu consentimiento. Por otro lado, Vanesa me ha confirmado que ninguno de los chicos anteriores ha recibido ninguna comunicación de *Gea* o de Olimpo. Tenemos que pensar qué les contamos y cómo decidimos hacerlo. Si tienes alguna sugerencia, no dudes en decírmela.

Si de verdad te estás planteando escribir esta historia, dímelo también. Estaré a tu lado si me necesitas.

Salvador».

«Estaré a tu lado si me necesitas». Ja, ja, ja. Mira que tiene gracia el tío cuando quiere. Compruebo la hora del correo, es de hace veinte minutos y, aunque es breve, hace referencia a muchos temas. Salvador tiene que haberse pasado el fin de semana trabajando, comprobando esta información. No voy a permitir que eso me ablande, *Los chicos del calendario* también son su proyecto y es normal que invierta tiempo en ellos y que se preocupe de no perderlos.

Yo me merecía mi fin de semana con Víctor, no voy a sentirme culpable por ello. Ni hablar.

Contesto el correo con la misma formalidad que él.

«Buenas tardes, Salvador.

Muchas gracias por tu correo. Si sucede algo más, avísame, por favor.
　Le estoy dando vueltas a la idea del libro, te contaré algo más en cuanto tenga una idea más clara. Pero te aseguro que la única persona que va a escribir sobre *Los chicos del calendario* voy a ser yo.

Candela».

Estoy convencida de que no va a contestarme; no le he dado pie a que lo haga, así que, cuando me vibra el teléfono anunciándome que tengo un nuevo correo, me quedo asombrada y lo abro al instante.

«Te avisaré.

Cuídate, Candela, por favor.

Salvador».

No voy a contestarle. Dejo el móvil en la mesa y arrastro la maleta hasta el dormitorio. La coloco en la cama y me dispongo a colgar la ropa en el armario.
　—Mira que es idiota y retorcido —hablo con las perchas—. Está como una puta cabra. Sí, ya sé que no tendría que decir tacos, pero es que Salvador me saca de mis casillas.
　Pienso en lo que ha dicho Javier sobre mantenerte fiel a ti misma y de inmediato me aparece la imagen de Víctor sonriéndome y cedo al impulso de llamarlo.
　—Hola, nena, ¿cómo estás? Creía que habíamos quedado en hablar esta noche.

—Te echo de menos —le digo sin cuestionármelo.

—Y yo a ti. Creo que esta tarde me va a salir una reunión urgente en Madrid.

—No digas tonterías, Víctor. Pero gracias, te agradezco que estés dispuesto a eso.

—No me lo agradezcas, lo hago por mí. No puedo pensar, me has convertido en un obseso sexual.

—Creo que eso, leñador, ya lo eras antes.

—Lo dudo mucho. Vamos, distráeme, háblame de otra cosa antes de que me plantee que el sexo por teléfono es una buena opción.

—El piso de alquiler parece sacado de un catálogo de IKEA. Me da un poco de miedo abrir un armario y que me aparezca un chico o una chica vestido de azul y de amarillo con uno de esos minilápices en la mano.

Víctor se ríe.

—¿Y qué tal el chico de mayo?

—Es muy agradable y simpático. Y listo, también es muy listo. Esta mañana me ha dicho que es gay.

—¿Queda muy políticamente incorrecto que te diga que me alegro mucho?

—Viniendo de ti no, leñador.

—Pues me alegro mucho.

—¿A ti te gustan los animales?

—Sí, la verdad es que sí. Nunca he tenido, porque con mi trabajo no podría cuidarlo como es debido, pero me encantaría tener un perro algún día.

Víctor marca siempre la casilla correcta. Siempre.

—Yo nunca me lo había planteado, pero después de pasarme la mañana en la consulta de Javier, creo que a mí también me gustaría algún día.

—Algún día. —Nos quedamos en silencio, pero es bonito, especial—. Tengo que dejarte, Cande. Tengo una videollamada con Barcelona. ¿Hablamos luego?

—Sí, claro, no te preocupes. Hablamos luego.

Termino de colocar la ropa y llevo el neceser al baño con una sonrisa en los labios. Me ocupo de las redes, contesto todos los mensajes que puedo y le escribo un correo a Vanesa para darle las gracias por haberse ocupado de todo y para confirmarle que tanto la maleta como yo estamos bien en Madrid.

Antes de volver a la clínica de Javier investigo un poco por el barrio y compro algo de comida y de bebida, así como cosas básicas como papel higiénico. Creo que una o dos personas me reconocen, pero ninguna se me acerca y llego al piso con las bolsas, que no tardo nada en ordenar. El piso sigue pareciendo que se ha escapado de IKEA, pero al menos ahora es un poco mío y, tras maquillarme un poco, me voy con ganas de seguir conociendo a Javier y a su clínica veterinaria.

Llego a tiempo de conocer a los dos últimos pacientes del día, un caniche adorable con un problema de sordera y una serpiente. La serpiente es la que me hace menos gracia y no me atrevo a tocarla a pesar de que, tanto su propietario como Javier, insisten en que no es peligrosa.

—¿No estás cansado? —le pregunto cuando volvemos a quedarnos solos—. Tiene que ser agotador pasar mentalmente de un perro a una boa. Nunca me había dado cuenta de lo difícil que es el trabajo de un veterinario.

Él se encoge de hombros y sonríe.

—La verdad es que no suelo verlo así, para mí todos somos animales. Incluso nosotros. Nos parecemos más de lo que crees, Cande.

—Supongo.

—Vamos, si queremos visitar a Tintín y tener tiempo de ver a Parche, tenemos que darnos prisa. No podemos llegar tarde a la comisaría. Si no nos acompaña un agente de policía, no podremos acceder a la unidad canina ni a sus instalaciones.

Cerramos la clínica y vamos en metro hasta la comisaría, donde varios policías saludan a Javier nada más llegar. Él ya me ha dicho que solía trabajar con ellos y es evidente que cuando se fue dejó atrás un grupo de buenos amigos. Todos parecen alegrarse de verlo, hablan con él con franqueza y son muy amables conmigo cuando me presenta.

—¿Vas a acompañar a Javier durante todo el mes? —me pregunta uno de ellos intrigado.

—Sí, todo el mes. En eso consiste ser un chico del calendario.

—Pues a ver si averiguas por qué nos dejó en la estacada.

—No os dejé en la estacada, Nacho, busqué un sustituto y me quedé dos meses con él. No me fui hasta que supe que lo tenía controlado. Además, podéis venir a la clínica cuando queráis.

—Sí, sí, pero no es lo mismo.

Nacho y el otro policía se despiden, tienen que irse a empezar su turno y Javier y yo esperamos allí en la entrada.

—Ya estáis aquí. —Reconozco la voz del agente Llorente y me doy media vuelta.

—Sí, ya estamos aquí —le contesta Javier.

—Pues vámonos. No tenemos todo el día.

Javier se muerde la lengua, me imagino que iba a decirle que nosotros le estábamos esperando a él y no al revés, pero por el motivo que sea decide no hacerlo. El agente nos lleva hasta un coche, no está pintado, pero estoy casi segura de que es un coche de la unidad policial.

—Ve tú delante, Cande, yo iré mejor detrás con el maletín.

Es una excusa absurda, pero deduzco que Javier no tiene ganas de estar más cerca de lo necesario del agente Llorente.

—Como quieras.

El centro de la unidad canina de la policía no está lejos de la ciudad, a primera vista me recuerda a una casa donde mis sobrinas pasaron una semana en verano intentando aprender inglés, pero a medida que nos acercamos veo los campos de entrenamiento y unos perros corriendo hacia un hombre completamente cubierto por una especie de neumáticos.

—Son perros especiales —me explica Javier—, los entrenan para esto. Jamás harían daño a nadie.

El agente Llorente no ha dicho nada en todo el viaje, me ha fulminado con la mirada a través del retrovisor un par de veces y le he visto observar a Javier, pero no consigo interpretar qué le pasa. Los demás policías parecían guardar un buen recuerdo del chico de mayo y, de repente, veo algo en los ojos de Llorente que me ilumina, por así decirlo.

¿Y si sucedió algo entre ellos dos, algo personal?

Mi sospecha debe de reflejarse en mi cara porque Llorente aprieta las manos en el volante y me mira completamente serio, como diciéndome que, si me atrevo a decir en voz alta lo que estoy pensando, saldré por los aires. Aparto la mirada y la fijo en mis manos, tengo demasiada imaginación y mi espíritu de Cupido está *on fire* después de haber emparejado a Jorge con María y a Bernal con Manuela, tal vez ha llegado el momento de darle unas vacaciones. Soy Candela Ríos y esto es *Los chicos del calendario*, no soy Luján en *Granjero busca esposa* ni Carlos Sobera en *First Dates*.

Llorente afloja las manos, sabe que he captado el mensaje, y detiene el coche cerca de la entrada del edificio.

—Tintín está dentro —nos explica—. Después os llevaré a ver a Parche. —Entonces mira a Javier—. Seguro que quieres verlo.

—Sí, gracias. Pero primero quiero ver a Tintín.

Tintín es, efectivamente, un pastor alemán y está tumbado en una camilla especial para perros en lo que parece un quirófano, como el de cualquier hospital. Está adormilado, aunque levanta la cabeza cuando oye la puerta y el estoico y antipático agente Llorente se transforma en humano y se acerca a acariciarlo.

—Hola, amigo, te he traído a Javier.

Vale, al parecer lo que nos pasa a las mujeres cuando vemos a un tío bueno con un bebé también nos pasa cuando vemos a un tío bueno con un perro. El tal Esteban ni me gusta, aunque me temo que he olvidado mencionar que es impresionante, pero cuando le veo acariciar a ese pastor alemán con cara de sufrimiento, como si estuviera dispuesto a intercambiarse con él con tal de haberle evitado el disparo, tengo que morderme el labio para no suspirar como una idiota.

7

Javier evita que haga el ridículo comportándose como el excelente veterinario que es.

—Apártate, Esteban, déjame ver a mi paciente.

El agente Llorente, ahora que se ha apartado del perro herido, vuelve a caerme mal, se hace a un lado y yo aprovecho para sacar el móvil. Me detengo antes de hacer nada.

—¿Puedo sacarle una foto a Javier con el perro, agente?

—Sí, por mí no hay problema.

Dado que sé que Javier tampoco tiene ningún problema con eso, tomo la foto y finjo no haberme dado cuenta de que la voz del agente Llorente ha sonado más ronca y humana que antes.

—Te pondrás bien, Tintín —le asegura Javier al pastor alemán—, pero tienes que dejar esa costumbre de ponerte delante de hombres con pistola, ¿de acuerdo?

El perro parece asentir y Javier se ríe. Incluso a Llorente se le escapa un suspiro. Deduzco que este hombre será muchas cosas, pero es evidente que ese perro le importa.

—Gracias por venir, Javier.

—De nada. —Javier contesta sin mirarle y sin dejar de inspeccionar la herida que el perro tiene en la pierna—. Me alegro de estar aquí, así puedo asegurarme de que Tintín está bien. —El perro le acaricia el rostro con el hocico—. ¿Me has echado de menos? —Javier baja la voz—. Yo también a ti, campeón.

Javier le cambia el vendaje al perro y hace unas anotaciones en el informe que ha encontrado colgando de la camilla.

—¿De verdad se recuperará? —pregunta Llorente.

—Sí, tardará unos días, pero dentro de nada volverá a ser el de siempre. Le he cambiado un poco la medicación, nada grave. El diagnóstico del veterinario es correcto —afirma Javier dándonos todavía la espalda a mí y al agente de policía—, pero yo conozco a Tintín y esto le irá mejor. Ahora tienes que descansar, ¿de acuerdo?

El perro parece quedarse dormido, es la primera vez que veo algo así. Javier no se levanta hasta que Tintín cierra definitivamente los ojos y la respiración le cambia.

—¿Dónde está Parche? Tengo muchas ganas de verlo.

No lo pongo en duda, pero también tengo la sensación de que Javier quiere salir de aquí cuanto antes.

—Está fuera, en uno de los campos de entrenamiento.

Los campos de entrenamiento son pequeños corrales en los que hay jaulas muy amplias y zonas de juego para los perros. Nos acercamos; yo camino al lado de Javier y Llorente va delante. Se detiene en la puerta y nos espera.

—Será mejor que esperes aquí —me dice Javier—. A Parche no le gustan los desconocidos.

—De acuerdo.

—Tú quédate con ella, Esteban.

Intercambian una mirada hostil, a este paso dejaré de contenerme y les preguntaré directamente qué les pasa. No me gusta estar en medio de un campo de batalla y tengo la sensación de que esto lo es.

—De acuerdo —acepta Llorente.

Javier entra y se acerca a una jaula en la que hay un perro tumbado en el suelo. Parece estar dormido, o pasando olímpicamente de lo que sucede a su alrededor, hasta que Javier lo llama por su nombre.

—Hola, Parche.

El perro se pone en pie y descubro el porqué del nombre; le falta un ojo y tiene el párpado cosido a la piel como si fuera un parche pirata. En las patas traseras también le falta pelo y en una zona es como si también le faltase carne. Como si alguien, otro animal, le hubiese arrancado parte del muslo. No sé de dónde ha salido ese perro, pero el que le hizo eso es un monstruo. Parche se pone a la defensiva, durante unos segundos me acuerdo de una película de miedo que mi hermana veía de adolescente y que me obligó a ver con ella; creo que se llamaba *Perros del infierno* o algo así. Parche parece uno de ellos, pero entonces su ojo se detiene en Javier, cambia la postura y empieza a babear y a saltar nervioso como si fuese un cachorro. Javier abre la puerta de la jaula y se pone de rodillas en el suelo para quedar a la misma altura que el perro.

Parche se le lanza encima para lamerlo, es un abrazo canino, y es increíblemente bonito.

—Oh, es... —Me muerdo la lengua, no quiero quedar como una cursi delante del sargento de hierro.

—Es precioso. —Llorente termina la frase con su voz de persona humana—. Ese perro estaría muerto de no ser por Javier.

Los observamos un rato en silencio, es como si Javier y ese perro, Parche, se estuviesen contando todo lo que han hecho durante los días que no se han visto. Deduzco que Javier piensa que ya se han puesto al corriente, porque se levanta del suelo y, tras silbar de un modo concreto, Parche se pone a correr por el cerco.

—Creo que está presumiendo para ti —grita el agente Llorente—. Conmigo nunca corre así.

Javier sonríe satisfecho desde donde está y, tras otro silbido, Parche corre de nuevo hacia él y se sienta en el suelo.

—¿Cómo hace eso? —pregunto.

—Javier no es solo veterinario —me explica Llorente y creo detectar cierto orgullo en su voz. ¿Es posible o el Cupido sádico que hay dentro de mí está alucinando?—. También es entrenador de perros. El mejor que ha tenido nunca la policía de Madrid.

—¿Por qué lo dejó?

—Quería abrir su clínica.

Es lo mismo que me ha dicho Javier, sin embargo, empiezo a creer que no es toda la verdad.

Javier le habla de nuevo a Parche y después los dos caminan hacia nosotros.

—¿Quieres conocer a Parche, Cande?

—Claro. ¿Puedo tocarlo? —Me agacho igual que ha hecho él antes para quedar a la altura del perro. Las heridas que tiene en la cabeza son aún más horribles de cerca; la cicatriz le llega al hocico y le deforma un poco el labio superior dejándole al descubierto unos colmillos. Le falta pelo en varios lugares y está a la defensiva. En cierto modo creo que Parche espera que me aparte y que no quiera acariciarlo. Levanto una mano despacio y espero las instrucciones de Javier. Tal vez estoy siendo una inconsciente, pero no quiero dar un paso hacia atrás y que Parche crea que me da miedo, aunque me da un poco. Tengo el presentimiento de que tanto a él como a mí nos irá bien conocernos.

—Acércale la mano a la nariz, deja que te huela un poco.

—¿Quién le hizo esto?

—No lo sé —me explica Javier—, pero se fueron y le dejaron allí, en medio de la calle, como si no importase.

—Con lo bonito que es. Sí, que eres bonito, muy bonito. Y muy valiente. Eres muy valiente, Parche.

El perro me lame la palma y se aparta para volver junto a Javier.

—Se alegra mucho de verte —le dice Llorente a Javier—. Tendrías que venir a visitarle más a menudo.

—Él sabe que no puedo, ¿verdad, Parche? —Le acaricia detrás de las orejas—. Dentro de nada estarás como nuevo y una familia te adoptará. Estoy seguro.

—Será difícil, Javier, lo sabes perfectamente. Aún tiene días en los que no deja que se le acerque nadie y... —Llorente se pone las manos en los bolsillos—, no es el perro más bonito del mundo.

—Sí que lo es. Seguro que alguien sabrá apreciarte, Parche. No le hagas caso. Ojalá pudiera tenerte yo conmigo.

—¿Y por qué no puedes?

—Parche necesita espacio para correr y no suele reaccionar muy bien a los interiores. Necesita estar al aire libre. —Javier extiende las manos a modo de explicación—. Si tuviera jardín, aunque fuese pequeño, ya lo habría adoptado.

Pienso en Haro, en Villa Victoria, en las tierras de las viñas de Víctor. Parche sería feliz allí, podría correr a sus anchas. Me muerdo la lengua, no le digo nada a Javier porque no quiero que se haga ilusiones. Pero esta misma noche le hablaré a Víctor del perro y le preguntaré si cree que es posible.

—Creo que quiere jugar un poco más contigo. —Llorente ha entrado en el cerco y está agachado frente a Parche—. Sabes que puedes venir aquí cuando quieras.

—Prefiero no hacerlo —responde Javier y camina hasta una caja en la que dentro hay pelotas, boomerangs y otros utensilios de goma—. A ver si te acuerdas de ir a buscar la pelota, Parche.

La lanza y con otro silbido el perro sale a buscarla con la cola moviéndose de un lado al otro de felicidad. Al menos creo que escribí un artículo en el que decía eso, que los perros movían la cola cuando estaban contentos o nerviosos.

Nos quedamos allí los tres jugando con Parche, yo no entiendo de animales, pero es evidente que a Parche le cuesta confiar en la gente. Al único al que se acerca con la guardia baja es a Javier, a mí solo se ha acercado dos veces y a Llorente, cuatro. Empieza a hacer frío, las instalaciones están iluminadas, pero se ha hecho tarde.

—Será mejor que nos vayamos —dice Javier agachándose frente al perro—. Te prometo que volveré pronto.

Yo me atrevo a acariciar a Parche una vez en lo alto de la cabeza y me aparto. Observo a Llorente que también se acerca y pasa una mano por el lomo del animal. La otra mano la coloca un segundo sobre el hombro de Javier y este se tensa y se pone de pie al instante.

—Os llevaré de vuelta a la ciudad —dice Llorente apartándose. Evita mirarme y yo podría insistir, supongo, pero creo que allí está pasando algo que desconozco y, si algo he aprendido estos meses, es a esperar.

—Gracias. —Javier apoya la frente en la de Parche y se levanta.

Hacemos el camino de vuelta casi en silencio; yo estoy cansada, ha sido un primer día muy intenso y me pesan los párpados.

El agente Llorente nos deja frente a mi piso, nos despedimos de él con un simple adiós, aunque vuelvo a tener la sensación de que el policía se queda con algo que decir dentro.

—Ha sido muy interesante —le digo a Javier cuando él se detiene frente al portal de mi edificio—. Gracias por presentarme a Parche.

—De nada. Gracias a ti por darle una oportunidad. ¿Nos vemos mañana en la clínica o quieres que pase a buscarte?

—No, no te preocupes. Es aquí mismo. —Puedo verla desde aquí—. Nos vemos allí.

—Buenas noches, Cande.

—Buenas noches, Javier.

Javier se aleja, parece pensativo, pero tal vez lo único que sucede es que está tan cansado como yo. La única conversación que hemos mantenido en el coche de regreso a la ciudad ha sido sobre la cena y hemos decidido que los dos preferíamos ir a casa. En el apartamento me quito los zapatos y lleno la bañera; este piso tiene bañera, lo que hace que no eche tanto menos mi piso de Barcelona. Echo unas gotas de jabón en el agua y cuando empiezan a crecer las burbujas me meto dentro. Cuando salgo me abrigo con una toalla, en ese sentido el apartamento está perfectamente equipado, y me siento en la cama como una india para ver si consigo hacer algo de provecho.

No mentí en la última reunión; en enero empecé a darle vueltas a la idea de escribir un diario sobre los chicos del calendario, una especie de cuaderno de viaje sobre mis impresiones y mis vivencias durante estos meses. Sé que se supone que eso es lo que cuento en los artículos que publica *Gea* cada mes y en los vídeos de Youtube, pero allí no hablo de mis sentimientos ni de lo que me pasa por la cabeza, por ejemplo, en momentos como este. No sé si podría ser interesante, si la gente querría leerlo o me lo tiraría por la cabeza, pero sí que siento la necesidad de poner por escrito lo que me está pasando.

Dudo mucho que vuelva a vivir algo así.

¿Cómo darle forma, sin embargo, a las ideas que me rondan por la cabeza?

Cuelgo una foto que he hecho cuando Javier estaba jugando con Parche, la que le he sacado con Tintín la guardo para otro momento porque me parece especial.

«#YLeGustanLosPerros #ElChicoDeMayo #Parche #TrueHero #DeMomentoPareceUnChicoEstupendo #AVerQuéPasa».

Me pongo el pijama y en calcetines me dirijo a la cocina para prepararme una taza de leche con Cola-Cao. He comprado indispensables, nada de tonterías. Con la taza caliente en una mano llamo a Víctor.

—Hola, nena, ¿cómo ha ido el día?

—Bien, muy bien. He conocido a un perro maltratado.

—Prométeme que tendrás cuidado.

—Lo tendré —le aseguro—; he ido con Javier y con un policía.

—¿Un policía?

—Sí, al parecer Javier además de veterinario es entrenador de perros.

Le cuento lo que me ha parecido Parche y también le hablo de la tensión que he creído detectar entre Javier y el agente Llorente.

—No te metas, Cande. En marzo ya te dije que no puedes meterte en la vida de los chicos del calendario sin más, no puedes fisgar y no ofrecer nada a cambio. Además, tal vez Javier no quiera que te metas.

—Lo sé. Y no me estoy metiendo. Solo ha pasado un día.

—Cande...

—No me meteré y no intentaré sonsacarle información. Tú tenías razón en marzo: si *Los chicos del calendario* son algo más que un *reality* tengo que demostrarlo y ofrecerle mi amistad a Javier y al chico del mes si quiero que él me la ofrezca a mí.

—A ver, repite eso, por favor.

—Tengo que ofrecerle mi amistad si...

—No, la parte en que has dicho que yo tenía razón. Repítemela muy despacio y añade «oh, Víctor, tú siempre tienes razón y te deseo a todas horas».

Me pongo a reír.

—Estás loco.

—Lo sé. Y ya te dije que es culpa tuya. —Bostezo y él añade—. Métete en la cama y acuéstate, tienes que estar muy cansada. Hablamos mañana, nena.

—Buenas noches.

—Buenas noches.

Cuelgo y dejo el teléfono en la mesilla de noche. Creo que me quedo dormida con una sonrisa en los labios.

El resto de la semana pasa en un abrir y cerrar de ojos. Por la mañana voy a la consulta y conozco un sinfín de animales y de propietarios de mascotas. Todo el mundo quiere a Javier, en este sentido me recuerda a Jorge, es imposible andar por el barrio de La Latina sin que alguien le pare y le pregunte algo o le dé recuerdos. Por la tarde también estamos en la consulta y al cerrar, Javier me presenta a algunos de sus amigos y a uno de sus hermanos, y visitamos un centro de animales maltratados en los que colabora Javier en un par de ocasiones.

Hoy es viernes y estamos andando hacia allí, no está en el mejor barrio de la ciudad, pero tampoco es de los más peligrosos. Estamos rodeados de naves industriales. He hablado cada día con Víctor, vendrá mañana sábado y se irá el lunes por la mañana hacia Barcelona porque tiene una reunión allí.

—¿Y hace mucho que estás con Víctor? —me pregunta Javier.

—No mucho. En realidad hace muy poco. —A lo largo de estos días he mencionado a Víctor en alguna de las conversaciones que he mantenido con Javier. Aunque obviamente no se conocen, si pretendo que él me cuente cosas sobre su vida yo no puedo mantener en secreto la mía—. Tengo la sensación de que estos últimos meses mi vida se ha convertido en una montaña rusa.

Javier sonríe.

—No lo sé, pero se te ve contenta, así que a lo mejor esa montaña rusa vale la pena.

—Eso creo. La verdad es que hacía tiempo que no me sentía tan... feliz...

Andamos un poco más hasta que Javier se detiene de repente y me señala una calle más estrecha que se abre entre dos naves abandonadas.

—Allí encontré a Parche.

—¿Cómo es posible? ¿Ibas andando por aquí? ¿Cómo lo viste?

—Lo oí antes de verlo.

En ese mismo momento oímos unos ladridos quejumbrosos y nos miramos entre sorprendidos y un poco asustados. Esta clase de coincidencias dan un poco de repelús.

—Quédate aquí —me dice Javier.

—Ni hablar. Si tú vas, yo voy.

—Suenas como una canción de Bisbal.

—Era de Chenoa, pero veo que me has entendido. Si quieres ir a ver si eso que hemos oído era otro perro, vamos, pero vamos los dos, chico del calendario.

—Está bien. Eres peor que Esteban.

—Oh... ¿así que por fin vamos a hablar de eso? Llevo toda la semana mordiéndome la lengua.

—No, no vamos a hablar de Esteban.

—Vale.

Nos adentramos en la calle más estrecha y volvemos a oír los ladridos. Estamos más cerca y Javier se coloca delante de mí para seguir adelante. Le cojo del brazo para que no haga ninguna locura. Si ese perro está suelto y le muerde, aparte de que me preocuparé mucho por Javier, los del departamento jurídico de *Gea* tendrán un infarto.

Vemos al perro, al menos creo que es un perro, porque parece un montón de pelo negro empapado de sangre en medio del suelo.

Javier se pone una mano en el bolsillo del vaquero y saca el móvil, aprieta unas teclas y me lo pasa.

—Es el centro de animales maltratados, diles dónde estamos y que estás conmigo. Yo voy a acercarme al perro.

—Ten cuidado.

—Lo tendré.

Media hora más tarde el coche de la perrera está con nosotros, así como los veterinarios del centro, que conocen a Javier, y los tres trabajan para salvar al perro. Es un dóberman y está muy malherido, pero sigue vivo.

Nos montamos todos en el coche y vamos al centro. Allí los veterinarios se encierran con el dóberman para operarlo. Yo me quedo sola en el pasillo esperando, no me he dado cuenta y sigo con el móvil de Javier en la mano. La pantalla se ilumina con un wasap de Esteban: «¿Por qué no me has llamado a mí? Te dije que no fueras por allí solo. Joder, Javier, ¿no piensas volver a hablar conmigo nunca más?».

No tendría que haberlo leído, sé que es un mensaje privado y que no tendría que haberme inmiscuido, pero no he podido resistirme. ¡Lo tenía en la mano! En cuanto salga Javier se lo diré y le pediré disculpas.

Javier tarda media hora más en aparecer y, tanto él como los otros dos veterinarios, un chico y una chica, tienen el rostro pálido y alguna mancha de sangre en la ropa, porque no han tenido tiempo de ponerse una bata.

—¿Cómo está el perro?

—Tal vez salga de esta —dice el chico.

—Saldrá de esta, Rocky saldrá de esta —me asegura Javier.

—¿Lo conoces?

—No, no lo conoce —apunta la chica—, pero Javier siempre les pone nombre a los perros que rescata, dice que eso les da ánimos para sobrevivir.

Me quedo pensándolo.
—Tal vez tenga razón, así saben que le importan a alguien.
Javier me sonríe y se acerca a mí.
—Gracias por tu ayuda.
—No he hecho nada excepto hablar por teléfono. Y, por cierto, has recibido un mensaje. No quería leerlo, pero lo he hecho. Lo siento.
Javier recorre la pantalla con la mirada y aprieta los labios.
—No pasa nada. No tiene importancia. —Se guarda el teléfono en el bolsillo—. No es casualidad que Rocky estuviera en la misma calle que Parche —les dice a los veterinarios.
—Pues claro que no.
—¿Estáis pensando lo mismo que yo? —pregunta la chica y los dos asienten. Yo no sé de qué diablos están hablando.
—Peleas de perros.

8

La visita de Víctor nos va bien a todos.

Cuando conocí a Víctor me pareció el chico más terco, maleducado y «científico loco» del mundo, pero me equivoqué (a él no pienso reconocérselo tan claramente, aunque creo que se lo imagina). En marzo Víctor estaba devorado por la culpabilidad y obsesionado con su trabajo, ahora que por fin ha entendido que no es Dios y que se merece seguir adelante con su vida, ha cambiado, o quizá lo correcto sería decir que ha vuelto a ser el chico que era antes de que su padre muriera.

Lamento no haberle conocido entonces, aunque la verdad es que me gusta creer que le conocí cuando tenía que hacerlo, cuando él estaba listo para mí y yo estaba lista para él.

Víctor no será jamás el alma de la fiesta, pero es el primer chico al que acudirías en busca de consejo, y evidentemente congenia con Javier nada más verlo.

Hemos pasado el día paseando por Madrid, Javier nos ha llevado al Retiro como unos turistas más y también hemos visitado el Prado y estamos terminando el día en un restaurante precioso.

—¿Cómo está Parche? Cande me habló de él.

—Está bien. Creo que dentro de poco lo llevarán a una protectora de animales —nos explica Javier.

—¿De verdad crees que lo adoptarán? —le pregunto.

—Me gustaría decir que sí —levanta la copa de vino y bebe un poco—, pero sé que es difícil. En su historial consta que tiene un pasado violento y —suelta el aliento—, tú le has visto. Una familia tendría que ser muy valiente para llevarse un perro así de feo y maltratado a casa.

—¿Siempre ha estado en las instalaciones de la policía?

Javier me mira, mi pregunta me parece de lo más inocente hasta que él empieza a contestarla.

—Sí. Si lo hubiese encontrado unos meses antes se habría podido venir a vivir conmigo, pero...

—Pero si el otro día dijiste que en tu piso...

—Esteban vive en una casa; si él y yo hubiésemos estado juntos entonces, me habría llevado a Parche a vivir con nosotros.

—Ah.

—Pero no estábamos juntos, obviamente. Las cosas se complicaron y basta decir que en mi apartamento Parche no sería feliz.

—¿Se complicaron? —Víctor me da una patada por debajo de la mesa—. ¡Au! Me has hecho daño, leñador.

—Lo siento, nena, pero tal vez Javier no tenga ganas de hablar de esto.

—No pasa nada, Víctor, he empezado yo. Tengo el presentimiento de que Cande dedujo que había pasado algo entre Esteban y yo el día que él vino a la clínica veterinaria y la verdad es que hasta ahora no me ha preguntando nada sobre él o sobre nosotros.

Miro a Víctor como diciéndole «¿lo ves?» y después me dirijo a Javier.

—No pasa nada. No tienes que hablar del tema si no quieres, pero si te sirve de algo mi experiencia, a veces ayuda decirlo en voz alta.

—En realidad no hay nada que contar. —Vacía la copa de vino—. Conocí a Esteban un día por casualidad; yo trabajaba en una clínica veterinaria en Pozuelo, aún no había entrado en la policía, y él vino a la clínica con Tintín. Sin uniforme, este dato, aunque no lo parezca, es importante. Hablamos, fue... —se frotó la frente—, sé que me arrepentiré de esto, fue especial. Al día siguiente vino otra vez a la clínica, dijo que por casualidad, y fuimos a tomar algo. Al cabo de unos días estábamos juntos.

Supongo que tendría que haberme dado cuenta de que nunca contestaba ninguna de mis preguntas. Decía que «iba al trabajo». El día que entré en la comisaría para la entrevista y lo vi allí de pie pensé que él no me lo había dicho por motivos de seguridad. Es una estupidez, lo sé, una verdadera estupidez. En resumen, me quedé allí como un idiota mientras él fingía no conocerme. Pasé la entrevista de trabajo, me contrataron casi al instante, no hay tantos veterinarios que además se hayan pasado los veranos sacándose el título de entrenador de perros, y esa noche cuando volví a casa él me exigió que no aceptase el trabajo.

—Joder —dice Víctor—, vaya joya.

—¡Dios mío!

—Le miré atónito, creo que estuve varios minutos sin hablar y él interpretó mi silencio como que aceptaba sus condiciones.

—¿Las aceptaste?

—No. Nunca he estado en el armario, pero he luchado mucho por ser quien soy. No iba a permitir que Esteban, ni nadie, me convirtiera en alguien a quien no podría respetar.

—¿Y qué pasó?

—Esteban recapacitó —dijo sin ninguna alegría—, me pidió perdón y me suplicó que le diese un tiempo, que ninguno de sus compañeros sabía nada de su vida privada y necesitaba asimilarlo. Necesitaba que de momento fingiera que no le conocía, que no éramos pareja. Lo vi tan desbordado y lo quería tanto que accedí, sé que no siempre es fácil aceptarte tal como eres, así que decidí darle ese tiempo que me pedía. Pero pasó más de un año y las cosas seguían igual. Un día, después de una discusión, hice las maletas y volví a mi apartamento, y al cabo de un tiempo monté la clínica. Supongo que cuando encontré a Parche podría haber llamado a otra comisaría, aunque si soy sincero tengo que reconocer que no me dio la gana, yo no tengo de qué esconderme. Llamé a esa comisaría porque allí tengo amigos y porque sé que su unidad canina es la mejor. Si a Esteban le sorprendió volver a verme, lo ocultó a las mil maravillas, pero después, cuando Parche salió de peligro, discutimos. Y no volví a hablar con él hasta el día que apareció en la clínica para decirme que Tintín estaba herido. Lo que ha pasado desde entonces, lo has visto tú misma.

—Dejaste tu trabajo en la policía por Esteban.

—Él fue uno de los factores, no voy a negarlo. Pero yo siempre había querido abrir mi clínica; él solo me motivó a darme más prisa.

—Bueno, de todas las relaciones se aprende algo. —Víctor levanta la copa—. Te felicito por haber pensado en ti y en lo que era y es mejor para ti. No tienes de qué esconderte, Javier.

—Lo sé, pero ¿sabéis que es lo más curioso? Yo nunca he sido un tipo afectuoso, yo nunca habría ido besuqueándole por los pasillos. No va conmigo.

—Pero imagino que tampoco se te daba bien mentir cuando alguien te preguntaba qué tal el fin de semana.

—No, en eso tienes razón, Cande. No lo sé, tal vez fui demasiado estricto con Esteban, él es policía. No es una profesión cualquiera.

—Eso tienes que decidirlo tú, Javier —le digo y me atrevo a apretarle la mano un segundo—, pero una relación no funciona si solo lucha uno de los dos y, por lo que nos estás contando, Esteban no quería luchar.

—Sí, en eso llevas razón. ¿Por qué no cambiamos de tema?

—Claro. La verdad es que no sabía que preguntar por Parche nos llevaría hasta aquí —se disculpa Víctor—; yo quería preguntarte qué te parecería que me llevase a tu perro a Haro.

A Javier se le abren los ojos.

—¿Harías eso por Parche y por mí?

—Por supuesto —afirma Víctor—, la finca tiene metros de sobra y Parche podría correr a sus anchas. Si cuando le dan el alta nadie quiere adoptarlo, cuenta conmigo.

—Gracias, Víctor.

—Es un verdadero placer.

No volvemos a hablar de Esteban y cuando nos despedimos creo que Javier se lo ha pasado bien con nosotros y ha conseguido no pensar en su ex ni en ese perro que echa tanto de menos.

—Mañana quiero pasar a visitar a Rocky, si no os importa —nos dice cuando nos despedimos frente a la clínica.

—Claro que no, yo también tengo ganas de verlo.

—Yo iré adonde vosotros dos queráis —dice Víctor.

—¿Desde cuándo eres tan complaciente?

—Creo que no quieres que conteste a tu pregunta delante de Javier, nena.

Javier se ríe al ver cómo me sonrojo y nos da las buenas noches. Mañana visitaremos a Rocky y después seguiremos haciendo turismo por la ciudad.

Víctor y yo llegamos al apartamento, él me coge de la mano y me cuenta que Victoria me manda recuerdos y que Valeria es, como él ha dicho siempre, la niña más lista del mundo y le ha deseado buen viaje con una sonrisa solo para él.

Le dejo que se lo crea, porque la verdad es que está adorable cuando dice estas tonterías.

Al llegar a casa, él me besa y me pega contra la pared.

—Hola —susurra cuando se aparta.

—Hola.

—Tienes dos opciones, Cande.

—¿Dos opciones?

—Me he pasado toda la semana obsesionado con tu sabor, incluso el otro día en el laboratorio me planteé si podría reproducirlo.

—Víctor...

—No pude, así que ahora tienes que compensarme.

—Has dicho que tengo dos opciones. —Se me ha secado la garganta y tengo que lamerme el labio.

—Sí, dos opciones. Puedes ir al dormitorio, desnudarte lo más rápido que puedas, tumbarte en la cama y dejar que te coma hasta que pierda el control y tenga que entrar dentro de ti.

—¿Y la segunda opción?

Víctor me está besando el cuello y bajándome la cremallera del vestido.

—La segunda opción es dejar que te haga eso aquí mismo y después nos desnudemos en la cama y te deje hacer conmigo lo que quieras. Elige. Tienes tres segundos. Dos.

—La segunda opción.

Víctor mete la mano bajo la falda del vestido y lo sube hasta mi cintura para acariciarme.

—Buena elección.

—Aunque después también quiero la primera.

—Me has leído el pensamiento, nena.

La mañana siguiente y sin apenas dormir, pero con una sonrisa de boba en la cara, vamos a buscar a Javier y nos dirigimos a la protectora de animales. Rocky, el perro que encontramos herido, aún no ha salido de peligro, aunque parece ir por buen camino. No es la salud del animal lo que consigue sobresaltar a Javier en cuanto llegamos al centro, sino el hombre que nos encontramos allí.

—¿Qué estás haciendo aquí, Esteban?

Es la primera vez que veo al agente Llorente sin uniforme y sigue pareciéndome frío y antipático, quizá más ahora que sé que le ha hecho daño a Javier. Lleva vaqueros y un jersey verde encima de una camisa. Parece muy incómodo al vernos a mí y a Víctor.

—Quería saber cómo estaba Rocky. —Señala la sala donde el dóberman sigue en observación y se atreve a dar un paso hacia Javier—. No has contestado mis mensajes.

¿Mensajes? ¿Le ha mandando más de uno? Víctor me aprieta la mano y me recuerda sin ningún disimulo que no me meta. No tenía intención de hacerlo a no ser que fuese estrictamente necesario y no sé qué clase de situación podría llegar a justificar ese comportamiento de mi parte, la verdad, todos los chicos del calendario que he conocido hasta ahora son perfectamente capaces de defenderse solos, basta con mirar al leñador que ahora mismo tengo al lado, pero creo que a mis funciones de ¿seleccionadora de los chicos del calendario?, ¿buscadora incansable del mejor chico de España?, incluiré la de protegerlos siempre que yo lo estime pertinente.

—No hay nada que contestar.

¡Bravo por Javier!

—Solo quiero hablar contigo.

—Estamos hablando, ¿qué quieres decirme?

Esteban nos manda bombas atómicas con la mirada.

—¿No podemos ir a otra parte?

—No. He venido aquí con Cande y con Víctor; ellos no saldrán corriendo si ahora entra alguien de la comisaría por la puerta.

—Eso no es justo, Javier.

—¿Ah, no? Mira, será mejor que lo dejemos. Ya es agua pasada. No tendría que haber hecho ese último comentario, ha sido un golpe bajo y te pido disculpas.

—No te disculpes por eso. Yo... —Realmente Esteban no sabe qué decir. Creo que me da pena, no, él se portó como un... ¿como un qué? Lo cierto es que no tengo derecho a juzgarle, yo no sé lo que se siente al estar en sus zapatos. No puedo acusarle de ser cobarde ni de ser egoísta cuando, al menos, se atrevió a confesarle a Javier que tenía miedo. Es mucho más de lo que hizo Rubén conmigo. O Salvador.

—Después de ver a Rocky íbamos a dar un paseo —intervengo y los dos me miran como si hubiese aparecido de la nada. Víctor se lleva una mano a la cabeza, seguro que teme lo que estoy a punto de hacer. Vamos, todos sabíamos que no iba a poder resistir mucho tiempo—. Tal vez podría acompañarnos, agente Llorente.

—Cande, el agente Llorente no querrá...

—El agente Llorente quiere. Muchas gracias, señorita Ríos, y llámeme Esteban, por favor.

—Pues yo soy Cande.

Víctor se acerca a mí y le tiende la mano al policía.

—Y yo soy Víctor, el novio de esta metomentodo.

Esteban habla con Víctor y Javier me lleva a un lado donde cree que no podrán oírnos.

—¿Puede saberse qué estás haciendo?

—No estoy haciendo nada. —Él me mira incrédulo—. No iba a meterme, lo juro, pero ¿qué pierdes por dejar que venga a pasear con nosotros?

—¿Que qué pierdo?

—Sé que es difícil, yo he estado en una situación similar. No, con Víctor no —le aclaro—. Y es mejor dejar las cosas claras. No puedes pasarte el resto de tu vida preguntándote qué habría pasado si le hubieras dado a Esteban la posibilidad de explicarse.

—Tu teoría funcionaría si Esteban de verdad estuviera dispuesto a explicarse, pero no lo está. Lo único que le pasa es que se siente culpable y probablemente tenga ganas de echar un polvo.

—Prometo proteger tu virtud, Javier. Si Esteban intenta seducirte, le atizaré con el bolso.

—Tú estás mal de la cabeza, Cande, muy mal.

—¿Quieres o no quieres hablar con él?

—Está bien, de acuerdo. Podemos ir a buscar a Parche e ir a dar un paseo por algún parque que no esté muy concurrido. Le irá bien.

—Sabía que entrarías en razón.

—Razón, dice, creo que la perdí toda el día que decidí presentarme como candidato a chico del calendario.

Esteban, el agente Llorente, intenta ser amable y comportarse como un humano, eso tengo que reconocerlo, pero está tan tenso y tan nervioso que temo que de un momento a otro vaya a sufrir un infarto. La actitud de Javier no le ayuda demasiado, contesta a sus preguntas, pero se asegura de no quedarse a solas con él ni un segundo y evita cualquier conversación más íntima con él.

Supongo que no puedo culparlo, si a mí me obligasen a hacer algo parecido con Salvador, probablemente me negaría a dirigirle la palabra durante todo el rato.

Lo único que parece unirlos un poco es Parche. El perro es un Cupido como la copa de un pino y lleva la pelota de uno al otro sin cesar.

—Esto que has hecho —me dice Víctor cuando Javier y Esteban están con Parche— no servirá de nada. No puedes forzar a la gente a hacer las paces, Cande. Creía que habías aprendido que los unicornios no existen.

—Lo sé, Víctor. No hace falta que me lo recuerdes, pero Javier necesita cerrar esa puerta definitivamente. No puedes avanzar si dejas un pie atrás.

Víctor me mira, creo que mi seriedad le ha sorprendido.

—¿Y tú tienes puertas abiertas a tu espalda?

No es la primera vez que Víctor hace alguna alusión a mi grado de implicación con él, aunque desde esa noche en Barcelona, la primera que estuvimos juntos, no me ha preguntado directamente por Salvador. Me gustaría poder decirle que es completamente imposible que vuelva con Salvador, que le he arrancado para siempre de mi corazón. Me gustaría que fuera cierto o que, como mínimo, yo fuese capaz de creérmelo. El problema es que sé que, si Salvador apareciese ahora mismo suplicándome que le escuchase, le diría que sí. O le diría que no, pero me moriría de ganas de decirle que sí. Odio no poder estar al cien por cien segura de mí misma. Víctor no se lo merece y yo tampoco. Y Salvador no se merece ocupar ni un segundo de mi tiempo. Javier necesita cerrar la puerta que le lleva hasta Esteban y yo tengo que hacer lo mismo con la de Salvador. Tengo que cerrarla, echar el candado y tirar la llave en el fondo del mar. Y más me vale hacerlo ahora mismo.

—No. —Le miro a los ojos—. Por mí están todas bien cerradas. A cal y canto.

—Me alegro.

Me da un beso, yo se lo devuelvo. Quiero que este beso desprenda la seguridad de la que tal vez han carecido mis palabras. Tal vez no es la clase de beso más adecuada para darnos aquí en medio del parque y, cuando nos separamos, Víctor carraspea y me coge la mano sin decirme nada. Reanudamos la marcha y veo que Javier está hablando con Esteban. Tienen las cabezas inclinadas; Javier está acariciando a Parche detrás de las orejas y Esteban busca sin éxito atraer la mirada de su expareja. Pienso en lo que acabo de decirle a Víctor y me pregunto si Javier también tiene que obligarse a no mirar a Salvador... quiero decir, Esteban, a los ojos o si realmente no quiere verlo. Esteban se agacha un poco más, no sé si ha bajado el tono de voz o si está intentando darle un beso a Javier, sea lo que sea, Javier se aparta de inmediato y disimula acariciando a Parche.

—Iré a hablar con él —me dice Víctor alejándose y cuando llega al lado de Javier les saco una foto, los dos están a la altura de Parche.

«#Parche #EresUnCampeón #ElChicodeMayo 🐼 #ElChicoDeMarzoEstáDeVisita (ya os contaré) 😼 #LosChicosDelCalendario #Madrid #DomingoEnElParque».

Esteban viene caminando hacia mí y desvía la mirada hacia mi móvil.

—¿Puedo ver la fotografía que has colgado?

—Tranquilo, tú no sales.

—Supongo que me merezco ese comentario de tu parte, pero no te lo preguntaba por eso. Solo quería ver la fotografía.

Giro el teléfono hacia él y, cuando lo sujeta en la mano, pasa el pulgar por encima del rostro de Javier.

—Borré todas las fotografías cuando se fue.

Podría decirle que es un comportamiento muy de adolescente, burlarme de él. Pero no estaría bien, él está siendo sincero y nadie se merece que le conviertan en un chiste cuando se está arriesgando.

—Ya, yo también hago esas cosas.

Me devuelve el teléfono y se mete las manos en los bolsillos de la cazadora.

—Eres la primera persona a la que hago un comentario de esta clase.

—¿De qué clase?

—Reconociendo que hubo algo entre él y yo.

—Oh. —¿Se supone que debo darle las gracias?—. A veces es fácil hablar con desconocidos. Yo, cuando grabo los vídeos de *Los chicos del calendario*, digo cosas que no sé si me atrevería a decírselas a alguien directamente.

—Tal vez sea eso —reconoce—. O tal vez por fin me he dado cuenta de lo que he perdido.

—Tal vez no sea demasiado tarde.

—A la gente nos gusta creer eso, lo necesitamos para vivir, pero mi trabajo me ha enseñado lo contrario. El «demasiado tarde» existe, hay ocasiones en las que ya no hay nada que hacer y solo te queda resignarte.

—¿Y es lo que vas a hacer tú, resignarte?

—Ni hablar. —Levanta la mirada y ve que Víctor se está acercando—. Será mejor que vuelva junto a Javier, hace rato que no me insulta o me ignora directamente. Gracias por colgar esa foto, Cande, cuando llegue a casa te seguiré. Esta mañana he salido tan rápido que me he olvidado el móvil.

Se aleja tras guiñarme un ojo.

—¿Qué has hecho ya? —Víctor me rodea por la cintura.

—Yo nada, esta vez no he hecho nada. Te lo prometo.

Él arruga el cejo y yo no tengo más remedio que ponerme de puntillas y besarlo.

Por la tarde Esteban se despide de los tres diciéndonos que le toca entrar a trabajar. Víctor le estrecha la mano y yo me atrevo a darle dos besos a pesar de que Javier me mira como si él fuese la Inquisición y yo la peor bruja de la Historia. A Esteban, Javier ni le da la mano ni un abrazo ni la típica palmadita en la espalda que se dan los tíos cuando se despiden. Se limita a levantar y bajar la cabeza un segundo, aunque Parche intenta compensarlo lamiéndole la mano.

—Gracias por invitarme a pasar el domingo con vosotros.

Esteban, tras estas horas me cuesta pensar en él como el agente Llorente, se aleja con estas palabras y veo que Javier cierra los puños y me recuerda a cierto chico del calendario que hace lo mismo cuando intenta obligarse a no reaccionar.

Hombres, sois más tercos que una mula, como decía mi abuela.

Víctor se va en el primer tren de la mañana, le acompaño a la estación de Atocha, aunque él insiste en que no hace falta, y nos despedimos con un beso. Él tiene una reunión en Barcelona con los encargados de un laboratorio y me promete que me llamará en cuanto salga. Entre nuestras aventuras con Javier, Parche, Rocky y Esteban, y que en cuanto entrábamos en el piso Víctor se ponía en plan leñador cavernícola, «necesito a mi mujer ahora mismo», apenas hemos hablado. Pero con él no estoy preocupada, sé que cuando le llame me cogerá el teléfono y tendremos una conversación normal y no repleta de acertijos. Quizá sí de bromas o de insinuaciones sexuales, pero Víctor me dirá la verdad sobre su vida y sobre lo que, según él, está pasando entre nosotros.

Las mañanas de esa segunda semana transcurren de una forma similar a las de la primera; la diferencia más notable está en las tardes, pues todas y cada una de ellas han contado con la presencia en un momento u otro de Esteban.

El lunes vino un momento para decirle a Javier que Tintín se reincorporaba al trabajo como perro policía, empezaría despacio, no saldría de la comisaría en un tiempo, pero el veterinario del cuerpo le había dado el alta y le mandaba recuerdos a Javier. Ese día Javier no dejó que Esteban pasase de la recepción de la clínica y cuando yo le miré, me dijo:

—Ni una palabra, Cande. Ni una palabra.

El martes Esteban pasó por la clínica veterinaria a la hora de comer con la excusa de pedirle a Javier unos informes de Parche que, al parecer, se habían extraviado y que eran de suma importancia para tramitar su licencia. Javier los buscó y le entregó una copia al cabo de diez minutos. Ese día Esteban tampoco pasó de la recepción.

Y Javier me dijo:

—Ni una palabra, Cande. Ni una palabra.

El miércoles Esteban no apareció y Javier, aunque evidentemente se negó a reconocerlo, estaba de un humor de mil demonios y no dejó de mirar la puerta durante todo el santo día. Fue vergonzoso. Cerramos la clínica e íbamos andando por la calle cuando oímos su voz.

—¡Javier, espera! ¡Espera!

Esteban apareció corriendo vestido todavía con el uniforme y con una herida nueva en la ceja.

—¿Qué te ha pasado? —le preguntó Javier sin poder ocultar su preocupación.

—He estado todo el día ocupado. —No sé si Esteban no podía contarnos realmente dónde había estado o que esa era su manera de protegerse y de mantener su vida personal separada de su vida profesional. Javier interpretó lo segundo y su postura cambió y se puso a la defensiva—. Pero quería verte, no quería que te pensaras que hoy no iba a venir.

—Yo no he pensado nada de eso. Ni siquiera me había fijado.

En ese momento tuve que contenerme para no darle un pisotón a Javier.

—Está bien, de acuerdo —retrocedió Esteban—. No quería molestaros. Buenas noches.

—Buenas noches —le dije yo e intenté que mi mirada le recordase que tenía que seguir intentándolo.

—¡Ponte algo en la herida antes de acostarte! —Javier ya estaba de espaldas y caminaba en dirección a mi piso. Él insistía en acompañarme, así que no vio sonreír a Esteban. Pero yo sí.

Ayer, jueves, Esteban apareció por la mañana antes de que Javier y yo llegásemos, lo sé porque nos lo encontramos dentro charlando con Alba. A mí se me habían pegado las sábanas porque me acosté tarde hablando con Víctor y quizás a Javier le había costado levantarse por culpa de cierto agente de policía. Elaboré varias teorías al respecto.

—Buenos días —lo saludé y me concentré en el móvil. Había recibido un mensaje de Abril y quería contestarlo. Además, así les proporcionaba cierta intimidad sin dejarlos solos y no me fui porque sabía que Javier se aferraría a eso como una excusa para seguirme y dejar plantado a Esteban.

—¿Qué estás haciendo aquí? —le preguntó Javier.

—He venido a verte. Quería preguntarte si mañana quieres salir a cenar conmigo.

Javier se quedó boquiabierto y deduje que era la primera vez que Esteban hacía algo así. De acuerdo que Alba y yo no éramos su comisaría de policía y que las dos ya estábamos al corriente de quién era o había sido él para Javier, pero aun así tenía mérito. Y así debió de creerlo también Javier, porque tras unos segundos asintió.

—Pasaré a recogerte mañana a las nueve. ¿Te parece bien? —le preguntó Esteban, que al parecer no podía parar de sonreír.

—De acuerdo. Pero no te hagas ilusiones, Esteban. Solo he accedido porque es obvio que tenemos que hablar. No podemos seguir así.

La sonrisa de Esteban flaqueó un momento, aunque consiguió recuperarla.

—Hasta mañana. Que tengas un buen día, Javier, y vosotras dos también, señoritas.

Y así llegamos hasta hoy, viernes trece, algo que Javier decide interpretar como señal de que ha cometido un error accediendo a quedar con Esteban.

—Es viernes trece, Cande, ¿qué más necesito que me mande el destino para entrar en razón? ¿Un rayo? ¿Una plaga de langostas?

—No seas exagerado. Tú mismo dijiste que teníais que hablar y eso es lo que vas a hacer, vas a hablar con Esteban. No puedes seguir así, Javier. No hace ni dos semanas que te conozco, pero han sido unos días muy intensos y no hace falta ser un genio para darse cuenta de que tú y ese chico tenéis asuntos pendientes. Tienes que resolverlos. Si no, no podrás seguir adelante.

—¿Y quién dice que quiero ir hacia delante? Los cangrejos van hacia atrás y son bien felices.

—No digas más tonterías. Todo saldrá bien.

Javier se sienta en el sofá. Estamos en su casa, en el piso que hay encima de la clínica veterinaria.

—Dejar a Esteban es lo más difícil que he hecho nunca, Cande. No lo hice porque no le quisiera; lo hice porque sabía que, si me quedaba y aceptaba sus condiciones, me haría daño a mí mismo. Es muy difícil dejar a alguien que quieres, no sé si podré hacerlo una segunda vez.

Me atrevo a cogerle la mano y me obligo a pensar solo en él y en lo que me está contando. Pero una vocecita algo sádica me susurra al oído: «¿Y si Salvador hizo algo así? ¿Y si no te dejó porque no te quisiera, sino todo lo contrario?». Mando a la mierda a la vocecita, seguro que pertenece a una Blancanieves frustrada y vengativa que lleva años escondida en mi cabeza buscando la manera de devolverme que siempre la haya odiado.

—En el poco tiempo que hace que te conozco he descubierto que eres una de las personas más fuertes y valientes que me he encontrado nunca, Javier. No puedes huir de Esteban solo porque tienes miedo de equivocarte. Tienes que escucharle y después, cuando sepas qué es lo que él tenía que decirte, sabrás tomar la mejor decisión para ti. Estoy segura.

—Ojalá yo pudiera estarlo. ¿Por qué no vienes a cenar con nosotros? Se supone que tenemos que estar juntos todo el día.

—No, no me metas en esto. Las normas del concurso dicen que hay circunstancias excepcionales que me permiten no acompañarte. Esta es una de ellas. Yo iré a mi casa e intentaré trabajar un poco. Prepararé tu interrogatorio de mañana —bromeo.

—¿Víctor no puede venir este fin de semana?

—No, no puede. Los del laboratorio de Barcelona le pidieron que los ayudase con un proyecto urgente y lleva toda la semana secuestrado. Le veré el próximo fin de semana. Pero la buena noticia es que este, tú y yo podremos ir a la protectora de animales y me la enseñarás con calma.

—Está bien. De acuerdo. —Se pone en pie y choca las manos—. Puedo hacer esto.

—¡Así me gusta!

Suena el timbre y Javier traga saliva y va a abrir la puerta.

9

La cena entre Javier y Esteban no fue un éxito, aunque tampoco podría definirla como un desastre total. Tendría que haberle acompañado.

Esteban fue muy sincero, o tanto como le fue posible, según palabras del mismo Javier, y le explicó que él nunca había tenido pareja, que ni siquiera le había pasado por la cabeza que en su mundo pudiese llegar el momento en que solo quisiera estar con alguien, con él, y que se asustó cuando sucedió. Se asustó porque le resultó imposible de creer que él se hubiese enamorado. Al parecer Esteban creía que jamás experimentaría esa clase de sentimientos. Él amaba su profesión, nunca se había imaginado ser otra cosa y, aunque sus compañeros eran personas maravillosas y sabía que no tenían ninguna clase de prejuicios, tenía miedo de que empezasen a mirarle de otra manera.

Cuando vi a Javier el sábado por la mañana, era evidente que se había pasado la noche en vela o llorando, y lo primero que me dijo fue que no quería hablar del tema. Le respeté, era lo correcto y yo me sentía culpable por haberle llevado de algún modo hasta ese momento. A lo largo del día me fue contando detalles de la cena, de la confesión de Esteban y de su conclusión.

—Esteban quiere tiempo. Otra vez. Tiempo para acostumbrarse —tuvo que tragar saliva al decir esa palabra—, para hacerse a la idea. Como si yo fuese un aparato de ortodoncia o unas plantillas ortopédicas, algo que llevas porque no tienes más remedio, pero que eliminarías de tu vida si pudieras.

—Estoy segura de que no lo dijo en ese sentido.
—Aunque tuvieras razón, Cande, eso no cambia nada. Ya he pasado por esto una vez. No estaré con alguien que, si apareciera el genio de la lámpara, el primer deseo que le pediría sería eliminarme de su vida o convertirme en otra persona. No lo haré. Quiero a Esteban, pero dejaré de quererle. Ya verás.
—Lamento haberte empujado a quedar con él, Javier. Yo creía que...
—No, no te preocupes. En realidad tú tenías razón. No podía seguir así. Aunque me negaba a reconocerlo en voz alta, aún creía que Esteban aparecería un día en plan Richard Gere en *Pretty Woman* y me confesaría su amor en plena calle.
—¿*Pretty Woman*? ¿*Pretty Woman*? ¿En serio? —sonrío—. Creo que es lo más gay que te he oído decir desde que te conozco.
—¿Qué pasa? ¿A ti no te gustaría que ese, el misterioso chico que te hizo daño antes de que Víctor entrase en tu vida, apareciese y declarase su amor incondicional por ti?

Mierda. ¿Por qué todo el mundo se da cuenta? ¿Soy como Jennifer Aniston? Yo siempre he defendido que Jenn jamás le daría una segunda oportunidad a Brad Pitt aunque él apareciese de rodillas y dispuesto a comerse los implantes de Angelina, pero casi todo el mundo está convencido de lo contrario. ¿Es lo que me pasa a mí? Pensar en Jennifer Aniston me lleva irrevocablemente a pensar en *Friends* y en la teoría de Ross de las langostas. Según Ross, las langostas solo tienen una pareja en toda la vida, ¿es Salvador mi langosta? No quiero que lo sea. No quiero. Me ha hecho demasiado daño para ser mi langosta o mi nada. Víctor tiene que ser mi langosta. Pero ¿y si no lo es? ¿Y si Víctor es la langosta de otra chica y conmigo solo consigue ser feliz como un calamar?

—La verdad es que no lo sé. Vale, sí, reconozco que hace unas semanas habría respondido de otra manera, ¿pero ahora? Creo que no. Soy muy feliz con Víctor y, si ese chico reapareciese, y te aseguro que no reaparecerá, solo conseguiría hacerme daño.

«Y también a Víctor»...

—Supongo que si yo tuviera un Víctor en mi vida, también vería las cosas de otra manera.

—Creo que podríamos hacer un eslogan con esto: «Pon un Víctor en tu vida». ¿Puedo hacerte una pregunta? ¿De verdad las langostas son monógamas durante toda la vida?

—Según Ross de *Friends*, sí. —Javier sonríe—. Me alegro de haber hablado contigo, Cande, y de haber tenido esa última cena con Esteban. Suena bíblico, pero es lo que hay. Supongo que él no es mi langosta.

El fin de semana Javier me enseñó las instalaciones de la protectora de animales y yo tomé muchas notas para el artículo y quizá también para el libro. Aun en el caso de que no aparezcan en ninguno de los dos, estoy segura de que haré lo que esté en mi mano para ayudarlos.

El domingo, cuando volvíamos a la ciudad, nos detuvimos en las instalaciones de la policía para ver a Parche y uno de los agentes, que conocía bien a Javier, nos dejó pasar. Parche estaba mejorando a pasos agigantados y no tardarían en darle el alta. Nos quedamos allí un rato jugando con él y con Tintín, y Esteban no apareció ni por casualidad.

Como tampoco ha aparecido ningún día de la tercera semana de mayo. Hasta hoy, viernes.

Esteban ha llegado a la clínica hace unos diez minutos, viene vestido de uniforme y acompañado por otro agente, el agente Ponce.

—¿Podemos hablar contigo, Cande? —me pregunta al ver que tanto yo como Javier los estamos mirando atónitos—. Y contigo también, Javier. Es importante.

Javier se acerca a Alba y le pide que cancele las siguientes visitas y que busque nuevas horas para los pacientes. Él hace un par de llamadas, me imagino que a los más urgentes, y se disculpa con ellos. Después vuelve adonde le estamos esperando y nos invita a entrar en la pequeña sala que suele utilizar cuando uno de sus pacientes viene acompañado por toda la familia del dueño. Por desgracia esas situaciones suelen ser despedidas y son muy tristes, yo he presenciado una estos días, y la sala les ofrece la intimidad que necesitan. Javier se sienta en una silla y yo ocupo la que tiene al lado mientras Esteban y el agente Ponce eligen las de enfrente.

—¿Ha sucedido algo? ¿Se trata de Parche? ¿Ha escapado o ha mordido a alguien? —Javier rompe el hielo y no intenta ocultar que está enfadado y preocupado.

—No, no se trata de Parche. Ni tampoco de Rocky —añade Esteban—. Aunque los dos están relacionados en cierta manera.

—¿Te importaría dejarte de rodeos e ir al grano? Me estás poniendo de los nervios.

—Lo siento, Javier. No era mi intención.

—¿Puede enseñarme su teléfono móvil, señorita Ríos? —me pregunta el agente Ponce algo incómodo por la tensión que hay entre Javier y su compañero.

—¿Mi móvil? —Lo busco mientras hablo—. Por supuesto. Aquí tiene.

—Abra su aplicación de Instagram.

Lo hago y tanto Ponce como Esteban miran mis fotografías asintiendo.

—¿Qué pasa? ¿He hecho algo malo?

—Nada de una manera consciente, señorita Ríos.

—Llámeme Cande, por favor. —Miro a Esteban. Para Javier será el enemigo, pero a mí ahora mismo me tranquiliza saber que él está de mi parte. O eso creo—. ¿Qué pasa, Esteban?

—Parece ser que Parche y Rocky eran perros de pelea. Y los dejaron abandonados tras perder en una pelea ilegal que se organizaba en una de esas naves industriales.

—¿Habéis encontrado a más perros maltratados? —dice Javier, que se ha levantado.

—No, no hemos encontrado más animales. —Esteban mira a Javier—. Pero el otro día hicimos una redada y uno de los tipos a los que arrestamos está relacionado con la banda que organizaba las peleas de perros.

—Espero que lo encerréis y tiréis la llave.

—El tipo se ofreció a colaborar con nosotros. Nos dijo que nos daría información a cambio de que le redujésemos los cargos. Los delincuentes de hoy en día ven demasiado la tele —añade Ponce—. Le seguimos el juego a ver qué nos contaba.

—¿Y qué les dijo?

—Creen que usted, Cande, y Javier podrían identificarlos, que el día que encontraron a Rocky los vieron mientras se iban.

—¡Dios mío! No vimos nada.

—¿Está segura?

—Segurísima. —Creo que voy a desmayarme, un mes que todo va perfecto, que el chico del calendario es un encanto, él y yo nos llevamos genial y mi vida va sobre ruedas, y ahora va y resulta que me persiguen unos delincuentes—. No vimos nada.

—Ellos creen que sí. Dicen que usted ha colgado fotos del lugar y de los perros.

Sí, en otro momento prometo analizar la importancia de las redes en la seguridad de las personas que las utilizan, pero ahora mismo estoy al borde de un ataque de nervios.

—Los hemos arrestado a casi todos, pero no podemos estar seguros hasta que no quede ni uno fuera —dice entonces Esteban—. Vamos a poneros seguridad hasta que los tengamos encerrados.

—No —decreta Javier—. Es una tontería. No voy a permitir que me vigile nadie. Mis vecinos creerán que soy un delincuente cuando yo no he hecho nada malo y no he visto nada.

—No seas terco, Javier. Estás en peligro. Tú y Cande lo estáis. La operación está prevista para esta noche, los arrestaremos y ya no tendréis de qué preocuparos.

—Bien. Vosotros haced vuestra operación que yo seguiré con mi vida. Prometo no salir de casa hasta mañana y no cometer ninguna estupidez, pero no quiero a un policía vigilándome.

—¿Pero estás tonto o qué te pasa, Javier? —Esteban se pone en pie y se acerca a Javier. Sus narices están casi tocándose—. ¿Tanto te costaría hacer esto por mí?

—¿Por ti? —Se le escapa una carcajada—. Esto sí que tiene gracia. ¿Por ti?

—No voy a poder concentrarme en nada si sé que tú estás en peligro... —Esteban se pasa las manos por el pelo—. ¿Por qué no lo entiendes? ¿Por qué te niegas a entenderme? ¡¿No ves que pueden matarte?!

—Estás exagerando.

—Tú sí que estás exagerando.

Me pongo en pie, porque tengo el presentimiento de que uno de los dos está a punto de pegar al otro y me coloco en medio.

—Chicos, creo que será mejor que el agente Ponce y yo os dejemos a solas un momento para que os tranquilicéis y habléis como personas. ¿No le parece, agente?

—Por supuesto, Cande.

—Estaremos en la consulta de aquí al lado, quiero hacerle unas preguntas al agente.

—No hace falta que os vayáis, Cande —me detiene Esteban—. Yo aquí ya he terminado, tengo que ir a prepararme. Solo he venido a avisaros. El agente Ponce se quedará tanto si quieres como si no, Javier.

—Ni hablar.

Esteban respira por la nariz.

—Si no me equivoco, alguien del departamento ha llamado a tu trabajo, Cande. Lamento si han metido la pata, es por cuestiones legales. Me temo que hoy en día el departamento tiene más miedo a una demanda legal que a cualquier otra clase de amenaza.

Veo que el móvil tiembla justo entonces y deduzco que alguien de *Gea* o de Olimpo me está buscando. Ojalá sea Vanesa, ahora mismo no me veo capaz de lidiar con uno de los abogados del departamento legal.

—No te preocupes, Esteban. Lo entiendo. Ahora los llamaré y los tranquilizaré. Seguiré tus instrucciones.

—Gracias. Tú y Javier vais a quedaros aquí hasta que tengamos a toda la banda arrestada. Sucederá esta noche, así que mañana podréis volver a vuestras vidas como si nada, y el agente Ponce estará con vosotros hasta que esté todo resuelto. ¿Entendido?

—No. —Javier le planta cara.

—Javier...

—Esto es una exageración y lo sabes perfectamente. Recuerdo lo suficiente de mi etapa en comisaría para saber que este procedimiento se sale de lo habitual. Te estás propasando, Esteban, y si lo haces para vengarte de mí no...

—¿Vengarme? Claro que sí, para vengarme, lo hago por eso.

Y allí mismo, delante de mí y del agente Ponce, Esteban coge a Javier por las solapas de la bata blanca y lo besa.

Javier tarda unos segundos en reaccionar y cuando por fin lo hace no le aparta, sino que le hunde los dedos en el pelo y le devuelve el beso.

—Sigo enfadado contigo —le dice Javier al apartarse antes de darle otro beso—. Y si dejas que te maten o que te hagan daño, no te perdonaré jamás.

—No me pasará nada, no te preocupes por mí.

Desvío la mirada hacia el agente Ponce, porque aunque tengo ganas de correr hacia ellos dos y abrazarlos, felicitarlos, por haber dado un paso hacia la reconciliación, también quiero darles intimidad y veo que el otro policía está sonriendo. Creo, y ojalá esté en lo cierto, que Esteban ha empezado a ser sincero con todo el mundo, incluido él mismo.

—Iré a la consulta a llamar por teléfono —les digo a modo de disculpa—. Enseguida vuelvo.

Salgo y oigo que el agente Ponce también sale con otra excusa. Él se sienta en una de las sillas de la sala de espera y abre una revista mientras yo entro de verdad en la consulta para ver quién me ha llamado.

Las cuatro llamadas perdidas que tengo son de Salvador.

Cojo aire y le llamo. Me siento en la camilla, no sé qué tipo de recibimiento me espera en el otro extremo del teléfono, pero seguro que me irá bien estar sentada.

—Dime que estás bien.

—¿Salvador?

—Dime que estás bien, Candela. Dímelo.

—Estoy bien.

—Gracias a Dios.

—No tienes de qué preocuparte.

—¿Qué has dicho? —Aquí llega el mal humor—. ¿Me has dicho que no tengo de qué preocuparme?

—Sí, eso he dicho. No tienes de qué...

—No me lo repitas. Me ha llamado un agente de policía, un capitán para ser más exactos, de no sé qué comisaría. Mi cerebro ha dejado de ser capaz de procesar esa clase de datos en cuanto he oído tu nombre. ¿Tú sabes lo que he sentido? ¿Lo sabes?

Aprieto el móvil con fuerza y, si tuviera a Salvador delante, seguro que intentaría hacérselo tragar.

—No, no lo sé. ¿Cómo quieres que lo sepa? Tú nunca hablas de esa clase de cosas.

—¿Quieres que hable de esa clase de cosas? ¿Quieres que hable? ¿Quieres que te diga cómo me he sentido cuando un capitán de la policía me ha llamado para decirme que, por culpa de las dichosas fotos de Instagram, una banda de delincuentes especializados en organizar peleas ilegales de perros creían que podías identificarlos e iban a por ti y a por el chico de mayo? ¡No he podido pensar, Candela! Eso es lo que me ha pasado, me he quedado petrificado y he sentido más miedo que en toda mi vida.

Le tiembla incluso la voz y a mí me está afectando más de lo que estoy dispuesta a reconocerme a mí misma y mucho menos a él. «Langostas». Mierda, no puedo pensar en eso ahora. Ni nunca.

—Estoy bien, Salvador. Ahora mismo van a arrestarlos. Tenemos a un agente con nosotros y dentro de unas horas todo habrá acabado. Han exagerado al llamarte, creo que lo han hecho para curarse en salud.

—Me importa una mierda por qué lo hayan hecho. Solo me importas tú.

Lo dice por el trabajo y porque somos más o menos amigos. Nada más.

Nada más.

Las langostas son unos crustáceos estúpidos.

—Pues yo estoy bien, Salvador.

—Entro en el AVE ahora mismo. Llegaré dentro de unas horas.

—No hace...

—Si vas a decirme que no hace falta, ahórratelo. Vendré. Me da igual que tengas un policía apostado en la puerta de casa o si el chico de mayo tiene poderes sobrenaturales o si tu novio está allí jugando a las casitas contigo.

¿Jugando a las casitas? ¿Mi novio? Ahora sí que se va a tragar el teléfono cuando vuelva a verle.

—Eres un manipulador egocéntrico, un cretino, un egoísta. Y no te atrevas a atacar a Víctor, ¿me oyes? Me da igual que ahora te haya dado un ataque de caballero andante o de yo qué sé. Me da igual. No quiero que vengas. No quiero verte. Si tiene que venir alguien de Olimpo para asegurarse de que estamos cubiertos legalmente, manda a uno de tus abogados. ¿Me oyes? A ti no quiero verte y que ahora finjas que te preocupas por mí hace que tenga ganas de estrangularte o de mandarte directamente a la mierda. Y si vuelves a atacar a Víctor...

—¿Has acabado? Lo digo porque si estamos jugando a decirnos las verdades yo también tengo unas cuantas guardadas sobre ti.

—¿Ah, sí? Pues será la primera vez que me dices la verdad. Adelante, por mí no te cortes.

—Lo que va a cortarse es el teléfono, Candela. Si quieres que sigamos insultándonos, tú misma, eso no evitará que el AVE siga circulando.

¿Qué estoy haciendo? Así no voy a conseguir nada con él. En cierto modo discutir siempre ha sido una especie de flirteo para nosotros y tengo que cortarlo de raíz. Respiro hondo y cojo aire. Aún estoy a tiempo de convencerle y de pedirle que se baje del tren.

—Vas a venir para nada, Salvador —intento hacerle razonar—. Todo habrá acabado dentro de unas horas.

—Genial, entonces volveré a la estación y me iré en el primer AVE que salga para Barcelona. Pero antes tengo que asegurarme de que estás bien.

Me cuelga.

El muy cretino, mandón, loco autoritario desquiciado me ha colgado.

Mierda.

Salgo a la sala de espera justo a tiempo de ver salir a Esteban por la puerta de la clínica. Saludo brevemente al agente Ponce, que sigue en la silla de antes y con la misma revista, y vuelvo a la sala donde aún está Javier. Le encuentro sentado en su silla sujetándose la cabeza con las manos.

—Ni una palabra, Cande. Ni una palabra.

—Vale. —Me siento delante de él—. ¿Pero puedo decir que ese beso es de los más románticos que he visto nunca?

—No, no puedes.

—Pero lo es.

Javier se pasa las manos por el pelo, tengo miedo de que vaya a arrancárselo.

—Joder. Tienes razón. Lo es.

Es muy raro estar allí en la clínica sin pacientes, así que Javier, el agente Ponce y yo nos vamos al piso de Javier, que está justo encima. Él nos pregunta si queremos algo de beber; el agente acepta un vaso de agua y yo estoy tentada de pedirle algo más fuerte, es lo que se hace cuando te persigue un delincuente, ¿no? Al final me conformo con un paquete de galletas de chocolate. El chocolate va bien para todo.

—¿Nos avisarán cuando la operación haya acabado? —le pregunta Javier a Ponce.

—Sí, no se preocupe.

—Tutéame, por favor, solo me falta que me trates de usted.

—Lo mismo digo —añado yo entre galleta y galleta.

—De acuerdo, pues a mí todos me llaman Ponce.

—¿Por el apellido?

—Si te llamaras Eustaquio tú también preferirías que te llamasen por el apellido —apunta completamente serio.

—¿Es de verdad o estás intentado bromear con nosotros porque ves que estamos al borde de un ataque de nervios?

—Estoy intentando bromear, no sirve de nada que os pongáis nerviosos. Es una redada de lo más normal, Llorente y los demás lo tienen controlado, no tenéis de qué preocuparos. Pero de verdad me llamo Eustaquio.

—Ves, ya lo decía yo, es una redada de lo más normal. Esteban se ha propasado, siempre tiene que tenerlo todo controlado. Pues le va a salir el tiro por la culata y no me importa que su arma sea reglamentaria. No puede pensar que...

—¿Puedo interrumpir? —Ponce mira a Javier con las cejas fruncidas.

Confieso que este mes, además de descubrir muchas cosas sobre la profesión de veterinario y sobre la gente que tiene mascotas, he empezado a ver al Cuerpo Nacional de Policía con otros ojos. Y no lo digo solo porque todos los que he conocido tienen cuerpos de infarto.

—Claro, interrumpe, Ponce —le invita Javier. Él parece estar peor que yo, claro que él no solo está nervioso porque se ha enterado de que un organizador de peleas de perro quiere matarlo; él tiene al chico que quiere allí fuera arriesgando la vida.

¿Qué pasaría si Víctor estuviera allí, si él tuviese una profesión que le pusiera en peligro a diario? Probablemente yo tendría que aprender a vivir con ello o acabaría encerrada en una habitación con las paredes acolchadas.

Y de repente ¡zas! La imagen de Salvador también se cuela en mi mente. Me digo que es normal, que acabo de hablar con él hace unos minutos y que, aunque lo nuestro no haya funcionado, también sufriría si él corriese peligro. Sufriría mucho.

Víctor tiene que ser mi langosta. Es el primero en quien he pensado.

Sacudo la cabeza para dejar de pensar en la vida romántica de los crustáceos y presto atención a la respuesta de Ponce.

—Llorente, Esteban, ha estado hecho una mierda estos últimos meses. El capitán ha estado a punto de obligarle a irse de vacaciones dos o tres veces. Todos creíamos que iba a estallar. Y estalló.

—¿Qué has dicho?

Javier se ha sentado, mejor dicho, le han fallado las piernas y por suerte estaba delante del sofá.

—Hace un mes, en un arresto, no sé qué pasó exactamente, yo no estaba, pero se peleó a puñetazo limpio con los arrestados. Quedó hecho una mierda, aunque me imagino que no hizo nada malo porque nadie lo expedientó. —Javier se frota la cara y le tiemblan las manos, yo me siento a su lado para seguir escuchando a Ponce—. En la siguiente reunión se puso en pie delante de toda la unidad y nos dijo que era gay. Casi todos nos lo imaginábamos, pero no le habíamos dicho nada. Nunca hablamos de esas cosas, yo tampoco le cuento a nadie si tengo novia o si follo con dos cada noche. No le incumbe a nadie. El capitán le dio una palmada en el hombro y le dijo que se sentase y le dejase continuar. No nos costó deducir que Llorente estaba hecho una mierda porque había roto con alguien, contigo para ser más exactos. Desde que te fuiste, siempre intenta pasar por estas calles con cualquier excusa.

—Será casualidad. —Aprieto la rodilla de Javier; él está intentado proteger a Esteban cuando todo apunta que ya no hace falta y que él, Esteban, no lo necesita.

—Lo que tú digas. Solo quería que supieras que Llorente se preocupa por ti de verdad. Es un capullo, pero estas últimas semanas ha cambiado y, después de lo de antes, he pensado que debías saberlo.

Javier cierra los ojos y deja caer la cabeza en el respaldo del sofá.

10

Dos horas más tarde seguimos sin tener noticias de la policía. Lo único que ha cambiado es que me ha llamado Víctor para decirme que al final mañana tampoco puede venir. Ya está en Haro, pero su hermana y Carlos han decidido mudarse a la villa y él tiene que ayudarlos.
—Todo se ha precipitado por culpa de esa avería.
—¿Qué avería?
—En el piso de Tori y Carlos. Se ha roto una de las cañerías principales y se han quedado sin agua. No sé si son las hormonas o el posparto, pero Victoria ha decidido que tenían que venir a casa y que, ya puestos, se quedaban definitivamente y empezaban la mudanza.
—¿Estás contento?
—Lo estaré si no mato a mi hermana. Quiere pintar, poner papel, va a volverme loco.
—Te encanta.
—Sí —le oigo sonreír—, la verdad es que sí. ¿Por qué no vienes tú este fin de semana? Tengo muchas ganas de verte, aún me debes eso de atarme a la cama.
Camino hasta la cocina para seguir hablando.
—Yo también tengo ganas de verte, pero aquí también se han complicado las cosas.
—¿Qué ha pasado? —Víctor deja de bromear.
Le cuento lo de las fotos de Instagram y lo de las peleas de perros, y también que estamos en el piso de Javier con un agente haciéndonos compañía.

—Mierda. Voy para allí ahora mismo.

—No hace falta —le digo, pero entonces me doy cuenta de que a él sí quiero verlo. Quiero meterme entre sus brazos y que me bese, y dejar que así borre de mi cabeza estas dudas absurdas sobre Salvador que ya no debería tener—. Aquí no puedes hacer nada y Tori te necesita.

—Me da igual si hace falta o no, voy para allí. No quiero que estés sola.

—No estoy sola.

—No estás conmigo. Voy para allí y Tori y Carlos ya se las apañarán con la niña, los pintores y la mudanza. Me da igual si, cuando vuelvo mi casa, es toda de color rosa y hay coronas de princesas por todas partes.

—La verdad es que yo también te necesito —susurro—, pero me sentiré como una persona horrible cuando llegues aquí y ya esté todo resuelto. Ya dejaste a tu hermana el fin de semana pasado y no quiero que Tori o Valeria me odien por alejarte de ellas.

—Vuelve a decirme que me necesitas.

—Te necesito, Víctor. —Él no sabe cuánto. Le necesito para no cometer el peor error de mi vida y no convertirme en la clase de chica que no sabe distinguir entre lo que le conviene y lo que le hace daño.

—Y yo necesito estar contigo. —Se oye un estruendo de fondo—. Mierda. Creo que Carlos acaba de romperme una pared. ¿De verdad estarás bien? Puedo dejar que mi cuñado derribe la casa entera, nena. No me importa.

A Javier le suena el teléfono en el mismo instante en que a Ponce le suena la radio o como se llame lo que lleva en la cintura.

—Espera un momento, leñador. Creo que hay novedades. —Ponce levanta el pulgar y Javier me mira aliviado.

—Ya los han arrestado —me confirma Ponce—. Voy a llevaros a la comisaría para que el capitán os ponga al tanto de todo y, según me han dicho, podréis hacer vida normal.

—Gracias, Ponce. —El agente se aparta y sigue hablando con su superior y yo vuelvo a hablar con Víctor—. ¿Lo has oído? Ya los han arrestado. No tienes de qué preocuparte.

—¿Estás segura? Creo que voy a venir igualmente.

—No, quédate. Tienes ganas de hacer de hermano mayor y de supertío, lo noto en tu voz.

—¿Y no notas que tengo ganas de meterme en la cama contigo?

—Sí —carraspeo—, eso también. Mira, te propongo algo.

—Te escucho.

—¿Qué te parece si voy a la comisaría, resuelvo este tema y le pregunto a Javier si le apetece venir a pasar el fin de semana a Haro? Igual hasta se apunta Esteban...

—¿Esteban? ¿Qué has hecho ahora? —se ríe—. Me parece una idea excelente, nena.

Javier y Ponce me hacen señas.

—Tengo que dejarte, leñador. Hablamos luego. Besos.

No había vuelto a la comisaría desde aquel día que fuimos a recoger a Esteban para que nos acompañase a ver a Parche y esta noche está en ebullición por los arrestos de la redada. Ponce nos guía hasta un despacho y estamos en un pasillo muy transitado cuando nos encontramos con Esteban. Él tiene una herida en la mejilla y, por las manchas del uniforme, es evidente que ha ido a parar al suelo unas cuantas veces. Javier y yo nos detenemos para dejarlos pasar, Esteban va acompañado de otros agentes que yo no conozco, pero se detiene frente a nosotros y abraza a Javier allí en medio.

Javier le devuelve el abrazo, solo dura unos segundos, pero nadie que lo haya visto dudaría de lo que significa.

—Ve al despacho del capitán —dice Esteban con la voz ronca al apartarse—, enseguida estaré con vosotros.

El capitán nos recibe y nos explica que llevaban meses detrás de esta red de organizadores de peleas ilegales. Parche y

Rocky son solo dos de los perros que habían dejado abandonados tras una pelea sangrienta, los más afortunados. También habían mandado a varias personas al hospital; gente que acudía a las peleas y apostaba lo que no tenía. Luego nos cuenta lo que ya nos habían adelantado Ponce y Esteban, que días atrás arrestaron a un carterista y que este les contó que tenía información sobre ellos. El capitán me enseña los móviles que les han confiscado y en el que hay dos fotos mías y de Javier, todas sacadas de las redes.

—Tiene que tener cuidado, señorita Ríos. Si no nos hubiéramos enterado a tiempo, esos tipos habrían podido encontrarla en menos de lo que canta un gallo. Usted misma les dice prácticamente a diario dónde está y con quién.

Trago saliva. Sé que tiene razón, pero mi mente no consigue desenredarse. ¿Cómo podemos acercar los chicos del calendario a la gente si no cuento nada sobre ellos, si no cuento la verdad?

La puerta se abre tras un par de golpes de cortesía y aparece Esteban con ¿Salvador?

—Hola, capitán, le presento a Salvador Barver, el director de la revista para la que trabaja la señorita Ríos.

Salvador y el capitán se dan la mano mientras yo sigo patidifusa.

—Gracias por llamarme y por todo su trabajo, capitán. Muchísimas gracias.

Esteban se queda de pie detrás de Javier, pero le coloca una mano en el hombro y lo aprieta cariñosamente.

Yo no puedo dejar de mirar a Salvador; está furioso y tiene el rostro desencajado. ¿Tanto se ha asustado o lo que pasa es que está muy enfadado porque ha tenido que venir hasta aquí para nada? ¿O sigue así por nuestra discusión telefónica? Ha sido él quien se ha comportado como un loco, yo le he dicho varias veces que no hacía falta que viniera e intentado hacerle entrar en razón.

—Le estaba explicando a la señorita Ríos que tiene que ser más cauta con lo que comparte en las redes.

—Buscaremos la manera de serlo, se lo aseguro, capitán. Para nosotros lo más importante es la seguridad de Candela y de las personas que la rodean. Lamento haberlos puesto en peligro.

—Bueno, por suerte para todos, la situación se ha resuelto favorablemente. Si necesita ayuda, no dude en ponerse en contacto con nuestra unidad de tecnología, ellos podrán asesorarle.

—Eso haré. Gracias de nuevo.

El capitán nos asegura que podemos irnos tranquilos. Han arrestado a todos los implicados y no queda ningún cabo suelto. Veo que Esteban coge de la mano a Javier y hablan en el pasillo mientras yo me dirijo a la salida con Salvador pisándome los talones. Necesito aire.

En cuanto llegamos a la calle, Salvador me abraza.

Me abraza y no me suelta.

«Langostas».

En cuanto Salvador me devuelva la autonomía de los brazos voy a darme una bofetada a ver si así dejo de pensar tonterías.

—Joder, Candela, me has dado un susto de muerte.

Y de repente su voz, su temblor, se mete dentro de mí y yo también le abrazo. No me gusta verle tan alterado y por fin puedo reconocer que también he pasado miedo. Sabía que ni a Javier ni a mí iba a sucedernos nada, confiaba en que Esteban y Ponce me habían dicho la verdad, pero me he asustado al oír hablar al capitán. Realmente todos estamos muy expuestos, tal vez demasiado. ¿Y qué pasaría si algún día sucediera lo peor? ¿Podría decir que ha valido la pena?

Escondo el rostro en el torso de Salvador y respiro profundamente. Mierda. Él siempre tendrá parte de mi corazón, supongo que no sirve de nada negarlo. Una parte pequeña y que voy a cerrar bajo llave, ríete tú de la Fortaleza de la Soledad de Supermán, de allí no se va a escapar nunca y no crecerá. Tengo que soltarle, pero mis brazos se hacen los sordos y siguen donde están.

—Estoy bien, Salvador. No me ha pasado nada.

Él no dice nada, me abraza más fuerte y agacha la cabeza hasta apoyar la mejilla en mi pelo.

Javier y Esteban nos encuentran así unos minutos más tarde y los dos me miran confusos. Los entiendo, ellos me vieron con Víctor y deben de creer que soy una impresentable. Una langosta traicionera. Un pulpo.

—Javier, Esteban —me aparto de Salvador, aunque él se resiste a soltarme—, dejad que os presente a Salvador Barver. Él es el artífice de *Los chicos del calendario*, el director de Olimpo, y el chico de enero.

«Y mi tormento», añado mentalmente.

Javier le tiende la mano. Quiero decirle que estaba abrazando a Salvador porque en un modo algo rebuscado somos amigos, o tal vez podría argumentar que le he abrazado porque es mi jefe. Al final decido no dar explicaciones, solo consiguen hacerme parecer culpable de algo que en realidad no he hecho. Primero he pensado en Víctor. A él sí quería verlo y voy a llamarlo más tarde. Lo de Salvador es solo otra de las bromas pesadas que el destino insiste en hacerme de vez en cuando.

—Encantado, yo soy Javier.

—Lo sé. —Salvador le estrecha la mano con fuerza—. Eres el chico de mayo.

—Yo soy Esteban Llorente, el novio de Javier.

Miro a Javier y le veo sonreír y sonrojarse. Menos mal que no soy la única a quien le pasa.

—Encantado, agente Llorente. Gracias por lo que has hecho.

—Es mi trabajo.

Javier levanta las cejas varias veces en mi dirección, sí, yo también tengo un montón de preguntas.

—Será mejor que nos vayamos a casa. No sé vosotros, pero yo estoy exhausto —se dirige a todos.

—Os llevo a casa —nos ofrece Esteban.

—En realidad, creo que prefiero andar un rato. —Tal vez caminar me ayude a pensar y después de lo que ha sucedido esta tarde, o ahora mismo, quiero que me dé el aire—. Pero tú, Javier, vete con Esteban si quieres. A mí me acompañará Salvador.

—¿Estás segura?

—Completamente.

—Entonces, ¿nos vemos mañana?

—Nos vemos mañana, pero improvisaremos sobre la marcha. Creo que nos merecemos un día libre. Hoy ha sido muy intenso.

—Me parece una gran idea, Javier.

Salvador y yo nos quedamos en la calle mientras Javier y Esteban se alejan en coche. Salvador se agacha y recoge una bolsa del suelo, es negra y recuerdo que la vi en enero cuando fuimos a pasar un fin de semana en Puigcerdá.

Tengo que encontrar la manera de que estos recuerdos no me anuden el estómago ni me hagan sentir culpable. No estoy haciendo nada malo intentando ser feliz con Víctor. Soy feliz con Víctor, me corrijo.

—No hacía falta que vinieras.

Empiezo a caminar, no conozco el camino exacto, pero no tardaré en situarme. Llevo días paseando por la ciudad con el chico de mayo.

—A mí me la hacía. —Se pone a caminar a mi lado—. ¿No piensas decirme nada más, ni mirarme?

—Gracias por venir. No hacía falta —le repito—, pero gracias.

Salvador sigue desprendiendo tensión, está tan enfadado como cuando hemos hablado por teléfono o quizá más.

—No me des las gracias.

Cruzo una calle y continúo andando con las manos en los bolsillos. No hace frío, aunque sigo un poco alterada por lo que ha sucedido y de vez en cuando tengo escalofríos.

—No me había dado cuenta de lo peligroso que puede llegar a ser contar tu vida en las redes.

—Sí, tendremos que hablar de ello y decidir cómo lo enfocamos a partir de ahora. Lamento no haber sabido anticiparme.

—No es culpa tuya.

—Lo es. Es mi obligación prever esta clase de cosas.

¿Cosas? ¿Se refiere a que como gerente, director o propietario de Olimpo tiene que anticiparse a estas situaciones, como si fuera Dios y tuviera que cuidar de sus criaturas o a algo más? Estoy enfadada con Salvador y voy a decírselo. O quizá no, quizá no vale la pena hablar de lo que ha acabado o nunca existió según él. Será mejor que le acompañe hasta la estación sin decir nada más.

Nos detenemos en un semáforo y cometo la estupidez de girar el rostro hacia Salvador; él levanta una mano hacia mi cara, sus ojos están fijos en los míos y casi puedo sentir el tacto de sus dedos en mi mejilla, aunque no llega a tocarme. Furiosa conmigo y con él, aparto la mirada y la fijo en la calle. No quiero volver a mirarle, no quiero preguntarme qué le pasa o si siente algo que no me ha contado. No quiero y no puedo. Salvador pertenece al pasado, eso es lo único que me veo capaz de darle. Pero sigue aquí a mi lado y ninguno de los dos hemos dado un paso más. El semáforo ha cambiado de color dos veces. No podemos seguir aquí eternamente en silencio y sin ir a ninguna parte.

—Llegaré a Barcelona el último domingo de mayo por la noche —improviso, así podré darle una sorpresa a Víctor y ayudarle con las obras si hace falta—; el lunes estaré en Olimpo, podemos reunirnos y seguro que entre todos encontraremos la manera de solucionarlo. Podemos colgar las fotos sin la localización o...

—¿Solo vas a hablarme de trabajo?

—Sí, Salvador, solo voy a hablarte de trabajo. No quiero que haya más *malentendidos* entre nosotros.

—Joder, Candela, yo seré un malnacido egoísta, pero tú eres una rencorosa incapaz de ver más allá de tus narices. Te ha faltado tiempo para irte con el primero que te ha hecho caso. No debías de quererme tanto si la primera noche te fuiste con otro.

Me detengo en seco en la calle; una chica que caminaba detrás de mí casi choca conmigo.

—¿Qué has dicho? —Salvador me mira y levanta una ceja. Tengo ganas de pegarle. Fuerte—. ¿Qué has dicho?
—Ya me has oído.
—No, no te he oído. Me ha parecido oír un comentario que implicaba que tenías derecho a meterte en mi vida, Salvador, y tú no lo tienes. Así que métete tu condescendencia, tus frases a medias, tus secretos y tus celos de mentira por donde te quepan, ¿está claro? Y no te atrevas a hablar de mis sentimientos o a criticarlos, al menos yo tengo. ¿Está claro?
—¡¿Celos de mentira? ¿Sentimientos?! —Deja la bolsa en el suelo y se aparta unos segundos. Cuando vuelve echa chispas por los ojos—. Yo también tengo sentimientos. Y son mucho más de verdad que nada de lo que ese tío de La Rioja haya podido decirte en los cuatro días que hace que te conoce.
—¿Ah, sí? Claro, tú siempre has sido tan claro y sincero conmigo, y hemos pasado tanto tiempo juntos...
—¡Yo nunca te he mentido!
Está a pocos centímetros de mí y, aunque sigo teniendo ganas de pegarle y de hacerle tragar sus palabras, veo que tiene muy mala cara. Sigue siendo guapo; Salvador tendría que estar muerto para tener mal aspecto y me temo que ni así, pero parece muy cansado.
Doy un paso hacia atrás y cierro los ojos para coger aire. Lo que dice Salvador no tiene sentido; esta clase de reacción tiene que deberse a que tiene el orgullo herido. Al fin y al cabo sabe que estoy con Víctor desde abril. Es absurdo, fue él quien me dijo que no quería nada. Y yo ya no quiero que me explique nada, el Dragon Khan no es para mí. Yo quiero estar con Víctor y llegar a casa cuanto antes para poder llamarlo.
—Será mejor que lo dejemos estar, Salvador. No quiero discutir. Estoy muy cansada y tú también pareces estarlo.
Él me mira durante unos segundos; cómo me gustaría meterme dentro de su cabeza y saber qué está pensando, porque visto desde fuera diría que está librando la batalla de las dos torres contra sí mismo. Pero al final no pasa nada. Como siempre.

—Tienes razón. Yo tampoco quiero discutir contigo, Candela. ¿Te importa que me quede a pasar la noche en tu piso? —Hemos andado unos metros más antes de que suelte esa bomba—. Sé que podría encontrar un hotel, pero no tengo ganas. Y después de lo que ha sucedido estaré más tranquilo si estamos juntos. Me quedaré en el sofá si no hay dos camas.

No quiero iniciar una discusión sobre la cantidad de hoteles que encontraríamos solo con sacar los móviles de los bolsillos. Quiero llegar a casa y acabar con todo esto cuanto antes. En cuanto hable con Víctor seguiré teniendo ganas de matar a Salvador, pero al menos oiré la voz de mi leñador y se me aflojará el nudo que ahora tengo en el estómago.

—Está bien. No hay dos camas, pero el sofá es muy cómodo. Ya dormiré yo en él.

—Dormiré yo en el sofá. Gracias por dejar que me quede.

—De nada.

Llegamos al piso en silencio, los dos estamos exhaustos y hartos de esta situación entre nosotros. No volvemos a discutir, sencillamente aparece un muro invisible entre nosotros que no somos capaces de traspasar. Antes creía que llegaría el día en que podríamos estar cerca el uno del otro y mantener una conversación normal, pero ahora francamente lo dudo mucho.

—El baño está allí. —Se lo señalo mientras él deja la bolsa frente al sofá—. Y ya ves dónde está la nevera y la cocina. Estás en tu casa. Yo voy a acostarme.

—Buenas noches, Candela.

—Buenas noches, Salvador.

Me pongo el pijama y me meto en la cama. Cierro los ojos. No quiero pensar en nada, ni en lo que ha pasado esta tarde con la policía ni en que Salvador está durmiendo en el sofá. Busco a tientas el móvil y llamo a Víctor. Él contesta al instante.

—Estaba a punto de subirme al coche y conducir hasta Madrid. ¿Estás bien, nena?

Suspiro aliviada, de hecho, incluso me resbala una lágrima por la mejilla.
—Estoy bien, leñador. ¿De verdad ibas a venir?
—De verdad. Suenas cansada o incluso triste, ¿ha sucedido algo?
Me muerdo la lengua, ¿cómo puedo decirle que Salvador está aquí y que me ha abrazado y que no sé si soy una langosta o un pulpo? Creerá que estoy loca.
—No, nada. Estoy muy cansada.
—Pues ponte a dormir, nena. Piensa que estoy allí abrazándote, ¿de acuerdo?
—De acuerdo. Lo haré.
—Yo también, nena. Descansa. Hablamos mañana. Me pasaré la noche buscando maneras de demostrarte la próxima vez que te vea lo poco que me gusta no estar hoy contigo. Buenas noches, nena.
—Buenas noches, leñador.
Cierro los ojos y veo pasear dos langostas tras los párpados antes de sentir que unos brazos me rodean por la espalda y quedarme dormida.

Por la mañana me despierto sin que suene el despertador, ayer me olvidé de ponerlo, y salgo del dormitorio. Miro hacia la cama en busca de la chaqueta que utilizo de bata; esta noche me he movido mucho, es como si hubieran dormido dos personas de lo revueltas que están las sábanas. Chaqueta en mano encuentro a Salvador de espaldas en la cocina, lleva pantalón de pijama y una camiseta blanca, y se me encoge el corazón al pensar en otra mañana de no hace tanto tiempo. No mato el recuerdo, creo que eso sería una lástima, pero tampoco me permito aferrarme a él. Sucedió. Pasó. Ahora mi vida es otra y estoy feliz.
—Buenos días, Salvador.
Él se gira sorprendido y me sonríe. Tiene mejor aspecto que ayer, los círculos negros que tenía bajo los ojos han disminuido un poco.

—Buenos días. He hecho café.

—Gracias.

Él se pasa ambas manos por el pelo negro. Es raro verle tan despeinado, con la guardia tan baja.

—¿Te importa que me duche? —me pregunta.

—Por supuesto que no.

Salvador asiente sin decirme nada y me esquiva para entrar en el baño. De hecho, apenas me ha mirado en todo el rato. Bueno, supongo que debo alegrarme de que los dos hayamos decidido mantener las distancias.

Me sirvo una taza de café y busco el móvil para llamar a Víctor.

—Hola, nena. ¿Cómo estás? Tenía ganas de hablar contigo, pero no quería despertarte por si estabas durmiendo. ¿Has dormido bien? ¿Estás segura de que no quieres que venga?

—Hola, leñador. Estoy bien, acabo de despertarme. Sí, todo ha acabado. Los malos están en la cárcel y el poli bueno probablemente está ahora en la cama con el chico del calendario.

Víctor se ríe.

—Yo también estaría en la cama contigo. Creo que puedo coger el próximo tren para Madrid; Victoria no para de hacerme subir y bajar cajas. Es una tirana. Ahora admiro muchísimo más a mi cuñado.

—Tu hermana es un encanto, no la ataques.

—Me alegro de que ella y tú os llevéis tan bien, pero, nena, tú tendrías que ponerte de mi parte. ¿De verdad no quieres que venga?

—De verdad. Quédate con ellos, yo dentro de un rato me reuniré con Javier; ayer decidió que hoy nos tomaríamos el día libre, así que me imagino que iremos a pasear con Parche. Salvador está aquí.

Ya está, ya lo he dicho.

—¿Salvador? ¿Salvador Barver está allí contigo, en Madrid?

—Llegó ayer por la noche, se presentó en la comisaría. Al parecer la policía informó a Olimpo de lo que estaba pasando y

Salvador vino hacia aquí. Se ha quedado a dormir en el piso. En el sofá.

—No hacía falta que añadieras eso último, Cande. Confío en ti.

El peso que tenía en el pecho desaparece. Víctor es increíble. Ni siquiera me ha preguntado por qué no se lo dije ayer por la noche.

—Gracias.

—No hay de qué —suspira y oigo la preocupación y el cariño en su voz—. ¿De verdad no quieres que venga?

—Ahora mismo me muero por decirte que sí. Tengo muchas ganas de besarte, Víctor.

—Yo también.

—Pero no vengas. No es necesario, de verdad. En cuanto a venir a Haro con Javier, no creo que quiera separarse de Esteban y yo, bueno, viajaré a Barcelona el veintisiete por la noche, así que debo quedarme con ellos y aprovechar estos últimos días, son las normas de *Los chicos del calendario*, ya lo sabes.

—¿Y Barver? —Era evidente que iba a preguntarlo.

—Seguro que Salvador desaparecerá con alguna excusa y se irá a alguna reunión.

—Está bien. Voy a buscar mi agenda y a remover cielo y tierra hasta dar con la manera de verte lo antes posible, Cande, y si quieres que venga y me porte en plan neandertal contigo, no dudes en llamarme.

—Lo haré. —No le cuento que iré a verle, quiero que sea una sorpresa.

—Quiero estar contigo antes de que te vayas a otra ciudad a conocer a un chico nuevo. Vete a saber, a lo mejor ese Cumberbatch decide hacerse español y te está esperando.

—Pues que espere, yo tengo a mi leñador.

—Exacto, nena. No lo olvides. Tengo que dejarte, Valeria está llorando y se supone que soy su niñera hasta que Tori y Carlos vuelvan de hablar con el pintor.

Me despido de Víctor y, cuando voy a servirme una segunda taza de café, oigo un ruido a mi espalda. Me doy media vuelta y Salvador está allí, vestido y con el pelo mojado. A diferencia de antes, ahora sí que me mira, pero yo agacho la cabeza, me termino el café y dejo la taza.

—Voy a ducharme.

Igual que él antes, yo también le esquivo para no tocarlo.

Unos quince minutos más tarde, cuando salgo de la ducha, no hay ni rastro de Salvador por ninguna parte y encuentro una nota en el sofá:

«Odio que llegue el día después de pasar la noche contigo».

Firmado con una sola S.

Arrugo el papel hasta que me duelen los dedos, después lo suelto, lo aliso y lo rompo en tantos pedazos como puedo hasta convertirlo en confeti. ¿Salvador está intentando hacerme cabrear aposta? Entro furiosa en mi dormitorio y miro la cama. Mierda. Los cojines, las sábanas. ¿Salvador me ha abrazado durante la noche? ¿Me estoy volviendo loca y veo cosas raras donde no las hay? Si Salvador se hubiera metido en la cama conmigo, me habría despertado, ¿no? Tal vez no. Ayer estaba realmente exhausta, pero él, ¿por qué haría algo así Salvador? Recuerdo el aspecto que tenía hace un rato, cuando le he encontrado en la cocina. ¿Me ha sonreído por eso, porque habíamos pasado la noche abrazados? Salgo del dormitorio y me planto frente al sofá. Está intacto, aunque eso puede deberse a que Salvador lo haya arreglado antes de irse.

Si ahora mismo le tuviera delante le gritaría y le diría lo que pienso de él, de sus frasecitas y de su comportamiento psicópata.

No voy a darle el gusto de llamarle ni de pensar en él. Aunque tenga que pasarme el día entero tarareando canciones de anuncios de la tele o de Georgie Dann, no voy a pensar en Salvador.

Casi lo consigo.

Más o menos.

Paso el sábado con Javier y Esteban; vamos a pasear a Parche y a Tintín y también visitamos a Rocky, que se está recuperando bastante bien. Varias veces durante el día estoy a punto de pedirle a Víctor que venga corriendo y que se comporte como un neandertal, mazazo en la cabeza incluido, pero sé que no es justo... Él tiene que estar con su familia y yo tengo que ser sincera conmigo misma y aceptar que, si Salvador no estuviera en Madrid (¿sigue estando aquí? Dios, ni tan solo sé dónde está, es lo mismo de siempre), yo estaría disfrutando de este último fin de semana con el chico de mayo y no planteándome si puedo pedirle a Esteban que mande la científica a mi apartamento para que me digan si me he pasado la noche abrazada a Salvador.

Quizá tendría que llamar a Abril para ver cuándo va a venir a hacer las fotos de Javier; ella seguro que conseguirá hacerme entrar en razón. Me dispongo a buscar el móvil cuando este empieza a sonar.

No es Abril, sería muy raro que el karma me hiciese ese favor.

—¿Salvador?

—¿Estás con Javier?

Estoy tan atónita que le contesto sin pensar.

—Sí, estamos en casa de Esteban.

—¿Os importa que vaya hacia allí?

Le pregunto a Esteban y a Javier, que no dudan ni un segundo en invitarle.

—No, por supuesto que no.

Le mando la dirección. Esteban vive en las afueras; la casa pertenecía a sus padres y tiene un amplio jardín en el que Tintín y Parche pueden seguir jugando. Salvador tarda pocos minutos en llegar y cuando lo hace saluda a Esteban y a Javier, y les pregunta si se han recuperado del día de ayer. Conmigo habla con normalidad, de la misma manera que le he visto hablar a Sergio o a Vanesa, o a cualquier empleado de Olimpo.

—¿Cuándo te vas a Barcelona, Salvador? —le pregunta Esteban.

—Mañana por la mañana. Quería irme hoy, pero al final no ha podido ser, tenía una *reunión*.

Me ha oído hablar con Víctor, seguro.

—Yo había pensado que mañana podíamos ir a pasar el día a Alcalá de Henares —sugiere Javier—, me apetece hacer algo para desconectar.

—Claro, yo no he estado nunca y me han dicho que es precioso.

Me despido de Javier, él se queda a pasar la noche en casa de Esteban, y quedamos en que pasarán a recogerme mañana. Salvador y yo nos vamos juntos en un taxi y me digo que no le diré nada en todo el trayecto, pero no soy capaz.

—Esta mañana me has oído hablar por teléfono.

—Sí. Me gusta saber qué concepto tienes de mí, que crees que desaparezco sin más.

—Me has escuchado y luego has desaparecido, muy propio de ti.

—Yo nunca he desaparecido. Nunca.

—Será mejor que dejemos de hablar —le digo, porque las repuestas a esa última frase se me agolpan en la punta de la lengua y sé que, si se me escapa una, solo una, discutiremos—. Es evidente que solo conseguimos gritarnos.

Él asiente y mira por la ventana.

Entramos en el piso en silencio y él se dirige al sofá, se sienta y entrelaza los dedos. ¿Va a quedarse otra noche? Ni hablar. Camino hasta el dormitorio en busca de qué decirle para pedirle que se vaya.

—Yo nunca he desaparecido, Candela —afirma cuando estoy a punto de cruzar la puerta—. Y no quiero gritarte ni discutir contigo, eso es probablemente lo último que quiero.

Me doy media vuelta y le miro. ¿Qué se supone que tengo que decirle? ¿Que no pasa nada y que algún día seremos amigos? Lo dudo mucho. Tiene que irse de aquí, pero antes necesito saber qué sucedió ayer:

—¿Anoche dormiste en el sofá o viniste a mi cama?
Él suelta el aliento.
—Me quedé en el sofá. Al principio. —Levanta la mirada y la fija en la mía. Yo no puedo apartarla—. No podía dormir, me levanté con intención de irme, de buscar un hotel o incluso de ir a Atocha y esperar a que saliera el primer AVE hacia Barcelona. Casi llego a la puerta, estaba allí —señala la entrada con el mentón— cuando decidí que tenía que verte una última vez y di media vuelta. No iba a hacer nada, pero entonces tú dijiste mi nombre.
—No es verdad —balbuceo.
—Yo tampoco me lo creí al principio, por eso abrí la puerta, para asegurarme de que tú estabas completamente dormida y de que no pensabas en mí, de que yo me estaba volviendo loco imaginando imposibles.
—¿Abriste la puerta de mi dormitorio? ¿Sin mi permiso?
Salvador aparta la mirada un segundo, aunque después vuelve a subirla y a fijarla en la mía. Sé que, tanto si le gusta como si no, va a decirme la verdad.
—Sí. Me quedé allí, sujetando el pomo, esperando a que dijeras algo, a que abrieras los ojos y me echases de allí o a que yo recuperase la cordura y me fuera. Entonces dijiste mi nombre.
—Yo... no... no...
—Lo dijiste tres veces. A la cuarta dejé de resistirme y me tumbé a tu lado. Me dije que me quedaría solo unos segundos.
—¿Me estás diciendo que te llamé en sueños y que has pasado la noche abrazado a mí así, sin más?
Él sonríe sin pizca de humor. A decir verdad parece triste.
—He pasado la noche abrazándote, Candela, pero no ha sido sin más. Cuando me he despertado tú seguías dormida, he ido a la cocina y he preparado café. El resto, ya lo sabes. Creía que sabías que había estado en tu cama.
Tengo que tragar saliva para poder hablar.
—No, no lo sabía.

Salvador asiente en silencio y entrelaza los dedos, los nudillos le quedan blancos.
—Ya me he dado cuenta.
—Quiero que te vayas, Salvador. No puedes quedarte aquí.
—De acuerdo.

Entro en el dormitorio y cierro la puerta. Cuando salgo horas más tarde, después de dar vueltas y vueltas a lo que él me ha contado, de contener las lágrimas y de pensar que lo mejor es fingir que esto no ha pasado y seguir adelante, Salvador ya no está.

Tampoco hay ninguna nota.

11

Mi última semana en Madrid está pasando a la velocidad de la luz.

A lo largo de este mes, Vanesa me ha ayudado a reducir la lista de candidatos a chico del calendario de junio y hemos intercambiado un montón de correos (en los que Salvador siempre ha estado en copia y nunca ha dicho nada) y, por fin ya, tenemos al chico definitivo. Le he escrito un correo y le he preguntado si podemos hablar por teléfono hoy o mañana. Espero que acepte, su historia también me ha parecido preciosa.

Estamos a miércoles y hoy estoy contentísima porque Abril llega a la ciudad para hacerle las fotos al chico de mayo para el artículo de la revista. Al final este mes ha tenido que hacer varios reportajes en el extranjero y no ha podido visitarme como ella y yo habíamos previsto hace semanas. Tengo muchas ganas de que conozca a Javier y también a Esteban. Desde el fin de semana pasado, él y Javier son inseparables sin ser pegajosos. Javier es el de siempre, pero es, no sé si sabré explicarlo, es como si antes hubiese sido un chico normal y ahora resplandeciese. Tal vez la felicidad sea esto, un superpoder que te hace brillar y ser capaz de pasarte todo el día con una sonrisa en los labios y convencido de que puedes con todo.

Esteban tiene unos horarios complicados, me imagino que son gajes del oficio, pero cada día pasa por la clínica en un momento u otro. Hace cinco minutos ha entrado y nos ha hecho señas a mí y a Alba para que nos acercásemos a él.

—¿Dónde está Javier?

—En la consulta —le contesto—; yo he salido porque tengo que ir a recoger a mi amiga Abril a la estación de Atocha.

—¿Puedes esperarte un minuto?

—Claro.

—¿Qué pasa? —pregunta Alba—. ¿Vuelve a perseguirnos alguien?

—No, gracias a Dios, no —afirma Javier—. Es una sorpresa.

La puerta de la consulta se abre y Javier despide a la paciente, una perrita preciosa, y a su propietaria.

—¿No te ibas a buscar a Abril?

—Sí, Esteban me ha entretenido —le contesto.

—¿Y tú qué haces aquí? —Se acerca a él y le da un beso—. Creía que no iba a verte hasta más tarde.

—Es que me han dado una noticia y quería decírtela.

—¿Qué noticia? ¿Ha pasado algo? —Javier arruga la frente. Deduzco que las sorpresas no le gustan demasiado y que tiende a pensar lo peor.

—No. No ha pasado nada. Le han dado el alta a Parche.

—Genial —responde Javier—. ¿Y lo llevan ya al centro de adopción canina?

—No.

—¡¿Cómo que no?! ¿Acaso creen que nadie va a adoptarlo? Porque si es así, diles que Cande...

—Para, para. No lo llevan porque Parche ya tiene una familia —le interrumpe Esteban—. Les he dicho que me lo llevo a casa. —Nos mira a mí y a Alba, creo que quiere que le demos ánimos, así que le sonrío—. Con *nosotros*. ¿Quieres venir a vivir conmigo, Javier?

Alba da saltos de alegría y yo miro a Javier, que no puede dejar de mirar a Esteban. Está tan sorprendido, tan feliz, que ese brillo de antes le sale por los ojos.

—¿Javier? —Esteban le aprieta las manos, me temo que el silencio de Javier le está asustando.

—Claro que quiero vivir contigo.

Esteban le da un beso y tarda mucho en soltarle. Cuando lo hace le pone en la mano un juego de llaves y unos papeles.

—¿Qué es esto?

—Un documento interno de la comisaría; nos piden los datos de la persona de contacto en el caso de que nos pase algo. Te he puesto a ti.

A Alba le dará un ataque de tantos «ooooh» y «aahhh» que va soltando. Lo cierto es que la entiendo.

—Chicos, felicidades. Hablamos luego, tengo que ir a la estación o Abril me arrancará la cabeza si llega y no estoy para recogerla.

—Te llevo, Cande. —Esteban suelta a Javier, que esta vez ha iniciado el beso—. Yo también llego tarde al trabajo.

Abril no se enfada, pero me obliga a salir por la noche por la ciudad. Yo acepto porque quiero estar con ella y porque creo que si estoy en un local rodeada de gente conseguiré morderme la lengua y no contarle a Abril lo que sucedió la otra noche con Salvador. Muy a mi pesar la imagen de él abrazándome ha aparecido varias veces en mi cabeza durante estos días. Y cuando digo varias veces quiero decir cada dos segundos. O uno y medio.

Pero conseguiré dejar de hacerlo en cuanto vea a Víctor. Esto que me pasa ahora es simplemente como una reacción alérgica, nada más.

—No puedo creerme que lleves casi un mes en Madrid y no hayas salido de noche.

—Salí en Muros, el chico de este mes no ha sido muy fiestero que digamos —me defiendo—. Todos tienen su estilo.

—Sí, supongo, pero mira que es raro ir de fiesta por Muros y que aquí, en Madrid —extiende las manos a modo de explicación—, te hayas pasado el mes paseando perros.

—No hay que juzgar a nadie ni a nada por las apariencias, querida Abril. Ni siquiera las ciudades.

—Si te pones en plan Yoda conmigo, te pido otro *gin-tonic* a ver qué pasa.
—Oh, me he emocionado, has dicho «Yoda» bien. Esto tiene que ser influencia de Manuel. ¿Le has visto?
—Le he visto.
—¿Y?
—Y nada. Me ignoró. Ni se dignó a hablar conmigo.
—Algo te dijo a juzgar por la cara que estás poniendo.
—Fui a hacer un reportaje fotográfico en la Facultad de Medicina. La modelo en cuestión se estaba cambiando y los de atrezo estaban colocando los *pros* para la siguiente foto, así que salí fuera a fumarme un cigarrillo. Y allí estaba él, Manuel, con una carpeta y unos libros bajo el brazo. Primero pensé que me lo estaba imaginando, pero no, era él. Me acerqué y él también parpadeó sorprendido al verme. Estaba hablando con una chica y se despidió de ella, le dijo que la vería más tarde.
—¿Qué hacía Manuel allí?
—Eso fue lo que le pregunté yo.
—¿Y qué te contestó?
—Me preguntó si estaba dispuesta a hablar con él, a reconocer que me había equivocado y que la diferencia de edad no importaba.
—Y tú le dijiste que no.
—Le pregunté si esa chica era su nuevo ligue.
—Oh, Abril, no.
—Sí. Manuel entrecerró los ojos, estaba guapísimo, le habría besado allí mismo, y me dijo que si no pensaba tomarle en serio, nuestra conversación había terminado. Se fue y no he vuelto a verle.
—¿Por qué crees que todo es tan complicado?
—Hay relaciones que no lo son, que son fáciles. Acostarte con un tío es fácil. Ir al cine con un tío es fácil. Incluso puede ser fácil vivir con un tío. Lo difícil es enamorarse.

Esa frase no termina de convencerme. Yo no creo que enamorarse sea difícil, puede ser incluso fácil si lo piensas bien, puede suceder en un segundo. Lo que es duro o, mejor dicho, requiere esfuerzo es querer a alguien, quererle bien.

—Creo que voy a pedir ese *gin-tonic* del que hablabas antes.
—Dejo de filosofar por esta noche.
—Pide dos.

Con los *gin-tonics* en la mesa me vengo arriba y cuelgo una foto en Instagram.

«#AsíEmpezóTodo 🍷 #Amigas 👯 #NocheLoca 🎉 #MañanaMeArrepentiré ☕ #MadridByNight».

Hablar con Abril siempre me anima y sé que esta vez también acabaremos la noche riéndonos, sin embargo, es evidente que este año nos está cambiando a las dos y nos está obligando a enfrentarnos a nuestros miedos y a averiguar quiénes somos y qué queremos. Tal vez ella tenga razón y las relaciones fáciles son esas en las que no está involucrado nuestro corazón, pero yo no lo veo tan claro. Algo puede ser sencillo y a la vez complejo. Nuestro corazón básicamente hace lo que quiere y, si se enamora de alguien quizá no consigamos hacerle entrar en razón por mucho que lo intentemos, o quizá lo que sucede es que el amor no entiende de razones, sino de emociones. ¿Cuánto tardas en querer a alguien? ¿Y en dejar de quererlo? Si el corazón entendiera de razones olvidaríamos a la gente que nos ha hecho daño en un abrir y cerrar de ojos, pero no es así. Tal vez incluso habríamos inventado una pastilla: píldora para dejar de querer. Me da miedo pensar que sería todo un éxito.

—Creo que tendrías que volver a hablar con Manuel.
—Y yo creo que no quiero seguir hablando de este tema. Vamos a bailar.
—De acuerdo. —Me bebo el *gin-tonic*—. Vamos a bailar.

En medio de la pista, Abril suelta otra bomba. No sé si el alcohol le ha soltado la lengua justo ahora o si lo ha hecho adrede, porque cree que aquí no me pondré histérica.

—También he visto a Rubén.
—¿Qué has dicho? ¿Acabas de decirme que has visto a Rubén? ¿Rubén mi ex? ¿El desgraciado que me dejó por Instagram?

—El mismo.
—¿Qué? ¿Cuándo? ¿Cómo? ¿Hablaste con él?
—Me llamó, me preguntó si sabía dónde estabas.
—Es idiota. Idiota. Tonto del culo. ¿Cómo que dónde estaba? ¿Acaso no se ha enterado de en qué consiste *Los chicos del calendario*? Soy la chica más fácil de localizar de España —añado y tengo un escalofrío al recordar lo que me dijo el capitán de Esteban.
—Lo sé. Le dije lo mismo. Al parecer él creía, o cree, no lo sé, que todo esto es un montaje. Me dijo que quería darte una sorpresa.
—¿Una sorpresa? Si quiere darme una sorpresa, que se meta a cura o que se largue a vivir a Marte, pero a mí que me deje en paz.
—Lo sé. Le dije que no volviera a llamarme y que no se acercase a ti. Me puse un poco macarra, la verdad. «¡Yo por mi Cande mato! ¡Mato!»
Me río y abrazo a Abril en medio de la pista.
—Gracias, eres la mejor.
—De nada. Ve a pedir otros *gin-tonics*, yo voy a preguntarle a ese tío bueno de allí si quiere bailar conmigo.

Las fotos con Javier quedan geniales, porque Abril es una de las mejores fotógrafas del país y porque sus antepasados debían de ser destiladores de whisky y su hígado procesa el alcohol de una manera distinta a la mía. Yo tengo resaca y un dolor de cabeza horrible; aun así me tomo el ibuprofeno de rigor y disfruto del día. Javier ha cerrado la clínica por hoy y Esteban nos ha acompañado un rato.

—Este mes ha cambiado mi vida —me dice Esteban mientras los dos esperamos a que Abril le permita a Javier moverse—. Gracias por estar aquí, Cande.
—Estoy segura de que yo no he tenido nada que ver, Esteban, pero gracias. Para mí también ha sido un mes muy importante. He aprendido mucho de Javier.

—Sí. —Esteban se sonroja y sonríe—. Es difícil conocer a Javier y no querer quedarte con una parte de él.

—Creo que tú quieres quedarte con todo.

Suelta una carcajada.

—Tienes razón. —Abril le está sacando ahora fotos a los perros y Javier ha recuperado un poco de libertad—. Tu jefe, Salvador Barver, me recuerda a mí.

El comentario me coge tan de sorpresa que casi se me cae la mandíbula al suelo.

—¿A ti? ¿Por qué lo dices?

Esteban se encoge de hombros.

—No sé, me recordó a mí. A mí antes de atreverme a decir la verdad sobre mí mismo, sobre mis sentimientos. Le vi muy poco, pero soy policía y estoy acostumbrado a leer el lenguaje corporal, forma parte de mi trabajo. Y ese hombre está ocultando algo y, sea lo que sea, le está carcomiendo.

—¿Salvador, ocultando algo? No lo creo. —No sé si se lo digo a él o si estoy intentando convencerme a mí misma—. Quizá tenía algún problema con el trabajo. No te olvides de que es el director de Olimpo.

—No lo sé y, evidentemente, puedo estar muy equivocado, pero ese hombre tiene algo que le está carcomiendo. Créeme. No es como Víctor; Víctor es feliz y sabe exactamente quién es y qué quiere, y esa felicidad es incluso contagiosa. Hacéis muy buena pareja.

—¿Quién?

—Tú y Víctor, ¿quién si no?

—Claro, perdona.

Me mira como si estuviese loca.

—¿De qué estáis hablando? —Javier llega adonde estamos.

—De Barver —le contesta Esteban.

«¿Podemos dejar de hablar de él?», pienso para mis adentros.

—A ese hombre le pasa algo, y algo grave —añade Javier como si nada.

—No le pasa nada, siempre está muy ocupado y tiene mucho trabajo. Eso es todo.

—Si tú lo dices... ¿Qué, nos vamos a cenar?

Cenamos los cuatro: Javier, Esteban, Abril y yo, y al día siguiente vuelvo a despertarme con dolor de cabeza de las vueltas que he dado en la cama por culpa de los comentarios bienintencionados de Javier y de Esteban.

Es mi último día con el chico de mayo, he recogido las cosas y Javier ha venido a ayudarme. Saco una fotografía del piso con los pies de Javier al lado de mi maleta.

«#AdiósMadrid 😭 #ElChicoDeMayoEsMejorQueElDeOutlander 👏 #AhoraLoSéSeguro #LosChicosDelCalendario 🗓 🏃 ».

—Gracias por presentarte como candidato a chico del calendario —le digo a Javier cuando me acompaña a la estación—. Me ha gustado muchísimo conocerte y espero que sigamos siendo amigos durante mucho tiempo.

Creo que hace unos meses no habría sido capaz de ser tan sincera con alguien, de reconocer esta clase de emociones, y me gusta haber aprendido esto de los chicos del calendario.

—Gracias a ti por elegirme, Cande. Da por hecho que seremos amigos, ya lo somos, ahora viene la parte fácil, seguir viéndonos y visitándonos por vacaciones.

—Te tomo la palabra.

—Una pregunta: ¿te he hecho cambiar de opinión sobre los hombres de este país?

—Podría decirte que tendrás que esperar a leer mi próximo artículo o a ver mi próximo vídeo para saberlo, pero te contestaré ahora. No, no he cambiado de opinión, *de momento*, aunque he estado a punto y gracias a ti he descubierto que si hay personas tan valientes como tú, quiero hacerlo.

JUNIO

12

Echo de menos a Víctor, se suponía que hoy iba a ir de camino a Haro para estar con él, que iba a darle una sorpresa, pero estoy rumbo a Barcelona y el AVE va lleno de gente que está sola. No estoy siendo dramática, en mi vagón no hay ni una persona hablando con otra, todos trabajan, duermen o tienen los ojos fijos en la pantalla del móvil. Ahora que lo pienso, yo también llevo cinco meses viajando sola a todas partes.

Creo que echo de menos viajar acompañada, no el hecho de estar con alguien en el vagón del tren o en el avión, sino la emoción de preparar un viaje juntos, de elegir el destino y las actividades que haremos una vez lleguemos allí. La ilusión.

Seguro que viajar con Víctor sería increíble.

Sacudo la cabeza, no me gusta estar melancólica cuando puedo afirmar que este mes casi todo ha salido muy bien. Javier ha sido un chico del calendario excelente, me gusta pensar que de él me llevo parte de su valentía, de ese saber estar dentro de tu piel. Yo aún me siento como si llevara un disfraz y me hubiesen obligado a asistir a una cena de gala, es decir, fuera de lugar, pero él no. Sí, estaría muy bien que se me hubiese pegado parte de eso.

Seguro que, si ahora estuviera a escasos minutos de reunirme con Víctor, mi humor sería otro. No iba a decirle nada de mi viaje, pero hace dos días él empezó a contarme que unas tías suyas iban a pasar este fin de semana en Villa Victoria y que Tori se subía por las paredes. Las tías no eran lo peor, al parecer iban acompañadas de sobrinas y de un ejército de parientes lejanos. No podía presentarme allí sin avisar y no podía pedirle a él que viniera.

—¿Entonces, cuándo nos veremos? —le dije.

—La semana que viene, te lo prometo. Aunque tenga que ir a la otra punta del país —farfulló él—. Odio no poder estar contigo este fin de semana, creía que lo conseguiría.

—Y yo.

—No te preocupes, nena. Encontraré la manera, yo siempre la encuentro.

Me uno al grupo de trabajadores incansables del vagón y saco mi cuaderno del bolso para tomar notas sobre Javier. El lunes grabaré el vídeo y, aunque ya he estado trabajando en el texto, necesito darle un par de vueltas más. Javier tiene defectos, obviamente, empiezo a creer que son los defectos los que hacen que una persona sea perfecta para otra. El modo en que nos enfrentamos a las dificultades o incluso a los buenos momentos es lo que nos define.

Cuando Javier se encontró con una dificultad, cuando Esteban le pidió tiempo, él se quedó y se lo dio.

Víctor también es de los que se quedan y luchan por lo que quieren.

Salvador... no tengo ni idea y me niego a pensar en él.

Rubén se largó.

¿Por qué llamó Rubén a Abril? ¿Qué significa eso de que me está preparando una sorpresa? Si pretende reconquistarme, lo lleva claro y, si intenta montar un numerito, no sé de lo que soy capaz. La conversación que mantuve con Abril en el bar de Madrid se había quedado escondida en un rincón de mi mente y ahora, pasado Zaragoza, ha salido de paseo.

¿Qué querrá?

Sea lo que sea, está claro que no ha descubierto un amor incontrolable hacia mí ni nada por el estilo. Si algo sé de Rubén es que él solo piensa en sí mismo. Siempre. Sin excepción. No tenía ni idea de que había vuelto a España, tampoco es que me haya preocupado por averiguarlo, y él y Abril nunca se habían llevado bien. Abril siempre había dejado claro que no era su mayor fan. Si la ha llamado es para enviarme alguna clase de mensaje, pero no sé cuál y la verdad es que no tengo ganas de averiguarlo. Lo único que quiero es que Rubén siga bien lejos de mí.

No logro concentrarme, es tarde y ha sido un viernes intenso, y acabo dibujando flores y pajaritos en una esquina del cuaderno. Mis dotes artísticas no me retirarán, eso lo sé seguro.

El AVE llega a Barcelona; esta vez me he traído la maleta conmigo, así que tardo un poco más en bajar con el equipaje a cuestas. En cuanto pongo un pie en la estación de Sants tengo la sensación de haber llegado a casa, descubrir mes a mes otras ciudades del país es precioso, un regalo, pero también me está sirviendo para darme cuenta de que mi pequeño lugar en el mundo de momento es este.

Arrastro la maleta tan dignamente como puedo y me dejan el bolso y la chaqueta. Me dirigiré a la parada de taxis y todo estará solucionado.

—Hola, Cande. ¡Sorpresa!

Tengo que parpadear, porque tengo miedo de estar alucinando.

—¿Víctor?

—Tenía muchísimas ganas de verte —sonríe y me coge en brazos para levantarme del suelo y besarme.

Yo le devuelvo el beso.

—Creía que no podías venir —le recuerdo cuando me suelta, unos cuantos besos más tarde. Esta mañana hemos hablado y me ha repetido por enésima vez lo enfadado que estaba con la invasión de sus parientes.

—Mi hermana se ha apiadado de mí. Creo que en realidad me ha echado porque tenía miedo de que fuera a arrancarle la cabeza a alguna de mis tías segundas. Y lo habría hecho, tenía tantas ganas de verte que me estaba planteando seriamente esa opción.

—Yo también tenía muchas ganas de verte.

Vamos en taxi hasta mi calle, en la que Víctor no ha estado nunca, y pienso en lo contenta que estoy de verle.

—Gracias por venir —confieso cuando estamos ya en la acera delante de casa—. Yo no te lo había dicho, pero este fin de semana iba a venir a Haro a darte una sorpresa.

—¿Ibas a venir a casa? ¿De verdad?

—De verdad. Tú has venido a verme y yo... —me humedezco los labios— te echaba de menos y quería verte. Quería decirte que eres muy especial para mí.

—Creo que empiezo a darme cuenta de eso, Cande.

Víctor se agacha y me da un beso más tierno de lo que es habitual en él y a mí se me eriza la espalda. Cuando me suelta tardo unos segundos en abrir los ojos y digo lo primero que me viene a la mente:

—Javier y Esteban te mandan recuerdos; me han pedido que te diga que esperan verte pronto. Creo que antes de que termine el año visitarán Haro.

Víctor sonríe.

—Me encantará que Javier y Esteban vengan a vernos en vacaciones o cuando puedan. Deduzco que están juntos.

Me detengo frente a la puerta de casa.

—Sí. Al parecer se me da muy bien que las parejas de los demás se arreglen.

Víctor pone una mano en el dintel, es así de alto, y evita que abra del todo.

—¿Alguna queja de tu pareja, señorita Ríos?

Agacha la cabeza y me besa.

—Ninguna.

—Lástima, casi esperaba que tuvieras unas cuantas.

—¿Por qué?

—Siempre me han gustado los retos. —Inclina la cabeza y me besa el cuello—. Investigar. Buscar maneras de mejorar.

—¿Te pondrás muy insoportable si te digo que no te hace falta mejorar?

—Mucho.

—Pues no te lo digo. Investiga y mejora todo lo que quieras.

Sonríe con los labios encima de mi piel y las cosquillas me recorren el cuerpo entero.

—Quería hablar contigo antes de desnudarte —me dice mientras hace precisamente eso, desnudarme—, pero si no estoy dentro de ti en los próximos diez segundos, no voy a poder pensar. Tengo que tenerte, nena.

Le quito la camisa y me dedico al cinturón del pantalón.

—Me tienes.

Después de eso, ni él ni yo somos capaces de articular nada coherente.

No se me da muy bien hablar en la cama, la gran mayoría de las veces me quedo dormida después del sexo, será por falta de práctica, aunque en este sentido las cosas están cambiando, lo sé. Nunca se me ocurren esas frases de película que consiguen que el chico le aparte el pelo a la chica y la bese como si no existiera un mañana. Tampoco tengo sentido del humor, al menos no en esos momentos en los que a menudo me pregunto si estoy sudada o con los pelos y mirada de loca. Y ni en mi mejor momento sería capaz de hablar de filosofía o de decir algo trascendental. Pero a pesar de todo esto, sé que una frase como la que acaba de decirme Víctor es mejor guardarla para otro momento, uno en el que al menos esté vestida.

—¿Qué has dicho?

—He dicho que el lunes me voy a Nueva York y que no sé exactamente cuándo volveré.

—Ah... Durante un segundo he pensado que me lo había imaginado.

Apoyo el codo en la cama y lo miro mientras mi cerebro intenta organizarse y formular una respuesta coherente.

—No quería decírtelo aquí, ni así. —Me acaricia el pelo y levanta la cabeza para besarme—. Lo siento. Mierda. No quería decírtelo aquí —repite—, pero necesitaba hacerte el amor, y cuando hacemos el amor me fundes las neuronas y no he podido evitarlo.

—Te vas a Nueva York. —Vuelvo a tumbarme, tal vez sea lo mejor, y descanso la cabeza en su torso—. ¿Qué vas a hacer?

Él mueve la mano por mi espalda mientras habla.

—A principios de semana me llamaron del laboratorio. No te lo dije porque tú seguías preocupada por lo del viernes y porque tampoco había nada concreto.

—Pero ahora lo hay.

—Todavía no, pero puede haberlo. El miércoles me dijeron que el Gobierno les había contratado para un gran proyecto, no me contaron los detalles concretos, y que necesitaban un jefe de laboratorio para una de sus nuevas divisiones biológicas. Prácticamente me ofrecieron el trabajo en el acto.

Aguanto la respiración.

—¿Y aceptaste?

—No, por supuesto que no. Pero les dije que iría a hablar con ellos y a conocer el proyecto. Al cabo de una hora tenía un billete de avión con mi nombre en el correo electrónico.

—Vaya.

—Puedo retrasar el viaje —ofrece—. ¿Crees que podrías tomarte unas vacaciones y acompañarme?

Si *Los chicos del calendario* no existieran, podría hacerlo, podría hablar con Marisa, mi antigua jefa en *Gea*, y pedirle dos semanas de vacaciones. Aunque si *Los chicos del calendario* no existieran, no habría conocido a Víctor.

—No puedo, lo siento. —Le beso el pectoral—. Si fuera un fin de semana sí, o quizá tres días, pero no puedo irme a Nueva York. El miércoles tengo que estar en Segovia y el lunes y el martes tenemos que grabar el vídeo y organizar todo el mes de junio. Ojalá pudiera.

—Tranquila, no pasa nada. —Suspira resignado—. Ya me lo imaginaba. Me gustaría poder decir que odio tu trabajo —añade en un tono más serio de lo que me esperaba—, pero tu trabajo te llevó a Haro, a mi casa, así que no puedo.

—Eres increíble, leñador.

—No, no lo soy, pero ya te he dicho antes que me gustan los retos y voy a seguir esforzándome para que lo creas. Ven aquí. —Tira de mí hasta colocarme encima de él y dejamos de hablar.

Nos pasamos el fin de semana en casa, en la cama para ser exactos. Supongo que podría haber aprovechado para enseñarle la ciudad a Víctor o para quedar con Abril y que ella lo conociera mejor, incluso para presentarle a mis sobrinas (a mi hermana Marta no sé si me habría atrevido), pero decido quedármelo solo para mí y a él no parece importarle a juzgar por el sinfín de ideas que tiene sobre las actividades que pueden llegar a hacerse en la cama.

Víctor me sorprende de nuevo cuando me dice que no necesita volver a Haro antes de irse a Nueva York y se queda conmigo hasta el lunes de madrugada, cuando se sube a un taxi para ir al aeropuerto. No le acompaño; él insiste en que no lo haga.

—No vengas, Cande, aunque estoy exhausto no descarto encerrarnos en un baño y follar por última vez antes de que me vaya.

A pesar del lenguaje me besa cariñosamente cuando estamos en la cocina, yo en pijama y él vestido y listo para el viaje.

—Vale. Llámame cuando puedas. Te echaré de menos.

—Yo también a ti.

Tras un último beso y una mirada en la que creo que está a punto de decirme algo que al final se guarda, Víctor se va de casa y yo me meto en la ducha y me preparo para ir al trabajo. Si vuelvo a la cama me deprimiré y no serviré de nada durante el resto del día. No tengo motivos para estar triste; Víctor solo va a escuchar lo que tienen que decirle, en cuanto sepa cuáles van a ser sus planes me los contará. A diferencia de otros individuos que me niego a nombrar ahora, Víctor siempre ha sido sincero conmigo. Bajo el agua pienso, porque por desgracia para mí no sé desenchufar el cerebro, que a pesar de lo bien que estamos juntos, ni Víctor ni yo hemos hablado nunca de nuestros sentimientos. Sé que es una tontería, que un gesto dice más que mil palabras, pero tengo miedo de lo que pueda significar esta omisión. En mi caso sé por qué no le he dicho nada, después de Salvador no hace falta ser un genio para adivinar por qué prefiero ser cauta. Aquel día de abril bajo la lluvia, Salvador me dijo que le había malinterpretado y me demostró hasta qué punto podía llegar a ser un capullo. Víctor, en cambio, nunca ha fingido ser alguien que no es. Hoy, cuando se ha ido, me ha mirado y durante un horrible segundo he pensado que iba a despedirse de mí sin más, a decirme gracias por todo y hasta la vista, *baby*. Y después he pensado que es injusto que le esté juzgando con el rasero de Salvador, porque no se parecen en nada. En nada. Víctor es sincero y siempre va con la verdad por delante, a él es imposible malinterpretarlo. ¿Y si hubiera sucedido lo contrario? ¿Y si Víctor me hubiera dicho que para él lo nuestro es importante, que yo soy importante? ¿Yo habría podido decirle lo mismo?

Quiero creer que sí. Sí, se lo habría dicho. ¿Pero es lo que siento?

Por supuesto que es lo que siento, me digo escupiendo el champú que acaba de entrarme en la boca.

¿Y si Víctor simplemente no dice nada porque lo único que siente por mí es deseo? Eso no duda ni un segundo en recordármelo.

¿Por qué no soy capaz de preguntárselo?

Salgo de la ducha y me impongo dejar de comportarme como un personaje de un serial de la tele. Víctor y yo estamos bien, muy bien, él es un chico genial y yo soy estupenda. No voy a buscar problemas donde no los hay.

En Barcelona brilla el sol y dejo que el optimismo corra por mis venas, no voy a ponerme a cantar en plan princesa Disney, pero me atrevo a silbar cuando unos pajaritos pasan por mi lado. He ido andando a Olimpo y no me quedo parada en la entrada preguntándome si me encontraré a Salvador o si él estará de un humor u otro. Entro decidida, saludo con una sonrisa al guarda que hay en recepción y entro en el ascensor. No voy directamente al sexto piso, aunque mi mesa sigue en el despacho de Salvador, a no ser que él ya se haya puesto en plan doctor Jekyll total y haya ordenado que me trasladen a otra planta. Voy al departamento de *marketing* y comunicación en busca de Vanesa; ella suele llegar temprano y tengo ganas de verla.

—¿Hola? ¿Hay alguien?

No veo a nadie por ninguna parte. Quizás es demasiado pronto.

—¿Cande?

Vanesa asoma enseguida la cabeza por encima de la pared de su cubículo.

—¡Vanesa! —Camino hacia ella con una sonrisa—. Pasaba por aquí y he decidido hacerte una visita.

Nos saludamos y las dos nos decimos lo guapas que estamos. En su caso es verdad; Vanesa está fantástica.

—He estado trabajando en esa idea que comentamos por correo, la de hacer una sección en la web de *Los chicos del calendario* sobre las ONG o fundaciones a las que los candidatos donarán el premio en caso de resultar vencedores. Creo que es importante y a Sofía y a Jan también les gusta la idea.

—Gracias. ¿Crees que sería posible incluir una mención especial a la protectora de animales?

—Claro. Podríamos incluso poner un anuncio o algo que captase la atención y dirigiese tráfico hacia ellos.

—Me imagino que estás al corriente de lo que ocurrió la semana pasada, lo de los arrestos y las peleas ilegales de perros.

—Sí, lo sé. Vaya susto. Barver se fue de aquí hecho un manojo de nervios. Sofía y Sergio incluso se asustaron, jamás lo habían visto así.

«No quiero saberlo».

—Creo que estaría bien incluir un artículo o un vídeo sobre seguridad en las redes. Todavía no he tenido tiempo de hablarlo con nadie, pero creo que sería interesante e incluso necesario que hablásemos de ello. Quizá podría pedirle al capitán de Esteban, el policía que hizo los arrestos en Madrid, que nos concediese una entrevista o grabase un vídeo con nosotros.

—A mí no tienes que convencerme. Barver lleva toda la semana encima del departamento legal e informático en busca de una manera de protegerte.

—Querrás decir de proteger a los chicos del calendario.

Vanesa enarca una ceja e ignora mi comentario.

—Los de cuentas dicen que perdemos anunciantes si no sale el lugar concreto en el que te encuentras a tiempo real. Sofía está buscando la manera de contentarlos a todos. Supongo que en la reunión de hoy también hablaremos de eso.

—Es verdad, no me acordaba de que esta tarde tenemos reunión.

—Sí, la de siempre, el control mensual de nuestros chicos. Me ha encantado todo lo que he visto sobre el chico de mayo; estoy impaciente por ver el vídeo que harás de él.

—Lo grabaré dentro de un rato, supongo que Abril no tardará en llegar. —Empieza a llegar gente, ya no estamos a solas—. Bueno, será mejor que me ponga a trabajar. ¿Nos vemos luego?

—Por supuesto. Después te mando un correo con los billetes y la información práctica del chico de junio. Otra elección arriesgada, Cande.

—Ya sabes lo que dicen: quien no arriesga no gana.

—Pues diría que de momento vas ganando.

Yo no lo veo tan claro, más bien tengo la sensación de estar haciendo trampas porque esto, *Los chicos del calendario*, no me habría pasado nunca si Rubén no me hubiese plantado de esa manera y si Abril no me hubiese grabado ni colgado en Youtube.

He pasado de ser una chica que vivía con un chico porque básicamente tenía miedo de quedarse sola o para vestir santos, como dice mi madre, a elegir entre miles de candidatos y conocer un chico más o menos especial cada mes.

Lo mínimo que puedo hacer es aprender de ellos y ser sincera conmigo misma. No volveré a estar con alguien solo para no estar sola y no volveré a huir de los cambios ni a conformarme. Llego a la sexta planta y oigo el ruido de unas pisadas, giro por el pasillo aguantando la respiración convencida de que voy a encontrarme con Salvador, pero es a Sergio a quien veo.

—¡Hola, Cande! Te estaba esperando.

—¿Ah, sí?

—Sí. Barver no está, no va a estar en todo el día; tal vez llegue mañana, pero aún no lo sé seguro. Perdona por las prisas —se disculpa al darme dos besos, uno en cada mejilla—, pero es que tengo mil cosas que hacer. Barver me ha pedido que te diga que le escribas un correo si necesitas algo.

—¿Y ya está?

—Sí, ya está. —Los dos nos detenemos frente a la puerta de su despacho y Sergio se relaja un poco, desconecta su faceta de empleado del año y me observa como lo haría un amigo. Creo que empezamos a serlo hace unos meses—. No sé qué ha pasado entre Barver y tú, y no te lo estoy preguntando, pero la semana pasada Barver apenas salió del despacho y cuando lo hacía era para gritarle a alguien. Y hoy él no está y tú sí.

—¿Qué estás insinuando, Sergio, que es culpa mía?

—Barver es amigo mío, Cande, y no sé qué diablos le pasa. Solo eso. No te estoy insinuando nada, solo quiero que sepas que, sea lo que sea lo que ha pasado, haya pasado o vaya a pasar entre vosotros dos, a él no le está resultando nada fácil. Y probablemente me mataría si supiera que te he dicho esto.

No sé qué decirle, a veces pienso que esto en vez de una empresa es una cámara oculta gigantesca y que todos me están tomando el pelo. ¿Desde cuándo esta gente se pasa todo el día hablando de la vida de los demás? ¿Desde siempre? ¿Cómo es que yo antes no me había enterado?

—No sé a qué viene esto, Sergio. Entre Salvador y yo no hay nada —recalco y cuando él me mira incrédulo, añade—: Hubo algo y reconozco que yo creía y quería que fuese algo más —trago saliva—, pero Salvador no. Así que si hoy no está aquí o si la semana pasada estaba hecho un energúmeno, no es culpa mía. Yo no tengo nada que ver.

13

Menos mal que siempre puedo contar con Abril para recordarme lo que de verdad es importante en la vida.

—Dime que te has puesto corrector de ojeras. Dímelo.

—No. Me he olvidado.

—¿Por qué? —clama al cielo y me mira horrorizada—. ¿Por qué, Señor? Cuando creía que ya habías entendido que no podías salir de casa sin él.

—No salgo de casa sin las llaves, sin el móvil y sin las bragas limpias.

Abril suelta una carcajada.

—Mira que eres bruta cuando quieres, Cande. Ven, voy a taparte un poco las ojeras. No querrás que toda España sepa que te has pasado la noche sin pegar ojo y poniendo en ridículo a *50 sombras de Grey*.

—No me digas que al final te lo has leído.

—No, no me hace falta. —Me guiña un ojo y se concentra en maquillarme.

Si algún día Abril decidiera dejar de ser fotógrafa y convertirse en maquilladora profesional, tendría una lista de clientes interminable.

—¿Puedo preguntarte por Manuel?

—No si no quieres que te maquille como Alaska o Mario Vaquerizo. Estoy bien, Cande, no te preocupes por mí.

—No puedo evitarlo —rebufo y miro hacia arriba cuando me lo ordena—. Además, necesito hablar de alguien que no sea yo, hoy todo el mundo parece empeñado en hablarme de Salvador y de lo intenso que se ha puesto esta última semana como si yo tuviera algo que ver.

—Tienes todo que ver. No te hagas la tonta, no te pega. Y dudo mucho que todo el mundo te haya hablado de él; nadie se atreve a hablar de Barver así como así.

—Vale, estoy exagerando, han sido Vanesa y Sergio.

—Pues entonces son dos compañeros de trabajo que te han hablado de otro, probablemente porque sienten curiosidad o en el mejor de los casos estén preocupados.

—Me asusto cuando estás tan centrada y todo lo que dices tiene sentido.

—No te asustes, no sucede a menudo.

—Más de lo que crees y sí, tienes razón, me estoy portando como una diva malcriada. Sergio y Vanesa no son todo el mundo y tiene sentido que se preocupen por mí y Salvador, aunque no tengan motivos para hacerlo.

—Bueno, ya está, mírate a ver qué te parece. —Me acerca un espejo.

—Estoy genial. Muchas gracias, Abril.

—De nada. ¿Lista para grabar el vídeo del chico de mayo?

—Sí, lista.

Recogemos sus cosas y mientras ella prepara la cámara y comprueba que la luz es la correcta y que nadie va a interrumpirnos, yo repaso las notas. Ella levanta tres dedos y, cuando baja el último, cojo aire y empiezo a hablar. Cada mes estoy más nerviosa que el anterior, aunque al mismo tiempo estoy más contenta y feliz de poder hacer estos vídeos. No tiene sentido, lo sé, pero es lo que siento.

—¡Hola! ¿Qué tal? Este mes ha sido increíble, incluso he estado a punto de cambiar de opinión sobre los hombres de este país. Es coña. Bueno, no del todo. No he cambiado de opinión. Pero por primera vez puedo decir, desde lo más profundo de mi corazón, sí, es desde lo más profundo de mi corazón que quiero hacerlo (así de serio se ha puesto esto), que Javier, el chico de mayo, me ha enseñado que el mundo es de los valientes y que ser fiel a ti mismo a veces es difícil e implica correr riesgos, pero siempre vale la pena.

»A lo largo del mes habéis visto que Javier no solo es veterinario, sino también entrenador de perros y que tiene por costumbre recoger animales heridos y curarlos. Yo, que apenas me había acercado a un perro en mi vida, por no hablar de a una iguana, me he portado como Jane, sin Tarzán, eso sí, no seáis malpensados y no empecéis a hacer chistes de lianas, porque los borraré.

»Si tenéis perros, peces, gatos o serpientes, como una niña que conocí en Madrid, no los abandonéis cuando os vayáis de vacaciones o cuando se hagan mayores y os hayáis aburrido de ellos. Pensad que vuestras mascotas son vuestros amigos; probablemente os han escuchado durante años cuando les contabais historias sobre vuestras novias o vuestros novios o sobre vuestros problemas en el colegio o en el trabajo y se merecen que los tratéis como tal. Con Javier he descubierto que se puede aprender mucho de alguien viendo cómo trata a los animales.

»¿Y qué defecto tiene Javier? Muchos, supongo, como yo. Alba, la enfermera de la clínica veterinaria afirma que es un desordenado impenitente y uno de sus hermanos me confesó que hace trampas jugando a las cartas. Y me alegro. A lo largo de este mes que he pasado con él me he dado cuenta de que ser perfecto o casi perfecto asusta. El chico de mayo es generoso, listo, valiente y cuando estás con él corres el riesgo de pensar que jamás lograrás estar a la altura y él no se da cuenta. Puede ser muy intimidante, aunque no descarto que al final del año él sea un firme candidato a llevarse el título de chico del calendario. Claro que Jorge también es probable que lo sea, os lo digo ahora que no nos oye nadie. ¡Ya han pasado cinco meses! ¡Cinco! —extiendo una mano—. Será mejor que me centre.

»En Madrid también he aprendido otra cosa y esta, amigos, no es mérito de Javier, sino de un agente de policía. No, no me han arrestado, esta vez no. Un día os contaré qué sucedió en mi último año en el instituto, pero ahora no. Seguro que si él está viendo esto, ahora mismo se plantea varias maneras de hacerme desaparecer. ¡Hola, agente Ll.! Siempre había querido llamar a alguien solo con una letra. El agente Ll., en una conversación que tal vez él ni recuerda, me ha obligado a pensar en los motivos que pueden llevar a una persona a mantener un secreto y a alejarse de los demás para protegerlo. A todos nos gusta pensar, bueno, en realidad no sé si a todos; a *mí* me gusta pensar que si alguien no me cuenta algo es porque no confía en mí o porque sencillamente no quiere contármelo, porque no le interesa mi opinión o no quiere compartir esa historia conmigo. Y entonces me pongo en plan madre y me digo a mí misma que estoy mejor sin esa persona. A ver, no nos confundamos, hay imbéciles que lo que hacen directamente es mentir, que callan para hacerse los interesantes o para confundir, pero gracias al agente Ll. creo que existe otra posibilidad. Os mantendré informados si consigo desarrollar más esta teoría.

»Mientras os anuncio, redoble de tambores, que el miércoles llegaré a Segovia, la ciudad donde vive el chico de junio, Alberto. A Alberto le presentaron como candidato a chico del calendario los abuelos y abuelas del geriátrico en el que trabaja y afirman ser grandes lectores de *Gea*. Alberto se pasa el día allí con ellos haciendo reparaciones, dicen que nunca sale y creen que, si eso no me demuestra que en España existen hombres que valen la pena, nada lo hará. Así que allá vamos, junio en Segovia y con Alberto. ¡Os espero! Adiós.

Lanzo un beso al aire y Abril baja la cámara.

—Me ha encantado, Cande. Seguro que Llorente querrá matarte —se ríe.

—Bueno, espero que Javier le pare los pies. Pero lo que he dicho es verdad, creía que esto de ocultar secretos por miedo a ser feliz lo dejábamos atrás en el instituto.

—¿En serio? Vamos, Cande, si el mundo entero es un instituto. Esa etapa nunca la superamos; solo nos salen arrugas y pagamos impuestos, lo demás sigue igual.

—¿Aún no has resuelto tus asuntos con Hacienda?

—Aún no.

—Llorente dejó escapar a Javier porque tenía miedo de lo que pudiera sucederle en el trabajo, de que su vida cambiase —le explico a Abril—. Supongo que me gusta creer que el amor puede con todo, que si quieres de verdad a alguien, no dejas que nada ni nadie te aleje de esa persona.

—Esa frase es muy bonita para una lámina de Mr. Wonderful, Cande, pero tú sabes mejor que nadie que no es verdad. El amor no siempre puede con todo.

—Pero debería.

—Sí, debería. Y ahora vámonos a comer antes de que me ponga a llorar.

Después de comer y de acabar hablando de sexo con Abril, llego a la reunión más que acalorada. He aprendido que Abril es increíblemente elástica y que yo soy incapaz de decir más de dos frases seguidas sobre este tema sin ponerme colorada. Lo que hace una para animar a su mejor amiga.

Vanesa y Sofía me saludan al llegar.

—Hola, Cande, Vanesa me ha explicado lo que habéis hablado esta mañana —me dice Sofía—. Si te parece bien, escribiré a la comisaría de Madrid donde estuviste para preguntarles si podemos contar con ellos. Muchas tienen a un agente designado como representante.

—Me parece una gran idea, Sofía. Gracias.

Entra alguien más y al girarnos vemos a Sergio y a Montse. No me gusta que la directora de Hermes esté aquí, no sé qué pinta exactamente.

—Buenas tardes —nos saluda Sergio—, Barver no puede estar hoy presente. Me ha dicho que ocupe su lugar y me ha mandado unas cuantas notas.

Levanta su carpeta negra y se me anuda el estómago porque me molesta, sí, me molesta que Salvador no me haya escrito a mí. Debería de saber que si tiene alguna duda o inquietud sobre *Los chicos del calendario*, puede decírmelo.

—Buenas tardes, el *señor* Barver tampoco puede estar hoy aquí —dice Montse.

—Tampoco le esperábamos. —No puedo evitar añadirlo porque el retintín con el que ha insinuado que el padre de Salvador es más que él ha podido conmigo.

—¿Por qué no nos sentamos y empezamos? —intercede Sofía—. Me imagino que tanto el señor Barver padre como el señor Barver hijo quieren saber si has tomado una decisión sobre el libro. Después seguiremos con el resto de temas. En la planificación que me mandaste el mes pasado solo hablabas del tiempo que «hipotéticamente» —hace la señal de las comillas— te llevaría escribirlo.

¿He tomado una decisión sobre el libro?

Sí, supongo que sí que la he tomado. La verdad es que quería hablarlo un poco más con Víctor, no porque él tenga que ayudarme, sino porque el cerebro de Víctor funciona de un modo especial y en las semanas que llevamos juntos he descubierto que me resulta muy útil escuchar sus razonamientos. Y también quería hablarlo con Salvador, aunque desconozco el motivo. En cierto modo aún pienso en *Los chicos del calendario* como un proyecto de los dos, pero es más que evidente que estoy equivocada y que tengo que dejar de hacerlo.

Tengo que ser fiel a mí misma.

—Sí, he tomado una decisión. Voy a escribir un libro sobre los chicos del calendario, pero lo haré a mi ritmo y no dejaré que nadie se entrometa. —Montse levanta una ceja y la detengo antes de que empiece a hablar—. Evidentemente dejaré que lo corrijan y valoraré cualquier consejo editorial que quieran darme, pero yo tendré la última palabra.

—Dado que Olimpo y *Gea* también aparecerán en dicho libro, o tendrían que hacerlo si de verdad va a tratarse de una especie de diario personal, me temo que esa última palabra no puede ser solo suya, señorita Ríos.

—Pues lo es —me mantengo firme—. Pero estoy dispuesta a permitir que el señor Barver hijo, Salvador —añado su nombre para que no quede ninguna duda de a quién me estoy refiriendo—, lo lea y le dé su aprobación.

—Pero...

—Solo me plantearé esa opción, Montse. —No voy a llamarla señorita nada como si estuviéramos en clase.

—Está bien. De acuerdo. Lo consultaré con el señor Barver. —Todos entendemos que se refiere al padre—. Os dejaré solos, podéis seguir adelante con la web y la revista de *Los chicos del calendario* sin mí.

Esto último lo dice como si ambos proyectos fuesen una minucia. No sabe lo equivocada que está. Tal vez el libro sea una buena idea, todavía no lo tengo claro, pero si he llegado hasta aquí ha sido gracias a Youtube y a las redes, y me molesta que gente como Montse lo ninguneen.

Por suerte, en cuanto Montse abandona la sala, todos nos ponemos de buen humor y la reunión, además de fructífera, es divertida. Y unas horas más tarde, cuando por fin vuelvo a casa, caigo rendida en la cama.

El móvil me despierta.

Odio el maldito aparato.

Abro los ojos y veo que parpadea la pantalla al recibir un mensaje. Es de Víctor diciéndome que acaba de llegar a Nueva York. Bostezo y le llamo.

—Eh, nena, ¿te he despertado?

—Sí, pero no importa. Quiero hablar contigo. ¿Cómo estás?

—Cansado. Bien. Enfadado, preferiría estar en la cama contigo y no haciendo cola para pasar el control de pasaportes.

—Yo también preferiría que estuvieras aquí. —Bostezo—. Lo siento.

—No te preocupes. Vuelve a dormirte. Te llamo mañana, hoy, no sé. Te llamo.

—De acuerdo, leñador. Besos.

Vuelvo a quedarme dormida con el sonido de la risa de Víctor aún haciéndome cosquillas en el oído.

Cuando vuelvo a despertarme es martes. Hoy solo iré a Olimpo por la mañana, ayer quedé así con Sofía, Vanesa y Sergio. Repasaremos las acciones que tenemos previstas para este mes, comprobaremos que el vídeo y el artículo están bien, y volveré aquí a preparar el equipaje. El tren sale a primera hora de la mañana del miércoles y, si Alberto viene a buscarme a la estación tal como hemos quedado, podremos aprovechar el mes de junio desde el primer día.

Entro decidida en Olimpo y voy directamente a mi despacho, ayer apenas pude sentarme y quiero organizarme. Escribir un libro sobre los chicos del calendario no será fácil, no sé si seré capaz de hablar de ciertas cosas que sucedieron en enero, o en febrero, o en cualquier mes en realidad, pero si voy a intentarlo tengo que empezar por alguna parte y empezar por leer mi propio diario parece lo más lógico. Aunque hay cosas que he anotado allí que no pienso contarle a nadie.

Abro la puerta y me detengo.

—¿Salvador?

El despacho está a oscuras, la ventana está oculta tras las cortinas —creo que es la primera vez que las veo echadas— y Salvador está durmiendo en el sofá. Lleva traje negro y camisa blanca, y los zapatos están en el suelo como si se los hubiera quitado precipitadamente.

Tiene mal aspecto, se le marca la barba en las mejillas y, aunque se cubre los ojos con un brazo, veo que tiene ojeras y que ha adelgazado.

Me acerco a él sin pensar y me quedo mirándolo unos segundos. Tendría que dar media vuelta e irme de aquí, dejarle dormir y volver dentro de un rato. A estas alturas ya debería saber que, en lo que se refiere a Salvador, nunca hago lo adecuado.

—¿Salvador?

Él sigue dormido, su respiración me recuerda a la de mis sobrinas cuando están enfermas o exhaustas después de un día cargado de emociones.

No he encendido la luz y opto por acercarme a la ventana y apartar un poco la cortina, el despacho se iluminará un poco, y no será tan agresivo como las luces del techo. Dejo el bolso encima de la mesa, aún es pronto, pero la gente no tardará en llegar a Olimpo y la idea de que alguien pueda entrar aquí y pillar a Salvador de esta manera no me gusta.

En una película, no recuerdo cuál, seguro que una de acción malísima de las que le gustaban a Rubén, un asesino le preguntaba a un ninja por qué vestían de negro y el ninja le contestaba que así los enemigos no veían la sangre de sus heridas y siempre les temían. No digo que Salvador sea un ninja, es una idea ridícula, pero la actitud con la que se presenta al resto del mundo es para él un kimono negro. Si la persona equivocada le ve así, sabrá que él tiene debilidades y, aunque a mí eso hace que me parezca más humano, entiendo que en ciertos lugares, como en el mundo en que vive Salvador, puede ser un inconveniente.

Me agacho frente al sofá hasta que mi rostro queda a la altura del suyo.

—Salvador —hablo en voz baja y le acaricio el brazo con el que él sigue cubriéndose los ojos. Él se mueve, lo aparta—. ¿Salvador, estás despierto?

Sigue en silencio, me quedo mirándolo y a juzgar por su respiración no me está tomando el pelo. Está completamente dormido.

—Salvador —susurro, le aparto un mechón de pelo de la frente y bajo la mano hasta la mejilla. Tiene la piel fría, ha empezado a salirle la barba y me hace cosquillas en la palma—. Salvador.

Él abre los ojos muy despacio, parpadea aún dormido sin apartar la mirada que ha dejado detenida en mi rostro.

—Hola —sigo hablando bajito y tengo que sonreírle, es la primera vez que veo a Salvador tan... desarmado, sí, esta es la palabra—, ¿estás bien?

Él mueve una mano lentamente, como cuando sales de la cama y no te fías de tus articulaciones, y la detiene en mi mejilla un segundo para después seguir hasta la nuca y marcar sendas en mi pelo con los dedos. Tira de mí al mismo tiempo que incorpora un poco la cabeza. No sucede deprisa, podría soltarme o ponerme en pie sin hacer demasiado esfuerzo, entra poca luz por la ventana porque solo he apartado la cortina parcialmente y el despacho parece irreal. Un sueño. Me digo que por eso no puedo reaccionar, porque lo que está pasando no está pasando de verdad.

Los labios de Salvador rozan los míos un segundo, o quizás es un minuto, o quizás una hora. O quizá nada. Los tiene fríos y los míos no quieren apartarse porque no soportan que él esté así, frío. No sé cómo explicarlo, la frialdad de Salvador me asusta y aprieto los párpados con fuerza para no sentirla. Él me acaricia la nuca y mueve la boca lentamente, me besa, su lengua se desliza por mi labio inferior una única vez y suspira.

—Candela, cariño...

No tendría que haberme llamado eso.

Abro los ojos y me niego a ver lo que tengo delante, al hombre que tengo delante y que acaba de hacer mucho más que besarme. Cierro los ojos porque no quiero que sus ojos me sigan cuando me levante.

—Joder. Mierda —farfulla él—. Lo siento.

14

Nunca había salido tan rápido del edificio de Olimpo. Si alguna vez hay un incendio, no tendré que temer por mi vida porque sé que soy capaz de llegar a la calle en menos de treinta segundos.

Sé que puede parecer una cobardía y, joder, lo es, pero no voy a quedarme a escuchar cómo Salvador se disculpa por haberme besado. Si le oigo decir que estaba dormido y que yo podría haber sido cualquiera, le pegaré.

Víctor.

Mierda.

No voy a engañarme, no voy a decir que Salvador me ha cogido desprevenida y que yo no sabía lo que hacía. La lengua de otra persona no aparece en tu boca sin que tú te des cuenta. Dejando a un lado las conductas violentas y delictivas que no se aplican en nuestro caso, Salvador no me ha forzado, creo que si algo puedo afirmar de él es que jamás haría algo así con nadie. Él estaba tumbado en el sofá. Yo estaba de pie, más o menos. Él estaba medio dormido. Yo llevo despierta desde hace más de una hora.

Yo sabía lo que estaba pasando y he dejado que pasara. Tal vez solo haya sido un beso.

«Solo ha sido un beso».

Pero tengo que asumir las consecuencias y voy a hacerlo... cuando deje de correr y llegue a mi casa.

Estoy en Paseo de Gracia, hace un día espléndido y las gotas de sudor que me resbalan por la espalda son culpa del sol. En un semáforo, que no puedo saltarme o me atropellará un taxi y ya solo me faltaría eso, busco el móvil y le mando un mensaje a Vanesa diciéndole que me ha surgido un imprevisto, «Salvador ha vuelto a ponerme del revés», y no podré ir a Olimpo hasta más tarde. En realidad ayer lo resolvimos casi todo, solo falta dar el visto bueno al vídeo y al artículo, y no me necesitan para eso.

Cruzo con el semáforo en verde y el móvil tiembla en mi mano al recibir la respuesta de Vanesa, que me confirma que no me preocupe y que si sucede algo me buscará. Me manda también por correo la información que me falta y me dice que lo ha consultado con Sofía y que, dado que Barver hoy tampoco está, si no puedo pasar por Olimpo, no hay problema.

Gracias a Dios por Internet. ¿Y cómo que Barver no está? Si *él* no hubiese estado en Olimpo yo ahora no estaría corriendo por Paseo de Gracia como una loca. ¿Acaso Salvador se esconde en su despacho? ¿Por qué? Mira, da igual, bastante tengo yo con lo mío para preocuparme por esto.

Otro semáforo me detiene. ¿Por qué duran tan poco los de los peatones y tanto los de los vehículos? Oigo el ruido de la moto antes de verla y me odio por ser capaz de reconocerla. Cierro los puños a ambos lados de mi cuerpo. Puede ser otra moto, otro motorista. Estoy teniendo alucinaciones por culpa del mal humor y de lo miserable que me siento por haber besado a Salvador cuando estoy con Víctor.

Solo ha sido un beso, razono, y tampoco ha sido para tanto. El que haya salido como alma que persigue el diablo no es por eso. No, qué va.

La moto se detiene frente a mí sin importarle que el taxi que lleva detrás tenga que frenar ni que le haga luces o toque el claxon.

El semáforo de los peatones cambia de color y empiezo a andar.

—¡Candela! —Salvador se levanta la visera del casco para llamarme—. ¡Candela!

Acelero el paso.

Oigo quejarse el motor de la moto y a varios viandantes insultando al motorista. Una rueda negra me bloquea el paso y él se quita el casco tras parar el motor.

—¿Puede saberse qué estás haciendo, Salvador? Las motos van por allí —le señalo la calle—, por aquí van las personas.

—¿Por qué te has ido de esa manera? —Él sigue pálido, pero al menos tiene algo de color.

No tengo ganas de contestarle, mejor dicho, no me da la gana. ¿Quién se ha creído que es? Esquivo la rueda y sigo andando.

—Baja de la acera o la urbana te multará, Salvador —le digo mientras él suelta cuatro tacos y pone de nuevo en marcha la moto.

Consigo avanzar unos cuantos metros hasta que Salvador y su moto negra vuelven a bloquearme el paso.

—Deja de hacer esto y lárgate de una vez. Es lo que mejor sabes hacer.

Él aprieta los dientes, está tan enfadado que incluso está sudando.

—Tienes que hablar conmigo.

«Mala elección de palabras, Salvador, mala elección».

—Yo no *tengo* que hablar contigo. Me voy a mi casa a preparar el equipaje para mañana. Adiós.

Intento esquivar de nuevo la moto, pero él me sujeta por el antebrazo y me detengo. No aprieta fuerte, si doy un paso más me soltará sin ningún problema, lo que me detiene es que noto que está temblando y bajo la mirada hasta sus dedos alrededor de mi brazo.

—Lo siento. —Salvador afloja los dedos y aparta la mano—. Lo siento. ¿Podemos hablar, por favor?

—Está bien. Hablemos.

Él suelta el aliento y apoya las manos en el casco, que tiene entre las piernas encima de la moto. Todavía está en medio de la acera y la gente nos mira al pasar por nuestro lado. Es un milagro que no haya aparecido un guardia urbano.

—¿Vamos a tu casa? —me pregunta él y mi ceja derecha se levanta tan rápido que rectifica antes de que pueda decirle qué pienso de su sugerencia—. ¿A la mía?

—No voy a ir a tu casa, Salvador, ni tú vas a poner un pie en la mía. Puedes elegir entre ese café —lo señalo— o aparcar la moto y hablar de pie en la calle.

—Elijo el café.

—Genial. Te espero allí.

Empiezo a caminar, no voy a esperar a que aparque la moto ni nada por el estilo como hacía durante el mes de enero. Puede apañárselas solo. El café está prácticamente vacío y la terraza está llena, así que elijo el interior. No quiero testigos.

Salvador entra un par de minutos más tarde sin apartar la mirada de mí. Supongo que él creía que iba a dejarle plantado y la verdad es que lo habría hecho si hubiera creído que iba a servir de algo. Si me hubiera ido, él habría aparecido en mi casa o me habría llamado. Sé lo terco que puede llegar a ser, lástima que nunca lo sea por algo que valga la pena.

Deja el casco en la silla que hay al lado de la mía, no sé si cree que así podrá detenerme si quiero irme, pero está muy equivocado, y se sienta frente a mí.

—Tú dirás. —Puede que me esté pasando, dos personas no se besan si una no quiere, pero creo que es mi turno de portarme como una cretina.

—¿Has pedido algo?

—Empieza a hablar, Salvador.

Entrecierra los ojos, me lo imagino contando mentalmente hasta diez para no decirme lo que piensa de mi mal humor, y se dirige al camarero que ha aparecido junto a nuestra mesa.

—Dos aguas, por favor.

—Yo no quiero agua. —Ahora es él quien levanta una ceja—. Una Coca-Cola, por favor.

El camarero se va; seguro que no somos la primera pareja que discute aquí. Un momento. Salvador y yo no somos pareja. Mi enfado va a peor y esta vez por mi culpa y mi mala elección de vocabulario.

—Siento lo que ha pasado antes en el despacho.

—Muy propio de ti disculparte por eso.

Él frunce el cejo.

—¿Estás enfadada porque te he besado o porque me estoy disculpando?

—Por las dos cosas.

—Te has ido hecha una furia del despacho, parecía que estabas huyendo.

—Yo no he huido. Me he ido. Hay una diferencia. No tenía ganas de quedarme y oír tus excusas de siempre.

El camarero deja nuestras bebidas sin decir una palabra.

—No quieres que me disculpe por el beso —intenta adivinar.

—Querría que no hubiese sucedido. —Algo pasa en la mirada de Salvador, pero él agacha la cabeza antes de que tenga tiempo de averiguar de qué se trata.

—Entiendo. Querrías que no nos hubiéramos besado igual que querrías que en Madrid no hubiésemos dormido abrazados.

—Y me molesta que creas que *ambas cosas* —las palabras se me atragantan— han sido solo culpa tuya. No soy una damisela en apuros que cae rendida cada vez que tú le prestas un poco de atención. —«No lo soy»—. He participado en el beso. Me has cogido desprevenida y ya está. Y lo de Madrid, será mejor que lo olvidemos definitivamente.

Él se queda pensando, casi puedo oírle.

—No estás enfadada porque yo te he besado; estás enfadada porque tú me has besado a mí. Y no estás enfadada porque durmiéramos juntos en Madrid; estás enfadada porque *tú* dijiste *mi* nombre.

Le odio. Le odio mucho.

—Será mejor que lo dejemos, Salvador. Ya hemos hablado. Puedes irte con la conciencia tranquila, no ha sido culpa tuya. Digamos que lo de hoy ha sido un accidente.

—Yo no te he besado por accidente. —Cruza los brazos en el pecho y clava los ojos en los míos—. Ni me has cogido desprevenido. Yo quería besarte. Y no te he confundido con otra persona ni he creído que estaba dormido. Quería besarte a ti y estaba despierto.

Abro los ojos como platos.

—Pues muy mal, Salvador. Muy mal. No puedes besarme. No puedes querer besarme. No puedes.

—Lo sé y por eso te he pedido perdón.

—¿Y por qué necesitas que te perdone? No me da la gana perdonarte, ¿sabes? Estoy harta de tus juegos mentales, de tus historias raras. Harta. Me hiciste daño en enero y te perdoné, y después en abril volviste a hacérmelo. —Me falla la voz, él suelta los brazos y deja las manos encima de la mesa. Le veo cerrar los puños—. No voy a perdonarte, si te sientes culpable, apechuga.

—Está bien —acepta—. No me perdones.

Me levanto, no quiero seguir aquí ni un segundo más. Aparto la silla.

—Adiós, Salvador.

He dado dos pasos cuando él me detiene.

—¿Vas a contarle a Víctor lo que ha sucedido?

Le odio, creo que ya lo he dicho, pero en este instante me asusta lo mucho que odio a Salvador. Le odio porque mete a Víctor en medio de esto y porque me obliga a hacerme la pregunta que llevo evitando desde que nos hemos besado.

¿Voy a contárselo?

Solo ha sido un beso y, si lo analizo fríamente, algo imposible sin duda, puedo llegar a la conclusión que ni siquiera ha sido un buen beso, técnicamente hablando. Víctor está en Nueva York para asistir a una serie de entrevistas que pueden significar un cambio en su vida, es un momento importante para él y no voy a estropeárselo por un beso que no tendría que haber sucedido. Si el beso con Salvador me hubiese hecho dudar sobre Víctor o sobre mis sentimientos hacia él, se lo contaría, pero lo único que ha conseguido ese beso es ponerme furiosa.

No estoy dudando.
Ni una sola vez he pensado en langostas. Mierda. Ahora sí. Langostas.
Me doy media vuelta y miro a Salvador. Él está esperando mi respuesta, sigue en la silla, no se ha levantado y vuelvo a creer que tiene muchas ojeras. Me preocupo por él, supongo que eso no podré evitarlo jamás y soy capaz de reconocer que lo que sentí por él no lo he sentido por nadie. Ni por Víctor. Todavía. Todas las historias son diferentes, cada una tiene su propio ritmo y nadie quiere de la misma manera siempre. Eso no significa que no se quiera. Los humanos no somos langostas, esta es la clave, los humanos podemos enamorarnos varias veces, tantas como nuestro corazón sea capaz de soportar.

—No es de tu incumbencia.

Me voy sin mirar atrás y sé que esta vez él no va a seguirme.

En casa preparo la maleta, durante unas horas no pienso en nada excepto en los preparativos para el mes que empieza mañana. Voy a cenar a casa de Marta. Raquel y Lucía están contentas de verme y cambian el tema de conversación a la velocidad de la luz. Me cuesta tanto seguirlas que incluso me río; es justo lo que necesito.

—¿Vas a estar aquí para el festival de fin de curso? Este año hacemos una ensalada de cuentos.

—¿Una ensalada de cuentos?

Lucía me lo explica.

—Hemos mezclado los cuentos, lo ha escrito la profesora, yo soy un cerdito que ayuda a Blancanieves.

—Ah, claro, ahora lo entiendo. Me encantaría verte, cerdito, pero no sé si estaré.

—Nosotros ya no hacemos festival, somos mayores —señala Raquel con orgullo—. El otro día fuimos de excursión al puerto y vi el barco de Salvador. Y a él también.

Escupo el agua que estaba bebiendo y mi hermana se levanta para darme unas palmadas en la espalda.

—¿Qué has dicho? ¿Viste a Salvador en el puerto? ¿Cuándo? ¿Por qué no lo sabía?

—Yo también acabo de enterarme —dice Marta mirando a su hija mayor.

—A mí no me miréis —apunta Pedro—, yo aquí no pinto nada. Voy a recoger la cocina mientras habláis de cosas de chicas. Ponme un punto, cuñada.

—Ya te dije que sentía haber dicho eso, Pedro. Eres estupendo.

—Lo que tú digas. —Le da un beso a Marta en la mejilla y entra en la cocina. La verdad es que Pedro no está nada mal, supongo.

—A ver, señorita —Marta le habla a Raquel—, ¿qué pasó exactamente en esa excursión y por qué nos lo cuentas ahora?

—Ay, yo qué sé —dice con la elocuencia propia de su edad—, se me olvidó. Fue el mismo día que Magalí discutió con Abel porque él se había sentado en el bus con Laura y después se tiraron de los pelos. Eso sí te lo conté, ¿te acuerdas?

—Por supuesto que me acuerdo de ese culebrón. Apasionante.

—Marta me mira—. ¿No te parecía más importante lo otro, lo del barco?

—Mamá, dos niñas de mi clase se pegaron en el patio. *Nada* es más importante que eso.

—Cuéntame lo del barco —le pido. Conozco a mi sobrina y, si se pone en plan *Sálvame* hablando de su clase, no lograré hacerla cambiar de tema durante horas.

—Fuimos al Aquarium de excursión y cuando salimos las profesoras nos llevaron a ver el puerto. Estábamos caminando por allí cuando vi el barco, lo reconocí a la primera porque vi los nudos que nos había enseñado a hacer Salvador y la ralla azul y verde que tiene a un lado. Él me contó que las había pintado el pasado invierno con la ayuda de su hermano. Me paré delante un momento y después seguí andando. Salvador me vio y me llamó.

—¿Te vio? ¿Se acordaba de ti? —Estoy perpleja y no un poco, mucho, tanto como Neo en *Matrix*.

—Por supuesto que se acordaba de mí, ¿qué te crees? Bajó del barco y se dirigió a la profesora. La señorita lo miró raro, como embobada. Le dije que era tu novio.

Tierra, trágame.
—¿Cuándo fue esta excursión?
—Hace dos semanas.
—¿Y qué pasó después? —lo pregunta Marta al ver que yo tengo cara de pez.
—Nos enseñó el barco a los de mi clase. Fue muy guay.
—Seguro.
—Jo, yo no estaba —se queja Lucía—. No es justo. Llama a Salvador y dile que me debe una visita al barco.
—¿Él no te ha dicho nada de esto? —Marta me mira.
—Nada. Ni una palabra.

Mi hermana levanta las cejas y nos sirve a ella y a mí una copa de vino.

Mis sobrinas vuelven a cambiar de tema, aunque yo ya no dejo de pensar en lo que me ha explicado Raquel. Si me fío de su memoria, esto sucedió antes de que Salvador y yo nos viéramos en Madrid. ¿Por qué no me lo contó? Mejor aún, ¿por qué salió del barco y fue a hablar con Raquel y después invitó a una clase de preadolescentes a subir al barco? ¿Qué diablos hacía en el barco?

Me despido de ellas con la promesa de que, si no consigo asistir al festival de la ensalada de cuentos, haré lo imposible por estar por la verbena de San Juan.

En la calle me suena el móvil y contesto. Es Víctor, quiere darme las buenas noches y decirme que todavía no sabe si tendrá que quedarse una o dos semanas. Los del laboratorio quieren explicarle bien en qué consiste el proyecto y lo que le están ofreciendo.

—No te preocupes —le digo—, yo mañana voy a Segovia y estaré trabajando con el chico de junio.

—¿Va todo bien?

Me froto la frente, me duele la cabeza y no puedo negar que desde esta mañana, desde que he encontrado a Salvador durmiendo en el sofá del despacho, tengo un nudo en el estómago.

—Todo va bien, solo estoy cansada. No te preocupes.

—Yo también estoy destrozado. ¿Hablamos mañana? Prometo estar más despierto y decirte algo interesante o como mínimo provocativo.

Sonrío. Víctor me hace sonreír.

—Claro, hablamos mañana. Buenas noches, leñador.

15

A Alberto Ruiz, el chico de junio, le ha salido un imprevisto y no puede venir a buscarme a la estación de tren. Viajo con equipaje, no lo he mandado con antelación, y antes de ir al geriátrico donde Alberto me está esperando, pasaré por mi piso a dejar la maleta y buscaré un bar donde tomarme otro café.

El tercero de hoy.

No he pegado ojo en toda la noche. Quizá por eso me parece buena idea llamar a Salvador mientras estoy en el taxi.

—Hola, Candela —contesta tras el primer timbre—, ¿te ha sucedido algo? ¿Estás bien?

Está serio y también preocupado. Es curioso que reconozca sus tonos de voz y, sin embargo, sea incapaz de entenderlo.

—Hola. Sí, estoy bien. Gracias. Ya he llegado a Segovia y estoy en el taxi rumbo al apartamento.

—Ah. Me alegro.

¿Por qué estamos tan incómodos? Ah, sí, porque él es un imbécil hermético y yo ayer perdí la calma por un beso de nada.

Ha llegado el momento de que los dos empecemos a comportarnos como personas con cerebro.

—Ayer cené con Marta y su familia —respiro profundamente—. Raquel me contó que te había visto en el puerto y que le enseñaste el barco a toda su clase.

—Sí —carraspea y me lo imagino sonrojándose, lo cual es ridículo, porque no soy consciente de que Salvador se sonroje nunca—. Estaba en el barco y vi a tu sobrina y fui a saludarla. Espero que no te importe.

—¿Importarme? No —bajo la voz, ¿en qué momento se complicaron tanto las cosas que incluso dudamos de estos gestos tan básicos y humanos?—. Por supuesto que no. A los niños de su clase les encantó. —«Y a su profesora», añado para mis adentros—. Fue un detalle muy bonito. Gracias.

—No tienes por qué dármelas, Candela.

—Lo sé. —Al menos eso creo—. Pero te las doy igualmente. Ahora te toca aceptarlas educadamente.

Salvador se ríe y a mí se me pone la piel de gallina. Es culpa de la tensión que tengo acumulada desde ayer y del alivio que siento al comprobar que tal vez somos capaces de recuperar cierta normalidad.

—De nada.

—Lucía está enfadada porque no estaba, dice que le debes una visita al barco. No te preocupes, ya le he dicho que estás muy ocupado.

—No estoy tan ocupado, Candela. Me encantará compensar a Lucía y llevarla al barco un día de estos.

El taxista se detiene en una plaza y me dice que la calle de mi nueva casa está al otro lado.

—Tengo que dejarte, Salvador. Ya he llegado.

—De acuerdo. Dile a Vanesa si todo está bien.

Que hable del trabajo me aporta cierta paz, noto que respiro más despacio que antes y que ya no me sudan las palmas de las manos.

—Lo haré.

—Lo del barco y tus sobrinas lo he dicho en serio, Candela. Si me dices qué día os va bien, allí estaré.

El taxista me abre la puerta y aprovecho la excusa para colgar. Salvador no puede portarse con tanta cordura y amabilidad. No puede. Si él es imbécil, cerrado, idiota, callado o incluso cruel, sé a qué atenerme y lo único que quiero es alejarme de él. Pero si él cambia... No, no puedo plantearme esa opción.

—Adiós, Salvador. Tengo que colgar, el taxista me está esperando.

Aprieto el botón antes de oír si él me dice algo.

El piso es bonito, aunque al entrar tengo una sensación extraña. Añoranza. Sí, eso es lo que me pasa. Tal vez no sea buena idea que pase dos o tres días en Barcelona cada final de mes. Sacudo la cabeza y arrastro la maleta hasta el dormitorio. No echo de menos mi piso en sí, ni tampoco la ciudad, echo de menos tener a mis amigos y a mi familia cerca. Y echo de menos a Víctor.

La aventura de conocer una ciudad nueva y un chico nuevo cada mes sigue siendo increíble, pero estoy acusando los meses que llevo dando vueltas por España y no puedo quitarme de encima la sensación de que solo soy una visita temporal.

Lo más curioso es que el año pasado, antes de que empezara todo esto, no tenía tantos amigos en *Gea* ni hablaba tanto con Abril o con Marta, por ejemplo. Quizá me ha hecho falta irme para saber dónde quiero estar y con quién.

El geriátrico donde trabaja Alberto está cerca del piso y me dirijo hacia allí después de ese último café que me he prometido a mí misma antes. La plaza Doctor Laguna es bonita, paso por delante de la oficina de Correos y tengo la sensación de que un grupo de chicas me miran. Una me sonríe y se acerca a mí.

—¿Tú eres Candela, no?

—Sí, soy yo. Hola.

Me detengo y las demás se acercan. Parecen tímidas, si supieran lo nerviosa que estoy yo, seguro que se les pasaría. Me preguntan qué planes tengo para este mes y, cuando les contesto que aún no tengo ninguno pues justo ahora voy a conocer al chico del calendario, me bombardean con nombres de sitios que tengo que visitar y restaurantes o locales que no puedo perderme.

—No vas a volver con Rubén, ¿no? A mí un chico me deja por Instagram y la lío a lo bestia.

—No, no voy a volver con él. Ni se me ha pasado por la cabeza.

Todas asienten y una vuelve a hablar.

—Es un alivio. Estoy harta de ver chicas que aguantan a tíos que no valen la pena. Tú sigue así, Cande.

Sonrío porque al parecer una niña de catorce años me está dando ánimos y la verdad es que tiene toda la razón.

—Gracias. Ya os contaré.

—No te preocupes. Nosotras te cuidamos mientras estés aquí.

—Gracias, chicas. Lo siento, pero tengo que irme. El chico de junio me está esperando y ya llego tarde.

Ellas se sacan unas cuantas fotos con el móvil, a mí me encantaría hacerlo, porque la verdad es que son simpatiquísimas y guapísimas, y su conversación me ha animado, pero recuerdo la charla que tuvimos en Olimpo sobre los derechos de imagen de menores y su protección, y no voy a correr ningún riesgo.

Llego al geriátrico, antes le he mandado un mensaje a Alberto y me está esperando en la entrada. Alberto tiene cuarenta y, cuando le veo, la primera imagen que me viene a la mente es la de un gorila con el lomo plateado. Veo demasiado el canal del *National Geographic*, lo sé, pero las canas de Alberto y su ancha espalda justifican la comparación.

—Hola, Alberto. Siento el retraso —le saludo.

Él me sonríe y se acerca para darme dos besos.

—No te preocupes. Siento no haber podido venir a buscarte, creía que el tejado aguantaría un poco más, pero las lluvias de estos días han acabado de rematarlo. Hay que repararlo antes de que vuelva a llover y los de las cañerías solo podían venir ahora.

—No pasa nada, así he entrado en contacto con la ciudad a mi modo. —Él me está mirando de un modo extraño y me está poniendo un poco nerviosa. Además de las canas tiene los ojos azules y lleva un cinturón lleno de herramientas colgado de la cintura—. ¿Qué pasa? ¿Sucede algo?

—No, nada. Lo siento. —Se frota la cara—. Es que me he dado cuenta de que acabamos de conocernos y, sin embargo, tengo la sensación de que te conozco. Después de tu llamada miré todos tus vídeos y busqué tus artículos. —Se encoge de hombros—. Es raro.

Muy raro. Esto de las redes no es lo mío. Cuando me divorcié unos conocidos intentaron animarme a que me apuntase a webs de citas o a que utilizase Internet para hacer nuevas amistades, pero no me va. Lo siento. Durante un segundo me he sentido un poco incómodo, como si te hubiera estado espiando.

—Sí, entiendo lo que me quieres decir. Yo más o menos me he acostumbrado, aunque aún me resulta un poco raro que se me acerque alguien y me hable como si fuéramos amigos cuando en realidad no nos conocemos. Pero tú no te preocupes, no siento que me hayas estado espiando.

—Yo no lo tengo tan claro, pero bueno. Supongo que no tengo más remedio que acostumbrarme rápido si vas a acompañarme durante un mes.

—Sí, tienes razón. —Arrugo las cejas y me cruzo de brazos—. No pareces muy entusiasmado con la idea.

—No, no es eso. Disculpa. Estoy nervioso. ¿Entramos? Me temo que tengo que seguir con lo que estaba haciendo.

—Sí, por supuesto. Aunque antes voy a sacarnos una foto, ¿qué te parece?

—Está bien, algún día tenía que perder mi virginidad en las redes.

Busco el móvil en el bolso.

—Podrías haberte negado a aceptar —le recuerdo sin animosidad, Alberto no está reticente como estaba Víctor, no percibo que esté a la defensiva, lo único que noto es que está confuso y algo nervioso.

—Sí, lo sé. Me lo explicaste. Y vuelvo a pedirte disculpas si te ha parecido que no quiero que estés aquí, es solo que yo me estoy jugando mucho más que el resto de chicos del calendario. —Hace una mueca de dolor—. Y no sé si la palabra *chico* me vale.

—No digas tonterías. ¿Nos ponemos aquí?

La calle queda a nuestras espaldas y, si he seguido bien los consejos de Abril, quedará una foto bonita con la ciudad de fondo.

—Tú mandas.

Alberto se coloca a mi lado e intenta sonreír, lo consigue y aprieto el botón.

«Empezamos nuevo mes de la mejor manera. #ElChicoDeJunio ☀ #LomoPlateado 🐻 #HolaSegovia #LosChicosDelCalendario 🗓 🐾. Ahora que lo pienso, Segovia está muy cerca de Madrid #JavierVenAVerme 😉 #TráeteALosPerros 💀».

Mientras la cuelgo, aprovecho para hacerle otra pregunta. Tengo la impresión de que, si hay más gente a nuestro alrededor, no me la contestará.

—¿Por qué dices que tú te juegas más que el resto de chicos del calendario?

—Supongo que es mejor que te lo cuente de entrada —dice mirando de reojo la puerta del geriátrico—; a la que entres allí harán cola para contarte mi historia. Son una panda de viejos chiflados.

Pronuncia esa descripción con innegable cariño y afecto.

—La carta que escribieron para presentarte como candidato es preciosa.

—Fue todo idea de Enrique. Tendrás tiempo de conocerle, es un personaje, ya verás. Los demás, también. ¿Has visto la peli *Cocoon* o eres demasiado joven?

—Mi hermana me obligó a verla, durante un tiempo tenía un rollo muy raro con Steve Guttenberg. Dios, no puedo creerme que me acuerde de su nombre. Mataré a Marta.

—¿Marta es tu hermana?

—Sí.

—Tiene buen gusto para el cine. Bueno, pues si has visto *Cocoon*, deja que te diga que los abuelos de esa película son unos carcamales al lado de los de este geriátrico. Yo creo que ellos no se bañan en una piscina con los huevos de unos alienígenas, creo que tienen al pobre E.T. secuestrado y que se beben su sangre.

—Estás exagerando.

—Me estoy quedando corto, créeme.

—Y aún no me has contado por qué crees que tú te juegas más que el resto de chicos.

—Porque, si este mes lo hago bien y tú cambias de opinión sobre los hombres, mi hija me dará una oportunidad.

No sé qué decir. Sabía que Alberto tiene una hija y que está divorciado, es la clase de información básica que recogen los del departamento legal sobre todos los candidatos. Lo que no sabía es la clase de relación que existe entre ellos. Deduzco que es un tema delicado y no me parece correcto avasallarle a preguntas cuando apenas hace cinco minutos que nos conocemos. Además, creo que ha sido muy sincero y sigue tan nervioso que se merece un respiro.

—De momento no vas mal —le digo intentado bromear un poco—, y aunque no puedo asegurarte que vaya a cambiar de opinión sobre los hombres, te prometo intentarlo.

—Gracias. ¿Entramos?

Alberto Ruiz es arquitecto y trabajaba en un importante estudio de arquitectura en Alemania hasta que decidió instalarse en España y establecerse por su cuenta. El problema es que Alberto, como todos nosotros, no sabía que el país iba a sufrir una crisis económica tan grave y larga, y tuvo que cerrar. No sé en qué medida afectó todo esto a su situación personal y me imagino que lo iré descubriendo poco a poco a lo largo de este mes, pero el caso es que Alberto cerró el estudio y buscó trabajo sin demasiada o ninguna suerte. O mucha, según se mire. El geriátrico era uno de sus clientes, iban a reformarlo por completo sin llegar a derribar el edificio y Alberto iba a hacerse cargo del proyecto, pero fue cancelado por falta de financiación. Esta información estaba en la carta de Enrique, el caballero de noventa y dos años cliente de la residencia (él especificó en la carta que es cliente, no paciente ni residente) que presentó a Alberto como candidato a chico del calendario. Según Enrique, Alberto salía una mañana del despacho del director del centro después de que este le comunicase la decisión de los propietarios de no seguir adelante con la renovación cuando la calefacción del último piso se estropeó y unos enfermeros fueron a presentar su queja a dirección. Al parecer Alberto se ofreció a echar un vistazo o, lo arregló y prácticamente no ha abandonado la residencia desde entonces.

—Hola, MacGyver, ¿quién es tu nueva acompañante?

—¿MacGyver? ¿En serio? —me río porque vamos, ¿quién podría resistirlo?

—No le hagas caso, Cande, está senil.

—No estoy senil y lo sabes, MacGyver, solo tengo un problema de caducidad. ¿Nos presentas o no?

Nos detenemos frente a un señor que va en pijama y tiene el pelo blanco engominado hacia atrás. Está sentado en una mesa jugando al solitario con cartas en las que aparecen chicas desnudas.

—Está bien, qué remedio. Héctor, ella es Candela Ríos, aunque prefiere que la llamen Cande, la chica a la que Enrique escribió. Cande, Héctor.

—Encantada.

—Lo mismo digo, belleza. ¿Adónde te lleva MacGyver?

—Te dije que, si no dejabas de llamarme así, no volvería a arreglarte el televisor de tu habitación cuando te fallase. Y no me refiero a la antena y lo sabes. —Alberto baja la voz y me mira—. El amigo Héctor ve programas no autorizados por el centro.

—Está bien, *Alberto*, pero MacGyver te pega.

—No me pega, ese tío fabricaba bombas con chicles y yo me paso el día haciendo remiendos. A veces pienso que estropeáis las cosas adrede para torturarme.

—No le hagas caso, Cande, *Alberto* tiene la manía de desmerecerse. Este programa tuyo... —no le corrijo, no sé hasta qué punto vale la pena que le explique que escribo artículos para una revista y hago vídeos para Youtube—, ¿tiene chicas guapas?

—Me temo, Héctor, que en mi programa hay más bien chicos. —Le guiño el ojo—. MacGyver es uno de ellos.

—No le animes, Cande. Por favor.

Héctor se ríe y me da una palmada en la mano.

—Me gusta esta chica, Alberto. Quedémonosla.

—Nos la quedaremos durante un mes, luego se irá. Así que ve haciéndote a la idea. Después volveré a verte, Héctor, ahora nos esperan en el tejado.

—¿Por fin han venido los de las cañerías?

—Sí, por fin.

—Adiós, Héctor, nos vemos luego.

De camino a la azotea —deduzco que nos dirigimos hacia allí—, nos detienen cuatro personas más y todas hablan afectuosamente a Alberto y él, aunque es obvio que sabe que nos están esperando, les presta atención como si tuviera todo el tiempo del mundo a su disposición. Sé que es el primer día y que las apariencias engañan, esa lección la he aprendido, pero de momento Alberto parece un tipo estupendo. Me pregunto por qué su hija no lo sabe y por qué él cree que tiene que ganar *Los chicos del calendario* para tener una oportunidad con ella.

—No es que quiera darle la razón a Héctor, pero MacGyver sí te pega. Dejando a un lado que el pelo pincho que llevaba él no se parece en nada a tus canas.

—Gracias por recordarme que soy viejo.

—No eres viejo. Lo de las canas era un piropo, más o menos.

—Más menos que más, imagino. Tú no deberías de saber quién es MacGyver; eres demasiado joven.

—No tanto. Además han hecho un *remake*.

—¿Un *remake* de *MacGyver*? Dios, el mundo se va a la mierda. Ya hemos llegado.

En la azotea nos encontramos a un grupo de operarios tomando medidas, creo, de unos desagües. Alberto se disculpa con ellos por la espera y, acto seguido, se ponen a hablar del proceso y coste de cambiar unas cañerías por otras. Alberto no toma nota de nada, asiente con el semblante serio y después les da las gracias y les promete que los llamará en breve. Los acompañamos a la calle y, cuando volvemos a entrar, Alberto me lleva a un pequeño despacho; una oficina con un archivador y una mesa con dos sillas.

—Siéntate donde quieras.

Él saca una hoja de papel y hace unos dibujos mientras anota también unos datos en una columna de al lado.
—Arriba no has anotado nada.
—Lo estoy haciendo ahora. Tengo buena memoria para los números. En la vida real soy un desastre.
—Entonces, ¿te ocupas del mantenimiento del geriátrico?
—Sí, supongo que sí. La verdad es que no tengo un cargo oficial ni nada. Empezó por casualidad y ya no me fui. Alguien tiene que arreglar estas cosas.
—¿No tienes que rendirle cuentas a nadie?
—El director del centro, Roque Maldonado, se ocupa de otros dos geriátricos y no pasa a diario. Me conoce desde hace años y se fía de mí.
—Claro, no estaba insinuando que no fueras de fiar, solo que me parece un acuerdo un poco raro.
—Ellos se ahorran tener que pedir presupuestos a todos los industriales, tiempo y dinero, y a mí me basta con lo que me pagan.
—Y te gusta estar aquí.
Él deja el lápiz sobre el papel y me mira.
—Sí, me gusta estar aquí.

16

Las horas pasan volando en el geriátrico. Alberto va de una «emergencia» a otra sin perder la calma y yo le persigo e intento seguirle el ritmo. No me extraña que esté tan en forma, en las horas que llevo aquí he subido mil escaleras (exagero, pero mis piernas sienten como si de verdad hubiesen sido mil), me he agachado no sé cuántas veces y he levantado cajas, sujetado escaleras y sacado un gato de debajo de una cama.

—¿Todos los días son así?

—¡No! Hoy ha sido un día muy tranquilo. —Alberto me toma el pelo, lo sé porque levanta el labio de un modo concreto cuando lo hace. A lo largo del día le he visto bromear con varias personas y esa mueca le delata.

—Es peor que ir al gimnasio.

—Mucho peor —reconoce—. Pero la compañía es más agradable.

Hemos almorzado allí y nos han invitado a cenar, yo he dicho que no, creo que me he ganado una pizza y no un trozo de merluza hervida.

—¿Tú te quedas a cenar aquí?

—A veces. Hoy iré a mi casa. ¿Te parece bien que nos veamos aquí mañana o prefieres que nos encontremos antes para desayunar?

—Yo me adapto a ti, Alberto. Soy tu sombra durante este mes. Si tú vas a desayunar, voy contigo. Pero no tienes que hacer nada especial por mí, *Los chicos del calendario* consiste en conocer tu vida de verdad.

—Pues yo suelo desayunar en un café de la plaza tres días por semana, los otros me quedo en casa y vengo directamente hacia aquí. Mañana iré a la plaza.

—Genial. Nos vemos allí a la hora que tú me digas.

Abandonamos el geriátrico tras despedirnos de todos y Alberto me acompaña andando hasta mi nueva casa. Agradezco la compañía, no solo porque sea su obligación, sino porque es agradable tener alguien con quien hablar y Alberto, no sé aún por qué, transmite paz. Tal vez sean las canas, una tontería, lo sé, o tal vez sea que Alberto parece saber exactamente adónde va en la vida y por qué.

—Me ha extrañado no conocer hoy a Enrique.

—Ayer tuvo un mal día, un resfriado, y los médicos dijeron que hoy tenía que descansar. Podrás conocerle mañana. Él está impaciente por verte.

—¿Le conocías antes de trabajar en el geriátrico? Suena como si le tuvieras mucho afecto.

Alberto sonríe y se mete las manos en los bolsillos.

—No, no le conocía de antes. Le conocí como a los demás, cuando empecé a trabajar allí. Es un hombre peculiar, ya lo verás.

—Bueno, ya hemos llegado. —Estoy frente al portal—. Gracias por un primer día tan interesante, Alberto.

—Gracias a ti, Cande. Hasta mañana.

En mi apartamento tengo el tiempo justo de ponerme el pijama, escribirle un correo a Vanesa confirmándole que todo está bien y mandarle un mensaje ñoño de buenas noches a Víctor (sí, mañana me arrepentiré, pero hoy me da igual) antes de tumbarme en la cama y quedarme dormida.

«Buenas noches, leñador, ojalá estuvieras aquí».

Él contesta al cabo de unos segundos.

«Ojalá tú estuvieras aquí conmigo. Te echo de menos, nena».

Bueno, supongo que no, que no me arrepentiré.

Llego a la cafetería unos minutos tarde, me ha costado un poco dominar la ducha nueva y Alberto ya está esperándome. Lleva vaqueros y una camiseta, y está leyendo el periódico.

—Buenos días, siento llegar tarde —le saludo—. No volverá a suceder. En realidad, aunque no te lo creas, suelo ser muy puntual.

—No te preocupes. Recuerdo que cuando viajaba por trabajo había mañanas que no sabía dónde estaba y tardaba varios minutos en centrarme. Me imagino que te sucede lo mismo si llevas cinco meses viviendo en ciudades distintas.

—Sí, algo así. Pero de momento han sido solo cuatro meses, el chico de enero era de Barcelona así que, en ese sentido, no cuenta.

Pero vaya si cuenta en otros sentidos.

—Yo he pedido un café con leche y un bocadillo, a ti no te he pedido nada porque no sé qué tomas para desayunar.

—Voy a pedirlo, enseguida vuelvo.

Pido lo mismo que Alberto. Si me espera un día como el de ayer, será mejor que me prepare. Vuelvo a la mesa donde él sigue sentado.

—¿Antes viajabas mucho? —le pregunto al sentarme—. ¿Lo echas de menos?

—No, no lo echo de menos y sí, viajaba mucho, muchísimo. Trabajaba en un despacho de arquitectura alemán y me encargaba de supervisar las obras que tenían en el extranjero. Cada mes estaba en un país distinto; había meses que incluso podía estar en dos continentes diferentes.

—Tenía que ser agotador, aunque muy interesante, imagino.

—La verdad es que no, no era nada interesante. Ahora lo sé. He estado en casi todo el mundo y no he visitado nada, nada en absoluto. Cuando viajaba a Japón, por poner un ejemplo, iba del hotel a la obra y de la obra al hotel, lo único que conozco del país es el paisaje que veía por la ventanilla del coche de camino al aeropuerto o los dos o tres restaurantes a los que el cliente o alguien del trabajo me llevaba a comer.

—Vaya.

—Sí. Lástima que, como todo en esta vida, te das cuenta de que la has fastidiado cuando ya es demasiado tarde. Ya conoces el dicho, si todos supiéramos torear, todos seríamos Manolete.

Me río.

—Pues no, no lo conocía, pero me encanta. Claro que si no me falla la memoria, a Manolete le mató un toro de joven.

—He vuelto a quedar como un viejo pasado de moda. Supongo que quiere decir que si supiéramos lo que va a pasar, todos evitaríamos al toro y seríamos toreros famosos a los que seduce Ava Gardner. Lo decía mi abuelo. Soy un carcamal, ¿qué se dice ahora? ¿Que si todos tuviéramos un gran trasero todos seríamos las Kardashians?

—Cállate, Alberto, no eres ningún carcamal y lo sabes, aunque me preocupa que sepas quiénes son las Kardashians.

Terminamos el desayuno, me cuenta que hoy tiene previsto renovar dos baños de la cuarta planta. Las obras que el geriátrico no llegó a hacer por falta de financiación eran necesarias y Alberto ha decidido ir haciendo poco a poco las más urgentes.

—¿Por qué has convertido el geriátrico en tu proyecto personal?

Estamos caminando hacia allí y él mantiene la vista fija en la calle al contestarme.

—No lo sé. Recuerdo que el día que el director me dijo que no podían contratar el proyecto de reforma integral salí del despacho con ganas de mandarlo todo a la mierda; vendería mis cuatro pertenencias y me largaría de aquí. Cuando llegué al vestíbulo, mentalmente ya había cerrado el piso y había comprado un billete de avión a Costa Rica, pero entonces recibí un mensaje de mi hija. No decía nada, la verdad, solo había un lugar y una hora, la del festival de fin de curso. Seguro que no me lo mandó por voluntad propia y lo hizo porque su madre, mi ex, la obligó. Cambié de opinión de inmediato, me avergoncé de lo fácil que me había resultado decidir que lo mejor era largarme. Me quedé y justo entonces oí la conversación sobre el sistema de ventilación. Fui a arreglarlo y aquí sigo.

—Sí, aquí sigues, renovando el geriátrico habitación a habitación.

Estamos frente a la puerta del edificio.

—No soy un héroe, no te equivoques. Me encantaría ser capaz de convencerte de lo contrario, dejar que te creyeras que soy un tipo estupendo, pero me prometí a mí mismo que nunca más mentiría. No soy ni un buen tipo ni un mal tipo, soy un hombre que la cagó y que intenta aprender de sus errores. Nada más.

—Eso ya me parece mucho, Alberto. Llevo cinco meses dando vueltas por el país y he conocido a mucha gente, no solo a los chicos del calendario, y te aseguro que la capacidad de reconocer que te has equivocado no la tiene todo el mundo. Yo misma carecía de ella hasta que Rubén me dejó por Instagram.

—Tal vez sea la edad, Cande.

—Te juro que si vuelves a decir que eres viejo te... atizo con algo.

Alberto sonríe y entramos. Esa conversación ha terminado, pero yo sigo dándole vueltas a lo que me ha contado. Huir cuando las cosas se ponen feas es un instinto natural, igual que saltar de un barco que se está hundiendo, sin embargo, Alberto decidió quedarse por su hija. Me pregunto si todos tenemos ese alguien que nos impulsa a desafiar nuestra propia naturaleza.

Renovar un baño es mucho más complicado de lo que creía y mucho más cansado. Nos saco una foto rodeados de baldosas y de trastos que no sé cómo se llaman a pesar de que Alberto lleva toda la mañana repitiéndome sus nombres.

«#ElChicoDeJunio ☀ #RíeteTúDeBricomanía 🔨 #LaSemanaQueVieneMeHagoUnaPiscinaEnCasa 📞 #Segovia #LomoPlateado 🙈».

Me doy cuenta de que, cuando trabaja, Alberto se vuelve más hablador. No volvemos a tratar temas tan personales como su hija

Claudia, pero me habla de su trabajo como arquitecto y me cuenta un montón de anécdotas sobre los ancianos del geriátrico.

—¿Hoy podré conocer a Enrique?

—Sí, supongo que sí. Podemos pasar por su habitación esta tarde.

Terminamos el primer baño después de comer y empezamos con el segundo. Yo básicamente intento no molestar a Alberto y ayudar en todo lo que me pide. La próxima vez que se me estropee algo en casa me miraré con otros ojos al lampista que venga a arreglármelo. Ahora mismo Alberto está muy concentrado haciendo no sé qué en el plato de la ducha.

—La habitación de Enrique es la segunda puerta a la izquierda. Si quieres, ve a verlo. Estoy seguro de que él se alegrará de verte y que querrá hablar contigo sin que yo esté presente, es así de maquiavélico. Yo aún tengo para un rato y en esta parte no puedes ayudarme.

—¿Estás insinuando que te molesto?

—Más o menos.

—Está bien, iré a ver si Enrique tiene ganas de verme. Pero, si no está bien, no te librarás de mí tan fácilmente.

Alberto se limita a guiñarme un ojo y salgo del baño. Llamo a la puerta que me ha indicado y espero.

—Adelante.

Lo primero que pienso al ver a Enrique es que tiene mucho pelo para ser tan mayor. Es una tontería, lo sé. Lo tiene blanco y bastante largo, y lo lleva peinado como los actores de las películas en blanco y negro. Va vestido con pijama de rayas azul marino y está en la cama; de la nariz le salen dos tubos de plástico transparente que le conectan a una bombona de oxígeno.

—Hola, ¿molesto? —Él se limita a levantar una ceja, tengo la sensación de que le estoy pidiendo audiencia al rey—. Puedo volver más tarde.

—Ahora ya está aquí, señorita. Pase.

—De acuerdo. —Cierro la puerta a mi espalda y camino hasta la cama; detecto el instante exacto en que Enrique distingue mi rostro y averigua quién soy—. Soy Candela Ríos —le confirmo—, Alberto me ha dicho que podía venir a verle ahora.

—Trátame de tú, Candela.

—Me costará, mi madre es muy estricta con esta clase de cosas, pero voy a intentarlo si usted, tú, me llamas Cande.

—Está bien, Cande. Siéntate, así estarás más cómoda.

Él me señala la silla que hay al lado de la cama y le hago caso. Estando de pie y él en la cama me siento incómoda, como si estuviera haciendo un examen.

—Gracias.

—La enfermera me ha dicho que llegaste ayer, lamento no haber estado en disposición de saludarte.

—No te preocupes, ¿qué tal te encuentras?

—Bien, me han remendado otra vez. Se empeñan en seguir haciéndolo. Supongo que quieres preguntarme por qué escribí a tu revista.

—Sí, la verdad es que sí.

Recorro la habitación con la mirada, está limpia y ordenada como todas las de la residencia, pero hay algo que me inquieta; faltan cosas. Faltan fotografías, flores, un abrigo mal colocado, una bolsa del Zara arrugada llena de revistas, no lo sé. Algo que demuestre que Enrique no está completamente solo en ese dormitorio impersonal.

—Me estoy muriendo —pronuncia con seriedad y giro de repente la cabeza hacia él.

—Oh, lo siento...

Él rebufa ofendido.

—No lo sientas, tú también te estás muriendo. Todos nos estamos muriendo. Yo no tengo ninguna enfermedad; si has dicho «lo siento» por eso, puedes guardártelo. No estoy enfermo, solo estoy viejo.

—Ah, claro.

—La gente no es verdaderamente consciente de que se va a morir, todos, yo el primero, creemos que vamos a durar para siempre, pero no es verdad. Y el tiempo pasa tan rápido que, si por algún milagro te das cuenta de que te estás haciendo mayor, ya es demasiado tarde. —Chasquea los dedos—. Hoy estás aquí y mañana, no.

—Sí, el tiempo pasa muy rápido.

Estoy un poco confusa, no sé a qué viene esto.

—No estoy loco.

—No he pensado que lo estuvieras —afirmo, aunque me sonrojo un poco.

—¿Alguna vez has leído o visto *Cuento de Navidad* de Dickens?

—Sí, las dos cosas. Leí el libro hace años y he visto una versión que hizo Disney en la que Scrooge es el Tío Gilito. Tengo sobrinas.

Enrique refunfuña; los niños no parecen gustarle demasiado.

—En la vida real no aparecen unos fantasmas para avisarte de que vas a quedarte solo. —De golpe parece emocionarse e, igual que he hecho yo hace unos minutos, desvía la mirada por el dormitorio—. No viene nadie a decirte que si no cambias vas a acabar solo en una residencia de ancianos. No me mires con lástima.

—No lo estaba haciendo. Bueno, un poco sí, pero es que no he podido evitarlo.

—Pues no hace falta que lo hagas, asumo las consecuencias de mis actos, señorita.

Me mira a los ojos y le aguanto la mirada. Intento ponerme en su lugar, a juzgar por su físico es evidente que en su juventud fue un hombre fuerte y atractivo. En la mesilla de noche hay un reloj de pulsera de hombre, es muy caro, igual que el pijama y los pocos objetos que hay esparcidos por el dormitorio. Fuerte, atractivo y con dinero, un triunfador que por algún motivo que desconozco ha acabado solo en este geriátrico.

—Creo, Enrique, que sé por qué presentaste a Alberto como candidato a chico del calendario.

—¿Ah, sí?

—Sí. Porque no quieres que acabe como tú.

Durante unos segundos temo haberme propasado y haberle faltado al respeto. Tal vez me echará del dormitorio y exigirá que no vuelva a verle. Pero Enrique me sonríe.

—Exacto, Cande. Yo no puedo volver atrás y, si soy sincero, tengo que reconocer que, si en el pasado los fantasmas esos hubiesen venido a verme, los habría mandado a paseo y no les habría hecho caso. Pero Alberto no es como yo.

—¿Tan seguro estás de que no les habrías hecho caso a los fantasmas?

—Segurísimo. Uno no llega a ser lo que yo era teniendo buen corazón. Que ahora de mayor, a las puertas de la muerte, me haya dado por hacer una buena acción es inexplicable. O tal vez estoy haciendo méritos para no ir de cabeza al infierno. Eso da igual, ¿no te parece? Aquí el protagonista es Alberto y es él quien tiene que hacer un buen papel en *Los chicos del calendario*. Y ahora, Cande, ya puedes irte.

—¿En serio? ¿Me estás echando?

Realmente Enrique no es encantador como Héctor, el señor que conocí ayer nada más llegar, y todavía no sé si el rollo de viejo cascarrabias es solo una fachada o si realmente es antipático.

—Sí. Estoy cansado y quiero dormir un rato. Dile a Alberto que has cumplido con tu misión y que ya te he contado por qué escribí a tu revista. No hace falta que vuelvas a molestarme hasta mañana.

Me pongo en pie y me aseguro de dejar la silla tal como estaba, voy despacio porque tengo la sensación de que mi lentitud le molesta a Enrique.

—Tal vez mañana no pueda venir a verte.

Él refunfuña y yo tengo que morderme el labio para no sonreír. Intuyo que Enrique será un hueso duro de roer, pero si creía que iba a asustarme con su actitud, está muy equivocado. Llevo meses de práctica lidiando con chicos imposibles y él, en el fondo, es un chico más.

Alberto y yo acabamos el segundo baño (Alberto lo acaba, yo solo no meto la pata) y luego vamos a cenar.

—Enrique es muy antipático —empieza Alberto cuando el camarero se aparta después de habernos tomado nota. El modo en que lo dice es casi cariñoso—. No sé si debería contarte esto, es un poco embarazoso.

—Ahora tienes que contármelo. No puedes decir una frase así y esperar que te diga: «Vale, no me lo cuentes».

—No, supongo que no. Enrique me pilló en un muy mal momento. —Se pasa las manos por el pelo antes de seguir hablando—. Mi ex, Paula, me había escrito para decirme que Claudia, mi hija, no quería venir a cenar conmigo. Otra vez. Yo, aunque ya me lo imaginaba, había hecho planes y no me tomé nada bien la noticia. Estaba en el geriátrico, había arreglado una gotera del tejado y me había detenido en la escalera. Creía que estaba solo, así que empecé a soltar insultos y a pelearme con la pared.

—Y Enrique estaba allí.

—Sí, había subido a tomar el aire y yo no le había visto.

—Vaya.

—Me preguntó qué me pasaba y empecé a hablar. Acabamos los dos sentados en un peldaño, le hablé de mi divorcio y le conté que Claudia no quería ni verme a pesar de que la relación entre su madre y yo era civilizada.

—¿Enrique no tiene familia?

—No. No se casó nunca, creo que allí hay una historia, pero a mí nunca me la ha contado. A ver si tú tienes más suerte. Tampoco tiene hermanos y sus padres, obviamente, están muertos.

—¿Y no tiene amigos?

—Si los tiene, o están muertos o viven en el extranjero, porque nunca ha ido a verle nadie.

—Es una lástima.

—Sí, una verdadera lástima.

17

El viernes pasa en un abrir y cerrar de ojos, y ese fin de semana Alberto y yo recibimos la visita por sorpresa de Javier y Esteban, que vienen acompañados de Parche y Tintín. Las buenas temperaturas de junio nos permiten pasarnos todo el día paseando y descubriendo los preciosos rincones de Segovia. Es justo lo que necesitaba después de que el viernes por la noche Víctor me dijese que los laboratorios americanos estaban trabajando en la enzima que él había estado buscando en Haro cuando le conocí.

—Llevan meses trabajando en este proyecto —me dijo, y añadió un montón de datos que se me escaparon; no por falta de inteligencia, sino porque intuía para qué me estaba preparando—. Me han ofrecido que me quede en esta última fase.

Allí estaba.

—¿Y cuánto va a durar esta última fase?

Sé, y sabía el viernes, que no tengo derecho a ponerle trabas a Víctor, él no me ha puesto ninguna y desde el principio ha estado a mi lado. Él nunca se ha quejado de que mi trabajo me lleve a una ciudad distinta cada mes, es infantil que yo lo haga, pero durante unos segundos no pude evitar quejarme.

—Creo que no van a ser más de dos semanas, pero no lo sé, nena.

—Lo siento, leñador. Siento el mal humor. Es que creía que te vería dentro de dos días. Sé que no es justo que me queje. Lo sé y sé que soy una persona horrible. Y te echo de menos.

—No eres una persona horrible. —Él se rió—. Me gusta saber que te enfadas porque no vas a verme. Si te hubieras puesto contenta me habría preocupado. Voy a intentar ir por San Juan; si te parece bien podríamos hacer algo juntos. Yo también te echo mucho de menos, Cande.

Víctor carraspeó entonces y cambió el tono de la conversación dirigiéndola hacia mis sobrinas y lo que yo le había contado días atrás sobre el festival del colegio, incluso se ofreció a llegar a tiempo a Barcelona para acompañarme.

—Eso sería maravilloso. Supongo que podré organizarme. Alberto, el chico de junio, es muy majo y hablaré con Vanesa para que en Olimpo no me pongan ninguna pega.

—Genial. Por cierto, ¿crees que podrás arreglar las goteras de Villa Victoria cuando vuelvas a Haro ahora que estás hecha una manitas?

—Muy gracioso. No, no podré arreglarlas. A no ser que quieras ir en barco por dentro de casa, más te vale que yo no me acerque a tus cañerías.

—Tú, nena, puedes acercarte a mis cañerías siempre que quieras.

Acabamos la conversación riéndonos y mandándonos besos, conseguí convencer a Víctor que lo del sexo por teléfono no es lo mío, pero creo que él volverá a insistir más adelante y que la próxima vez probablemente logrará convencerme.

Víctor cree que los del laboratorio le han invitado a participar en este breve proyecto para enseñarle cómo sería trabajar para ellos y yo coincido con él. Él insiste en que, de momento, no ha tomado ninguna decisión al respecto y que, en principio, no se plantea seriamente mudarse a Estados Unidos porque, dice, «echaría mucho de menos a mis chicas».

El lunes y el resto de la semana me dedico a enyesar, alicatar, barrer, fregar, básicamente a seguir las órdenes de Alberto y a ir conociendo a los habitantes del geriátrico. Enrique mantiene las distancias con todo el mundo, pero sé que le tienen cariño y respeto, al fin y al cabo él consiguió que todos firmasen la carta que mandó a Gea para presentar a Alberto como candidato a chico del calendario.

He averiguado unas cuantas cosas más del chico de junio, aunque no demasiadas. No tiene hermanos y sus padres fallecieron hace un par de años, los dos por causas naturales. Las similitudes entre él y Enrique son evidentes y estoy segura de que no soy la única que se ha dado cuenta. Se casó joven y cuando habla de su ex casi nunca utiliza su nombre y la mirada le queda algo extraña, una mezcla entre perdida, melancólica y enfadada. No me he atrevido a preguntarle por qué se divorciaron, me guardo esta clase de temas para más adelante, pero sé que Paula, la ex, ha vuelto a casarse y que ella no fomenta en ningún momento la mala relación que tiene su hija con Alberto, todo lo contrario, según el propio Alberto las pocas ocasiones en que su hija y él han coincidido han sido gracias a la insistencia de Paula.

Hoy es viernes y no sé exactamente cómo me han convencido para participar en la clase de gimnasia del geriátrico, y he acabado sudando y con los pulmones en los pies.

Ahora entiendo la teoría de *Cocoon* de Alberto, tendré que ir a investigar si hay una piscina en el sótano con agua con poderes mágicos.

—¿Puedo hacer una foto? —consigo preguntarles a un grupo de señoras. Llevan una cinta de tela de toalla en la frente y se están riendo de algo mientras yo aún tengo la lengua fuera—. Es para *Los chicos del calendario*.

—Pues le diremos a Alberto que se ponga —señala una.

Alberto, el traidor, me ha abandonado; él se ha ido a arreglar un par de lámparas y me ha dejado sola en la clase de gimnasia.

—¿Quién me ha llamado? —Aparece con una sonrisa de oreja a oreja.

—Tú lo sabías —le recrimino.

—A mí me lo hicieron al cabo de dos semanas. —Me pasa un botellín de agua—. Creo que es una especie de novatada. Vamos, no te enfades, me pidieron que no te lo dijera. —Les guiña un ojo a las tres abuelas—. Yo diría que has superado la prueba con creces.

—Yo no estoy tan segura. —Me incorporo y me seco la frente con una toalla—. Vamos a hacernos una foto.

Alberto y yo nos colocamos en medio del grupo de señoras que han hecho la clase de gimnasia conmigo y Héctor nos saca la fotografía con mi móvil.

—Gracias, Héctor.

—Has estado muy bien, Cande. Te cuesta un poco respirar, pero seguro que conseguiremos ponerte en forma en lo que queda de mes.

—Eso o me mataréis.

—¿Ya te han hablado de los cadáveres que guardamos en el ático? Eso normalmente lo guardamos para la cuarta semana.

—Muy gracioso, Héctor.

Cuelgo la fotografía y sonrío al verla. En los días que llevo aquí he vivido algún que otro momento triste, no todo son risas; hay ancianos que están verdaderamente enfermos y situaciones duras casi a diario, pero es como si entre todos hubieran decidido tomarse la vida con buen humor y sin adelantar nunca acontecimientos. Una guerra tras otra, me dijo el otro día una de las enfermeras.

«#LasChicasDeOro 👵👵👵 #YoDeMayorQuieroSerComoEllas #ElChicoDeJunio ☀️ #ElElixirDeLaEternaJuventud 😀 #LosChicosDelCalendario».

—¿Podemos hablar un momento, Cande? —me pide Alberto.

—Claro. Hasta luego, chicas.

Salimos de la sala común que hemos utilizado como gimnasio y nos dirigimos al pequeño despacho que tiene Alberto en la primera planta.

—Claudia me ha escrito hoy —me explica nada más entrar—. Me ha preguntado si puede conocerte.

Saca el móvil del bolsillo y me enseña el mensaje que le ha mandado su hija donde dice exactamente eso. Nada más.

—Claro, por mí encantada.

—Su madre ha sugerido que podríamos quedar los cuatro esta noche para cenar. Ella, Claudia, tú y yo. ¿Te parece bien?
—Me parece estupendo, Alberto. Por mí no tienes que preocuparte, yo iré adonde tú vayas.
—Gracias. —Está nervioso—. Es la primera vez que Claudia me escribe para pedirme para quedar. Sé que es por ti, que es a ti a quien quiere ver, pero aun así...
—Lo entiendo. Tu hija tiene trece años, ¿no?
—Sí.
—Una de mis sobrinas se está acercando peligrosamente a la adolescencia. No te preocupes, sé que las niñas y los niños a esa edad pueden ser muy difíciles. ¿Puedo preguntarte cuándo os divorciasteis tú y Paula? No es para el artículo, jamás hablaría de algo así sin antes consultarlo contigo y con Paula en este caso, es porque creo que me iría bien saber si hay algún tema que no puedo mencionar esta noche.

Alberto me señala la silla y me siento. Él se queda de pie un rato, se pasa las manos por el pelo (ahora no tengo ninguna duda de que es un tic nervioso) y después también se sienta.

—Sí, supongo que tienes razón. El caso es que me gusta que tengas buena opinión de mí —ve que le miro confusa—; no la tendrás después de escuchar lo que voy a contarte.
—No tienes ninguna obligación de contarme nada de tu pasado, Alberto. Las normas del concurso...
—No es por el concurso. Me leí las normas y sé a qué estoy o no obligado. No es eso, de verdad. Tú tienes razón, si hoy ves a Claudia y si ella accede a volver a verme mientras tú estás aquí, es mejor que sepas qué pasó.
—Vale, pero deja que te diga algo antes de que empieces: no voy a juzgarte. No soy quién para hacerlo. Si algo he aprendido en estos meses que llevo buscando a un «chico que valga la pena» —hago las comillas con los dedos— es que todos cometemos errores.
—Nos casamos muy jóvenes, estábamos enamorados y tanto ella como yo teníamos trabajo. Los dos estudiábamos y trabajába-

mos. Además, yo estaba a punto de acabar la carrera y mis padres al principio nos ayudaron. A ellos la boda les hizo mucha ilusión. A los padres de mi ex, no tanta, pero se adaptaron. Todo iba bien, éramos felices —entrelaza las manos—, yo acabé la carrera, me saqué un máster, progresé en el trabajo y ella también, es profesora. Entonces ella se quedó embarazada, habíamos decidido intentarlo porque creíamos que tardaríamos más en conseguirlo. Nos asustamos un poco pero nos alegramos mucho. Estábamos muy contentos. Nació Claudia y yo creía que era el hombre más afortunado del planeta. —Suspira, se nota que está enfadado—. Y lo mandé todo a la mierda.

—¿Qué pasó?

—El despacho de arquitectura alemán para el que trabajaba me ascendió, empecé a ganar más dinero y a viajar más. Me gustaría decir que fue culpa suya, pero fue mía. Los viajes aumentaron y también el dinero, y con ambas cosas perdí de vista lo que de verdad era importante para mí. La primera vez que le fui infiel a Paula estaba en París, había asistido a una cena de negocios y después fuimos a un bar, una discoteca, no recuerdo el lugar exacto. La chica se me acercó, a todos se nos acercaron, y yo intenté ser amable sin propasarme —lo explica con frialdad de un modo casi analítico—. Uno de los gerentes del despacho de Berlín estaba a mi lado y me dijo: «No se enterará. Lo que pasa fuera de casa no cuenta». Me llevé a esa chica a mi habitación, recuerdo que por la mañana ella ya no estaba y yo vomité en el lavabo. Había bebido mucho, pero no estaba borracho. Llegué a casa convencido de que Paula lo notaría, pero no notó nada.

—Y volviste a hacerlo. —Recuerdo que al empezar el relato ha dicho «la primera vez» y sí, la imagen que tenía de Alberto se empaña un poco, pero no puedo juzgarle y menos cuando él parece hacerlo con más crueldad que cualquiera.

—Sí. Volví a hacerlo. Muchas veces, durante años. Nunca en casa, siempre lo hacía cuando estaba de viaje. Quería a Paula, en realidad creo que la querré siempre, y la deseaba, pero en casa estaba cansado y ella también porque la niña le daba mucho trabajo. En cambio, cuando iba de viaje esas chicas solo sonreían y... bueno, no hace falta que te lo explique. Sabía que lo que hacía estaba mal, pero como no pasaba nada, seguía haciéndolo. Llegó un punto en que, incluso llegué a justificarlo. Me decía a mí mismo que así volvía a casa más relajado. Fui un estúpido y un cerdo. Estuve así unos seis años, viajando, ganando dinero y siéndole infiel a mi esposa, la única mujer que he querido, con chicas que no significaban nada. Absolutamente nada.

—¿Y qué pasó?

—Ah, sí, ahora viene la peor parte. Paula cogió una infección y el médico le dijo que solo se contagiaba sexualmente. Llegué a casa y me enseñó los análisis; ella había estado llorando y tenía el rostro desencajado. Paula creía que el médico se había equivocado y estaba asustada, tenía miedo de tener algo más grave. Cuando la vi supe que no podía hacerle eso, que no podía seguir haciéndole daño de esa manera. Le conté la verdad, le dije que el médico no se había equivocado. Se lo conté todo, tuve que hacerlo, no podía seguir engañándola. Ella, evidentemente, me pidió el divorcio y se lo concedí sin rechistar. Claudia era pequeña, pero no tonta, y con los años ha ido averiguando más detalles. Estoy seguro de que Paula no le ha contado nada, pero mis exsuegros no han sido tan generosos y, en realidad, no tienen por qué serlo. Si un chico le hiciera a Claudia lo que yo le hice a Paula, no sé qué le haría. Sé que Paula lo pasó muy mal al principio, se sentía estafada además de engañada y no puedo reprochárselo; mientras yo viajaba y me «desahogaba», ella estaba en casa, sola, y tuvo que renunciar a un ascenso. Hubo un momento en que intenté recuperarla, pero yo no estuve bien durante el divorcio y, cuando me recuperé y me centré, ya era demasiado tarde. Paula tiene pareja desde hace tiempo; él es un buen tipo, y acaban de tener un niño. —Se queda en silencio y, por un momento, temo que no vaya a continuar o que vaya a desplomarse—. Me porté como un cretino, Cande. No le recrimino a Claudia que esté del lado de su madre, lo entiendo, pero necesito una segunda oportunidad. Con Paula la perdí, pero ella es mi hija, así que no voy a rendirme.

—¿Y no la ves nunca?

—Paula me ofreció la custodia compartida, a pesar de todo nunca ha querido hacerme daño. Es una mujer increíble, y yo fui un idiota, un estúpido. Pero Claudia no quería venir conmigo y sigue sin querer, como puedes ver, así que vive con ella y la veo poco, muy poco. Nunca la he forzado. Le escribo mensajes casi a diario y le pregunto por el colegio y por los amigos, y ella los contesta, aunque telegráficamente. Las pocas veces que nos hemos visto ha sido porque su madre ha insistido y ella no me ha mirado a los ojos en todo el rato.

—Bueno, pero esta vez ha sido ella la que te ha pedido si podéis veros.

—Sí, y ha sido gracias a ti.

—Yo creo que ha sido gracias a ti. Si no fueras como eres, a Enrique jamás se le habría ocurrido escribirnos y presentarte como candidato a chico del calendario, y el resto de personas que viven aquí no habrían firmado la carta.

—Tal vez, pero eso no borra lo que hice antes.

—Cierto. —Creo que ha llegado el momento de cambiar el tema de conversación. Alberto parece cada vez más serio y deprimido—. ¿Adónde iremos a cenar?

—Reservaré en un restaurante italiano. Paula me ha dicho que a Claudia le gusta.

—Genial, pues será mejor que tanto tú como yo vayamos a casa a cambiarnos.

A las nueve de la noche, Alberto y yo estamos de pie frente a la puerta del restaurante italiano y él está a punto de tener un infarto.

—No va a venir.

—Vendrá. Deja de moverte.

—No va a venir.

—¿Quieres callarte de una vez? Hace un rato Paula te ha mandado un mensaje diciendo que iban un poco tarde, eso es todo.

Un taxi se detiene delante de nosotros y de él bajan una mujer de unos cuarenta años y una niña de trece. La niña viene directamente hacia mí y esquiva a Alberto; yo le miro de reojo y veo cómo saluda a Paula, ese pobre hombre sigue enamorado de ella, aunque deduzco que jamás hará nada al respecto y se guardará ese amor como un recuerdo.

—¡Hola, Cande! —La niña me abraza—. Tenía muchas ganas de conocerte.

—Yo también, Claudia, tu padre me ha hablado mucho de ti.

Ella se tensa, pero no me suelta. Me lo tomo como una buena señal.

La cena es agradable. Hay tres o cuatro momentos tensos, pero entre Paula, que es una mujer encantadora y muy lista, Alberto y yo conseguimos reconducirlos.

Claudia es una niña estupenda y tiene buen fondo, como dice mi madre. No tiene que ser fácil saber que tu padre le ha sido infiel a tu madre y que esas infidelidades acabaron con la familia perfecta que imaginabas, pero estoy segura de que Claudia se dará cuenta de que Alberto se merece esa segunda oportunidad que le está pidiendo.

—Vi en tu Instagram que en febrero aprendiste a jugar a fútbol —me dice Claudia cuando nos estamos despidiendo. Ellas dos han llamado a un taxi y estamos esperando a que llegue.

—Más bien aprendí a correr como un pato mareado detrás del balón.

—Yo también juego al fútbol. Mañana tengo un partido.

—Sí —interviene Paula—, cada sábado vamos de aquí para allá con el equipo y de momento siempre quedan las últimas —nos explica abrazando a la niña por los hombros.

—Estamos mejorando, mamá.

—Si no mirarais tanto a los chicos que vienen a veros, mejoraríais más.

—¿Qué chicos? —Alberto las mira entre embobado y feliz.

—Tal vez podrías venir mañana y verlo por ti mismo —sugiere Paula—, ¿qué te parece, Claudia?

Claudia me mira a mí. No está justificado porque acabamos de conocernos, pero si mis ánimos pueden ayudarla, se los doy a manos llenas; así que le sonrío y asiento levemente con la cabeza.

—¿Papá, quieres venir mañana a ver el partido?

—Claro que sí.

El partido es divertido, las amigas de Claudia están como cabras y conozco al marido de Paula y a su hijo pequeño, los dos son encantadores. Mi tarea durante el día, sin embargo, consiste en evitar que Alberto se pelee con el árbitro y que no fulmine con la mirada a todos los adolescentes que ocupan las gradas. Es divertido y me vengo un poco de todas las baldosas que me ha hecho lijar durante estos días.

Le saco una foto cuando intenta sermonear al entrenador de Claudia y con las niñas riéndose al fondo.

«#ElChicoDeJunio ☀ #PapáCanguro 🦘 #YaVerásCuandoLeDigaQueQuiereSalirDeNoche 😏 #MeGustaElFútbol #GraciasChicoDeFebrero ⚽ #LosChicosDelCalendario 📅 🏃».

Cuando me dispongo a guardar el teléfono en el bolso me vibra y leo con una sonrisa en la cara un mensaje de Víctor.

«Recuérdame por qué no estoy contigo echándote un polvo, nena. Te necesito».

Le contesto e intento no sonrojarme.

«Porque tu carrera te encanta y no quieres que los americanos descubran TU bacteria (o lo que sea)».

Él me escribe de nuevo.

«Eres la mejor, nena. Pero de verdad necesito estar contigo. Prepárate para cuando nos veamos. No saldremos de la cama».

Le contesto:

«Eso espero, leñador».

«Te llamo mañana o cuando estos sádicos me dejen salir del laboratorio».

Yo le mando el emoticono del beso e intento seguir viendo el partido de la hija del chico de junio.

Nos despedimos de Claudia y el resto de su familia casi de noche y le digo a Alberto que estoy exhausta y quiero irme a casa. Él flota en una nube, tiene una sonrisa idiota en la cara y todo le parece bien.

En la tranquilidad del apartamento, yo también sonrío como una boba al ver que Jorge ha comentado la foto que he colgado: «A ver cuándo volvemos a vernos, Cande, nuestro equipo te echa de menos, aunque han amenazado con vengarse si ahora empiezas a jugar con el Segovia».

Tendría que haber dejado el móvil en ese instante y meterme en la cama, porque recibo un mensaje de quien menos me esperaba.

Salvador.

«Mañana llego a Segovia. Tiene que ver con Olimpo y *Los chicos del calendario*. Es mejor hablarlo en persona. Estoy en el avión».

18

He llamado a Salvador y me ha saltado el buzón.
 Él ya me ha puesto en su simpático y amable mensaje que está encerrado en un avión y me imagino que por eso no consigo contactar con él; aun así lo intento tres veces hasta que me doy por vencida.
 Me meto en la cama con la esperanza de que sea una equivocación o me lo haya imaginado todo por culpa de una insolación.
 Cuando me despierto descubro que no me he imaginado nada.
 Mierda.
 Es domingo doce de junio, son las once y media de la mañana y Salvador está en la puerta de abajo esperando a que le abra. ¿Y si no le abro? Sí, sería un comportamiento muy infantil, pero creo que me sentaría bien.
 —¿Puedo subir, Candela, o prefieres bajar tú?
 Podría decirle que bajo, pero la verdad es que no tengo ganas de repetir la escena del bar de Barcelona. Además, este piso tampoco es mi casa, así que carece de la intimidad de mi apartamento.
 —Sube.
 Alberto y yo hemos hablado hace un rato; él me ha dicho que quería ir a hablar con Paula para darle las gracias por lo de ayer y he pensado que yo estorbaría. Hemos quedado en que me llamará cuando vuelva a la ciudad; Paula vive en las afueras, y nos organizaremos.

—¿Puedo pasar? —La voz de Salvador llega desde la entrada y sus ojos me recorren las piernas y me hacen entrar en calor. Llevo *shorts*, no iba a ponerme pantalones largos con el calor que hace. Él lleva vaqueros negros y una camiseta, y tiene una maleta junto a los pies.

—Pasa. ¿Qué significa esa maleta?

Él entra y cierra la puerta.

—Significa que acabo de llegar de un viaje. Nada más. ¿Crees que podría tomarme un vaso de agua antes de que empieces a interrogarme, por favor?

Camino hasta la cocina sin disculparme por la pregunta, pero le preparo un vaso de agua y una vez estoy allí grito.

—¿Quieres algo más o te basta con el agua?

—El agua está bien, gracias.

Él ha dejado la maleta a un lado, frente a la pared, y está sentado en el sofá apretándose el puente de la nariz.

Dejo el vaso de agua encima de la mesilla y también me siento en el sofá —no hay otro lugar—, aunque intento mantener la distancia entre los dos.

—Lamento no haber podido avisarte con más tiempo, Candela, ha sido una semana de locos y te juro que, si hubiese encontrado la manera de evitar venir a verte, lo habría hecho.

—Vaya, gracias, no tenías por qué molestarte.

Él enarca una ceja; sé que mi comentario no tiene mucha lógica, pero me ha sentado mal que haya insistido tanto en que no quiere verme. Ni que fuera un suplicio.

—Me pareció entender que tú no querías verme bajo ningún concepto, Candela.

Justo ahora le da por hablar y señalar lo obvio.

—¿Qué pasa con Olimpo y *Los chicos del calendario*? —Opto por hacerme la tonta y centrar la conversación y mi cerebro en lo que de verdad es importante: el motivo de su visita.

—Mi padre.

—¿Tu padre?

—¿Te he contado alguna vez por qué mi padre y yo no nos llevamos bien?

—No, nunca.

Quiero añadir: «Tú nunca me has contado nada», pero me contengo.

—Bueno, pues aunque hay muchos motivos, sin duda hay uno que es el principal y evidentemente tiene que ver con Olimpo. Olimpo lo creó mi abuelo, mis abuelos para ser más exactos, mi abuelo y mi abuela, los padres de mi padre. Creo que te habrían gustado —me mira—, tú les habrías gustado a ellos, de eso no tengo ninguna duda. En fin —carraspea, me fijo en él y me doy cuenta de que está un poco más delgado que la última vez que le vi y que sigue pareciendo muy cansado—, mis abuelos crearon Olimpo y el negocio, como bien sabes, fue creciendo; a los dos les encantaba leer y tenían una visión muy concreta de lo que querían y muy distinta de la de mi padre. No sé exactamente qué pasó entre mi padre y mis abuelos, eso nunca lo he sabido con certeza, pero debió de ser muy grave porque en su testamento mis abuelos me dejaron Olimpo a mí y no a él.

—¿A ti? ¿Eso no es muy frecuente, no?

—No, nada frecuente. El testamento tiene un sinfín de cláusulas que obviamente también le dan cierto poder a mi padre y él a lo largo de los años se ha encargado de retenerlo o incluso aumentarlo. —Se frota la frente.

—¿Te duele la cabeza?

—Un poco, pero estoy bien, no te preocupes por mí. Podría decirse que, aunque Olimpo es mío, mi padre puede hacer muchas cosas dentro de las empresas del grupo y llevamos años jugando al gato y al ratón. Creía que ahora que había decidido jubilarse para disfrutar de su última novia iba a dejarme tranquilo, pero ha vuelto.

—Sí, yo creía que estaba retirado.

—Mi padre lleva años utilizando la idea de su jubilación como si fuese una zanahoria y yo el asno que quiere comérsela. Estaba casi seguro de que esta vez era verdad.

—Y no lo es.

—Aún no lo sé. De momento él y sus secuaces se han encaprichado de *Los chicos del calendario* y llevan días husmeando a ver qué encuentran.

—Dijiste que los contratos estaban bien, que no podían hacer nada. —Se me acelera el corazón; si ese hombre pone en peligro a mis chicos...

—Y están bien, eso no significa que él no vaya a intentar algo.

—Pensaba que la idea del libro le había calmado, que había aceptado mis condiciones.

—Sí, sobre eso quería decirte que... —Salvador traga saliva y me mira de un modo distinto—, gracias. Gracias por confiar en mí.

—De nada —respondo al instante—. Por supuesto que confío en ti, Salvador —y, como me doy cuenta de cómo suena eso, añado—: *Los chicos del calendario* son tan tuyos como míos.

Él aparta la mirada un segundo, parpadea y cuando sus ojos vuelven a mí están fríos de nuevo, distantes como al principio.

—Mi padre ha estado confabulando con sus allegados, en realidad todo esto es más propio del patio de un colegio que de una empresa, pero han conseguido inquietar a algunos anunciantes y a varios miembros del consejo de dirección. Ahora mismo no puedo tener una guerra, Candela, no puedo.

Salvador parece muy preocupado y me gustaría alargar una mano y coger la suya o pasarle los dedos por el pelo y decirle que no se preocupe, que todo saldrá bien. Pero no me atrevo a tocarle, porque sé el daño que me hará; no él sino ese contacto, y ahora estoy en un buen momento de mi vida y no voy a arriesgarlo.

—¿Y qué puedo hacer yo para ayudarte, Salvador?

—He hablado con mi padre, quería imponer a varios chicos del calendario y me he negado rotundamente.

—Gracias.

—Pero en algo tenemos que ceder, Candela. Él no parará, volverá a intentarlo y la próxima vez no sé si estaré aquí para pararle los pies.

—¿Qué quieres decir?

¿Dónde estará? ¿Se refiere a que estará de viaje o a que habrá dejado Olimpo en manos de su padre?

—El libro tiene que estar en marcha ya, debemos tener algo este verano para sacarlo en septiembre. De lo contrario ellos encontrarán la manera de adelantarse, se inventarán entrevistas, no lo sé, pero no quiero correr ese riesgo.

—He empezado a escribir, pero todavía me falta mucho. —Me sonrojo y él tiene la delicadeza de no señalarlo. O quizá no sea la delicadeza y lo que pasa es que le incomoda esta conversación—. No me resulta fácil escribir sobre mi vida y menos sobre lo que me pasó en enero.

Hala, ya lo he dicho.

—Lo entiendo y no me gusta estar hoy aquí y tener que pedirte que, si quieres proteger a los chicos de las amenazas de mi padre, te des prisa. Si de mí dependiera, ese libro solo existiría si tú de verdad quisieras escribirlo.

—Quiero hacerlo.

—¿Estás segura?

No lo estaba hasta ahora, sin embargo, sé con absoluta certeza que quiero contar mi historia.

—Estoy segura.

—Entonces cuenta conmigo.

—¿Y con esto, con el libro, tu padre ya nos dejará tranquilos?

—No, me temo que no. He accedido a elegir como chico del mes de Julio a uno de los candidatos que él quería.

Me levanto del sofá.

—¿Qué has hecho qué?

—Tú aún puedes vetarle, pero tenemos que elegir uno, al menos uno, de los que él ha propuesto.

—¿Por qué?

—Porque así él quedará bien con uno de sus estúpidos amigos y dejará de propagar mentiras sobre mí o sobre ti o sobre este proyecto y los anunciantes de *Gea* dejarán de llamarme cada diez minutos para preguntarme si es verdad que voy a cerrar la revista.

Me gustaría gritarle, recordarle que él me dijo que jamás nos impondrían a nadie, pero veo lo exhausto y preocupado que está y entiendo que, si ha venido hasta aquí para verme y contarme todo esto en persona, realmente cree que esta es la mejor solución posible. Quizá la única solución.

—¿Y quién es ese candidato?

Salvador levanta la cabeza y me mira casi aliviado al ver que, de momento, no voy a arrancarle la cabeza.

—Un surfista de Mallorca, no recuerdo su nombre. Tiene miles de seguidores en las redes y su patrocinador es amigo de mi padre y quiere llegar a un público más amplio. Si aceptas le pediré a Vanesa que te prepare un dosier completo, de momento no lo sabe nadie.

—¿De verdad crees que así nos los quitaremos de encima, Salvador?

—No lo sé, eso espero. Mira, el mes que viene ya estamos a julio, entonces solo te quedarán cinco meses más y mi padre en verano se despista mucho. Si el chico de julio cuenta con su bendición y en septiembre tenemos tu libro, tu *libro* no el suyo, en el mercado, seguro que creerá que se ha salido con la suya y nos dejará tranquilos.

—Entonces adelante. Haz lo que tengas que hacer.

Él sonríe, o casi, y después suelta despacio el aliento a medida que apoya la espalda y la cabeza en el sofá y cierra los ojos.

—Gracias.

—De nada.

—Creo que me quedaré aquí a descansar un rato, si no te importa.

—No me importa. En realidad, tienes mal aspecto, Salvador.

Él abre un ojo y levanta la ceja del mismo.
—En cambio tú estás preciosa, Candela.
—Túmbate en el sofá y duerme un rato, anda.
Para mi sorpresa, él no dice nada más y me hace caso.

Dos horas más tarde me llama Alberto y me dice que Paula y su familia le han invitado a comer, y que Claudia sorprendentemente le ha preguntado si podrá ayudarla con un trabajo del colegio. Me dice que yo también estoy invitada y se ofrece a venir a recogerme. Declino la invitación, una parte de mí insiste en que lo haga porque yo allí no pinto nada a pesar de que se supone que soy la sombra del chico del calendario durante todo el mes, y otra parte confiesa que lo que me pasa es que quiero quedarme aquí con Salvador.

Él sigue durmiendo, yo pongo en marcha mi ordenador portátil y abro el archivo en el que empecé a escribir lo que sucedió en el mes de enero. ¿Estoy dispuesta a que la gente lea esta versión de mí tan sincera? Sí, lo estoy. Gracias a los chicos del calendario, lo estoy.

Me pongo a escribir, corrijo las pocas páginas que llevo y sigo trabajando en el esquema. ¿Qué opinará Salvador cuando lo lea? Él tendrá que hacerlo si quiere asegurarse de que no he contado nada que no esté dispuesto a que salga a la luz.

Ya que tengo el ordenador en marcha también trabajo un poco en el artículo del chico de junio y contesto dos o tres correos. Me doy cuenta de que han pasado unas cuantas horas cuando mi estómago se queja. No compré mucha comida, pero tengo los ingredientes necesarios para cocinar unos espaguetis. Paso por delante del sofá, Salvador sigue durmiendo y en un acto reflejo le aparto un mechón de pelo de la frente. Él no se mueve cuando me alejo hacia la cocina. Preparo espaguetis para dos, sería una maleducada si no lo hiciera, y cuando están listos dejo los platos en la mesa, después coloco los cubiertos, las servilletas y dos vasos, uno a cada lado de la jarra de agua.

Voy a despertarle, esta vez, a diferencia de lo que hice el mes pasado, no me agacho delante de él.

—Salvador, Salvador. —Le sacudo el hombro—. Salvador, despierta.

—¿Cuánto rato llevo dormido?

—Unas cuatro horas.

Él se sienta en el sofá y se sujeta la cabeza con las manos.

—Lo siento, no tenía intención de quedarme tanto rato.

—No pasa nada. ¿Tienes hambre? He preparado espaguetis.

—¿Para mí también?

—Sí, pero no te hagas ilusiones, no soy muy buena cocinera.

Salvador me sonríe, se levanta y se sienta frente al plato de pasta como si estuviera frente a un plato de un restaurante con cinco estrellas Michelin.

Durante el almuerzo improvisado, Salvador me pregunta por Alberto y por cómo ha sido mi vida durante estos días con él. Tengo la sensación de que él mide cada palabra, que las elige con esmero para no romper esta rara tregua que hemos establecido. Yo hago lo mismo. Tal vez él y yo jamás conseguiremos ser amigos después de lo que pasó en enero, sin embargo, es evidente que los dos, por un motivo u otro, creemos en *Los chicos del calendario* y que vamos a proteger este proyecto.

—Sé que me lo has dicho antes, pero ¿de verdad quieres escribir un libro sobre los chicos del calendario, sobre tu vida?

—Sí, la verdad es que sí. Aunque reconozco que cuando escuché la idea por primera vez pensé: «No, ni hablar, ya cuento muchas cosas en las fotos de Instagram y en los vídeos y los artículos de cada mes».

—¿Y por qué has cambiado de opinión?

—Hay cosas que no contaré a nadie, hay sentimientos muy míos que no me veo capaz de compartir o que solo quiero compartir con cierta persona. —Aparta la mirada un segundo, solo uno, y después clava los ojos en los míos—. Pero sí que quiero contar mi historia. Creo que el día que Rubén me dejó y Abril grabó ese vídeo hice una descripción demasiado generalista de los hombres y en el libro podré explicarlo y, bueno, sé que no puedo dar lecciones a nadie, pero creo que mis experiencias pueden animar, ayudar o hacer compañía a muchas chicas y chicos. Todos tenemos que aprender que no debemos conformarnos en el amor.

—¿Y tú lo has hecho?

—¿El qué?

—Conformarte en el amor.

—¿Yo? No, por supuesto que no. ¿Por qué lo dices?

—Por nada, era solo una pregunta.

—Claro. —Me cruzo de brazos, ¿acaba de insinuar que me estoy conformando con Víctor o se refiere a Rubén? No pienso contestarle—. «Solo era una pregunta».

—Si quieres puedo ayudarte con el libro.

—¿Tú, ayudarme? Seguro que tienes cosas mucho más interesantes que hacer. Además, todavía es pronto, apenas llevo unos cuantos capítulos.

—Podría leérmelos y decirte qué me parecen. Y no, no tengo cosas más interesantes que hacer. Tengo mucho trabajo, eso sí, pero nada es más interesante que tu libro. El mes de enero también fue mi mes.

—¿A qué hora tienes que irte? —Me levanto y empiezo a recoger los platos. No me gusta el cariz que está tomando nuestra conversación.

—No me voy hasta el miércoles. Creía que ibas a negarte a aceptar el candidato a chico de julio y que iba a tener que quedarme unos días para convencerte.

Estoy sentada de nuevo; me he sentado sin darme cuenta.

—Pues ya ves que no —trago saliva—, seguro que puedes cambiar el billete.

—Seguro, pero voy a quedarme de todos modos. Tengo una habitación en un hotel cerca de aquí —añade al ver que yo arrugo las cejas. Ninguno de los dos hemos mencionado lo que sucedió en

Madrid, aunque es evidente que lo estamos pensando—. Me apetece conocer al chico de junio, su historia es muy interesante. Además, mientras esté aquí mi padre no me molestará y podré adelantar trabajo. No te molestaré, apenas te darás cuenta de que estoy aquí.

Seguro.

19

«Los americanos siguen sin descubrir MI bacteria. Estoy pensando en dejarles tirados y subirme al primer avión que salga para España. Te echo de menos, nena».
«Ten paciencia, seguro que merece la pena. Es TU bacteria. Yo también te echo de menos, leñador».
«Mándame fotos tuyas».
«¿Fotos?».
«Sin ropa».
«Ni hablar. Estás loco, leñador».
«Sí. Mándame fotos».
«No».
«Solo una».
«Me lo pensaré».
«Te llamo esta noche, nena».
«Más te vale, leñador. Ahora estoy pensando en ti sin ropa...».
Y, evidentemente, Víctor me manda una foto suya sin ropa. Aunque solo de la parte superior del cuerpo, me estaba escribiendo desde la cama del hotel y yo desde la mía en el piso de Segovia.

Salvador lleva dos días aquí y no hemos discutido ni una vez. Ni una.
El domingo se fue de mi apartamento un rato después de comer y no volví a verle hasta el lunes que me llamó y me preguntó si podía acercarse al geriátrico a conocer a Alberto. Le dije que sí, obviamente, tampoco tenía motivos para negarme y él y Alberto se

llevaron bien al instante. Salvador también habló con Héctor, con todas las señoras que fueron a saludarlo, incluidas las Chicas de Oro, y estuvo un rato en la habitación de Enrique.

No me ha contado de qué hablaron y Enrique, tampoco.

A Enrique le voy a visitar a diario y no me gusta comprobar que en las casi dos semanas que llevo aquí su salud no deja de empeorar. Alberto dice que no es grave, que es un viejo cascarrabias y que nos enterrará a todos, pero creo que lo dice porque es lo que él quiere creer. Sea lo que sea, Enrique está en buenas manos.

Hoy iremos a cenar los tres, Salvador se va mañana tal como me había dicho y ha insistido en que quiere despedirse de Alberto y de mí como es debido. Hace mucho calor, echo de menos el mar y, tras dudar más de lo que estoy dispuesta a reconocer, elijo un vestido de flores. Suena el timbre y casi me da un infarto.

—¿Sí?

—Soy yo, Salvador, he pensado que podríamos ir juntos al restaurante.

Tardo unos segundos en responderle y noto una presión en el pecho que se niega a abandonarme desde que Víctor llamó el domingo y no le dije que Salvador estaba aquí. ¿Por qué no se lo dije? ¿Por qué no se lo he dicho todavía en ninguno de nuestros mensajes o de nuestras conversaciones? No ha pasado nada entre Salvador y yo, no me estoy portando como Alberto hace años, no estoy haciendo nada parecido.

«Pero no se lo has dicho».

—¿Candela? —oigo la voz de Salvador por el interfono.

—Sí, perdona, enseguida bajo.

Voy a llamar a Víctor, ahora no porque no tengo tiempo y llegaríamos tarde al restaurante, pero esta noche cuando vuelva a casa le llamo y le cuento lo que ha pasado. Seguro que lo entenderá, Víctor siempre lo entiende, y comprenderá que no se lo he dicho porque no quería preocuparle y porque en realidad tampoco hay nada que decir. Víctor y yo estamos bien, lo que me pasa cuando veo a Salvador ya está desapareciendo y seguro que es culpa de las circunstancias.

Lo normal es que cuando rompes con alguien no tengas que volver a verle, por eso es una verdadera estupidez liarte con alguien del trabajo, porque después pasan cosas como lo que me está pasando a mí ahora.

En el restaurante la conversación entre Alberto y Salvador es relajada y divertida, me gusta conocer esta faceta de Alberto; desde que Claudia se está acercando a él está más accesible, más vivo, y Salvador también parece estar pasándolo bien. Mientras le observo me doy cuenta de que es la primera vez que le veo así. Hasta ahora todas las cenas o almuerzos que he compartido con él y más gente han sido de trabajo y, cuando hemos estado a solas, las cosas se han... complicado. ¿Así es Salvador cuando sale a cenar con amigos? Con ninguno de los chicos anteriores lo vi tan relajado, aunque ahora que lo pienso, creo que es la primera vez que Salvador está cenando con un chico del calendario sin tener que solucionar un problema.

No sirve de nada que me haga estas preguntas, así que dejo de hacerlo.

Caminamos de vuelta a casa. Alberto se despide el primero pues su calle está antes.

—Ha sido un placer conocerte, Barver, espero volver a coincidir contigo algún día. Y tú, Cande, prepárate, mañana tenemos que ocuparnos de las humedades del sótano.

—¿Allí es donde tienen la piscina con los huevos de *Cocoon*? ¿Por fin podré verlos y ser joven para siempre?

—Tú ríete tanto como quieras, ya dejarás de hacerlo cuando entres en el sótano. Trae botas de agua si tienes. Hasta las rodillas. Buenas noches.

—¿A qué ha venido eso de los huevos de *Cocoon*? ¿Tengo que preocuparme por ti?

Salvador sonríe y camina a mi lado.

—No, gracias —le devuelvo la sonrisa—. Es una broma que les hace Alberto a los del geriátrico; les dice que tienen tanta vitalidad porque se bañan con huevos alienígenas, ya sabes, como en la película.

—Entiendo. Bueno, si mañana descubres una nave espacial en el sótano, llámame. Seguro que con eso podría quitarme a mi padre de encima para siempre.

—Te llamaré. No te preocupes.

Sopla un poco de viento y, aunque la noche es muy cálida, se me pone la piel de gallina.

Salvador me rodea con un brazo y me pega a su lado.

—Tú y tu manía de no abrigarte, Candela.

Esa frase.

Esa frase me la decía en enero.

Sé que los dos nos hemos dado cuenta y ninguno va a decir nada. Fingiremos que este instante no ha pasado.

Llegamos a mi portal y él me suelta y se coloca frente a mí.

—Mañana vuelvo a Barcelona; mi vuelo sale muy temprano.

—Lo sé, me lo dijiste.

—Espero que los días que te faltan aquí sean tan interesantes como estos. Alberto parece buen tipo, hay que ser muy valiente para reconocer los errores e intentar arreglarlos como ha hecho él.

—Sí, yo también lo creo. Me cae bien, es mandón y siempre cree tener la razón, pero es muy sincero. Espero que arregle las cosas con su hija.

—Y yo. Y Enrique también me ha gustado, me ha dicho que vas a verle cada día.

—Sí, es un gruñón. ¿De qué habéis hablado?

—De nada en especial. De las vueltas que da la vida, ya sabes.

—Sí, ya sé. —En realidad no sé nada.

—Bueno, será mejor que me vaya. Buenas noches, Candela.

—Buenas noches, Salvador.

Él no se mueve de donde está, sus ojos no han dejado de mirarme en todo este rato y su brillo no ha parado de aumentar. Le veo agacharse, siento su aliento un instante antes de que sus labios rocen los míos y mis talones se alejan del suelo al ponerme de puntillas.

Es un beso casi inocente, solo dura unos segundos y he sentido todos y cada uno de ellos.

El segundo en que sus labios han tocado los míos.

El segundo en que su aliento ha rozado el mío.

El segundo en que él ha suspirado y mis labios han temblado.

El segundo en que él se ha apartado y yo le habría pedido que no lo hiciera.

Se da media vuelta y se va, y yo hago lo mismo cuando consigo que las manos me dejen de temblar. No puedo abrir la puerta hasta que recupero el pulso.

Sentada en el sofá busco el móvil, porque sé que no puedo seguir retrasando este momento. Me seco una lágrima que me resbala por la mejilla.

—Hola, Cande, ahora iba a llamarte.

—Hola, Víctor.

—¿Sucede algo? ¿Qué pasa? Suena como si estuvieras triste o llorando.

—No estoy llorando. —Ya no—. Y no estoy triste. Tenía muchas ganas de hablar contigo.

—Yo también, nena, yo también. ¿Qué has hecho hoy? Espero que hayas estado muy ocupada, yo por tu culpa no he servido para nada en el laboratorio. No podía quitarme de la cabeza la foto que me has mandado. Ya faltan menos días para que vuelva, ¿sabes algo del fin de semana del veinticuatro? ¿Podré tenerte solo para mí?

«Solo para mí».

La frase se me clava como una estaca. Esta mañana, cuando le he mandado una foto mía envuelta en una toalla, no creía que el día fuese a acabar así. Me imaginaba sonriendo, haciendo planes con Víctor para finales de junio. No me imaginaba que Salvador fuera a besarme ni que yo fuera a besarlo a él.

—Salvador ha estado en Segovia, llegó el domingo y se va mañana. Vuelve a Barcelona.

—¿Salvador? ¿Salvador Barver?

—Sí.

Noto el silencio, me imagino a Víctor pensando, analizando las distintas posibilidades y decantándose por la más optimista.

—¿Ha sucedido algo en la revista, tienes problemas en el trabajo?

—No, no tengo problemas. Sucedió algo en mayo, el padre de Salvador quería causarnos problemas, pero ya está solucionado. O eso creemos.

—¿Entonces?

No hace falta que termine la frase: «¿Entonces por qué no me lo has contado? ¿Entonces por qué suenas así? ¿Entonces por qué se ha quedado dos días en la ciudad contigo?».

—En mayo, cuando estuve en Barcelona, vi a Salvador. Estaba dormido en el sofá del despacho y, cuando le desperté, me besó.

—Salvador te besó.

—Sí, cuando le desperté.

—Joder, Cande. Joder. ¿Y ahora me lo cuentas? ¿Ahora? ¿Después de todo lo que ha sucedido estos días entre tú y yo?

—Y hoy cuando se ha despedido nos hemos dado un beso. Solo ha sido un beso.

Puedo sentir la tensión de Víctor aumentando a través del teléfono.

—Claro, y por eso me llamas con esta voz. Joder. Mierda. Solo ha sido un beso, dices. Ni siquiera me habías dicho que él estaba allí en Segovia contigo y hemos hablado cada día, Cande.

—Lo sé y lo siento. No te lo dije porque no quería preocuparte.

—¿Y por qué diablos iba a preocuparme? Tú me habías dicho que todo había acabado, que Salvador solo era tu jefe y que no había nada entre vosotros. Si me hubieras dicho que él estaba en Segovia, no me habría preocupado, habría creído que estaba allí por temas de trabajo. Joder. Lo que me preocupa es que no me lo hayas dicho y que me lo digas ahora. ¡Y le has besado, Cande, joder! ¡Le has besado! ¡Joder! ¿A qué estás jugando? Estos días me has escrito, me has hablado como si solo pensaras en mí, como si de verdad... Joder.

—Yo... lo siento.

—¿El qué, Cande? ¿Qué es lo que sientes? ¿No habérmelo dicho, decírmelo ahora o haberle besado dos veces? Mierda. ¿Me estás cas-

tigando por estar aquí, porque me he quedado más tiempo del que estaba previsto en Estados Unidos?
—No, por supuesto que no.
—Porque ahora mismo me siento como un estúpido, Cande. Un estúpido. No paro de decirle a la gente que antes de tomar cualquier decisión sobre mi futuro quiero hablar contigo y tú mientras me mientes, me ocultas cosas y te besas con un desgraciado que lo único que hizo fue utilizarte.
—No te estoy castigando, Víctor. Y no estoy jugando contigo, leñador. Te he llamado para decirte la verdad y para explicarte que...
—Me has llamado porque te sientes culpable, no te engañes, Cande, y no me engañes a mí. No me lo merezco. Joder. No me lo merezco. Ni leñador ni ostias.
—Tienes razón, lo siento, no te lo mereces, por eso necesito que entiendas que en realidad no ha pasado nada.
—¿Que no ha pasado nada?
—No, no ha pasado nada.
—Me has mentido, Cande, cuando yo siempre, siempre, te he dicho la verdad. Joder. En abril incluso te dije que si estabas enamorada de otro me lo dijeras y me dijiste que no. ¡Me dijiste que no!
—Yo... Víctor te qui...
—¡No lo digas! Mierda. No me lo digas. No podría creerte. No soy ningún jodido premio de consolación.
—Ya lo sé... —Ahora sí que me pongo a llorar.
—Mira, será mejor que dejemos esta conversación para otro día. Necesito pensar. Tal vez tú puedas engañarte y creer que esto no ha sido nada, pero para mí ha sido mucho. Llevo semanas pensando en ti, Cande, semanas, prácticamente desde que te conocí. Creía que podía confiar en ti.
—Puedes confiar en mí.
—Siempre y cuando Barver no vuelva a acercarse a ti, ¿no?
—Eso no es justo.
—¡Por supuesto que es justo! Tú y yo estamos bien, hacemos el amor como posesos, jamás había sentido con nadie lo que siento

estando contigo y sé que a ti te pasa lo mismo, pero aparece el hijo de puta de Barver y todo se va a la mierda. ¡Por supuesto que es justo! Mi avión sale de Nueva York el domingo diecinueve por la noche, iba a darte una sorpresa, pero al parecer tú me la has dado a mí con esta jodida confesión. Espero que te hayas quedado a gusto. ¿Creías que iba a decirte que no pasaba nada?

Me avergüenza reconocer que una parte de mí esperaba eso, aunque supiera que era imposible.

—No, Víctor. Quería decírtelo porque no quiero mentirte y porque quiero que sepas que te elijo a ti.

—Vaya, no sabía que estaba compitiendo con alguien. Tengo que colgar, Cande, ahora mismo te diría algo horrible y yo no soy así. Te llamaré el lunes cuando esté en casa y hablamos.

—¿No podemos hablar antes?

—No. Desde que empezamos lo nuestro siempre me he adaptado a ti, he esperado a que tú estuvieras lista para estar conmigo, a que te sintieras cómoda y feliz, a que quisieras estar conmigo. Creo que esta vez tú puedes esperarme a mí, si es que te importo.

—Pues claro que me importas, Víctor.

—Te llamaré cuando esté en Haro.

Me cuelga antes de que pueda decirle que le echo de menos y que siento haberle mentido y haberle hecho daño.

El dolor que siento es tal que no sé cómo Alberto soportó confesarle a su exesposa todo lo que le había hecho.

Sobrevivo al resto de la semana como un zombi, el miércoles Salvador me manda un mensaje para decirme que ha llegado a Barcelona y que pone en marcha el tema del chico de julio. Él no me menciona el beso y yo tampoco lo hago cuando le contesto. No tengo noticias de Víctor, pero eso no impide que cada día mire el móvil unas mil veces.

El fin de semana lo paso con Alberto y de nuevo con Claudia, ella se queda con nosotros el sábado y el domingo la llevamos de regreso a casa de su madre. Es la primera vez en mucho tiempo que ella pasa la noche en casa de su padre y Alberto no puede estar más feliz. Y yo me alegro por él o lo intento, porque mi corazón sigue dolorido.

—Vamos, desembucha, ¿qué ha pasado? —me pregunta Alberto después de dejar a Claudia cuando vamos en su coche de regreso a la ciudad.

Le pongo al corriente, tengo el presentimiento de que él sabrá escucharme y la verdad es que necesito desahogarme.

—Vaya. Puedo entender lo que te ha dicho Víctor. Le has mentido, le has ocultado algo que, si se lo hubieras dicho, no habría tenido la menor importancia y el motivo por el que lo has hecho es porque sabes que Barver no es solo tu jefe. Lo veo yo y lo ve Víctor.

—Entre Salvador y yo no hay nada.

—Mira, es como cuando yo digo que ya no siento nada por Paula, me creo y sé que estoy mintiendo. Una cosa es que tu cerebro te diga que no puede haber nada entre él y tú, y que tú estés dispuesta a obedecerle al pie de la letra. Al fin y al cabo es tu cerebro. Otra cosa es si correrías a buscarle si las circunstancias cambiasen. Yo, si Paula no estuviese casada o si lo estuviese pero con un desgraciado, no pararía hasta recuperarla.

—Entre Salvador y yo no hay nada porque él no quiere y porque está loco, o desquiciado, o no sé qué. No me conviene, dejémoslo así. Y yo soy muy feliz con Víctor, él es increíble y con él siento que puedo hacer todo lo que me proponga, que el mundo es un lugar maravilloso.

—Visto está que yo no sé mucho sobre el amor. Le fui infiel a mi esposa con mujeres que no valían nada a su lado. No te fíes de mí.

—Ahora no lo harías.

—Cierto, pero lo hice. Deja que Víctor piense en lo que ha sucedido, en tu defensa diré que le has llamado para decírselo y que solo fueron dos besos, aún estás a tiempo de arreglarlo. Porque solo fueron dos besos, ¿no?

—Sí, solo fueron dos besos.

—Y tú no querrías que fuesen más, ¿me equivoco?

Él ve que me sonrojo y que me muerdo el labio enfadada.

—Mierda, Cande, creo que Víctor no es el único que necesita unos días para pensar.

Me paso la noche del domingo en vela, como si así pudiera hacer que el avión de Víctor volase más rápido hacia España. Él me dijo que me llamaría el lunes en cuanto llegase y confío en su palabra; ojalá él confíe en la mía y me dé la posibilidad de arreglar las cosas entre nosotros.

Estos días he pensado mucho en él, en lo que Víctor significa para mí. He sido una tonta, no tendría que haber perdido tanto tiempo analizando a Salvador, preguntándome por qué se comporta así o por qué me dejó de esa manera en abril. Tendría que haberme bastado con saber que él, Salvador, no quiere nada conmigo y Víctor, sí. Víctor nunca me ha mentido y yo, por mucho que me pese, le he hecho daño. No es agradable saber que soy capaz de algo así. A partir de ahora las cosas serán distintas. Basta de dudas, basta de pensar en Salvador cuando no se lo merece.

Es lunes, no me separo del móvil ni un segundo y, cuando por fin me llama, le contesto al instante.

—Hola, Víctor. ¿Cómo estás, leñador?

Tal vez no sea jugar limpio llamarle así, pero lo hago de todos modos.

—Cansado, acabo de llegar a casa.

Se me encoge el corazón al comprobar que, efectivamente, ha cumplido su palabra.

—Gracias por llamarme, estaba muy nerviosa.

Él se queda en silencio y le oigo frotarse la barba.

—He estado pensando, Cande. Esto no va a funcionar.

—No digas eso, por favor. Se supone que tienes que decirme que me echas de menos y que quieres que este fin de semana vaya a Haro.

—Te echo de menos. Y quiero que este fin de semana vengas a Haro. Pero no es lo que voy a decirte.

—¿Por qué?

—Los últimos dos meses han sido muy intensos para los dos. A ti te han sucedido muchas cosas y a mí, también. He dejado de sentirme culpable por lo de mi padre, ha nacido mi sobrina y he empezado una relación contigo que ha... que enseguida se ha convertido en algo muy importante. Tengo que pensar un poco más. Me han ofrecido el trabajo de Barcelona y el de Estados Unidos. Tengo que pensar.

—Oh, ¿y no puedes pensar conmigo?

—Me temo que no, Cande, porque tú ocupas la mayor parte de mi cerebro y ahora necesito tenerlo todo.

—No pasó nada con Salvador.

—En el fondo él no tiene nada que ver con esto, Cande. Tengo que pensar qué quiero hacer con mi vida, hasta qué punto estoy dispuesto a correr ciertos riesgos.

No puedo enfadarme con Víctor, todo lo que dice tiene sentido. Hace apenas unos meses yo comparaba mi vida al Dragon Khan y me imagino que a él le sucede lo mismo. Aun así me duele que no podamos solucionar lo nuestro ahora mismo. Respiro y cojo aire. Intento averiguar qué me sucede de verdad. ¿Quiero a Víctor o quiero la seguridad que me proporciona estar con él? Víctor es listo, sexy, divertido, bueno, un chico increíble. ¿Le quiero porque estoy enamorada de él o le estoy utilizando para no estar sola y no enfrentarme a mis verdaderos sentimientos hacia Salvador? No es justo que utilice a Víctor y él está recuperando su vida justo ahora. Tengo que dejar que piense, que averigüe qué quiere de verdad. Y yo tengo que hacer lo mismo.

—Lo entiendo.

—No te enfades, Cande. Si ahora mismo te tuviera delante me olvidaría de todo esto y te desnudaría, pero no arreglaría nada.

—Tal vez sí —intento bromear y no lo consigo.

—No. Me ocultaste lo de Barver y le besaste. Le besaste. Yo diría que tú también tienes mucho en qué pensar.

—Yo no quiero estar con Salvador, quiero estar contigo.

—Y no sabes lo que me gusta oírtelo decir, nena. Pero aun así necesito un poco más de tiempo.

Me gusta que me haya llamado *nena*, ha sido como una caricia.
—Está bien.
—Prometo no desaparecer, te llamaré dentro de unos días. Te lo prometo.
—Está bien —repito, aunque en realidad nada está bien. Todo está mal. Noto que voy a ponerme a llorar y no quiero que él lo oiga. No sería justo para Víctor, que además, se sintiera culpable.
—Ahora voy a colgar. Adiós, Cande.
—Adiós, leñador.

20

Lo más surrealista de todo es que el jueves veintitrés de junio estoy en el AVE rumbo a Barcelona para pasar San Juan con mis sobrinas.

Las circunstancias que me han llevado hasta aquí son las siguientes:

La exesposa de Alberto tiene una boda en Canarias, una prima segunda suya o algo así, y Claudia no quería ir porque su equipo jugaba el último partido de liga antes de las vacaciones de verano. Dicho partido es de suma importancia porque, si ganan, se clasifican para seguir en esa categoría y, si pierden, según palabras de la propia Claudia, es el fin del mundo y no querrá seguir viviendo.

Claudia le pidió a Alberto si podía quedarse con él todo el fin de semana y en *Gea* me escribieron diciéndome que, dado que él se pasaría el sábado y el domingo rodeado de niños y niñas a los que no podemos sacar en ninguna foto, no había ningún problema en que me tomase el fin de semana libre tal como yo les había pedido.

Aún no me lo creo y me he negado a escribir a Salvador o llamarle y preguntarle si él ha tenido algo que ver en todo esto.

¿Por qué iba a hacer él algo así?

De Víctor sé pocas cosas, el único consuelo que tengo es que, aunque no me ha llamado, cada día me manda un mensaje o se pone en contacto conmigo de alguna manera. De momento he recibido una foto de Valeria al lado de un oso que Víctor le compró en Nueva York y dos mensajes de buenas noches con un corazón al lado. No es mucho, lo sé, pero me sirven para mantener la esperanza.

En Sants no me está esperando nadie, yo he dejado la maleta en Segovia y viajo solo con una bolsa con pocas cosas. Le he mandado un mensaje a Abril para decirle que estoy de camino y preguntarle qué piensa hacer esta noche y, de momento, lo único que sé es que está trabajando y que odia a la modelo que le ha tocado.

Yo pasaré la verbena con Marta, Pedro y las niñas. Tengo muchas ganas de verlas y de que me abracen, es lo que más necesito desde hace días. En mi calle saco una foto de mi bolso en el portal.

«#EnCasa 🏠 por unos días #FelizSanJuan 🚀 #LaVidaEsUnaVerbena #LosChicosDelCalendario 📅 🏃».

Curiosamente estos días he escrito mucho, al parecer es verdad ese estereotipo que dice que los escritores son personas desgraciadas, porque he escrito más estos días que en los meses anteriores. O quizás es que, por fin, he encontrado qué quiero decir. He empezado el libro por el principio, por el día que Rubén me dejó por Instagram. Tengo la sensación de que todo sucedió hace mucho tiempo y en realidad solo han pasado seis meses.

Seis meses y mi vida ha cambiado. Yo he cambiado.

Por fin consigo hablar con Abril.

—Hola, Cande, recuérdame por qué no puedo matar a una modelo de alta costura —me dice nada más contestarme.

—Porque irías a la cárcel, entre otras cosas.

—Empiezo a pensar que tal vez merecería la pena. En fin, ¿cómo estás?

—Bien —le miento porque no quiero contarle mi drama por teléfono y menos si está planteándose asesinar a alguien—. ¿Qué planes tienes para hoy? ¿Crees que podremos vernos? Yo iré a casa de Marta, lanzaré unos cuantos petardos con las niñas y después cenaré con ellos.

—Yo no estoy en la ciudad. Mierda. Y gracias a la señorita neurótica protagonista de esta campaña no regresaré hasta mañana. Voy a perderme la verbena. Pero podemos vernos mañana por la tarde o el sábado. ¿Tú hasta cuando te quedas? ¿Cuándo vuelves a Segovia?

—Vuelvo a Segovia el lunes por la mañana. Ya estaremos a veintisiete y solo me quedarán tres días.

—Podríamos ir juntas en el AVE, yo tenía previsto ir entonces a hacer las fotos del reportaje del chico de junio.

—Sería estupendo.

Oigo unos gritos de fondo.

—Tengo que dejarte, te llamo mañana cuando llegue a Barcelona. Lanza petardos por mí.

Estoy un rato sin hacer nada, aunque echo de menos mi casa, cada vez que vuelvo tengo una sensación extraña, como de no acabar de encajar del todo entre mis cosas de siempre. Tardo unos minutos en quitármela de encima y en sentirme cómoda en mi propio sofá.

Dado que mañana aquí es festivo, no tengo que pasar por Olimpo durante mi visita a la ciudad; esto es lo más parecido que tengo a unas vacaciones en lo que va de año. Sé que mucha gente, en realidad la gran mayoría de los seguidores de *Los chicos del calendario*, cree que estoy viviendo una especie de vacaciones constantes y no me quejo; he visto ciudades preciosas y he conocido a mucha gente estupenda que, de lo contrario, no habría conocido, pero no son vacaciones. Por bien que me traten, por bonito que me parezca el lugar en el que estoy, yo soy consciente de la responsabilidad que tengo y de la atención que debo prestar a esos chicos para después poder escribir o hablar sobre ellos, sobre su vida, con la mayor precisión posible.

Me tumbo en mi cama y dejo la mirada fija en el techo.

A veces va bien no tener que pensar en nada.

Dos horas más tarde estoy caminando hacia la calle donde vive Marta. Me lo paso muy bien con las niñas, consiguen hacerme reír y mientras estoy con ellas vuelvo a ser la de siempre y esa sensación, la de estar en un lugar como si solo fuera una turista, desaparece y siento que hoy, aquí, es donde debo estar.

Espero que a Alberto también le estén yendo bien las cosas con su hija. Estos últimos días Claudia le ha llamado con más frecuencia y cuando están juntos se atreve a mirarle a los ojos. Me alegro por él.

Mis sobrinas se duermen en el sofá a la una de la madrugada, yo he tenido que hacer verdaderos esfuerzos para no caer rendida con ellas, pero me apetecía charlar un rato con Marta y Pedro como tres personas adultas. Ellos dos lo son y yo espero que se me pegue algo.

Los pongo al corriente de lo que me ha pasado, sin entrar en detalles, porque no me veo capaz de eso con Pedro delante. Una tiene sus límites y Pedro es mi cuñado y me conoce desde que era una adolescente, así que hay cosas que no necesita saber.

—A mí Salvador Barver no me desagrada.

—¿Pero qué estás diciendo? —Marta le pega en el hombro—. En esta casa odiamos a Salvador, vamos a favor de Cande.

—Yo también voy a favor de Cande —se defiende—; solo he dicho que Barver me cae bien. Sí, me parece demasiado intenso para ser un tío normal, pero supongo que tiene que haber de todo.

—¿Y Víctor no te gusta?

No puedo creerme que Pedro, justamente Pedro, vaya a favor de Salvador.

—No conozco a ninguno de los dos, aunque por lo que he oído Víctor es estupendo. Diría que es la clase de tío que le cae bien a todo el mundo. Un buen tío.

—Pero te gusta más Salvador —insiste mi hermana y así me evita hacerle yo esa pregunta.

—Chicas, los tres dejamos atrás el instituto hace mucho tiempo. Yo más que vosotras. ¿No podemos dejar de dar vueltas a este tema y hablar de otra cosa?

—No, no podemos —le dice Marta—. A ti se te da muy bien fichar a la gente, quiero saber por qué no estás insultando a Barver por lo que le hizo a tu cuñada.

Pedro me mira en busca de una vía de escape, pero no voy a dársela. Estoy muy interesada en su respuesta.

—No me metáis en esto. Os dije hace tiempo que para mí Cande no tiene vida sexual, así como tampoco la tendrán Raquel y Lucía.

Soplo por la nariz. El pobre no sabe lo que le espera.

—Desembucha, Pedro.

—Está bien. No sé qué pasó exactamente entre Barver y Cande y no quiero saberlo. Gracias. Pero cuando te vimos en enero resplandecías, sí, llámame cursi —me mira—. Y también sé lo que he leído sobre él durante estos meses y lo que nos contó Raquel sobre esa excursión. O lo que nos has contado tú misma hace un rato sobre su padre y lo del libro que vas a escribir. Creo que es un tipo muy solitario y que intenta hacer lo correcto. Me cae bien. ¿Le daría una paliza por haberle hecho daño a mi cuñada preferida? Sí, por supuesto. Pero creo que, si le conociera mejor, nos haríamos amigos.

—Soy tu única cuñada.

—Pero eres mi preferida y ahora, ¿puedo irme ya a la cocina a fregar los platos? Me llevo esta botella de cava para terminármela allí; vosotras dos podéis empezar una nueva.

A las tres de la madrugada entro de nuevo en mi apartamento. Marta ha insistido en que podía quedarme a dormir con ellos, pero sé que mis sobrinas se despiertan temprano y, aunque las quiero con locura, mañana necesito dormir.

Suena el móvil. Suena el maldito móvil y no lo encuentro por ninguna parte. ¿Dónde lo dejé anoche? Cargándose, vaya, al menos eso lo hice bien, porque después de beberme esa botella con Marta no lo tenía tan claro. Leo el nombre que sale en la pantalla y parpadeo confusa. Será mejor que conteste.

—¿Salvador?

—Hola, Candela, ¿te he despertado? Sí, te he despertado —añade, porque se me escapa un bostezo—. Lo siento.

—No pasa nada. ¿Qué hora es?

—Las diez de la mañana.

Podría haber dormido un poco más, no tenía intención de levantarme hasta las doce o la una o hasta que me entrase hambre. Un día de no hacer nada me parecía una idea magnífica.

—Ah, bueno, ¿ha pasado algo en *Gea*?
—No, todo sigue igual. No te llamaba por nada relacionado con el trabajo.

Sigo un poco dormida, aunque mi cerebro responde a esa frase declarando el estado de alerta.

—¿Y por qué me has llamado?

Él carraspea y a mis rodillas les apetece temblar justo entonces.

—Para invitaros a ti y a tus sobrinas al barco. ¿Recuerdas que te dije que se lo debía a Lucía? Ella no estaba el día que me encontré a Raquel con los de su clase.

—Lo recuerdo. Es un detalle muy bonito, Salvador, pero no tienes por qué hacerlo. Seguro que tienes planes mejores para hoy.

—No. Ninguno. Iba a llamarte ayer para organizarnos con un poco más de tiempo. No sé si tú y tu familia tenéis otros planes para hoy, pero, bueno, ya sabes, el trabajo y otras cosas me lo han impedido.

«Otras cosas». Esas dos palabras deberían de bastarme para recordar lo hermético que es Salvador y lo frustrante que es estar con él.

—No sé si mis sobrinas están hoy por aquí. Las vi ayer por la noche y ahora mismo no recuerdo si tienen o no algo organizado.

—¿Por qué no llamas a tu hermana y se lo preguntas? Llámame en cuanto lo sepas, yo no me iré a ninguna parte y me hace ilusión enseñaros las últimas reparaciones que he hecho en el barco.

—La llamo y te digo algo, ¿de acuerdo?
—De acuerdo.

Le cuelgo y me quedo sentada en la cama mirando el teléfono durante unos minutos. ¿Qué diablos está pasando? ¿Sigo dormida? Me pellizco y compruebo que no. Podría no llamar a Marta y decirle a Salvador que lo he hecho y que las niñas no están, pero no voy a mentirle. Me ha costado, pero después de lo que me ha pasado con Víctor, he decidido no volver a mentirle nunca a nadie, ni siquiera para quedar bien o para evitar una situación incómoda como esta.

Mi hermana contesta medio dormida, farfulla más que habla. Las niñas y ellos tienen una barbacoa, me invita a que vaya yo en su lugar y ella así pueda escaquearse. Le digo que ni hablar.

—Dile a Barver que gracias y que se prepare para repetir la invitación otro día. Lucía realmente tiene ganas de volver a verle.

—Se lo diré.

—¿Seguro que no quieres venir? La han organizado los profesores de la academia de inglés donde van las niñas y tus sobrinas participan en el espectáculo que nos harán con los postres. Yo tengo que jugar un partido de madres contra profesoras o algo así. Ven, por favor.

—Ni hablar. Te llamo más tarde y hablamos.

Creo que me llama *traidora* antes de colgar, pero no estoy segura. Llamo a Salvador, es un acto reflejo y solo cuando oigo su voz pienso que podría haberle mandado un mensaje y evitar así que mi estúpido corazón se acelerase de esta manera tan absurda.

—Hola, Salvador, ya he hablado con Marta.

—¿Y?

—Tienen una barbacoa con los padres y alumnos de la academia de inglés.

—Oh, es una lástima.

—Sí, mi hermana me ha dicho que te dé las gracias y que te diga que Lucía y Raquel tienen muchas ganas de ir, querrán que vuelvas a invitarlas otro día, así que vete preparando.

Salvador se ríe un poco.

—Estaré preparado. ¿Y tú, qué planes tienes para hoy?

—Ninguno en especial, iba a quedarme en casa y hacer el vago.

—¿Te apetece dar una vuelta en barco? —Me ha hecho la pregunta muy deprisa—. Si tus sobrinas estuvieran disponibles, habrías venido con ellas, así que ¿por qué no vienes de todos modos?

—No sé, Salvador...

—Vamos. Te enseñaré las últimas reformas que he hecho y hace un día espléndido. Es una lástima no aprovecharlo, no se dan tan a menudo. Desde que nos vimos en Segovia estamos bien, no hemos vuelto a discutir y prometo no hacer nada que pueda estropearlo.

—¿De verdad no tienes otros planes?

—De verdad. Quiero pasar el día contigo, Candela.

—Está bien, pero quiero que conste en acta que creo que esto es una locura y que no deberíamos hacerlo.

—Consta en acta, cuando discutamos dentro de un rato podrás echarme en cara que tú ya lo sabías.

—Tardaré un rato, aún voy en pijama.

Salvador tose.

—Ven cuando quieras. ¿Te acuerdas de dónde está el barco?

—Sí, me acuerdo.

—Pues ven cuando estés lista.

Le cuelgo y me pregunto si me habré vuelto loca. No debería ir al barco de Salvador, pero igual que sé que si ahora estuviera en un parque de atracciones me subiría al menos una vez a la montaña rusa, sé que voy a ir. Me lo debo a mí misma y también a él, incluso a Víctor.

Le debo a Víctor pasar un día entero con Salvador en un entorno idílico como su barco navegando por la costa de la ciudad y demostrarle así que no siento nada por él, por Salvador, excepto cierto cariño por el poco pasado que compartimos y quizás tambien algo de amistad.

En la ducha me pregunto si no estoy haciendo lo que hacía Alberto, justificar una mala decisión con un razonamiento de mierda hecho a medida para tranquilizar mi conciencia. Me digo que no puedo seguir dándole vueltas, si me quedo en casa me pasaré el día, y quizá la vida, preguntándome por qué no he ido, si es que tengo miedo de no ser lo bastante fuerte para resistir a Salvador o si acaso tengo algo que esconder. El único modo de demostrarme que no pasa nada, que de verdad no le oculté a Víctor que Salvador estaba en Segovia porque yo me sintiera culpable, es yendo a ese barco y charlar con Salvador igual que charlaría con cualquier amigo.

En un ataque de valentía le escribo un mensaje a Víctor para decirle lo que voy a hacer.

«Estoy en Barcelona, me imagino que lo has visto. Espero que lo hayas visto, que mires mis fotografías porque me echas de menos. Fue decisión de *Gea*, porque Alberto tenía que ocuparse de unos asuntos con su hija. Volveré a Segovia el lunes. No te llamo porque me pediste que no lo hiciera. Quería que supieras que hoy voy a pasar el día en el barco de Salvador. Ha llamado y nos ha invitado a mí y a mis sobrinas. Voy porque quiero demostrarte que yo no tengo nada en qué pensar. Sé lo que quiero. Te echo de menos, leñador».

No sé si lo he escrito porque realmente necesitaba hacerlo o porque quería acallar mi conciencia, sea como sea, ya lo he hecho y ahora solo me toca esperar.

Tal vez él no me contestará.

Me contesta.

«Yo también te echo de menos, nena. Ten cuidado, no te marees en el barco. Hablamos pronto. Gracias por escribirme».

Suelto el aliento que no sabía que contenía. No es una gran declaración de amor, pero al menos me ha escrito y el peso que llevo días sintiendo encima del pecho se afloja un poco.

21

El barco de Salvador sigue en el mismo lugar de siempre y mi corazón golpea las costillas cuando él baja de un salto para venir a mi encuentro. Me digo que es la emoción de estar allí, en ese lugar tan bonito, con el mar de fondo y que todavía pienso en el mensaje de Víctor.

—Hola, Candela. Estás preciosa.

Me sonrojo.

—Será mejor que no me digas estas cosas, Salvador. Solo sirven para confundirlo todo y, si nos salimos de esta tregua tan rara, acabaremos discutiendo.

—¿Tregua?

Él me mira con una ceja en alto y con la comisura del labio a juego.

—¿Cómo llamarías tú a esto? —Nos señalo a él y a mí—. Hasta hace unos días solo discutíamos o nos gritábamos.

—Yo no lo llamaría *tregua* porque esa palabra implica que tú y yo estamos en guerra o lo hemos estado en algún momento. —Levanta una mano—. Pero está bien, acepto que utilices esa palabra, como bien has dicho, no quiero discutir contigo. Hoy hace un día demasiado bonito para eso. ¿Subimos al barco?

Él me tiende una mano y yo la acepto. No voy a portarme como una niña pequeña, es un gesto sin la menor importancia.

O lo es hasta que veo que él cierra los dedos después de soltarme.

—No sé si me acordaré de las cuatro cosas que me enseñaste en este barco. —Veo que él se gira y me mira con los ojos abiertos como platos—. Me refiero a la navegación.

—Claro, la navegación. Seguro que te acordarás cuando zarpemos, es como... —Si dice «el sexo» le pego o me bajo del barco de un salto. ¿Por qué creo que dirá eso? Es culpa suya, de Salvador, del modo en que me mira—, como ir en bicicleta.

Bicicleta, claro. Es lo que iba a decir y lo que yo tendría que haber pensado.

Los dos sonreímos.

Mierda.

Salvador se concentra en soltar amarras y yo en obedecer las directrices que él me va dando para que el barco se haga a la mar. No ha exagerado al decir que hace un día precioso, el mar está casi transparente y el sol brilla en el cielo. Es un día de postal y evidentemente no puedo evitar recordar el día que pasamos también juntos en este barco en febrero.

—Eh, no te despistes —me dice Salvador salpicándome con agua. Si él supiera en qué estaba pensando, ¿qué haría? No va a saberlo, el día de hoy transcurrirá con calma. Solo somos dos posibles amigos navegando juntos—. ¿Te encuentras bien? ¿Te has mareado?

De repente me mira preocupado.

«Yo también te echo de menos, nena. Ten cuidado, no te marees en el barco».

—Sí, estoy bien, no me he mareado.

Él arruga las cejas, sé que no acaba de creerme, pero da un paso atrás y mira hacia el horizonte.

—Bien, pongámonos en marcha.

—De acuerdo.

Durante una hora o tal vez un poco más, no hablamos, él me dice qué tengo que hacer y lo hago. La gente no se imagina la cantidad de trabajo que da un velero como este. Quizá las motoras sean más fáciles, me imagino que en ese caso basta con girar la llave en el contacto, aunque tal vez me equivoque, pero en un barco como el de Salvador siempre hay algo que hacer. Hasta que lo detiene y fondea en un lugar precioso.

—Nos quedaremos aquí un rato —me explica mientras se sienta—. Las vistas son preciosas.

Lo son.

Suspiro y busco un lugar donde sentarme. Llevo sombrero, aun así me he puesto protección solar y aprovecho para volver a aplicármela. Estamos en silencio, es agradable, el mar nos hace compañía y me imagino que los dos estamos pensando en cómo hemos llegado hasta allí de esta manera.

—¿Has escrito estos días?

—Sí, el libro ya va cogiendo forma.

—¿Me dejarás leerlo?

—*Tienes* que leerlo, le dije a tu padre que solo aceptaría que tú lo leyeras antes de publicarlo.

—Lo sé, pero no me refería a eso. ¿Me dejarás leer lo que has escrito hasta ahora?

—Si de verdad quieres leerlo, sí.

Él abre los ojos y me mira, los tenía cerrados hasta ahora.

—¿Por qué me cuestionas siempre, Candela?

—Porque no quiero que vuelva a haber un malentendido entre nosotros.

Él aparta la mirada.

—Supongo que me tengo bien merecido que pienses eso de mí. —Suelta el aliento—. De verdad quiero leerlo.

—Pues te lo mandaré.

—Gracias.

—¿Has vuelto a tener problemas con tu padre?

Él sonríe sin rastro de humor.

—Siempre tengo problemas con mi padre, nuestra relación se basa en eso. Pero desde que sabe que hemos elegido como chico de julio a uno de sus candidatos está más tranquilo y me deja vivir.

—Me alegro. —Las olas mecen el barco—. ¿Te ha sucedido algo más estos días?

Él vuelve a abrir los ojos para mirarme.

—¿De verdad quieres saberlo?

Supongo que yo también me tengo merecida esa pregunta.

—Mira, te propongo algo, mientras estemos aquí, en este barco, ¿por qué no damos por hecho que tú de verdad te interesas por mí y yo de verdad me intereso por ti? Podríamos volver a intentar lo de ser amigos, tal vez esta vez lo consigamos.

Salvador se levanta, está a unos dos metros de mí y se acerca hasta sentarse a mi lado.

—Está bien, veamos qué pasa.

—Bien —farfullo, porque su antebrazo roza el mío. Se me pone la piel de gallina y me digo que es culpa de la brisa marina—. Empieza tú, ¿cómo has estado estos días?

—Estos días he estado hecho una mierda. Mi padre ha desaparecido parcialmente, pero sus esbirros han seguido incordiándome. He tenido que apagar un incendio tras otro en Olimpo y yo no podía dejar de pensar en el beso que nos dimos cuando me fui de Segovia y en que sé que tú, aunque no me lo has dicho, estás con Víctor Pastor. Así que estas últimas semanas han sido un infierno. ¿Y tú qué tal, qué tal has estado estos días?

—No puedes decirme esto, Salvador. No puedes decir estas cosas sobre mí... sobre...

—¿Sobre Víctor? Claro que puedo. Tú me has preguntado si me ha sucedido algo y te he contestado.

—¿Y qué quieres que haga al respecto? ¿Qué esperas que haga?

Él no se ha movido, de hecho me ha mirado solo un segundo y ahora tiene la vista fija en la vela del barco.

—No espero nada, Candela. Me has hecho una pregunta y te he dicho la verdad.

—Vaya, es toda una novedad.

—Lo sé, pero dejemos ese tema y tu sarcasmo para más tarde. ¿Tú qué tal has estado estos días?

Me planteo no contestarle, él mismo acaba de decirme que no espera nada de esta conversación, pero algo me impulsa a hacerlo. Tal vez la necesidad de hacerle saber hasta qué punto su comportamiento me ha hecho daño, incluso cuando no ha sido su intención.

—Pues no muy bien, la verdad. Yo también he estado hecha una mierda.

Gira la cabeza de inmediato y me mira. Apoya las manos en la madera y le veo flexionar los dedos.

—¿Por qué?

—No le dije a Víctor que tú estabas en Segovia ni que nos habíamos besado en Barcelona el día que te encontré dormido en el despacho. No le dije nada hasta que te fuiste de Segovia y nos dimos ese beso de despedida.

—¿Por qué no?

Me limito a encogerme de hombros y a seguir hablando.

—Víctor se enfadó mucho, dice que le mentí cuando él solo me ha dicho siempre la verdad y lo cierto es que tiene razón. No he vuelto a verle desde que volvió de Estados Unidos, me ha dicho que necesita tiempo para pensar y cree que yo también lo necesito.

—Hay casos en que pensar es lo último que necesitas. Lo digo por experiencia.

—Hoy le he escrito para decirle que iba a estar en tu barco.

—¿Y qué te ha contestado? —Sacude la cabeza—. No tienes por qué decírmelo, lo siento.

—Que me echa de menos y que hablaremos pronto.

—¿Por qué no le dijiste que estaba en Segovia y que nos habíamos besado?

—No lo sé. Supongo que no quería preocuparle. Él estaba allí, en Nueva York, para unas entrevistas de trabajo y no quería que le diese más importancia de la que tiene.

—Si de verdad creyeras que tú y yo no tenemos importancia, se lo habrías dicho, Candela.

Me pongo en pie de un salto.

—Tú no eres nadie para juzgarme ni para opinar sobre esto. Ha sido una estupidez venir aquí. —Desvío la mirada hacia el mar como si fuese a encontrar un pasillo hasta tierra firme por el que poder irme.

—Diría que sí soy alguien, al menos para ti. Y no estoy opinando sobre esto, ni siquiera voy a intentar defenderme o justificarme, solo estoy diciendo algo que tú sabes perfectamente. Si yo no fuese nadie, ahora mismo no estarías tan enfadada y le habrías dicho a tu *Víctor* que *yo* había estado en Segovia. ¿Por qué estás aquí, Candela? ¿Por qué has venido? Podrías haberme dicho que no, podrías haberte inventado cualquier excusa. Yo me habría pasado el día solo maldiciéndome por algunas decisiones que he tomado y tú podrías haber llamado a Víctor o, mejor aún, podrías haberte subido al primer tren rumbo a Haro y plantarte en su casa. No lo has hecho. —Me sujeta por los antebrazos—. No has ido a La Rioja a ver a Víctor. Estás aquí conmigo. ¿Por qué?

—Suéltame.

Él afloja las manos y las suelta, aunque los dos quedamos frente a frente. Yo tampoco me aparto.

—Dime por qué estás aquí.

—Porque quería demostrarme a mí misma y a Víctor que ya no siento nada especial por ti, ¿satisfecho?

Él entrecierra los ojos.

—¿Me estás utilizando para saber si de verdad estás enamorada de otro chico? —Se aparta el pelo de la frente—. Pues deja que te ayude.

Vuelve a cogerme por los brazos y tira de mí hacia él, al mismo tiempo que baja la cabeza para besarme. Sus labios separan los míos al entrar en contacto y su lengua entra en mi boca al mismo tiempo que los dos jadeamos. O intentamos devorarnos. O las dos cosas.

Esto no es normal.

No es normal que quiera apartarlo y sujetarle fuerte al mismo tiempo, que me tiemblen las rodillas y que el corazón se me desplome como un ascensor en caída libre. No dejo de besarle, le sujeto del pelo y él me acaricia la espalda hasta llegar a los *shorts* y meter las manos justo por debajo de la tela. Salvador no me retiene, es mi cuerpo el que se niega a apartarse de él.

—¿Lo ves? —me dice él furioso cuando suelta mis labios para besarme y morderme el cuello en dirección a mis pechos—. Este es el problema. Este es el jodido problema. Me he pasado los últimos meses intentando borrar de mi cerebro tu cara, tu cuerpo. Los sonidos que haces cuando te beso. Lo que siento cuando te toco. Y la verdad es que, antes de volver a verte en Segovia, creía que lo había conseguido. Pero te vi y ahora estás aquí. —Empuja las caderas hacia las mías, es evidente que está excitado y yo no puedo evitar suspirar. Él sube los labios por mi garganta y vuelve a besarme con la misma ferocidad que antes—. Ahora estás aquí. Conmigo. Y estás hablando de otro hombre y yo creo que voy a volverme loco. Mi vida es un jodido desastre, Candela, un jodido desastre y sé que no puedes llegar a entender hasta qué punto te necesito porque nunca he llegado a decírtelo.

—Salvador...

Él no me deja hablar, y vuelve a besarme con incluso más fuerza que antes. Me levanta por las nalgas y los dos gemimos cuando nuestros cuerpos entran en contacto de la cabeza a los pies.

—No sé qué pasará en el futuro y la verdad es que ahora mismo, contigo en mis brazos, me importa una mierda. Pero sé que no puedo hacerte esto.

Me suelta y yo me tambaleo al entrar en contacto con el suelo.

—¿Qué?

—Puedes utilizarme para lo que quieras, excepto para averiguar si estás enamorada de otro porque me niego a plantearme esa opción. Sé que te parecerá egoísta, soy un egoísta de mierda, lo sé. Y también soy un capullo, porque a pesar de todo lo que me pasa hay ciertas cosas que aún no quiero contarte.

Otra vez no. Joder. Otra vez no. No puedo volver a entrar en este mar de dudas en el que me ahogo cuando Salvador aparece en mi vida.

—¿Por qué haces esto? Cuéntamelo, sea lo que sea es mejor que lo sepa de una vez. ¿Estás casado?

—¡No! Por supuesto que no.
Me acaricia la mejilla, baja la mano hasta el esternón y se le oscurecen los ojos.
—Pues cuéntamelo.
—No me utilices para decidir si quieres a otro. Puedo soportar muchas cosas, Candela, pero creo que esto me mataría. Voy a ir abajo un momento, cuando vuelva todo volverá a ser como antes. Te lo prometo.
Se aparta y desaparece por la escalera que conduce al interior del velero. Yo me quedo unos segundos perpleja sin saber qué hacer, hasta que mis pies deciden por mí y van detrás de Salvador. No puede dejarme así. No puede.
—¿Qué diablos te pasa, Salvador?
Él se gira y en sus ojos veo lo mucho que le ha costado irse. Le veo apretar las manos y respirar pesadamente. Él tiene razón, yo podría haber ido a Haro, plantarme en casa de Víctor. Por mucho que justifique que quedándome aquí en Barcelona estoy respetando la voluntad de Víctor y dándole el tiempo y el espacio que él me ha pedido, la verdad es que no he ido tras él. Estoy aquí con Salvador y esto tiene que acabar de una vez por todas. Cuando este barco vuelva a tierra lo nuestro se habrá resuelto de un modo u otro. O somos langostas o pulpos. Basta de dudas.
—Vuelve arriba, Candela. Por favor.
—No pienso irme, Salvador.
—Te lo estoy diciendo muy en serio, Candela. Vuelve arriba. Necesito estar solo unos minutos.
—Pues te aguantas. No quiero que estés solo. —Me doy cuenta de lo que acabo de decir—. No quiero que estés solo.
Él abre y cierra las manos dos veces hasta que farfulla.
—Joder. Basta. No puedo más.
Cruza el camarote en cuestión de segundos y la frustración sexual que los dos llevamos meses sintiendo estalla entre nosotros. Nos besamos, nos mordemos, nuestras lenguas no dejan de saborear al otro, de buscarlo. Mi camiseta va a parar al suelo y la suya

sigue el mismo camino en un tiempo récord. Los lugares de mi cuerpo por los que se pasan los dedos de Salvador prenden fuego, un placer que, aunque me duela, solo consigue despertarme él se extiende por mi piel y después pasa a mis venas, el deseo me ciega, me hace sentirme distinta, perfecta, es embriagador y empujo a Salvador hacia la pared. La fuerza del impacto hace que un cuadro que hay colgado caiga al suelo y se rompa en pedazos. Yo ni me fijo y él tampoco, porque cuando le beso el pecho echa la cabeza hacia atrás y gime mi nombre.

—Candela.

Su piel sabe igual que antes y me doy cuenta de lo mucho que la he echado de menos. Sus músculos se contraen al mismo tiempo que se le acelera la respiración y gime cuando le paso la lengua por los pectorales. Me gusta ver a Salvador así, hace que sienta una emoción muy increíble, fuerte, apoderándose de mí y le recorro el torso y los abdominales con los labios. Lo que está pasando ahora entre nosotros no es delicado ni romántico, es necesario, vital, incluso animal. Si el barco se hundiese no nos enteraríamos, estamos tan desesperados por estar juntos que nuestros movimientos son incluso torpes.

Salvador alarga los brazos para acercarme de nuevo a sus labios y besarme. Con un movimiento certero me levanta del suelo e intercambia nuestras posiciones para que yo quede pegada a la pared y él delante. Me besa el cuello, baja hasta los pechos y también los atormenta con la lengua y los dientes.

—Salvador...

Él me muerde justo encima del sujetador y aprieta su erección aún cubierta por el pantalón en mi entrepierna.

—Candela, dime que quieres estar conmigo. Dímelo.

No va a ponérmelo fácil, tendría que haberlo sabido, Salvador no va a permitir que después niegue esto o que intente convertirlo en otra cosa. Me parece justo siempre que él haga lo mismo.

—¿Y tú? ¿Quieres estar conmigo? —le pregunto mientras le muerdo el labio inferior.

—Joder, Candela, cariño, yo siempre quiero estar contigo.

Le acaricio el pelo y despacio bajo las manos por su espalda. No puedo seguir engañándome, Salvador me ha besado, pero también ha sido él quien se ha ido de la borda y se ha alejado de mí. No puedo seguir negando que a pesar de todo, a pesar de lo que tengo y de lo que me falta, todavía siento algo por él.

Sé que haré daño a Víctor si no suelto a Salvador, si sigo adelante. Pero también sé que le haré daño a Salvador si ahora le pido que me suelte y que me lleve de regreso a Barcelona.

Sé que me haré daño a mí en los dos casos.

Cierro los ojos y apoyo la cabeza en la pared. Salvador sigue sujetándome y noto sus labios en mi rostro besándome suavemente las mejillas y los párpados.

¿Y yo? ¿Qué quiero yo?

¿A quién quiero?

Durante un segundo recuerdo una conversación que mantuve con Alberto hace días, él me dijo que si hubiera tenido la oportunidad de arreglar las cosas con Paula, lo habría hecho. ¿Es esta mi oportunidad de arreglar las cosas con Salvador?

Él no me ha contado nada y, de hecho, ha dicho que hay cosas que no va a contarme.

¿Puedo arriesgarme a estar con él a cambio de tan poco?

—Joder, te he echado tanto de menos —susurra él pegado a mi piel—. He echado de menos tu cuerpo, tu manera de ser y de pensar, tu corazón. Todo. A ti, porque tú lo eres todo. Te he echado tantísimo de menos, Candela. Ahora mismo me siento como si hubiese hecho algo bien en mi maldita vida y el destino me estuviese compensando. Eres mi regalo, Candela. Lo más bonito que he tenido nunca y... —Me besa justo encima del corazón—. Eres perfecta, tan perfecta para mí que me robas el aliento y haces que no pueda pensar en nadie más.

Jamás me habría imaginado a Salvador diciéndome algo así ni que fuera capaz de expresar tanto con sus besos, con su manera de acariciarme.

—Quiero estar contigo, Salvador. Quiero estar contigo.

Él levanta la cabeza y vuelve a besarme frenético. Me apoya contra la pared mientras con una mano se desabrocha el pantalón y después me quita el mío. Me deja en el suelo solo el segundo necesario para desnudarme y después vuelve a levantarme y entra dentro de mí.

No cerramos los ojos, no apartamos la mirada ni un segundo mientras hacemos el amor. Ni siquiera cuando nuestros orgasmos nos atrapan y amenazan con obligarnos. Yo no dejo de mirar a Salvador y él no deja de mirarme a mí.

Me sujeto de sus hombros, porque él se mueve cada vez más rápido. Él me sujeta con fuerza, hunde los dedos en mis nalgas, en mis muslos y empuja hacia delante y hacia atrás cada vez con más intensidad. Apenas puedo respirar y él tampoco.

Le tiro del pelo cuando creo que ya no puedo soportarlo más. Él aprieta la mandíbula y gime como si pretendiera retrasar el clímax.

Jamás había sentido tanto placer. Mi cuerpo solo está pendiente del de Salvador, como si él pudiese darme la vida o arrebatármela con uno de sus movimientos. Me asusta comprender que él tiene tanto poder sobre mí, hasta que él me besa y le tiemblan los labios al confesarme:

—Dios, Candela, ¿cómo he podido sobrevivir sin ti todos estos días?

Quizá yo tengo el mismo poder sobre él, quizá lo que pasa es que solo funcionamos cuando estamos juntos y nos volvemos crueles al separarnos.

—Estoy aquí, Salvador, estoy aquí.

Le beso y me abrazo a él hasta que el mar deja de zarandearse.

22

Me quedo en el barco de Salvador todo el día y por la noche voy a su casa, donde paso el fin de semana entero. Hacemos el amor y hablamos, hablamos más de lo que hemos hablado nunca, pero no mencionamos a Víctor hasta que estoy en la puerta de mi apartamento.

Es de noche, he decidido que dormiré en casa porque tengo que coger el AVE a primera hora de la mañana del lunes para estar en Segovia. Solo me quedaré allí hasta el miércoles; el jueves pasaré por Barcelona para grabar el vídeo y preparar el equipaje para Mallorca.

Apenas voy a tener tiempo de nada, lo que ahora mismo agradezco, porque así tal vez estaré tan ocupada que no tendré tiempo para pensar en lo que ha sucedido estos días.

Como si pudiera quitármelo de la cabeza... o de todo el cuerpo. Salvador no ha dejado ni un milímetro de mí sin besar, sin lamer, sin tocar, tengo la sensación de que lo ha hecho adrede, que ha buscado la manera de meterse dentro de mí permanentemente.

—Te veré el día treinta, ¿de acuerdo? —Me acaricia la mejilla y me da un beso en los labios—. Vendré a buscarte a la estación. —Sonríe—. Esta vez tuve que contenerme para no venir.

—De acuerdo.

—No me hago ilusiones, Candela, sé que lo que ha sucedido estos tres días, por increíble que haya sido, no cambia nada. Sé que aún tienes que pensar en Víctor.

—No quiero hablar de Víctor contigo, Salvador. No puedo.

Tampoco puedo hablar de Salvador con Víctor, comprendo precisamente ahora. No es justo para ninguno de los dos, de los tres. Este lío es culpa mía y tengo que afrontar las consecuencias de mis actos y asumir de una vez por todas lo que siento.

—Solo prométeme que no olvidarás lo que ha pasado. Prométemelo.

—Te lo prometo.

—Y prométeme que no intentarás razonarlo. Tengo miedo de que si utilizas la cabeza vayas a dejarme para siempre.

—No hablemos de esto ahora, Salvador. Tengo que irme. —Miro el reloj, son casi las dos de la madrugada—. Dentro de seis horas tengo que coger el AVE y aún no he preparado nada.

—Está bien. De acuerdo. Nos vemos el jueves. —Me da un último beso antes de dar un paso hacia atrás—. Dime que no te arrepientes de lo que ha pasado.

—No me arrepiento, eso no significa que no haya hecho mal. —Me froto la frente. Basta de dudas, tengo que ser valiente—. No me arrepiento de haber estado contigo, Salvador.

Esta vez soy yo la que le acaricia y le da un beso, después me doy media vuelta y entro en casa.

Durante estos tres días que he estado con Salvador, Víctor me ha mandado tres mensajes, en ninguno decía nada sobre nosotros y tampoco me preguntaba qué estaba haciendo. Yo le he contestado las tres veces y Salvador lo sabe, me ha visto hacerlo. Y también se ha acercado a mí en cuanto he acabado de teclear y me ha besado, lamido, mordido y hecho el amor de maneras que no sabía que eran posibles.

Sé qué tengo que hacer y sé que no será fácil y que no puedo hacerlo ahora cuando apenas me tengo en pie. Estoy exhausta, aun así preparo el equipaje y cuando voy de camino a la cama veo que se ilumina el móvil. Me ha llegado un mensaje de Víctor:

«No puedo dormir. Estos días he estado mintiendo, a ti y a mí mismo y no puedo seguir así, no puedo seguir fingiendo que no pasa nada y no puedo quitarme de la cabeza que estás ocultando algo. No me gusta pensar eso de ti. No me gusta ser la clase de chico que piensa eso de la chica con la que quiere estar. Lo siento. Necesito más tiempo y necesito que no me llames ni me escribas. Espero que lo entiendas. Estos días me he dado cuenta de que todo esto me resulta tan complicado de entender porque es la primera vez que me sucede. Es la primera vez que siento que podría enamorarme de alguien. Y no quiero ser el único. Te llamaré. Piensa en tu leñador, nena. Yo pensaré en ti».

Lloro hasta quedarme dormida.

En la estación de tren me encuentro a Abril, ella está feliz de viajar conmigo y yo, también. No le cuento lo que me ha pasado, antes de hacerlo necesito pensar bien cómo voy a seguir adelante y tengo la sensación de que contárselo ahora a Abril sería hacer trampas.

Yo sola me he metido en esto y yo sola voy a salir.

En Segovia nos reciben con buenas noticias: el equipo de Claudia se ha clasificado y padre e hija han pasado unos días geniales. Aún tienen mucho camino por recorrer, pero los dos saben que lo conseguirán. Abril les hace unas fotografías preciosas, no las utilizaremos todas en el artículo, algunas serán para ellos como recuerdo. Abril solo puede quedarse un día, pero incluso le da tiempo de hacer un reportaje fotográfico del geriátrico. Sé que, como mínimo, una o dos de esas fotografías acabarán en la pared del vestíbulo, al igual que pasó con el equipo de fútbol de Jorge, el chico de febrero, cuya foto está ahora colgada en uno de los pasillos del estadio o con los animales maltratados de Javier, que ahora cuelgan orgullosos en la comisaría donde trabaja Esteban. Tengo la sensación de que he aprendido mucho este mes, que he tenido la suerte y el privilegio de conocer a un montón de gente estupenda.

Estoy en la habitación de Enrique, que sigue sin estar del todo en forma.

—¿Qué, crees que Alberto ganará el concurso de *Los chicos del calendario*?

—Creo que él ya lo ha ganado, ha hecho las paces con Claudia —especifico—. No creo que le importe quedar en último en *Los chicos del calendario*.

—Yo tampoco lo creo.

—Además —sigo yo—, él habría donado el dinero del premio al geriátrico y creo que tú tienes intención de hacer lo mismo con tu fortuna, ¿me equivoco?

—¿Cómo diablos lo has adivinado?

—Tengo mis métodos.

Le pedí a Vanesa que investigase un poco y lo cierto es que no le costó demasiado averiguar la historia de Enrique.

—Da igual, no importa —me dice él—. Pero no se lo digas a nadie, por favor.

—No se lo diré.

—Aun así estoy seguro de que Alberto podría ganar el concurso —insiste él.

—Podría. La verdad es que aún no lo he decidido y todavía tengo que conocer a seis chicos más.

Enrique refunfuña, pero acepta mi abrazo cuando me despido. Estos dos últimos días he llorado más de lo que creía, las Chicas de Oro, Héctor, incluso Claudia y Paula, todo Segovia parece empeñado en convertirme en un mar de lágrimas.

El último día en la estación, Alberto me da un abrazo y me besa afectuosamente en la mejilla.

—Gracias por todo, Cande.

—Gracias a ti, Alberto. Me ha gustado mucho conocerte y espero que sigamos en contacto.

—Tenlo por seguro, Claudia no va a dejarte escapar tan fácilmente y yo tampoco. Me gusta tener una amiga con la que poder hablar de cine de los ochenta.

—Lo mismo digo.

Me subo en el tren después de colgar una foto de despedida. «#AdiósSegovia #ElChicoDeJunio ☀ #LomoPlateado 🐼 #HeAprendidoMucho #YNoSoloAAlicatarBaños 💦 #LosChicosDelCalendario 🔞 🏃».

Esto lo he aprendido de Alberto: puedes querer a alguien y tener que aceptar que esa persona jamás estará contigo, que estará mejor con otra persona lejos de ti.

Va a ser un viaje de regreso largo, y no estoy hablando solo de los dos trenes que tengo que coger para llegar a Barcelona.

> Just like a moth drawn to a flame.
> Oh, you lured me in, I couldn't sense the pain.
> Your bitter heart cold to the touch.
> Now I'm gonna reap what I sow.
> I'm left seeing red on my own.
>
> Got a feeling that I'm going under.
> But I know that I'll make it out alive.
> If I quit calling you my lover.
> Move on.
>
> You watch me bleed until I can't breathe.
> I'm shaking, falling onto my knees.
> And now that I'm without your kisses.
> I'll be needing stitches.

I'm tripping over myself.
I'm aching begging you to come help.
And now that I'm without your kisses.
I'll be needing stitches.

Stitches
Shawn Mendes

(Este último mes se merece una cita especial...
y la canción también tiene «oh». Candela.)

JULIO

23

Cuando el tren se detiene en la estación de Sants, espero a que se vacíe el vagón antes de bajar. Unos segundos de más no cambiarán nada y sin embargo los aprovecho, porque sé que en cuanto ponga un pie en el andén mi futuro alterará ligeramente el rumbo. Todas las decisiones que tomamos a lo largo de un día cualquiera son eso, pequeños giros que nos van guiando hacia un destino que quizá no es exactamente tal y como nos lo imaginamos.

A principios de este año tomé una decisión muy importante, una que sin duda ha cambiado mi vida para mejor: aceptar el reto de *Los chicos del calendario*. Y hoy tomo otra, el resultado no lo veo tan claro, no lo veo nada claro en realidad, pero sé que jamás podría perdonarme no intentarlo.

Tiro de la maleta hacia la salida y subo por la escalera mecánica con el corazón en un puño. Me gustaría detener el tiempo, tomarte un día o dos, o tantos como me hicieran falta para arreglar las cosas, pero la vida tiene esto, no te deja coger aire, así que tendré que vivirla ahora y no cuando deje de tener miedo a equivocarme.

Me gustaría decir que estoy segura de que no lo estoy haciendo, que sé con absoluta certeza que esta es la decisión correcta, pero no creo que nadie pueda saberlo.

—¡Candela! —La voz de Salvador me sorprende y la incertidumbre se desinfla en mi interior—. Estoy aquí.

Corre hacia mí, la gente se aparta a su paso y yo me detengo porque la maleta se ha convertido en un peso pesado al final del brazo.

—Hola —balbuceo sin demasiado sentido. Sabía que él iba a estar aquí y, sin embargo, cuando le he visto ha sido como ver fuegos artificiales, pájaros cantando y un tiovivo dando vueltas. No quería imaginarme la posibilidad de que fuese a dejarme plantada y aun así es obvio que una parte de mí se la había planteado a juzgar por el alivio que siento ahora mismo.

«Tienes que confiar en él, si no, ¿qué estás haciendo, Candela?».
—Hola, cariño.

Salvador se agacha y me besa, su boca se apodera de la mía como si estuviéramos solos en el mundo y no en medio de una de las estaciones de tren más concurridas de la ciudad. No tiene prisa y al mismo tiempo siento la desesperación con la que mueve la lengua junto la mía y, como siempre que él me besa, me molesta la ropa, todo, y desearía estar juntos de verdad y a solas, y sentir cómo entra dentro de mí y tiembla, se derrumba y durante un instante no se protege por ninguna capa y sencillamente está conmigo.

Por eso he decidido darle esta oportunidad, la última, porque otra no podría soportarla.

—Salvador —susurro su nombre y él sonríe en medio del beso antes de apartarse.

—Candela. —Baja las manos por mis brazos hasta enredar los dedos con los míos. En algún momento he soltado la maleta y no me he dado cuenta—. No voy a poder llevarte a Olimpo.

—Tenemos que ir. —Me humedezco los labios y él vuelve a besarme—. Tengo que grabar el vídeo.

Sus dedos me acarician el interior de la palma de la mano y el cosquilleo me sube por el brazo.

—Lo sé. No me gusta, pero lo sé. —Inclina la cabeza y desliza la punta de la nariz por debajo de mi oreja—. Y mañana tienes que irte a Mallorca.

—Tienes que apartarte —le pido en voz muy baja—, estoy a punto de volver a besarte y esta vez no sé si podré soltarte... Lo más probable es que acabe gimiendo, que alguien nos oiga y entonces me moriré de la vergüenza. Así que, apártate.

Salvador me sujeta la nuca con una mano y me besa otra vez, ni él ni yo tenemos bastante. Aún no le he dicho que he decidido intentarlo, que aunque no me ha contado nada estoy dispuesta a confiar en él y arriesgarme, pero debe de sentirlo porque de sus movimientos ha desaparecido la poca calma que tenía hace unos días en el barco.

—Vamos. Iremos a grabar ese vídeo, haremos las reuniones que tengamos que hacer y después estaremos juntos. Solo tú y yo.

Salvador me deja en la puerta de Olimpo y él va a aparcar. Dice que necesita esos minutos para poder entrar y no causar un escándalo en el trabajo. Él antes nunca bromeaba y me gusta pensar que es buena señal, que fuera lo que fuese lo que le preocupaba en enero y en abril, y también en mayo, por fin haya desaparecido de su vida.

No voy al despacho, voy directamente en busca de Abril. Ella está preparándolo todo para grabar porque hoy no tenemos demasiado tiempo. Abandono el ascensor en la planta de *Gea,* donde sigue estando mi cubículo, aunque ahora lo ocupa otra persona. Grabamos allí los vídeos porque el despacho de Salvador, que es donde está mi mesa temporalmente, no encaja conmigo.

—¡Hola! Ya estoy aquí. —Abrazo a Abril y le doy un beso en la mejilla—. Siento llegar tarde.

—No te preocupes, estoy acostumbrada a trabajar con divas excéntricas.

—No soy ninguna diva excéntrica, acabo de llegar de Segovia, donde he estado *trabajando.* —Omito el motivo que me ha retenido en la estación más minutos de los necesarios.

—Lo sé, por cierto, ¿por qué hemos apurado tanto este mes? Normalmente llegas a Barcelona tres o cuatro días antes de que termine y así tenemos un poco de margen. Este junio estamos viviendo al límite, Cande.

Si ella supiera.

—Es que después de estar en Barcelona por San Juan pensamos que no sería justo que además me fuese antes.

—Claro, supongo que tiene sentido. —Acaba de comprobar que la cámara está bien—. Por cierto, ¿qué te pasó el sábado y el domingo? Estabas desaparecida. ¿No tenías que llamarme?¿Hay algo que quieras contarme?

—No sucedió nada especial. —No quiero mentirle a Abril y menos cuando hace menos de veinte minutos me he prometido que sería sincera conmigo misma y con los demás sobre mis sentimientos. Pero ahora no es el momento de hablarle de Salvador, tenemos que grabar el vídeo. Además, prefiero no contarle nada a nadie hasta que haya hablado con Víctor. No me parecería justo—. Me quedé en casa de mi hermana Marta con las niñas. ¿Y tú qué tal, qué hiciste?

—¿Después de que tú me dieras plantón, quieres decir?

—Sí, lo siento, después de que yo te diera plantón. Soy la peor amiga del mundo. Podrás vengarte de mí como quieras, lo prometo.

—Vi a Manuel.

Iba a sentarme para empezar a grabar, pero evidentemente el vídeo pasa a un segundo lugar tras la confesión de Abril.

—¿Y ahora me lo dices? ¿Ahora? —Pongo los brazos en jarra—. ¿Cuándo? ¿Cómo? ¿Dónde? ¿Qué pasó y por qué no me lo has contado?

Comprendo la ironía de que yo le esté preguntando eso.

—Le vi el sábado. Quedé con él. En su casa. No te lo había contado porque todavía no sé qué hacer en relación a lo que pasó. Vamos, tenemos que grabar.

—¡Abril!

—¿Qué pasa? Tú tampoco me has contado toda la verdad sobre lo que hiciste el fin de semana, Cande. No pasa nada, hay momentos que, antes de sacarlos fuera, tienes que entenderlos dentro.

—Creo que te dije que me dabas miedo cuando te ponías en plan Yoda, ¿verdad?

—Sí, lo dijiste. Vamos, tenemos que grabar el vídeo. ¿Tú ya estás lista?

—Más o menos, ¿cómo estoy?
—Bien, se te ve un poco cansada, pero te brillan los ojos y tienes muy buen aspecto. Estás muy guapa. A por ellos, tigre.
—Prefiero *tigresa*.
Abril sujeta la cámara y se coloca en posición.
—Estaré encantada de escuchar tus aventuras, tigresa. A la de tres como siempre. Ya eres toda una experta.
Abril levanta tres dedos y cuando baja el último sé que puedo empezar a hablar.
—¡Hola a todos! ¿Qué tal, cómo estáis? Yo bien, he sobrevivido al seminario intenso de *Bricomanía* al que me ha sometido el chico de junio y por fin estoy aquí para contaros qué tal ha sido mi experiencia con Alberto en Segovia. Pero primero, tachán tachán, esto sonaba mucho mejor en mi cabeza, en fin. Primero os saco de dudas y os adelanto que el chico de junio tampoco me ha hecho cambiar de opinión sobre los hombres. Cuantos más meses pasan, más me doy cuenta de que, cuando cambie de opinión, si cambio de opinión —levanto un dedo para señalar la importancia de este punto de mi razonamiento—, será tras la suma de varios chicos y no por uno solo, porque está claro que el hombre perfecto no existe. Si existiera, el pobre probablemente se habría largado a otro planeta. Últimamente hablo mucho de alienígenas, no sé por qué. Hace unas semanas, en el geriátrico de Segovia, vi un rato de *Supermán* con unas abuelas y ellas dijeron que, si todos los marcianos eran como Henry Cavill, estaban impacientes por que nos invadieran. Y yo estoy de acuerdo con ellas, siempre y cuando venga Henry con un montón de clones porque, si lo que llega es E.T. o Alf o Alien, a mí no me busquéis.
»Centrémonos, se nota que es verano, ¿no os parece? Y yo todavía voy a notarlo más porque mañana me voy a Mallorca a empezar el mes junto al chico de julio. Durante las próximas semanas le conoceremos mejor, pero os adelanto que se llama John, es de madre inglesa y trabajaba de contable, pero ahora es surfista profesional.
—Temo que se me note que el tal John no me gusta nada de entrada

y que su currículum me aburre, pero intento mantener la compostura—. Seguro que será divertido.

»En cuanto a Alberto, el chico de junio, tengo que confesaros que me ha sorprendido mucho y ¿sabéis por qué? Es el primer hombre que conozco que reconoce abiertamente que se ha equivocado y mucho. Él insiste en que se debe a la edad, pero yo quiero creer que no, que no hace falta que nos hagamos mayores para reconocer que la hemos cagado. Y no estoy diciendo que tú, Alberto, seas mayor, que te conozco. Sí, hay una edad en la que somos torpes física y emocionalmente; los bebés se pillan los dedos con la misma puerta dos y tres veces, pero ¿de verdad somos tan tontos durante tanto tiempo? ¿Cuándo dejamos de serlo? ¿Dejamos de serlo en algún momento?

»Alberto me ha enseñado a alicatar baños, a instalar un aire acondicionado y a escuchar. No os imagináis el don que tiene para escuchar el chico de junio. Y de él también me llevo otra lección aprendida: a veces los finales felices son imposibles.

»No puedo decir que Alberto sea el ganador del concurso, aún faltan seis meses y los chicos anteriores sin duda también tienen sus puntos positivos. De Alberto me ha impactado la brutalidad con la que se conoce a sí mismo. Lo que hace Alberto no es terapia, no, es como abrirte en canal, mirar dentro, ver qué piezas tuyas funcionan mal y empezar a cambiarlas. Para llegar a este punto Alberto cambió de vida y tuvo que asumir que se había equivocado, yo no voy a contaros esa historia porque no me pertenece, pero os diré que el Alberto que conocí yo, con sus manías, su carácter demasiado autoritario y su incapacidad por aceptar un cumplido, es un hombre que merece la pena conocer.

»Este mes, si me habéis seguido en las redes y espero que sí, sabréis que he estado en un geriátrico y me gustaría decir que, chicos, chicas, somos una panda de idiotas, de flojos, de quejicas, de —levanto las manos— no sé, de tontos del culo. Todos tendríamos que ir al menos una vez al mes a un geriátrico, hospital o a visitar a nuestros abuelos y escucharlos. Solo escucharlos.

»Sé que cada mes solo puede tener un chico del calendario, pero quiero hacer una mención especial a Enrique. Enrique es el instigador de la candidatura de Alberto, hace años que vive en el geriátrico y es un viejo cascarrabias y, aunque dudo mucho que él esté viendo esto o que si lo ve le haga gracia, quiero que sepa que él también sería un excelente chico del calendario.

»Me voy, tengo que hacer las maletas y depilarme si no quiero desentonar en Mallorca. ¿Pero a quién pretendo engañar? Si las revistas del corazón están en lo cierto, ahora mismo en Mallorca está lo mejor de cada casa, así que voy a desentonar seguro. Vosotros seguid siendo buenos, o malos, o lo que os dé la gana. Y no olvidéis escribirme contándome vuestras opiniones sobre los chicos que os hemos presentado hasta ahora. ¿Vosotros cuál elegiríais? Adiós».

Abril para la cámara y me felicita. Espero que haya quedado bien y que no se me haya notado demasiado la pereza que me da el chico de julio. La parte positiva es que la ciudad elegida es Mallorca y las Islas Baleares son preciosas. La parte negativa es que, si no consigo cambiar de actitud y estar más receptiva con John, me espera un mes de julio larguísimo.

No me arrepiento de haber cedido en esto, un chico entre doce no es mala proporción y, si con esto el padre de Salvador desaparece de Olimpo y nos deja en paz, vale la pena.

—Has estado muy bien —me dice Abril—, diría que a pesar de tus quejas por haber estado trabajando de manitas te ha gustado estar en Segovia.

—Sí, la verdad es que sí. Ha sido muy interesante.

—¿Te apetece ir a Mallorca? Es julio y estará hasta los topes. Yo he ido unas cuantas veces a trabajar allí y me encanta, pero me ha sorprendido que eligieras un chico de allí precisamente este mes. A ti no te gustan las multitudes.

—¿Vamos a tomar un café y te lo cuento? —bajo un poco la voz—. No quiero hablar aquí de estos temas.

—Claro.

Cuando las puertas del ascensor se abren encontramos a Salvador dentro. Debe de haberse encontrado a alguien en el vestíbulo si justo llega ahora.

—Hola, Barver.

—Buenos días, Abril.

Yo no sé cómo reaccionar, lo nuestro es tan nuevo, y tengo la sensación que delicado, que todavía no hemos hablado de cómo vamos a llevarlo en Olimpo. No tiene mucha importancia, yo apenas estoy aquí y podemos esperar a ver qué pasa. Estoy decidida a darle los buenos días como si nada, entonces él me coge la mano y tira de mí.

—¿Ya has grabado el vídeo, cariño? —Se agacha y me da un beso.

Abril no puede cerrar los ojos y se le ha desencajado la mandíbula. Solo estamos los tres en el ascensor, aunque tengo la impresión de que Salvador se habría comportado igual de haber habido más gente.

—No pretenderéis quedaros los dos callados sin darme ninguna explicación, ¿verdad?

—Vamos a tomar ese café y te cuento. —Sé que no puedo escapar.

—Yo os acompañaría, pero Sergio me está buscando y creo que las dos preferís que yo no esté. —Las puertas del ascensor se abren, estamos en el sexto piso. Por distintos motivos ni Abril ni yo nos hemos dado cuenta de que subíamos en vez de bajar—. Nos vemos luego, señoritas.

Las puertas vuelven a cerrarse y yo me concentro en apretar el botón del vestíbulo.

—No puedo creérmelo, no sé qué me ha hecho más impresión, si ver a Barver sonriendo o oírle llamándote *cariño*.

—Iba a contártelo, solo quería esperar un poco.

—Al parecer él tiene más prisa que tú en destapar vuestra historia.

No sé si mi amiga tiene razón, en realidad solo estaba ella en el ascensor, pero tengo que reconocer que no puedo sacudirme de encima la sensación de que no es normal que Salvador esté tan contento, tan relajado. Han pasado dos meses desde que en abril me dejó en medio de la calle bajo la lluvia, no es tanto tiempo y todavía recuerdo el daño que me hizo. Es normal que sienta recelo y un poco de desconfianza aunque haya decidido darle otra oportunidad.

Pedimos dos cafés con leche y nos sentamos, a esa hora no hay mucha gente y podremos hablar tranquilas. Es una suerte que Abril no tenga que cumplir con un horario tradicional y que yo esté hoy en tierra de nadie, con el vídeo ya grabado y el artículo entregado desde hace días. Lo único que tengo pendiente es asistir a la reunión de control con los de *marketing* y preparar las maletas para Mallorca.

—Deduzco que Barver es el motivo por el que no te vi el pasado fin de semana.

—Sí.

—¿Y? ¿Qué ha pasado? La última vez que hablamos de él me dijiste que no querías volver a saber nada de él.

—Pues la verdad es que no lo sé, Abril.

—Hombre, algo habrá pasado si has dejado a Víctor para estar con Salvador.

—¿Cómo es posible que me haya pasado esto, que esté en esta situación?

—¿Qué situación?

—¿Te acuerdas de Sant Jordi? —la veo asentir y continúo—. Cuando salimos del restaurante me encontré a Salvador en plena calle y me dijo que yo le había malinterpretado y que no había nada entre él y yo.

—Será capullo. Lo siento. Continúa.

—Para mí fue la gota que colma el vaso; en enero ya me había dicho algo parecido para después en febrero estar bien y en marzo otra vez. Llegué a la conclusión de que estaba mucho mejor sin él y que era una especie de veleta emocional, de montaña rusa a la que no quería volver a subirme.

—Tiene sentido.

—Lo sé, o lo sabía. —Bebo un poco de café—. Víctor me había besado en marzo, creo que te lo conté, y me gustaba. Al principio solo como amigo, pero te confieso que cuando le veía o hablábamos se me encogía el estómago.

—Es que Víctor es genial.

«Lo es. Se me retuerce el estómago».

—Víctor me dijo que quería algo más conmigo, que yo le gustaba mucho y yo pensé que, después de los fiascos de Rubén y de Salvador, me merecía que alguien como él se interesase por mí.

—Eso te lo has merecido siempre, Cande.

—Víctor fue, es, maravilloso, pero...

—Pero para ti Barver es Barver, es tu kriptonita; todas tenemos un tío que es nuestra kriptonita. Eso solo significa que eres humana.

—La kriptonita mata a Supermán —le digo arrugando el cejo.

—En el ascensor no me ha parecido que Barver quisiera matarte.

—Estoy comportándome como una loca, lo sé, pero es que tengo miedo de equivocarme y al mismo tiempo estoy segura de que he hecho lo que tenía que hacer. No tiene sentido.

—Sí que lo tiene. Tu cerebro te dice que Víctor es la apuesta segura, pero tu corazón quiere que te lo juegues todo a la carta de Salvador.

—Algo así, aunque Víctor tampoco es perfecto. Salvador fue a Segovia para hablar conmigo sobre asuntos relacionados con *Los chicos del calendario*; su padre nos ha estado causando problemas.

—Le vi por aquí hace unas semanas, supongo que fue entonces cuando Barver fue a verte.

—Supongo. La cuestión es que Salvador estuvo en Segovia y yo no se lo dije a Víctor porque no quería preocuparle; él estaba en Nueva York en una especie de entrevista de trabajo. Yo no quería preocuparle y tampoco había nada que contar, la verdad, Salvador vino, resolvimos esos temas de los chicos y se fue.

—Pero al final se lo dijiste a Víctor.

—Sí, se lo dije y él se enfadó muchísimo y me dijo que necesitaba tiempo. Y yo también, la verdad, pero no quería dejar de hablar con él ni de llamarle o mandarle mensajes. En cambio él, Víctor, me ha pedido que no le diga nada y que espere a que él se ponga en contacto conmigo. A lo mejor yo estoy equivocada, pero creo que una pareja debe resolver los problemas juntos. Aunque claro, tampoco sé si Víctor y yo somos o hemos sido pareja alguna vez. ¿Se supone que tengo que esperarle sin más, con los brazos cruzados? ¿Y entonces qué, acatar su decisión?

—Tú sabes que soy tu amiga, ¿no?

—Claro, claro que lo sé.

—Entonces no te tomes a mal lo que voy a decirte ahora. ¿No crees que en realidad estás buscando una excusa para enfadarte con Víctor y no sentirte culpable por haber elegido a Salvador?

—Tal vez. No lo sé. Lo único que sé es que cuando Salvador me besó el sábado pasado no fui capaz de apartarme. No quise. Quería besarlo, Abril, y sé que, mientras siga queriendo, no puedo estar con Víctor. No sería justo para él ni para nadie.

—¿Has hablado ya con Víctor?

—No, aún no. Él me ha dicho que no le llame —le recuerdo.

—Pues tienes que hacerlo. Deja de comportarte como una niña y ponte las pilas. Si quieres a ese hombre, díselo, y si no, también.

24

Voy a llamar a Víctor, tengo que dejar de comportarme como una cobarde y afrontar los hechos. No puedo seguir buscándome excusas para no pasar por este mal trago. Esperar a que él me venga detrás para después decirle que he decidido definitivamente dejar lo nuestro es despreciable.

La reunión de control de *Los chicos del calendario* de este mes ha sido muy breve. Vanesa me ha mandado un correo con toda la información sobre John al que yo ni siquiera he llamado porque él está al tanto de todo. Me imagino que este mes de julio, más que vivir la experiencia propia de *Los chicos del calendario,* será como hacer un publirreportaje sobre Mallorca, el surf (aunque por lo que sé esa isla no es precisamente la mejor para practicarlo) y el patrocinador de John e íntimo amigo del señor Barver padre. La maleta ya la prepararé más tarde, a estas alturas soy una experta en el tema, y Salvador llegará dentro de dos horas.

Ahora o nunca.

Llamo a Víctor.

Tal vez no me conteste.

—Hola, nena —contesta tras el primer timbre y su voz me anuda el estómago.

—Hola, Víctor.

—No esperaba que me llamases.

—Sé que en tu último mensaje me pediste que no lo hiciera, pero necesito hablar contigo, Víctor —. Suelto el aliento.

—¿Ha sucedido algo? ¿Va todo bien?

Me imagino que él me pregunta por el trabajo o quizá por mi familia. Cierro los ojos un segundo, Víctor es un chico increíble y odio hacerle daño.

—No, no va todo bien.

Noto que le cambia la respiración, le oigo respirar de un modo distinto antes de hablar.

—Tienes razón, no va todo bien —reconoce.

—Lo sé.

—Volví de Estados Unidos hace diez días y no nos hemos visto desde entonces. Apenas hemos hablado o escrito y esta es la primera vez que me llamas y oigo tu voz de verdad. ¿Qué ha pasado, Cande? ¿Qué nos ha pasado, nena?

—Tú dijiste que necesitabas tiempo para pensar —trago saliva—. Y en tu último mensaje escribiste que no te gustaba la clase de hombre en qué te estabas convirtiendo.

—Estaba dolido. Estoy dolido. —Es la primera vez que le oigo dolido y enfadado. Cuando sucedió lo de Segovia se enfadó, pero su voz tenía también sorpresa, rabia incluso. Ahora suena... decepcionado.

—Lo sé. Lo siento mucho, Víctor.

—Dije muchas cosas en ese mensaje, Cande. Te dije que necesitaba tiempo —suelta el aliento— y te dije que creía que podía enamorarme de ti.

—¿Y ahora? ¿Qué necesitas?

—Si tengo que decírtelo, Cande, ya no sirve de nada. Supongo que en el fondo es culpa mía; en abril sabía que me estaba precipitando contigo, que no estabas preparada para iniciar una relación.

El tono condescendiente me pone a la defensiva.

—Siempre se me ha dado muy mal leerle la mente a los demás, Víctor, ¿qué necesitabas además de tiempo?

—¿Te has dado cuenta de que, desde que empezamos, desde esa noche en ese hotel de Barcelona, siempre he sido yo el que ha ido detrás de ti, el que ha tenido paciencia, el que ha hecho todos los gestos?

Pienso en las veces que hemos estado juntos y, aunque me avergüenza, tengo que reconocer que tiene razón.

—¿Entonces me has puesto a prueba y la he fallado? ¿Es eso?

—Te dije que necesitaba tiempo, pero en ningún momento te prohibí que luchases por mí, por nuestra relación. Igual que fuiste a Barcelona podrías haberte presentado aquí y pedirme que te escuchara. Si tan convencida estabas de que no habías hecho nada malo y de que querías estar conmigo, habrías encontrado la manera de que te creyera y te perdonase.

—¿Me perdonases? No hice nada malo. —Técnicamente es cierto.

—Nunca has tenido intención de luchar de verdad por nuestra relación. Joder, probablemente para ti ni siquiera hemos tenido una relación.

—Si tan enfadado estás conmigo, ¿por qué entonces no me has llamado tú?

—Porque para variar quería comprobar si tú te dabas cuenta de algo.

—Y según tú no me la he dado.

—A juzgar por la conversación que estamos teniendo, no. No te has dado cuenta de nada. Bien, acabemos con esto cuanto antes. Dime que rompes conmigo y vete corriendo a los brazos de ese tío que solo te utiliza y nunca te cuenta la verdad sobre nada.

—Tú no conoces a Salvador y él no tiene nada que ver con nosotros.

—¡Ja! Por supuesto que tiene que ver, Cande. Tú nunca has sido tonta, no empieces a comportarte como si lo fueras ahora.

—No quería que acabáramos así.

Él se queda en silencio un rato hasta que responde.

—Supongo que lo importante es que nunca te planteaste que no querías que acabáramos. Adiós, Cande.

Me cuelga y yo me quedo con el móvil en la mano durante un rato.

En pocos minutos Víctor ha acertado en todos mis miedos e inseguridades y me ha echado en cara los errores que he cometido a lo largo de nuestra relación. Sin embargo, se equivoca en algo importante: yo jamás di por hecho que lo nuestro no fuese a funcionar.

Aunque siempre temí que, si Salvador me pedía perdón, no pudiera rechazarle.

Tal vez tengo que estar sola una temporada y aclararme un poco antes de hacer daño a otra persona tan maravillosa como lo es Víctor.

Odio la conversación que hemos tenido, es una idea absurda y nada realista, pero me habría gustado decirle a Víctor que él ha significado mucho para mí y que siempre tendrá un pedazo de mi corazón. Me seco una lágrima que me resbala por la mejilla; si se lo hubiera dicho ahora, no me habría creído. Quizá consiga decírselo más adelante y él y yo podamos ser amigos. Pensar que Víctor ha desaparecido para siempre de mi vida hace que se me encoja el estómago.

Me levanto, no sirve de nada que me lamente por lo que no he hecho; Víctor tiene razón y no me deja en buen lugar: si de verdad hubiese querido luchar por nosotros, habría hecho algo al respecto hace semanas. Lo único que deseo ahora es que Víctor me perdone con el tiempo y que él sea muy feliz. Si pienso en Víctor con otra chica siento un poco de celos, pero puedo soportarlo.

Si pienso en Salvador con otra, no.

La respuesta ha estado siempre dentro de mí y, aunque tal vez esté cometiendo un error, un grave error, tengo que intentarlo. Ahora estoy preparada para ser fuerte y seguir adelante y, si al final las cosas salen mal, lo asumiré y seguiré con mi vida.

Oigo el timbre de la puerta y voy a abrir.

—Soy yo, Salvador.

Cuando llega a mi piso no disimulo ni escondo lo que estoy sintiendo.

—He hablado con Víctor.

Salvador se detiene y cierra la puerta.

—¿Estás bien?

—No.

Él me abraza sin dudarlo, me acaricia la espalda y me besa el pelo.

—Lo siento —dice—. Siento mucho haberte hecho llorar tantas veces.

—Víctor es un gran chico.

Salvador se tensa, pero no me suelta y sigue abrazándome.

—Lo sé —reconoce.

Las manos se detienen en mis caderas un instante y es lo único que necesito para saber que Salvador se está conteniendo, que está temblando de lo mucho que me necesita. Y yo le necesito a él. Asiento con la cabeza sin mirarle, mi nariz sube y baja por la camisa de él y Salvador empieza a levantarme despacio la camiseta que llevo. Durante un segundo no veo nada, la prenda pasa por mi cabeza y aprovecho esos instantes de oscuridad para escuchar con atención nuestras respiraciones entrecortadas, después el aire me roza la piel desnuda y se me eriza.

Tiemblo bajo los brazos despacio mientras mi camiseta va a parar al suelo.

La mirada de Salvador me acaricia, baja cariñosamente por mi pelo hasta detenerse en mi hombro derecho. Con una ternura inusual en él, desliza los dedos por mi piel y recorre la tira del sujetador.

Me fallan las rodillas y los dos descendemos hasta quedar sentados en el sofá que hay detrás de mí. Salvador sigue mirándome de esa manera, bajando la mano por el sujetador y yo me estremezco. Me cuesta respirar y estoy tan excitada que la ropa interior y la falda que aún llevo puesta me molestan.

Salvador me tortura con sus caricias lentas, los dedos bajan por las costillas, pasan por debajo de mis pechos. Gimo. Echo la cabeza hacia atrás y el sofá es lo único que evita que me derrita del todo. Echo la espalda hacia delante, le suplico con el gesto que me acaricie los pechos. Él ignora mi súplica silenciosa y sigue bajando los dedos hasta el estómago, no los detiene hasta llegar a la cintura de la falda. Entonces la sujeta con firmeza y tira de mí hacia él para quedar completamente pegados. No me desnuda, sino que utiliza la prenda de ropa para retenerme, para sujetarme a él con fuerza y evitar así que incluso el aire pase entre nosotros. Odio que él lleve aún la camisa, no poder sentir su piel, pero el deseo me impide formar una frase coherente en el cerebro y, cuando por fin me besa, ya soy incapaz de hablar.

Quedo tumbada en el sofá, Salvador me sigue sin dejar de besarme y suelta la falda para bajar los dedos por la parte exterior de mis piernas, me acaricia las rodillas hasta llegar a los tobillos y deslizar por allí el pulgar.

Quiero tocarle. ¿Por qué no le estoy tocando? Porque me estoy sujetando en el sofá. Aflojo los dedos y busco los botones de su camisa. Él me muerde en medio del beso y, con un movimiento rápido, me quita la falda y me quedo en ropa interior.

Salvador vuelve a mirarme y coloca una mano en mi cintura para acariciarme con esta lentitud y paciencia que parece haber desarrollado ahora con el objetivo de volverme loca. Durante un segundo cierro los ojos e intento regular en vano la respiración, quizá si me llega más oxígeno al cerebro conseguiré decir algo. Él sigue en silencio, tocándome y desprendiendo una fuerza y deseo que hasta este instante ni me había imaginado.

—Mírame, Candela.

Son las únicas dos palabras que pronuncia desde que ha empezado a besarme y obedezco como si mi voluntad dependiese únicamente de esto. Pienso que corro el riesgo de necesitarle demasiado, mucho más que él a mí... hasta que veo en sus ojos lo mismo que estoy sintiendo, unas emociones que no paran de crecer, que se descontrolan y que nos arrastran a los dos. Aparta las manos de mi cuerpo para quitarse la camisa y los pantalones, para esto último tiene que ponerse de pie y le observo con descaro y fascinación. El tatuaje que tiene en la parte superior de la espalda tiene más líneas que la última vez que lo vi y quizás atinaría a preguntarle qué significan si él no estuviese caminando desnudo hacia mí. Yo sigo en ropa interior, pero la mirada de Salvador está pendiente de cada detalle de mi cuerpo, de mi respiración, no se le escapa que se me ha acelerado el pulso y que me estoy sonrojando. Jamás me había sentido tan desnuda como ahora estando con él.

Llega al sofá y me sujeta por la cintura, suspiro aliviada porque creo que por fin haremos el amor y cuando terminemos podré recuperar cierta calma. Pero me equivoco. Salvador me levanta y me pone en pie frente al sofá mientras él se sienta.

Me tiemblan las piernas, él me coge por la cintura y lentamente me besa el estómago mientras me baja la ropa interior. Las manos suben después desde el suelo, me hacen cosquillas en las rodillas y en la espalda desabrochan el sujetador. Entonces, y cuando me está quitando esa última prenda, entrelaza los dedos de su mano derecha con los de mi izquierda para tirar de mí y sentarme encima de él.

Cuando entra en mí sacudo la cabeza suavemente, me muerdo el labio inferior y cierro los ojos. Es mi manera de decirle que disminuya la intensidad de este encuentro, que pare incluso porque no puedo entregarle tanto. Él coloca una mano en mi cintura y levanta las caderas mientras con la otra me acaricia el mentón y me pide con el gesto que no aparte la mirada. Quiero negárselo, a pesar de todo lo que siento, de la vulnerabilidad que he visto en sus ojos y me está ofreciendo con sus caricias, quiero tener cuidado. Le deseo mucho. Demasiado. Le quiero. Noto que me escuecen los ojos y las lágrimas no tienen cabida hoy aquí. Busco sus labios, mis pechos se presionan contra su torso y le rodeo el cuello con los brazos.

Le beso apasionadamente y dejo que él levante las caderas al ritmo que necesita. Me sujeta por la cintura, mueve las manos hasta mis nalgas y un grito de placer se escapa de mis labios cuando él se tensa y aparta los labios de los míos para besarme el cuello. Le abrazo, me sujeto a él porque los movimientos sexuales y fuertes de la mitad inferior de su cuerpo contradicen y aumentan la ternura con la que me está besando el cuello, mueve la lengua por mi piel, un mechón de su pelo me hace cosquillas y su sudor se desliza por el hueco de mi clavícula.

—Candela...

Le tiro del pelo y le levanto la cabeza porque quiero besarlo y, cuando su lengua se hunde en mi boca y la mía en la suya en el beso más desesperado que he recibido y dado nunca, la tensión que ha ido creciendo en mi interior busca la única vía de escape posible. Mi orgasmo captura el de Salvador, le aprieto entre mis piernas y sigo besándolo hasta que grito su nombre y mi frente también sudada cae en su hombro, mientras él sigue levantando las caderas y susurrando mi nombre una y otra vez, una y otra vez, junto a mi oreja.

Nos quedamos así durante mucho rato, abrazados el uno al otro, formando parte el uno del otro.

Sin decir ni una palabra.

Sin necesitar decir nada.

25

Viajar a Mallorca el primero de julio es una epopeya, un drama de dimensiones épicas y probablemente el castigo que me mandan los dioses por todos los pecados que he cometido.

El aeropuerto de El Prat está colapsado, hay gente por todas partes y colas que se juntan las unas con las otras. El señor Vueling ha decidido fastidiar el primer día de vacaciones a media Ciudad Condal, porque al parecer es así de majo y simpático. Yo intento tomármelo bien, al fin y al cabo mi viaje es por motivos de trabajo, pero es difícil. Creo que hace un rato el aire acondicionado de la terminal en la que estoy se ha estropeado o quizás es que hay tantísima gente que ni se nota. Se suponía que mi vuelo iba a salir a las diez de la mañana y son las tres de la tarde y aún estoy en tierra. Si al menos pudiera estar haciendo algo de provecho o descansando, o incluso paseando por algún lado, quizás estaría menos enfadada, pero voy de cola en cola.

Creo que esta ya es la última. Por fin he conseguido facturar la maleta y ahora estoy esperando a pasar el control de pasaportes.

Tengo tanto sueño que temo quedarme dormida de pie, pero al menos el cansancio y todas las partes del cuerpo que me duelen por los excesos de ayer evitan que pierda los nervios y que esté aquí en medio de todo este caos sonriendo como una boba.

Lo que sucedió anoche con Salvador fue... increíble, único, la experiencia más sensual, erótica y romántica de toda mi vida. No quiero pensar en ello, porque reacciono como el perro de Pavlov y mi cuerpo necesita de inmediato a Salvador.

Él me ha acompañado hasta aquí esta mañana, nos hemos despedido en el coche.

—Puedo aparcar y esperar hasta que embarques.

—No, no hace falta. Hay mucha gente. —A esa hora ya era evidente que esto era un caos—. Y tú tienes cosas que hacer. Prefiero que te vayas y que volvamos a vernos pronto.

Él ha apretado el volante.

—¿Por qué precisamente este mes tienes que estar en una ciudad a la que solo se puede llegar en barco o en avión?

Le he sonreído y le he dado un beso, es imposible resistirse a Salvador cuando está frustrado.

—Puedes venir a verme el próximo fin de semana. Este primero no porque, según Vanesa, tengo que acompañar al chico del calendario a una competición.

—Lo sé. Odio que tengamos que hacer esto, que hayamos sacrificado un mes a cambio de que mi padre nos deje en paz.

—Yo también, pero no pasa nada. Vale la pena.

Ha sonado un claxon y de reojo he visto que se acercaba un coche de la guardia urbana. Salvador también lo ha visto.

—Bésame, Candela.

Le he besado y cuando he salido del coche me temblaba todo, tenía el corazón acelerado y la respiración, entrecortada.

Por fin me toca, le enseño el carnet al policía, que tiene cara de estar exhausto, y sigo con mi camino. La terminal está a reventar, pero al menos aquí podré tomarme un café y buscar una silla donde sentarme hasta que anuncien mi vuelo a Palma.

Saco una foto de las sillas del aeropuerto llenas de personas, de padres desesperados, de estudiantes de intercambio hiperactivos dando saltos de un lado al otro, y la cuelgo tras asegurarme de que no sale ningún niño en ella.

«#AeropuertoDeBarcelona ✈️ 😠 #RumboAMallorca 🏝️ #UnoDeJulio #EstoEsUnaLocura #PrayForCandela #LosChicosDelCalendario 📅17 🏃 »

Me tomo un café y un bocadillo, paseo por el *duty free* y acabo comprándome un pintalabios que no necesito, pero que recuerdo que Abril me dijo que era un «básico». Algo haré con él algún día. Después de pagar y de rechazar un perfume que está hoy de promoción, busco un lugar alejado del bullicio donde sentarme. Lo encuentro en una zona en la que no hay ninguna tienda cerca, supongo que por eso hay menos gente, y en cuanto me siento me suena el móvil.

—¡Abril! Justo ahora estaba pensando en ti. Me he comprado un pintalabios en tu honor.

—No vas a utilizarlo, te conozco, será mejor que me lo regales.

—¡Pero si aún no sabes cuál es!

—No importa, nunca tengo bastantes pintalabios.

—Me lo pensaré. ¿Cómo estás? Ayer no me contaste nada.

—Bueno, lo tuyo con Barver bien se merecía una conversación en exclusiva. —Hace una pausa algo extraña e impropia de Abril—. En realidad te llamaba precisamente por eso, para contarte algo.

—Ah, claro, dime. —Me coloco el bolso en el regazo y busco una postura más cómoda—. ¿Qué te pasa?

—¿Te acuerdas que te dije que vi a Manuel?

—Sí, me acuerdo.

—Pues no era la primera vez. Bueno, sí que era la primera vez desde hacía unos días, pero quiero decir que le había visto antes. Y después. Y bueno, que una noche salí por allí y me encontré con él. Antes. Bueno, después.

—Para, Abril. No he entendido nada. Deja de decir antes y después, y céntrate en los hechos, la cronología no es importante.

—Sí que es importante.

A mi amiga le tiembla la voz.

—¿Abril, pasa algo? Dime qué te pasa, me estás asustando.

Entonces ella se ríe y llora al mismo tiempo.

—Estoy embarazada.

—¿En serio? —Estoy sonriendo porque, por entre las lágrimas y el miedo más que evidente de Abril, sé distinguir su absoluta felicidad—. Eso es maravilloso. Maravilloso.

—¿Lo dices de verdad?

—Pues claro que lo digo de verdad, pero estoy muy enfadada contigo por decírmelo ahora que estoy atrapada en la terminal de salidas del aeropuerto y no puedo abrazarte y llorar contigo, y saltar como una loca. Yo saltaría, tú no, claro está, ahora incluso tendrás que desapuntarte de tu clase de zumba.

—Estoy muy asustada.

—No lo estés, todo saldrá bien. —En realidad no puedo asegurarle eso, pero recuerdo que cuando Marta estuvo embarazada era lo que necesitaba oír—. ¿Por qué no me lo dijiste ayer? Podríamos haber dejado de hablar de Salvador en cualquier momento.

Espero no ser la clase de amiga que solo sabe hablar de ella. No quiero serlo, vaya.

—Supongo que ayer todavía no me había hecho a la idea y creía que —aguanta la respiración un segundo—, que iría al baño y todo habría acabado, que habría sido una falsa alarma. Pero acabamos de salir del médico y le hemos oído el corazón.

—¿*Hemos*?

—Sí, Manuel ha insistido en acompañarme.

—Bien por Manuel. Me alegro muchísimo de que estéis juntos y os hayáis reconciliado.

—No nos hemos reconciliado. Manuel y yo no estamos juntos y, si no fuera porque sé que está mal, no le habría dicho lo del embarazo. Siempre he odiado a las mujeres culebreras que hacen estas cosas. Fui a verle para decírselo, para ponerle al corriente. Nada más. No esperaba nada de él.

—Pues tendrías que haberlo esperado.

—Es lo mismo que me dijo él.

Manuel me cae bien.

—¿Y qué vas a hacer?

—Manuel insiste en estar presente en todo el embarazo y en que quiere hacer de padre del niño o de la niña.

—Y tú crees que se cansará y se largará.

—Dicho así me haces quedar como una histérica, tengo mis motivos para creerlo. Manuel es mucho más joven que yo. Mucho. Mierda, voy a ponerme a llorar otra vez. Esto del embarazo es una mierda, me ha convertido en una blanda.

—No llores. Dejaré de hablar de Manuel, ahora no pienses en él, piensa en ti y en el bebé, y en que tendrá una tía estupenda.

—¿Quién?

—Yo, idiota, además llevo años de práctica con mis sobrinas, así que ya me pillará entrenada.

—Eso espero, más vale que una de las dos lo esté, porque yo no tengo ni idea de niños. No tengo hermanos, Cande, ni primos ni nada que se le parezca. Tú eres la amiga más normal que tengo y mírate ahora, cada mes estás en una ciudad distinta.

—No te preocupes, cuando salgas de cuentas ya habré terminado con los chicos del calendario y estaré a tu lado.

—Oh, Dios, mío. ¡Voy a dar a luz!

Noto que vuelve a ponerse nerviosa. Me gustaría poder abrazarla y reírme con ella de su ataque de histeria.

—Tranquila, Abril, tranquila. Explícame eso de que soy tu única amiga normal.

—No eres tan normal.

Las dos nos reímos y creo que consigo que deje de pensar en la epidural y el parto. Me muero de ganas de preguntarle por Manuel aunque logro contenerlas. Nos despedimos, Abril tiene que ir a hacer un reportaje y yo no tengo más remedio que seguir esperando.

Llego a Palma de Mallorca a las nueve de la noche, he estado mandándole mensajes a John, el chico de este mes, para mantenerle informado de mi hora de llegada. Él y «su equipo» irán a recogerme. ¿Qué chico de veintiséis años tiene «un equipo»? Ni que esto fuera Hollywood. Salgo del ascensor cruzando los dedos para que mi maleta haya llegado conmigo y no dos aviones antes, y para que el chico de julio me sorprenda y me demuestre que estoy equivocada.

La maleta está dando vueltas en la cinta, la rescato y camino hacia la salida. Todo parece ir arreglándose. La puerta se abre y veo a John al instante. No es difícil, él es alto y rubio, la típica imagen que se te viene a la cabeza si te dicen que te imagines a un surfista y no tienes ni idea de en qué consiste de verdad ese deporte, y a su lado hay dos chicas espectaculares, no guapas, ni llamativas, ni tías buenas, no, qué va, tan espectaculares que la gente se gira para ver si hay cámaras rodando una película. No queráis saber qué clase de película. Un par de señores se tropiezan, otro choca con una columna y ninguno se queja, siguen tan felices hacia delante y vuelven a mirar a las chicas. Al lado de John también hay un chico en bermudas y camiseta que no deja de teclear en el móvil, me imagino que será el más centrado del grupo, aunque las chicas quizá también lo sean y yo no esté siendo justa con ellas.

John no está prestando atención a la puerta de llegadas, está sacándose fotos con las modelos en cuestión y un grupo de adolescentes que le han reconocido. El chico del móvil sí que me ve y me reconoce, y entonces se acerca a John para anunciarle mi presencia, este se aparta del grupo y dirige todo su estudiado encanto hacia mí.

Es guapo, eso es innegable, aunque demasiado falso. Me acerco a él pensando que probablemente el año pasado, antes de que me sucediera nada de todo esto, habría tenido palpitaciones solo de pensar en estar en el mismo plano temporal que John, y ahora solo me da pereza. Ojalá dentro de unos días tenga que tragarme mis palabras porque he descubierto en John una profundidad y sinceridad que no esperaba, pero la sonrisa ensayada, la pose calculada y la mirada falsa le delatan.

—¡Hola, Candela, guapísima!

Me abraza como si fuéramos íntimos, casi me ahoga, y no me suelta hasta que el chico del móvil dice:

—Ha quedado perfecta.

¿Cómo que «ha quedado perfecta», el qué?

Trago saliva para ver si la tráquea me funciona todavía y veo a John pasando de mí y comprobando la foto que ha sacado el chico del móvil.

—¿Tú quién eres? —le pregunto a ese chico, porque intuyo que será mi única salvación.

—Me llamo Óscar —me tiende la mano, lleva un tatuaje en la muñeca que se extiende hacia el dedo meñique—, pero me llaman Car porque me encanta correr.

Voy a vomitar.

—¿Puedo llamarte Óscar? Yo soy Cande.

Él me mira sorprendido, pero acepta mi petición.

—Claro, Cande. Si nos acompañas te llevaremos al hotel, pero antes tenemos que hacer una parada.

—¡Vámonos! —John silba como si fuéramos ganado. Las chicas estupendas, que por ahora no se han dignado a mirarme, se ríen. Iré a hablar con ellas después para decirles que conmigo no tienen nada que temer.

—¿Tenemos que pararnos a poner gasolina? —pregunto cuando estamos los cinco en un todo terreno negro que, si no fuera por los vinilos de la empresa patrocinadora que decoran los laterales, parecería un vehículo de la mafia rusa.

—No, preciosa. —John va sentado detrás con la Barbie rubia y la Barbie morena, he decidido dejar de ser políticamente correcta mentalmente y llamarlas así de momento, y yo voy delante con Óscar al volante—. Vamos a una fiesta.

—¿A una fiesta? ¿Ahora? Me he pasado todo el día encerrada en el aeropuerto de Barcelona.

No puedo creérmelo, ni siquiera me ha preguntado si me apetecía o si me parecía bien. Disimulo mi mal humor sujetándome al asiento de cuero del coche. La piel cruje bajo mis dedos de lo fuerte que la estoy apretando.

—No te preocupes, guapa. Estás perfecta.

¿Perfecta? ¿El muy cretino cree que mi enfado se debe a que temo no estar lo suficientemente arreglada? Será capullo.

—No me llames *guapa*, ni *preciosa*, ni *princesa* ni nada de eso, ¿vale? Me llamo Cande.

Él me mira y se aparta de las chicas para acercarse a la zona que queda entre los dos asientos delanteros.

—Vale, disculpa. Es una costumbre.

—No pasa nada, pero no me llames así.

—De acuerdo.

—Y no vuelvas a tomar una decisión como la de esta fiesta sin consultármelo. Es cierto que tengo que seguirte y pasar un mes viviendo como tú, pero te agradecería muchísimo que lo hablásemos antes para poder organizarnos y asegurarnos de que todo sale bien. ¿De acuerdo?

—Está bien. No te lo tomes así, la fiesta lleva meses programada y yo tengo que estar. —Se echa hacia atrás y extiende los brazos uno a cada lado, hacia cada chica—. Y como has dicho tú, tienes que vivir mi vida.

¿Se puede odiar a alguien a primera vista?

Sí, se puede.

Lo peor de todo es que es evidente que a John le da completamente igual que yo o cualquier otra persona le odie. Él se basta y se sobra. Como dice mi hermana, «está encantado de haberse conocido».

La fiesta en cuestión es en la playa, en un club muy selecto situado en la pendiente de la catedral de Palma. Obviamente nos dejan pasar sin preguntarnos nada y John me coge del brazo nada más entrar.

Respiro profundamente dos veces, tres, cuatro. De nada servirá que me obceque, si este mes sale mal es probable que el padre de Salvador reaparezca en escena con nuevas exigencias. Puedo hacer el papelón, lo hacía con Rubén en las pocas veces que salí con sus amigos. Me planto una sonrisa de chica estupenda en la cara y saludo amablemente a todas las personas que me presenta John haciendo alarde de nuestra amistad (no sabía que se supusiera que éramos amigos) y de lo feliz que está de, cito textualmente, «tener la oportunidad de participar en *Los chicos del calendario* y recolectar dinero para la Cruz Roja».

Me juego la mitad de mis ahorros a que los de la Cruz Roja no tienen ni idea de que John está involucrado en su causa. Me lo imagino esta mañana, o tal vez hace unos días, escribiendo «ONG» en Google y eligiendo entre los resultados de la búsqueda.

Nos saco una foto a los dos con la playa de noche a nuestras espaldas, John me sujeta por el hombro y pega su mejilla a la mía y hace morritos. Él también saca una para sus miles de seguidores, la saca Óscar para ser más precisos, John se limita a escribir el texto mientras le pide a Óscar que, por favor, vaya a buscarle una Coca-Cola, supongo que al menos debería alegrarme de que le haya dicho «por favor» y que no beba alcohol. Solo de imaginarme a John borracho me entran temblores, ¿será de esos borrachos pegajosos? No quiero tener que averiguarlo.

Cuelgo la foto: «#HolaMallorca #EresPreciosa #ElChicoDeJulio #LaPrimeraImpresiónEsLaQueCuenta ».

No voy a decir cuál es esta primera impresión sobre el chico del calendario de este mes, aunque me cuesta hacerlo.

Estamos allí dos horas, he conseguido mandarle un mensaje a Salvador para decirle que he llegado y que estoy intentando no matar a la flor y nata de Mallorca para no salir en las noticias de mañana. Él me pide que por favor no lo haga, que lo del vis a vis nunca le ha parecido sexy, y que le llame en cuanto esté en el hotel.

Lo hago, apenas consigo decirle nada porque estoy muy cansada, pero sueño con él cuando me duermo.

Él me ha dicho que soñará conmigo.

26

La primera semana es un infierno.

Vale, estoy exagerando, sé que estoy en una isla preciosa y que me he pasado los siete días que llevo aquí de playa en playa viendo competiciones deportivas y las siete noches de fiesta en fiesta conociendo a todo famoso, amigo de famoso, hijo de famoso o vecino de famoso posible.

Algunos incluso me han caído bien.

Con John apenas he hablado, por la mañana nos pasamos el *planning* del día, los lugares donde «nos esperan» (nosotros no vamos, nos esperan, hay una diferencia), y él me entrega una lista con los nombres de las personas que coincidirán allí con nosotros. El domingo, me recordó muy amablemente que etiquetase a su patrocinador en las fotos y que utilizase el *hashtag* #BoardSun (el nombre de la marca) y lo hago siempre que sale uno de sus productos en las fotos, lo cual es a menudo porque el bueno de John siempre lleva una camiseta suya o unas gafas, o ambas cosas.

¿Es así como se sienten las parejas de mentira de los actores? Me imagino a esa chica, ¿cómo se llama? Dios, echo de menos a Marta, la que salía en *Dawson crece*, repasando la agenda común con Tom Cruise de buena mañana.

Si miro el lado bueno de las cosas puedo decir que ya ha pasado una semana y que estoy morena.

Si miro el lado negativo... ¿por dónde empiezo?

Nos están machacando en las redes y ayer empezaron a hacerlo también en los medios más tradicionales.

El vídeo y el artículo del chico de junio han sido un éxito, tanto el portal de *Gea* como yo misma hemos recibido miles de comentarios de nuestros lectores contándonos historias sobre sus abuelos o mayores. También hemos recibido muchas preguntas sobre cómo colaborar con las instituciones o organismos que ayudan y cuidan de la gente mayor, Vanesa me ha mantenido al corriente y hemos intentado redirigirlas todas lo mejor que hemos sabido y podido.

Una chica calendario, una chica que me lee desde el principio, me mandó un correo explicándome que ella colaboraba en una asociación de vecinos que se encargaban de vigilar a los mayores del barrio y ayudarlos en las tareas domésticas que podían resultarles difíciles, como por ejemplo, hacer una compra pesada o darse de baja de una compañía telefónica. Me pareció una idea brillante y, tras hablarlo con Salvador, decidimos que en *Gea* harían un artículo especial sobre ellos.

El viernes pasado, cuando colgué la primera foto del chico de julio y yo juntos no sucedió nada malo. Básicamente la gran mayoría de comentarios que la gente dejó en la fotografía fueron sobre lo bonito que es Mallorca, lo bonito que estaba el cielo y la suerte que tenía yo por estar allí. Pero a lo largo de la semana las críticas y la decepción de nuestros lectores no han dejado de aumentar.

«¿Cuándo se ha convertido esto en el *Hola*?».

«Cande ya no es auténtica. Todo esto es un montaje publicitario».

«Yo lo sabía desde el principio. Ahora empezarán a vendernos ropa, coches y colonia».

«¿Un niño pijo que finge trabajar en un banco y que juega a ser deportista de elite es buen candidato a chico del calendario? Pues sí que estamos jodidos los hombres de este país».

Y así uno detrás de otro.

Sé que es normal, que nadie puede gustarle siempre a todo el mundo, yo ya había recibido muchas críticas a lo largo de estos meses, pero muy pocas cuestionando la sinceridad del proyecto y me duele ver que esta se pone en duda. Y lo peor de todo es que no sé cómo defenderme, porque en el fondo, o no tan en el fondo, pienso que la gente tiene razón.

El chico de julio es un farsante, en circunstancias normales jamás le habríamos elegido.

Se llama John y es hijo de una inglesa que solía veranear en Mallorca con su familia. En el barco de su familia. Su abuelo era un importante abogado o juez, quizá me equivoque, lo recibió incluso la reina en una ocasión. La madre de John conoció a un joven mallorquín, miembro también de una importante familia con dinero, y se casaron. John dice que vive en Mallorca, pero fue al colegio en Londres, estudió en una universidad privada madrileña y ha hecho prácticas en París, todo siempre gracias a amigos de la familia. Lo único bueno que tiene John, y esto tengo que reconocérselo, es que no disimula y no finge saber cómo vivimos el resto del mundo.

El lunes, cuando escuché por primera vez su discurso sobre por qué había decidido convertirse en surfista profesional, tuve ganas de taparme los oídos y empezar a tararear algo para no seguir escuchándole. «El mar me llamó», juro por lo más sagrado que fue lo que dijo, el mar le llamó y él sintió que tenía que entrar en contacto con la naturaleza y vivir. Incluso dejó vagar la mirada en esa última frase. Él tiene que vivir yendo de fiesta en fiesta y de sarao en sarao, y puede hacerlo porque tiene un patrocinador que, solo Dios sabe por qué, le paga todas las tonterías y porque, si algún día ese patrocinador se cansa y le da la patada, él podrá volver a casa con papá y mamá sin despeinarse.

No me molesta que John tenga dinero ni que quiera pasárselo bien y disfrutar la vida. No todo el mundo tiene que ser serio e intenso a todas horas. Lo que me molesta es que solo piensa en él, y no me refiero a que no se preocupe por la paz en el mundo, sino que sencillamente no se preocupa por nadie que no sea él.

He intentado suavizar algunas fotografías, pillar a John haciendo algo normal o espontáneo, pero ese chico es un maldito anuncio viviente.

«¿Dónde están la espontaneidad y la sinceridad ahora, Candela?», me lo han preguntado hace un rato en una fotografía y he estado tentada de contestar que la estamos buscando, que el señor Barver padre nos la ha escondido.

Evidentemente no lo he hecho porque echaría por tierra el sacrificio que hicimos al aceptar las presiones del padre de Salvador y elegir a John como chico de julio.

Estoy caminando por el vestíbulo del hotel, este mes no me alojo en un apartamento, estoy aquí porque John y su séquito también lo están; ellos ocupan cuatro habitaciones de la sexta planta y yo una en la tercera. Aunque él tiene casa en la isla, sus patrocinadores le han instalado aquí conmigo durante este mes para sacar el máximo provecho de su inversión. Yo cada día doy gracias por los pisos que nos separan. Es viernes y hemos estado en la playa, John ha hecho de juez en un concurso de miss algo, he sido incapaz de aprendérmelo, y se supone que esta noche vamos a otra fiesta. Lo que daría yo por quedarme tirada en la cama viendo la tele.

He sacado una foto en el concurso, justo cuando John iba a entregarle el ramo a la ganadora. En la foto solo sale él y he escrito: «#ElChicoDeJulio #DíseloConFlores #OCállateParaSiempre #Mallorca ».

Al menos en esta no salía ningún objeto de su patrocinador y no he tenido que etiquetarlos. Ojalá pudiera hacer algo más, pero de momento tengo que contentarme con ser creativa. Llevo un cesto colgado del hombro y dentro la toalla, la protección solar, el móvil y un libro que a este paso no acabaré nunca porque cada noche caigo rendida. Se supone que tenemos que reunirnos aquí dentro de tres horas y como cada día me estoy planteando la posibilidad de romperme un dedo del pie para así no tener que acompañarlos.

Quizá si chocase con la esquina de una mesa no me dolería tanto y daría el pego; con que cojee un poquito me vale. Inspecciono las mesas a mi alcance cuando choco de bruces con alguien.

—Perdón, lo siento. —Iba tan concentrada que no miraba por dónde iba.

—Siempre has sido algo torpe, Cande. No pasa nada.

No puede ser, es imposible, tiene que ser imposible. Este mes no puede empeorar más. Doy un paso hacia atrás instintivamente y levanto la cabeza.

Rubén.

Rubén en carne y hueso, aquí mismo, en Mallorca, plantado delante de mí con una sonrisa de satisfacción en la cara.

Ojalá tuviera dotes de actriz y fuese capaz de fingir indiferencia o que no le recuerdo ni reconozco.

—¿Qué estás haciendo aquí, Rubén?

Él ensancha la sonrisa y a mí me entran ganas de pegarle, así que cierro los dedos alrededor de las asas del capazo.

—¿No vas a darme un beso o un abrazo? Al fin y al cabo, sin mí no estarías aquí.

Se me encoge el estómago, le veo venir. No es lo bastante listo como para ocultar lo mucho que está disfrutando recordándome el papel que él ha jugado en todo esto.

—Abril me dijo que fuera detrás de ti al aeropuerto y que te insultase. Yo pensé que no valías la pena y fui a tomarme un *gin-tonic* con mi mejor amiga. Lo que pasó después no tiene nada que ver contigo.

—Si tú lo dices... —No parece ni arrepentido ni asustado y su tranquilidad aumenta mi preocupación.

—¿Qué estás haciendo aquí?

—El surf se me da bien. ¿Te acuerdas de que me gusta, no? Recibí una invitación para participar en la exhibición que va a celebrarse este domingo y aquí estoy. Creía que te alegrarías de verme, que te gustaría recordar viejos tiempos.

—¿Alegrarme de verte? Te has vuelto loco.

Esa invitación no la ha recibido por casualidad ni porque sea el rey de las olas. Veo un movimiento a mi derecha, un par de chicos que salen apresuradamente del hotel, pero no los conozco y vuelvo a centrar mi atención en Rubén.

—Podría estar bien, a juzgar por las fotos de «tus chicos» —hace el gesto de comillas—, diría que has aprendido mucho últimamente.

Le abofetearía aquí mismo.

—Cállate, Rubén, y deja de decir estupideces. O sigue diciéndolas si te apetece. Yo me largo. —Me pongo a caminar hacia el ascensor y él me sigue—. Déjame en paz.

—Y yo que creía que eras tan boba que nunca te enfadabas. Me gusta verte así, me pone mucho.

Me paro en seco y le planto cara.

—Mira, Rubén, o te largas ahora mismo o voy a buscar a ese guardia de seguridad y le digo que me estás molestando. —Meto la mano en el bolso—. O también puedo llamar a la policía. O, ya sé, llamaré al relaciones públicas de BoardSun y le diré que han cometido un error al invitarte y que tu presencia aquí perjudicará a John seriamente. Tú eliges.

La amenaza del guardia de seguridad y de la policía no le han hecho ninguna gracia, pero lo que le ha asustado de verdad ha sido mi propuesta de llamar a alguien de BoardSun. Esa invitación no ha sido casualidad y tiene que ver conmigo. Mi primera teoría gira en torno al padre de Salvador, ¿pero por qué diablos iba ese hombre a perder el tiempo planeando algo así?

Rubén entrecierra los ojos y se planta una sonrisa superfalsa en los labios.

—Está bien, Candelita, ya nos veremos más tarde. Hasta dentro de un rato.

No me giro hacia el ascensor hasta que él está saliendo por la puerta del hotel. Aprieto el botón de llamada como una posesa y, en cuanto llega, me meto dentro y aprieto el botón de cerrar las puertas. No puedo perder los nervios hasta que llegue a mi habitación. No voy a llorar, voy a soltar todos los insultos que sé e incluso me inventaré algunos.

Cierro la puerta y los escupo uno detrás de otro caminando de una punta a la otra del dormitorio, incluso le doy un puntapié a la mesa y me hago daño. Hace media hora me habría ido bien, ahora no noto nada de lo enfadadísima que estoy.

¿Cómo pude salir durante meses con ese tío o incluso dejar que se instalase en mi casa? ¿Cómo?

Tras recorrer lo que vendrían a ser dos quilómetros si lo pusiéramos en línea recta, me siento en la cama y saco el móvil del bolso. Tengo que hablar con Salvador, tengo que ponerle en aviso, no puedo quitarme de encima el presentimiento de que la aparición de Rubén no es casual y que tiene que ver con los chicos y con *Gea*.

Él y yo hemos hablado durante la semana, creo que ahora cuando me suena el teléfono y veo su nombre en la pantalla ya no pienso que va a decirme que ha cambiado de opinión y que todo lo que ha sucedido entre nosotros es un gran malentendido. Él llega mañana, decidimos que pasaría el fin de semana conmigo aunque yo tuviera que seguir ejerciendo de acompañante oficial de John. Espero que siga en pie.

Le llamo y él contesta enseguida.

—Rubén está aquí —le digo antes de que él pueda respirar—, en Mallorca.

—¿Rubén? ¿Rubén?

—Sí.

—Mierda. Sabía que iba a suceder algo, pero jamás me habría imaginado esto.

—¿A qué te refieres?

—Mi padre lleva toda la semana intentando causarme problemas.

—¿Y por qué no me lo habías dicho? —Vuelvo a levantarme de la cama y vuelvo a pasear—. No será porque no hemos hablado.

—No quería preocuparte por nada, te lo habría contado si hubiera llegado a más.

—Ha llegado a más. Rubén está aquí.

—Joder. Tendría que haber previsto esta posibilidad.

—No, Salvador, lo que tendrías que haber hecho es hablar conmigo y decirme que tu padre estaba de nuevo en Olimpo buscando la manera de entrometerse en *Los chicos del calendario*. Eso es lo que tendrías que haber hecho.

—¿Estás discutiendo conmigo?

—No. Lo siento. No es eso —la frustración va en aumento—, es que creía que ya habíamos superado la fase de ocultarnos cosas. Si quieres que esto funcione, tienes que decirme la verdad.

—De acuerdo. Lo haré. Creía que lograría solucionarlo a tiempo.

—Eres imposible.

—¿Por qué lo dices?

—«Creía que lograría solucionarlo a tiempo» —le imito y él rebufa—, eso implica que, si hubieras conseguido solucionarlo, no me habrías dicho nada.

—No necesariamente.

—Lo implica clarísimamente, Salvador.

—Mañana cuando te vea seguimos hablando de semántica si te apetece, cariño. Ahora cuéntame qué te ha dicho ese imbécil.

Regreso a la cama y vuelvo a sentarme.

—Le habría pegado, Salvador, lo digo en serio.

—Cuéntame qué ha pasado, Rocky.

—Yo llegaba de la playa después de pasarme horas en un concurso de miss no sé qué en el que John era jurado. He cruzado el vestíbulo preguntándome si podía chocar con una mesa y romperme un dedo del pie, el pequeño, para ser más exactos. Iba despistada y he chocado con alguien. He levantado la cabeza convencida de que encontraría a un turista y he encontrado a Rubén.

—¿Te ha dicho algo?

—Oh, sí. Me ha sonreído como gato que se ha comido al canario y me ha preguntado si no me alegraba de verlo.

—Ahora yo también tengo ganas de pegarle.
—Le he contestado que si se había vuelto loco, obviamente.
—Obviamente.
—Y él me ha dicho que tendría que estar feliz de verlo, que sin él yo tampoco estaría hoy aquí... ni sería quien soy ahora.
Odio que me falle la voz.
—Escúchame bien, Candela, soy un desastre para muchas cosas y sí, si hubiera encontrado la manera de hacer desaparecer a mi padre sin que te enterases lo habría hecho, pero tú no necesitabas, y no necesitas a ningún hombre para estar hoy donde estás, y mucho menos para ser quien eres y quien siempre has sido.
Me cuesta tragar saliva. Salvador consigue en un par de frases que quiera besarlo, que se me encoja el corazón de la emoción y que quiera sacudirle por reconocer tan alegremente que me habría mentido u ocultado la verdad de haber podido.
—Me ha dicho que estaba aquí porque el patrocinador de John, BoardSun, le había invitado a participar en la exhibición de mañana.
—¿A qué hora es esa exhibición?
—A las once.
—Mierda, mi avión no llega hasta más tarde. Mierda. En estas fechas dudo que pueda cambiar el billete, pero lo intentaré. Si no lo consigo llegaré a las tres como estaba previsto y vendré donde estés. Sé que sabes cuidarte sola, pero hazlo por mí y no te acerques a ese energúmeno.
—No tengo ganas de estar ni a cien metros de él, créeme.
—Antes de venir intentaré averiguar todo lo que pueda sobre esa invitación que dice haber recibido Rubén.
—De acuerdo, yo también intentaré hablar con Óscar, él es el único normal de todo este circo. John, si no hay una cámara delante, apenas se me acerca o me dirige la palabra.
—No sabes cuánto siento que tengamos que pasar por esto. No tendríamos que haber cedido.
—No te tortures ni te pongas en plan mártir, Salvador. A lo hecho pecho y piensa que ya falta menos para terminar el mes. En los meses siguientes lo solucionaremos.

Después de despedirme de Salvador le mando un mensaje a Óscar y a John diciéndoles que esta noche no puedo asistir a la fiesta, que estoy indispuesta.
Y si a alguien no le parece bien, puede irse a paseo.

27

Llaman a la puerta.

Abro los ojos sobresaltada, convencida de que me he dormido, en cambio el reloj de la habitación afirma lo contrario. Todavía falta una hora para que suene.

¿Quién diablos me está llamando?

Seguro que será algún turista que se ha perdido. Vuelvo a tumbarme y doblo la almohada para que mi cabeza quede dentro, como una especie de casco.

Siguen llamando.

Salgo de la cama, me irá bien gritarle a quien sea que esté al otro lado, así me desahogaré.

—¿Qué pasa? —Parpadeo—. ¿Rubén? ¿Qué estás haciendo aquí?

—Nada, solo quería preguntarte si querías bajar a desayunar conmigo.

Le cierro la puerta de un portazo y vuelvo a la cama y, aunque de entrada me parece imposible, empiezo a quedarme dormida de nuevo. Sonrío satisfecha conmigo misma: Rubén ya no me quita el sueño.

Suena la alarma a la hora que yo la había programado y al pararla leo un mensaje de Salvador diciéndome que no ha podido cambiar el billete y que irá al hotel o adonde yo esté en cuanto llegue a Mallorca. Sabía que era difícil que pudiera adelantar el vuelo, aun así, me da rabia que no hayamos tenido suerte. Tras una ducha me visto, lo bueno de que sea verano y de que me pase todo el día en la playa es que no tengo que pensar demasiado en qué me pongo, con un bikini y un vestido ya estoy lista.

En la cafetería encuentro a John a solas, es raro verle sin una de esas chicas que suelen acompañarle y sin Óscar a su lado. Me acerco a él y aparto la silla que tiene delante.

—¿Puedo sentarme aquí contigo?

—Claro.

Un camarero se acerca a preguntarme qué quiero para desayunar y John pide otro café.

—¿Qué planes nos marca hoy tu agenda?

Él deja el móvil encima de la mesa, se echa un poco hacia atrás y me mira.

—No te caigo bien. Te caigo muy mal, ¿por qué?

Aunque me sonrojo un poco, es una situación incómoda, no me planteo mentirle.

—Casi no te conozco, esta es la primera vez que hablamos sin que estés pendiente de si alguien nos ve o de hacer una fotografía para las redes sociales. Hasta el momento has tenido una vida privilegiada, lo cual no es malo, me alegro por ti, no soy de esas personas envidiosas, pero vas por el mundo como si nada fuera contigo, como si estuvieras por encima del resto de los mortales. Esta despreocupación que sientes hacia los demás es contagiosa y recíproca. Tú no te has interesado lo más mínimo por el verdadero objetivo de *Los chicos del calendario* ni por mí, así que supongo que has conseguido que yo no me interese por ti.

—La única vida que voy a vivir es la mía, igual que tú la tuya. ¿De qué sirve que te intereses por los demás? Solo sirve para preocuparte, amargarte, y yo no pienso hacerlo.

—Y tienes todo el derecho del mundo a ser así. Además, en tu caso puedes pagártelo, con el dinero y los contactos que tienes, y con tu físico, siempre tendrás gente orbitando cerca de ti.

—Y a ti eso te parece despreciable.

—Como has dicho tú, es tu vida y puedes hacer con ella lo que quieras. Si a ti te basta con tener amigos que solo están contigo para ver qué sacan de ti, adelante, en el fondo tú estás con ellos por lo mismo, para aprovecharte de ellos.

—Yo no me aprovecho de nadie.

Se me escapa la risa.

—Te aprovechas de todo el mundo, aunque en tu defensa diré que nunca engañas a nadie. Lo que ven es lo que hay. ¿Por qué te molesta no caerme bien?

—No me molesta exactamente, me intriga. No me parece lógico.

—¿Perdona? —Casi me atraganto con la tostada—. ¿Por qué no te parece lógico? Basta con mirarnos para saber que somos como el agua y el aceite. Si tu patrocinador no hubiese sido quien es —«y si el señor Barver padre no fuese un cretino», añado mentalmente—, hoy tú y yo no estaríamos desayunando juntos.

—Reconozco que tenemos unos objetivos muy distintos y que nuestros caracteres no se parecen en nada, pero nuestra vida, al menos en los últimos meses, no es tan diferente. Los dos dependemos de las redes sociales y los dos estamos desempeñando un papel.

Me incomoda descubrir que John no es tan plano como creía y que su argumento es válido. Yo puedo decirme a mí misma que el motivo por el que desde enero comparto mi vida en las redes es más puro o correcto que el suyo, que solo busca satisfacer a su promotor y ganar dinero, pero eso no cambia el hecho de que los dos hacemos lo mismo.

Pero lo de desempeñar un papel...

—Yo no estoy desempeñando ningún papel.

—Si tú lo dices.

—¿Qué esperas conseguir de este mes, John? ¿Por qué accediste a ser un chico del calendario?

—Hace unos meses gané un campeonato de surf en Tenerife —empieza a explicarme—. Cuando la presentadora me entrevistó me llamó «chico del calendario»; hasta entonces no había oído nada sobre ti o sobre el concurso. En el hotel lo busqué en las redes y pensé que era divertido, la idea de buscar por España un tío que valga la pena es muy original. La verdad es que creí que todo era un montaje, un concurso con una excelente campaña de *marketing*. Hablé con BoardSun y les encantó la idea, llevan tiempo buscando que entre en nuevos mercados y creyeron que así lo conseguirían, que cambiarían mi imagen.

—¿Cómo quieres que cambie tu imagen haciendo lo mismo de siempre, John? Yo no soy ninguna experta en *marketing* ni en publicidad, pero si haces lo mismo de siempre, le gustarás a la misma gente de siempre.

—Y no le gustaré a la gente a la que nunca le gusto, como a ti.

—No debería importarte no gustarme.

—Yo también lo pienso, pero llevas una semana acompañándome a todos lados y no dejas de mirarme con cara de suficiencia, como si estuvieras por encima de mí y mi mundo te pareciera despreciable. No es agradable.

Trago saliva porque no, no es agradable en absoluto. ¿De verdad me he comportado como una engreída condescendiente con él? Su mundo no es el mío, cierto, y le elegimos como chico de julio bajo presión y para quitarnos de encima al señor Barver padre, pero no le he dado ni la menor oportunidad. No solo eso, le he juzgado de entrada. Algo que prometí que no volvería a hacer jamás.

—Siento no haber sido justa contigo, John.

Él se ríe.

—¿Por qué me pides perdón? Si la situación fuese a la inversa yo probablemente ni siquiera me habría presentado el primer día.

—Lamento no haber intentado conocerte. Dudo mucho que tú y yo lleguemos a ser amigos, lo más probable es que en cuanto me suba al avión para dejar Mallorca tú te olvides de este mes y yo también, pero mi obligación es ser objetiva contigo y no lo he sido.

—Está bien. Entonces supongo que yo lamento haberte tratado como si fueras una acompañante más. Tendría que haber perdido cinco minutos en hablar contigo.

—Bueno, por suerte para los dos todavía nos quedan tres semanas para intentar arreglarlo y hacer que este mes, aunque no nos va a cambiar la vida, sea más agradable. ¿Qué te parece si volvemos a empezar? —Le tiendo la mano—. Hola, soy Cande, encantada de conocerte, John.

Él sonríe, no me extraña que su cara consiga vender cremas de protección solar para deportistas.

—Hola, Cande, yo soy John y tengo muchas ganas de pasar el mes de julio contigo.

La exhibición tiene lugar en la playa Son Serra de Marina. Cuando llegamos, la productora que va a grabar el evento para un canal de deportes extremos ya ha instalado las cámaras, la zona donde van a cambiarse los surfistas y también unos enormes ventiladores enfocados hacia el mar para hacer efectos especiales. John es el plato principal, él saldrá el último según me ha explicado en el coche hacia aquí; antes saldrán surfistas de más o menos renombre e incluso habrá una actuación musical en la playa que intuyen que estará llena hasta los topes de turistas. Llevan días haciendo publicidad del evento y en los hoteles de toda la isla han estado anunciándolo. Habrá incluso presentadores, un modelo famoso y una ex miss España, que entrevistarán a los surfistas mientras se preparan para salir al mar y también cuando vuelvan.

Menos mal que yo estaré en la retaguardia. Dejaré que John haga su magia y le esperaré con Óscar, que hoy también nos acompaña y que se ha pasado el trayecto hasta la playa trabajando en el portátil. Bajamos del coche y le hago una foto a John de espaldas mientras está mirando al mar.

«#ElChicoDeJulio 🏄 #LoQueDaDeSíUnCafé ☕ #SegundasOportunidades #Mallorca 🏝 #LosChicosDelCalendario 🗓🏃 ».

La playa se va llenando de gente y el *disc jockey*, que está instalado en la tarima que sirve de centro del espectáculo, no para de poner música estridente. Es como estar en una discoteca a las tres de la madrugada, tienes que gritar para que alguien pueda oírte.

John tiene una especie de camerino improvisado en un rincón de la playa, consiste en un todoterreno aparcado de tal manera que bloquea a la gente y detrás tenemos sillas donde sentarnos y una mininevera con agua y refrescos a nuestra disposición.

En el agua hay varios surfistas haciendo piruetas y una lancha motora pendiente de ellos en todo momento. Me imagino que uno de ellos será Rubén, si es que lo que me dijo ayer es cierto, y siempre que cae uno al agua decido que es él.

Llega el momento de que salga John y confieso que es la primera vez que le miro de verdad mientras surfea. Es un exhibicionista, cómo no, pero tengo que reconocer que entrena muchas horas y que sus movimientos, el modo en que cruza las olas, son mucho más elaborados y sofisticados que los de los demás. Él tendrá cierto don natural aunque es innegable que entrena mucho y que si hay algo que le importa en este mundo es este deporte.

Sale del agua con la tabla bajo el brazo y una sonrisa chulesca en el rostro. La ex miss España le detiene y le hace unas preguntas; no oigo lo que le contesta, pero él señala hacia mí con un dedo y guiña un ojo a la vez que se aparta el pelo mojado de la frente.

—Creo que vas a tener que salir de nuestro escondite —me dice Óscar.

—¿Yo? No. ¿Por qué?

—Vienen hacia aquí.

Efectivamente John y la ex miss, que lleva un bikini minúsculo y tanto maquillaje que incluso brilla, se están acercando. Me pongo en pie y Óscar hace lo mismo, resignado.

—Hola, Cande —la miss me saluda efusivamente—, no te imaginas la de tiempo que hace que quería conocerte y hablar contigo.

—¿Ah, sí?

—Sí, eres la chica del momento, la chica del año, ¿no crees?

Me planta un micrófono en la cara.

—Está resultando ser un año muy interesante, eso seguro.

La miss se ríe. Tampoco es tan gracioso lo que he dicho.

—Sí, me lo imagino. ¿Y qué nos puedes decir de John? ¿Qué tal es compartir un mes con él, un mes tan caluroso como julio?

Vaya, si dieran premios a la falta de originalidad ya sé quién se lo llevaría.

—Cada día que pasa es más sorprendente que el anterior.

La muy boba vuelve a reírse.

—¿Y qué me dices de las fotografías que han salido hoy? Debo confesar que yo no me lo esperaba, daba por hecho que jamás volverías con Rubén.

—¿Disculpa? ¿Qué fotografías?

Ella cambia la sonrisa y se vuelve ladina. Lo ha hecho a propósito.

—Tenemos que dejar a Cande con su chico de julio —habla a la cámara que los ha seguido hasta aquí— y volver a las olas porque ahora le toca el turno a Mick Fanning, que ha venido desde Australia para estar hoy con nosotros.

La miss se larga, ya ha cumplido con su objetivo, y John se seca el pelo con la toalla y empieza a cambiarse. Se quitará el traje y se pondrá uno de sus bañadores estridentes y una camiseta. Yo me giro hacia Óscar.

—¿De qué fotografías hablaba miss Arpía? ¿Sabes algo?

Óscar niega con la cabeza, teclea algo en su inseparable iPad y me lo acerca.

—Han salido hace un rato en varios canales de Youtube y en las webs de revistas del corazón y de moda.

Acepto la *tablet* y me quedo alucinada. ¿Desde cuándo se interesan por mí estos medios? En enero *Los chicos del calendario* y el primer vídeo de Youtube, ese del bar que colgó Abril, aparecieron en algún que otro periódico y en unos cuantos blogs o revistas, pero hasta ahora nadie se había fijado especialmente en mí más allá de eso. Nunca me han perseguido fotógrafos ni me han llamado de la tele. Leo que una de las revistas dice que estoy con Rubén y para ejemplificarlo ponen una foto de nosotros dos hablando ayer en el vestíbulo del hotel y otra de esta mañana cuando he abierto la puerta de la habitación y él estaba en el pasillo.

—Mierda.

—No les hagas caso —me dice John desde mi espalda. Está mirando las fotos por encima de mi hombro—. Siempre se inventan cosas.

Me giro hacia él.

—¿Tú lo sabías? ¿Sabías que esto iba a pasar, que alguien iba fotografiarme? —Recuerdo los chicos que salieron ayer del vestíbulo del hotel y esta mañana también había uno en el pasillo. La presencia de Rubén aquí no es casual y el único nexo fiable, si es que puede llamarse así, con BoardSun está ahora delante de mí.

—No. No lo sabía. —Se pone la camiseta y se peina con los dedos.

—Tiene razón, Cande. Ni John ni yo estábamos al corriente de este montaje, en serio.

—¿Cómo sabes que es un montaje? —Miro a Óscar desconfiada.

—Llevo años dedicándome a esto, Cande. —Abandona la silla donde estaba sentado, se acerca a mí y coge la *tablet* de entre mis dedos—. Antes de que llegaras vi todos tus vídeos y leí tus artículos, y también busqué todo lo relativo a ti, a tu historia, y a los anteriores chicos del calendario que hay en las redes. Es mi trabajo. John vive de su imagen y en más de una ocasión han intentado colgarle algún muerto; desde una novia hasta una estafa. Rubén no es lo bastante buen surfista como para estar aquí hoy y, sin embargo, BoardSun le ha invitado. Seguro que se pasó horas esperándote en el vestíbulo del hotel para que pudieran sacaros esta foto y lo del pasillo del hotel es de principiantes.

—Tengo que decir que no es verdad, no voy a permitir que vayan diciendo por ahí que Rubén y yo estamos juntos.

—¿Quieres un consejo? —me pregunta John—. No digas nada.

—Es verdad, Cande, es mejor que de momento no digas nada —conviene Óscar—. Antes de dar ningún movimiento tenemos que obtener más información.

—¿Tenemos? ¿Vais a ayudarme?
—Yo no tengo nada mejor que hacer —dice John—, ¿y tú, Óscar?
—Yo tampoco.
—Gracias.
—No me las des, en realidad lo hago por mí. Yo todo lo hago por mí, ¿recuerdas? —Estoy a punto de emocionarme y tal vez John lo sabe y sabe también que no podrá soportarlo, y por eso decide añadir—: Odio que me utilicen. Solo permito que lo haga la gente de la que yo puedo obtener algo a cambio. BoardSun ha invitado aquí a Rubén y me lo ha ocultado, quiero saber por qué.

—Tú utiliza tus encantos con ex miss España a ver qué más sabe —sugiere Óscar—; ha buscado a Cande adrede y ha hecho esa pregunta al final con toda la mala leche, alguien le ha dicho que lo hiciera así, ella no es tan lista.

—Está bien.—John rebufa y finge que estar con esa mujer tan guapa será un suplicio.

—Yo iré a las oficinas de BoardSun, siempre se quejan de que nuestro equipo va por libre y no tenemos sentido de empresa.

—¿Y yo?

Los dos me miran y es John el que me contesta.

—Tú ve al hotel y sigue comportándote como si prefirieras estar en cualquier otra parte antes que conmigo. No te será difícil. Nos vemos esta noche en la fiesta de la entrega de premios.

Asiento y miro a John mientras se aleja rumbo a mis España.

—Vamos, te llevo al hotel. —Óscar ya tiene las llaves de nuestro coche en la mano—. Son casi las tres.

Al oír la hora reacciono.

Salvador está a punto de llegar.

28
VÍCTOR

Hace nueve días que discutí con Cande y decidimos dejarlo.

Hace veinte días que volví de Estados Unidos impaciente por verla, decidido a luchar por nosotros, a decirle por primera vez que creía que me había enamorado de ella. ¿Qué sé yo sobre el amor, sobre esta clase de amor? Sé que quiero a mi sobrina Valeria y a mi hermana Victoria, pero eso es fácil. Las relaciones de pareja son complicadas o al menos así lo veo yo, pues mi primer intento está resultando más difícil que resolver el teorema del gato de Schrödinger.

El teorema o paradoja de Schrödinger se lo inventó un físico austríaco en 1935 y trata sobre un experimento imaginario para explicar la complejidad de la física cuántica. Schrödinger ganó el Nobel. Si estuviera vivo me plantearía llamarlo. El experimento consiste en encerrar un gato en una caja completamente opaca con un frasco de veneno. Dicho frasco está cerrado herméticamente y solo puede romperse con un golpe. El golpe en cuestión lo proporcionará un electrón que soltaremos dentro de la caja en la que antes habríamos instalado un detector de electrones. Si el electrón dispara el detector, este hará estallar la caja y el veneno matará al gato y si no lo detecta, no. Apretamos el botón.

¿Qué ha pasado?

Mientras no abramos la caja han pasado ambas cosas, el gato está tanto vivo como muerto y seguirá así hasta que levantemos la tapa.

Gato.

Mierda, ya vuelvo a pensar en Cande. Su gato de la suerte seguro que sobreviviría a cualquier experimento.

No llamé a Cande, porque mientras no lo hiciera nuestra relación era como el gato de la caja, estaba tanto viva como muerta.

—¿Qué estás haciendo? He llamado a la puerta cuatro o cinco veces y nadie ha venido a abrirme.

—Pues bien que has entrado.

—¿Qué coño te pasa, Víctor?

—¡Ese lenguaje, Jimena!

—«Ese lenguaje, Jimena» —me imita y bloquea la puerta de la cocina para que no pueda salir a no ser que la aparte físicamente—. A mi lenguaje no le pasa nada. Coño. Siéntate y dime qué te pasa.

Retrocedo porque la conozco lo suficiente como para saber que no conseguiré que se marche si no hablo con ella. Jimena llegó a Haro hace tres años y no tiene pasado, apareció de la nada y compró una vieja casa en el pueblo que convirtió en una pastelería. Tori y yo solíamos especular sobre ella hasta que un día nos oyó en un café hablando de ella, se plantó frente a mi hermana y nos dijo que estábamos equivocados. Desde entonces siempre que Victoria se cruza con ella le propone una profesión: asesina en serie, domadora de leones, esposa de un magnate árabe, y Jimena levanta una ceja, sonríe y no le contesta.

—Está bien, pasa, estás en tu casa.

Jimena deja la bolsa de cruasanes junto a la cafetera y se sirve una taza. A primera hora sale a repartir cruasanes, los hace ella y están buenísimos, y no sé por qué no contrata a un chico cualquiera para que los lleve a las fincas de las afueras en su lugar.

—Tu amabilidad me sobrepasa, Víctor.

Jimena saca un cruasán de la bolsa y le da un mordisco después de beber un poco de café.

—Espero que hayas traído de más. No vas a comerte mis cruasanes.

Ella se ríe y escupe un poco.

—Lo siento, lo siento —se disculpa buscando un trapo para secarse—. Incluso un tío como tú es capaz de verle el doble sentido a esa frase.

—Si ya has acabado de desayunar, Jimena, puedes irte cuando quieras.

—Vamos, cuéntame qué te pasa. Normalmente eres serio, distante y solo prestas atención a tus experimentos, pero desde que volviste de Nueva York estás hecho una mierda y no hay quien te aguante.

La miro extrañado, no sé qué me sorprende más: que sepa a qué me dedico, que he estado en Nueva York o que estoy distinto desde que he vuelto. En muchos sentidos Haro sigue siendo como un pueblo, lo de mi trabajo puede haberlo oído en cualquier parte, por no hablar de lo que pasó en el mes de marzo cuando fui un chico del calendario.

Mi mal humor empeora.

—¿A qué viene tanto interés?

—A nada retorcido, Víctor. Desde que volviste de tu misterioso viaje nos hemos visto cada mañana. Salimos a correr a la misma hora —me recuerda—. Durante la primera semana solo moviste la cabeza, no sé si intentabas saludarme o espantar una mosca, la segunda combinaste el movimiento de cabeza, que fue a menos, con una leve mirada hacia mí. Y los días siguientes me gruñiste. Y hoy no has ido a correr. Estoy cumpliendo con mi obligación de vecina. Vamos, dime qué te pasa. He omitido el «coño».

—Está bien.

Jimena me aplaude como si yo fuera un niño pequeño y se sienta delante de mí.

—Empieza.

—Fui a Estados Unidos para una posible entrevista de trabajo, unos laboratorios están interesados en contratarme para un proyecto que está muy relacionado con las investigaciones que yo empecé a hacer aquí después de que mi padre muriese.

—Serán idiotas si no te contratan.

—Gracias —carraspeo—, pero no es eso lo que me preocupa.

—Pues ¿qué te preocupa, tesoro?

Levanto una ceja.

—¿Tesoro? ¿No crees que estás llevando demasiado lejos esto de ser una buena vecina?

—Vale, dime qué te pasa y los dos volveremos a comportarnos como siempre. Seguro que te duele la mandíbula de tanto hablar. ¿Cuántas palabras has dicho ya hoy? Y llamo *tesoro* a todo el mundo, lo sabrías si alguna vez abandonases tu cueva y pasases por el pueblo y entrases en mi pastelería.

—Hay una chica.

—Siempre hay una chica. O un chico.

—Creía que estábamos juntos, pero me fui a Nueva York y ella me mintió, me ocultó algo. Le dije que tenía que pensármelo y hace unos días me llamó y decidimos dejarlo.

—¿Cuándo dices «decidimos dejarlo» quieres decir que ella te ha dejado, no? Y ¿«creía»?, en serio, Víctor, por favor. No hace falta haber leído todas las novelas de Nicholas Sparks para saber que el amor se siente o no se siente. Punto.

—¿Por qué no te vas ya, Jimena? Ya te he contado qué me pasa y tú me has escuchado y me has señalado breve y cruelmente mis fallos. Puedes irte. Yo volveré al trabajo.

—Seguro que vas a trabajar mucho —se burla—. Mira, sé muy poco sobre ti, eso lo reconozco, pero sobre el amor sí sé algo y no parece que tú y esa misteriosa chica lo hayáis intentado demasiado. Os habéis rendido a la primera.

—Tú no lo sabes todo.

—Y no te estoy pidiendo que me lo cuentes. —Camina hasta la puerta de la cocina—. A lo mejor lo único que te pasa es que estás cabreado porque te han dejado. A los hombres suele molestaros eso, os sentís infravalorados. Tenéis un ego muy frágil, pobrecitos. A la que el ego se os recupera os olvidáis de que tenéis corazón y de que se supone que estáis enamorados de otra.

¿De qué está hablando? Y, joder, ¿por qué la estoy escuchando? Peor aún, ¿por qué le estoy contando todo esto? Tendría que echarla de aquí y dejar de preguntarme de qué color tiene los ojos. Mierda. Le estoy mirando los ojos. Es absurdo.

Ella sonríe y baja la mirada por mi cuerpo y la reacción que tengo es culpa de la mala leche, así de claro.

—Mi ego está bien. Y mi corazón no es asunto tuyo. Yo no soy asunto tuyo. ¿No se supone que ahora mismo tendrías que estar corriendo o repartiendo cruasanes por alguna parte?

La muy descarada ha detenido los ojos en mi erección. ¡Joder! Esto ya es el colmo, lo de ponerme cachondo ahora sí que no tiene ningún sentido.

—Tus modales apestan, pero tu ego está bien. Muy bien.

Carraspeo y meto las manos en los bolsillos para disimular. Tengo que sacarla de aquí cuanto antes.

—Te acompaño a la puerta.

—No tienes nada de qué avergonzarte.

Quién me mandaba a mí dejarla entrar o salir de la cama esta mañana. Si me hubiese quedado durmiendo un rato más me habría ahorrado este interrogatorio y esta humillación. El día de hoy solo puede ir a peor.

—Déjalo ya, Jimena.

—Lo digo en serio. Mira, para que te sientas mejor yo voy a confesarte algo. —Se detiene y se planta frente a mí—. Ayer me masturbé pensando en ti.

Se me funde el cerebro, me niego a plantearme lo que está haciendo y estoy seguro de que no podré volver a cerrar la mandíbula nunca más.

—¿Qué? ¿Cómo? ¿Qué has dicho?

—Sí, me masturbé pensando en ti. No es la primera vez que lo hago, pero ayer fue especial, así que ya sabes, no te sientas mal por haberte excitado hablando conmigo.

—Será mejor que te vayas, Jimena, lo digo en serio.

—Vale, me voy —sonríe como si nada—. ¿Nos vemos mañana por la mañana y corremos juntos?

Sigo aturdido por lo que ha dicho, aunque no puedo evitar pensar que al menos se ha contenido y no ha hecho una broma de mal gusto con el verbo correr. No, al parecer la estoy haciendo yo en mi cabeza.

—Sí, de acuerdo.

—¿A la hora de siempre en el lugar de siempre?

Vuelve a bajar la mirada hasta mi entrepierna.

—Tú y yo jamás hemos quedado para correr juntos. Tú vas por tu lado y yo por el mío. Largo de aquí, Jimena.

—¡Hasta mañana, tesoro!

Cierro la puerta y camino decidido hacia el laboratorio, necesito hacer algo con toda esta energía que siento. Me tiemblan un poco las manos, aun así consigo centrarme en el trabajo y en tres horas avanzo más que en los últimos nueve días.

Cuando por fin me tomo un descanso me doy cuenta de que llevo bastante rato sin pensar en Cande y no tengo más remedio que plantearme seriamente la posibilidad de que Jimena tenga algo de razón.

La paradoja del gato de Schrödinger puede irse a la mierda. El gato o está vivo o está muerto, no puede estar las dos cosas. Y yo tampoco. O estoy enamorado de Cande y voy a verla e intento recuperarla, o no estoy enamorado de ella y la olvido.

Ahora está en Mallorca y tras nuestra desastrosa conversación telefónica no quiero llamarla, lo mejor será que vaya a verla.

Suena el teléfono y lo busco con la ilusión de ver el nombre de ella en la pantalla, eso sí que sería una señal en toda regla, casi una prueba empírica. No lo es, es un número del extranjero.

Una hora más tarde mi futuro ha cambiado por completo o al menos tiene la posibilidad de hacerlo. Joder con Schrödinger, al final resultará que tenía razón.

Me han llamado de Estados Unidos, han mejorado, otra vez, las condiciones del empleo que me ofrecen. Es el trabajo de mis sueños, mejor incluso, jamás me había atrevido a soñar algo así.

La única condición es que empiece en enero de 2017, aunque me aconsejan que yo y mi *significant other* viajemos antes a la ciudad de San Francisco para buscar casa y preparar la mudanza.

La casa también corre a cargo de ellos.

Quieren que yo sea el jefe del nuevo laboratorio que van a abrir en esa ciudad, que elija qué proyectos quiero desarrollar y contrate al equipo necesario. Puedo seguir escribiendo artículos de investigación o dar clases en la universidad si me apetece. Tendré completa libertad horaria siempre y cuando cumpla con los objetivos. Y tendré al alcance de mi mano los recursos de uno de los mayores laboratorios biológicos del mundo.

Tendría que ser idiota para rechazar una oferta así. O estar como una cabra.

Ellos no me han presionado, me han dicho que entendían perfectamente que quisiera consultarlo con la almohada o incluso pensármelo durante unos días. Les he dicho que tendrán mi respuesta a finales de mes.

En agosto podría ir a pasar unos cuantos días allí de vacaciones, tal vez Tori, Carlos y Valeria podrían acompañarme. Mi sobrina ya puede viajar y sería como un regalo después de los meses tan intensos que hemos pasado.

No puedo seguir retrasando mi decisión sobre Cande. ¿Quiero estar con ella o lo único que me pasa es que tengo el orgullo herido porque me ha dejado? En todos estos días me he negado a plantearme qué puede haber pasado entre Cande y Salvador Barver y cómo reaccionaré yo al enterarme. Quizá por eso no he ido a verla, porque tengo miedo de descubrir que está con Barver. ¿Y si Cande ha estado con él, pero decide estar conmigo? Nunca me he encontrado en una situación de esta clase y no sé si me apetece descubrir que no tengo la mente tan abierta como debería.

Se supone que el amor es esa emoción tan complicada de atrapar que una vez la tienes todo lo puede. Pero ¿de verdad es así? Si llego a la conclusión de que quiero a Cande, ¿significa que debemos superar nuestras diferencias y olvidar nuestros problemas por arte de magia?

¿El amor nos idiotiza o nos vuelve más listos? En abril, cuando me acosté con Cande en Barcelona, solo podía pensar en lo mucho que la deseaba, yo sabía que ella había discutido con Barver y que sentía algo por él, y no me importó. Pensé que el sexo no tenía por qué mezclarse con eso y sí, soy un engreído y pensé que acostándose conmigo se olvidaría del otro. Ahora sé que es una gilipollez.

Tengo que pensar en ello y tengo que ir a hablar con Cande en persona.

Mierda.

Ahora mismo lo único que me veo capaz de hacer es ir a la cocina a comerme un cruasán.

Estoy esperando a Jimena. Podría haber seguido corriendo sin ella, le estaría bien merecido aunque después probablemente se presentaría en casa y volvería a decirme algún disparate como que se ha masturbado pensando en mí.

Joder.

Debería de molestarme o como mínimo incomodarme tener esa clase de información sobre ella, ¿pero qué estoy diciendo? Tendría que molestarme que me utilizase mentalmente para eso y, sin embargo, desde que me lo dijo tengo una estúpida sonrisa en los labios y me siento importante. Joder, si creo que incluso respiro mejor por no mencionar lo que sucede en cierta parte de mi cuerpo que no tiene cerebro. Sé perfectamente que esa parte funciona sin necesidad de tener el aval de unos sentimientos, pero me molesta que mi cabeza esté intentado decidir qué hacer con Cande y eso vaya por libre hacia otra dirección.

—Ya estoy aquí. ¡Vamos o te quedarás atrás!

Llevo diez minutos esperándola y ella ni se molesta en dejar de correr para saludarme. Realmente soy un estúpido. Me aparto del árbol y hago un *sprint* para adelantarla.

Ella no tarda en atraparme.

29

El vuelo de Salvador ha llegado a la hora prevista y él me manda un mensaje para avisarme de que ha aterrizado. Yo estoy en el hotel intentando no ir en busca de Rubén para estrangularle con mis propias manos.

No tendría que haberme pasado la última media hora leyendo todas las noticias y posts que he encontrado hablando de mí y de Rubén. Incluso la última foto que he colgado yo de John en la exhibición de surf de hace un rato se ha llenado de preguntas y comentarios sobre este tema.

Mierda.

¿Por qué será que a la gente le genera más interés o expectación esta clase de noticias que otras? Todo el mundo sabe —porque no me he cansado de repetirlo y porque es el punto de inicio de *Los chicos del calendario*— que Rubén es un impresentable. No solo por cómo me dejó, sino también por cómo era durante nuestra relación. ¿Cómo es posible que la gente se crea que he vuelto con él así sin más?

He prometido que esperaría a tener más información y a hablar del tema con el equipo de Olimpo, pero me está costando lo suyo. Por suerte, llaman a la puerta de la habitación, y evito hacer una locura. Antes de abrir miro por la mirilla. He escarmentado después de lo de esta mañana. Es Salvador.

En cuanto abro él me abraza y me besa, aniquila mis labios y mi capacidad para pensar.

Abro los ojos al sentir una pared a mi espalda y veo que Salvador ha cerrado la puerta y que está mirándome.

—Hola. —La palabra casi acaricia mis labios, casi los toca sin llegar a hacerlo porque él está susurrando. Me estremezco, me falla el aliento—. Tengo que decirte algo, Candela —sigue hablándome sin moverse de donde está—: creo que ya no puedo seguir fingiendo que no necesito estar dentro de ti cada hora. Cada día.

Oírle decir eso tiene el mismo efecto que si me hubiese estado besando, tocando, lamiendo todo el cuerpo durante horas.

Le deseo, le deseo y le quiero tanto que de repente tengo miedo de decírselo por si eso significa perderle de nuevo.

Salvador interpreta mi silencio como que tiene permiso para seguir torturándome.

Me acaricia la mejilla con el pulgar aunque su mirada sigue fija en mis labios.

Aguanto la respiración y espero al borde del infarto.

Él agacha la cabeza, elimina la distancia entre su boca y la mía y cierro los ojos en cuanto su lengua me recorre el labio inferior. Me tiembla porque necesito más.

Salvador me besa muy despacio, creo que la última vez descubrió que esta seducción tan lenta me enloquecía y está dispuesto a llevarla tan lejos como le haga falta. La presión de sus labios aumenta lentamente, su aliento baja poco a poco por mi garganta y su lengua recorre cada centímetro sin olvidarse nada. Cada vez tengo más calor y un cosquilleo desesperado va extendiéndose por mi piel.

Nunca me habían besado así. Ninguno de los chicos con los que he estado había dedicado tanto tiempo a besarme, como si solo necesitase mis labios para sobrevivir.

Estoy a punto de tirarle del pelo y de exigirle que me bese más fuerte, pero él se aparta y empieza a besarme la comisura de los labios, las mejillas, el cuello, como si tuviéramos todo el tiempo del mundo.

Es increíble, muy sensual y romántico, y eso hace que mi desesperación aumente.

—Eres tú —confieso mirándole, quería sonar decidida, incluso formal. Tengo tanto miedo de estar equivocándome que esta extraña frase es la única que se me ha ocurrido para intentar explicarle lo que siento. Tal vez no debería haber dicho nada; él y yo seguimos sin haber hablado. Pero las dos palabras no han sonado para nada firmes ni distantes; cada sílaba ha dejado claro la emoción que me embarga.

Él me mira como hacía en enero, cuando intentaba descifrarme, o eso creía yo que hacía, aunque ahora el escrutinio va acompañado de ternura y también de deseo.

—¿Qué soy yo?

—El único que me hace sentir así. El único cuyos besos me llegan tan adentro. —No puedo decirle nada más.

A Salvador se le oscurece la mirada y coge aire, respira como si llevase días sin hacerlo.

—Me alegro —responde emocionado con la voz ronca antes de agachar la cabeza y volver a besarme.

Él vuelve a torturarme con sus besos, que no tienen fin, y sus caricias, que recorren muy lentamente el lateral de mi vestido. Necesito que me lo quite, sentir sus manos y su boca también en mi piel. Nada puede compararse a la sensación de los labios y la lengua de Salvador recorriéndome el cuerpo, deteniéndose en los lugares que me hacen gemir su nombre.

Aparto las manos de su cintura, las tenía allí sin hacer nada, como si no me funcionasen, y las llevo hasta sus hombros para tirar de él. Gimo su nombre antes de abrazarlo con más fuerza, separo los labios porque necesito que me bese más profundamente y porque necesito sentir alguna parte de él dentro de mí.

Le he echado mucho de menos.

—Rodéame la cintura con las piernas —me pide con esa voz que me quema siempre.

Lo hago, ni me cuestiono que apenas unos metros a mi derecha tenemos una cama y, cuando noto su erección presionándome el bikini, nuestros ojos se encuentran y juraría que el mundo a nuestro alrededor desaparece. La respiración de Salvador se pega a la mía y él me apoya en la pared y me sujeta con una mano mientras con la otra se desabrocha el pantalón. Yo le desabrocho la camisa porque quiero tocarle y, cuando mis dedos le acarician la piel, él aprieta los dientes y hunde el rostro en mi cuello para besarme y susurrarme al oído:

—Ayúdame.

—Oh, Dios mío... —susurro antes de atinar a que podría haberme mordido la lengua. Bajo una mano entre el poco espacio que aún queda entre nuestros cuerpos y acaricio su erección, la guío hasta mi cuerpo—. Eres tú.

Esas últimas palabras apenas puedo terminar de decirlas porque Salvador atrapa mis labios y me besa en cuanto me penetra.

—No —pronuncia casi enfadado pegado a mis labios cuando empieza a moverse—. Para mí, tú sí que eres tú.

La presión de sus caderas me impide moverme, apartarme ni un centímetro de la pared. Salvador tiene una mano apoyada junto a mi cabeza y la otra la detiene en el escote del vestido para apartarlo sin ninguna delicadeza y acariciarme los pechos por encima de la tela del bikini.

—Salvador.

Él se aparta y juro que estoy a punto de correrme solo con ver lo que brilla en sus ojos. Él no sé si se da cuenta, pero vuelve a besarme, esta vez con más fuerza, más fuego, y sus caderas apenas se apartan de mi cuerpo. Casi no nos movemos, la brutalidad del beso y saber que él está dentro de mí me llevan al orgasmo, y cuando empiezo él me sujeta por la nuca y tras dos movimientos que responden únicamente a lo más profundo que hay dentro de nosotros, él también llega al clímax.

Al terminar, Salvador camina conmigo en brazos hasta la cama y me tumba con cuidado. Sale de mi interior lentamente, se quita la camisa, los pantalones y acaba de desnudarse. Después me ayuda a quitarme el vestido y me abraza.

Nos quedamos dormidos un rato, en mi caso el sol y las emociones me han desbordado y mi cerebro necesita apagarse. Me despierto porque Salvador está acariciándome. Por la ventana del hotel entra la luz más bonita que existe, la del sol cuando se está poniendo en verano. Salvador está a mi espalda y me muerde el cuello y la oreja. En cuanto se da cuenta de que estoy despierta, esos besos caminan por el hombro y me tumba con cuidado de espaldas para mirarme y seguir besándome. Yo no digo nada, pero le acaricio el rostro, el torso, los abdominales y después subo por la espalda.

Él me besa los pechos y yo arqueo la espalda cuando una de sus manos me acaricia entre las piernas y unos segundos más tarde me penetra con dos dedos.

Le sujeto por el pelo y tiro de él hacia mí para besarlo. Su lengua se mueve con la mía.

—Cariño... —él me muerde los labios y los cubre a besos—. Joder, cariño, estás muy excitada.

Yo casi no puedo respirar y abro los ojos en busca de los suyos. Solo puedo asentir.

—¿Me deseas? Dímelo, Candela.

Le clavo las uñas en la espalda, lo único que quiero es que vuelva a besarme y que haga algo con todo lo que estoy sintiendo.

Niego con la cabeza y él arruga las cejas y sus ojos cambian, se entristecen. Me apresuro a añadir.

—Te necesito. —La mirada de él vuelve a cambiar y sigo—: Te quiero... dentro de mí.

Y con esa última frase Salvador pierde el control.

Cuando volvemos a despertarnos seguimos abrazados y quizás sea porque el sexo me ha apagado el cerebro o quizás porque tengo la sensación de que Salvador y yo por fin estamos juntos, unidos, y que vamos a salir adelante.

O quizá ya no puedo seguir callándomelo.

—¿Qué pasó en abril, Salvador?

Espero unos segundos; si él se hace el dormido no sé si podré perdonárselo. Está despierto, lo noto por cómo respira.

—Te hice daño y una parte de mí siempre se odiará por lo que te dije aquel día. Gracias por perdonarme y darme otra oportunidad.

—Me acaricia la espalda—. Tú no tuviste la culpa de nada, todo fue culpa mía.

Está dando rodeos.

—¿Qué pasó, Salvador?

—Mi vida, supongo. Jamás me había planteado la posibilidad de compartirla con alguien. Siempre pensé que tuviera el tiempo que tuviese lo pasaría solo, lidiando con mis problemas.

—¿Problemas? ¿Qué problemas? Todos tenemos problemas, ¿y qué significa eso de que tuvieras el tiempo que tuvieses?

Tira de mí hacia él y me besa, al principio va despacio pero pronto su lengua se enreda en la mía y el beso se complica.

—Salvador —la cabeza me da vueltas y me encantaría seguir besándolo, pero ahora mismo es más importante que hable con él—. ¿Qué problemas?

—Mi padre, por ejemplo, él y yo tenemos una relación muy complicada. Ya has visto lo que ha pasado con *Los chicos del calendario*.

—¿Por qué no me lo dijiste antes? Si me lo hubieras contado habría podido ayudarte y te habría ahorrado algún que otro quebradero de cabeza.

—Tú estabas en Granada y después en Haro y después en Muros. No quería hacer nada que pudiera echarte a perder esa experiencia. Te veía tan feliz en las fotos y cuando hablaba contigo que no quería estropeártelo.

—¿Y me dejaste porque no querías molestarme y echar a perder mi experiencia con *Los chicos del calendario*? No tiene ningún sentido, Salvador, en realidad es una estupidez —le digo sin levantar la cabeza de su pecho.

—Había más cosas.

—¿Qué cosas?

—Cosas. No quería que te preocupases. No quiero que lo hagas.

—No soy una muñeca inflable, Salvador. No puedes meterme en un caja y sacarme solo cuando quieras sexo.

Él aprieta las manos que tiene ahora en mi cintura.

—Lo sé. Sé que cometí un grave error y jamás te he visto así. Jamás.

—¿Qué pasa, Salvador?

—Lo único que he querido siempre es que seas feliz, Candela. Tú eres... eres lo más importante de mi vida. Pase lo que pase, tienes que creer eso. Tú eres lo más importante de mi vida.

Me tumba en la cama y me besa, sus besos y sus caricias consiguen que mi cuerpo vuelva a necesitarlo y hacemos el amor. Pero ni siquiera el placer que siento en los brazos de Salvador consigue hacerme olvidar que él no me ha contado toda la verdad.

A lo largo del fin de semana averiguamos que, efectivamente, BoardSun invitó a Rubén a participar en la exhibición de surf a petición del padre de Salvador. Salvador también me confirma que los autores de las fotografías con Rubén estaban allí por encargo.

Es domingo, hoy hemos pasado el día en la playa sin tener que asistir a ningún acto de John; él y Óscar están con nosotros. Hasta hace un rato John también tenía la compañía de una de sus chicas florero, me fascina que haya mujeres así, pero si es lo que ellas quieren, adelante.

—Coincido contigo, Óscar —le está diciendo Salvador—, lo mejor es no hacer nada. Conozco a mi padre y si no consigue lo que quiere, que básicamente es provocarme y causarme problemas, se aburrirá y nos dejará en paz.

—Sé que tenéis razón, pero me pone frenética que la gente crea que estoy con Rubén.

—Eso no se lo cree nadie, Cande. Pero si de verdad estás preocupada, cuelga una foto tuya con Barver y ya está.

Me quedo pensándolo, Salvador está tumbado a mi lado y no ha dejado de pasarme una mano por el brazo. No he notado que la sugerencia de John le alterase de ninguna manera, aunque me da mucha rabia tener que recurrir a esto para acallar esos estúpidos rumores.

—No, no quiero. —Salvador se levanta las gafas de sol y me mira—. Me parece absurdo que una chica tenga que decir que está con el chico B para demostrar o justificar que no está con el chico A. Tendría que bastar con que la chica en cuestión, o sea yo, diga que no está con el imbécil de A.

—Tienes razón —afirma John.

Salvador me sonríe, me guiña un ojo y vuelve a ponerse las gafas.

—Lo bueno es que la exhibición de surf del fin de semana ya ha terminado y que, tal como dice Barver, como no se ha producido ningún escándalo, pelea, etc., el tal Rubén no tendrá más remedio que largarse hoy o mañana con el rabo entre las piernas.

—Colita —le corrijo yo.

Salvador se ríe.

—Yo he hablado con los de BoardSun —añade John—. Les he dejado claro que, si bien estoy dispuesto a prácticamente todo para conseguir buena publicidad, no voy a permitir que vuelvan a utilizarme para un numerito de estos. Si quieren tener contento a ese Barver, perdona Salvador, que le manden a una tía que se la chupe.

—Aunque desapruebo tu último comentario, tienes toda la razón, John. Gracias por ayudarme con todo esto.

—Ya te dije que no lo hacía por ti.

Dos adolescentes se acercan a pedirle un autógrafo y dejamos de hablar del tema.

Por la noche hay una fiesta, John asiste, él no se pierde ninguna. Salvador y yo, no; Óscar nos presta su coche y nos alejamos de la ciudad. Cenamos en un restaurante con vistas al mar, está en un pueblo que parece pertenecer a un universo distinto al de Palma. No hablamos de Rubén ni de *Los chicos del calendario* y tampoco vuelvo a preguntarle por lo que sucedió en abril. Sé que él me ha dicho la verdad, igual que sé que no me la ha contado toda.

Hacemos el amor y finjo que ese secreto, sea el que sea, no me importa. Estamos juntos. Salvador nunca me había besado así, nunca me había tocado así. Es como si hubiese decidido dejar de esconderse, como si hubiese bajado las barreras invisibles que nos separaban y se hubiese dado permiso para estar conmigo.

Yo tendría que estar feliz, y lo estoy, pero no puedo dejar de pensar que esas barreras pueden volver a levantarse y que él puede volver a irse.

La voz de Víctor suena en mi cabeza y me provoca un escalofrío.

«Dime que rompes conmigo y vete corriendo a los brazos de ese tío que solo te utiliza y nunca te cuenta la verdad sobre nada».

Salvador me abraza más fuerte, estamos desnudos en la cama, y me besa el cuello.

Ojalá fuera capaz de darme media vuelta y decirle qué me pasa. Pero no puedo.

30

Durante las dos últimas semanas no hemos vuelto a tener noticias ni de Rubén ni del padre de Salvador. Al parecer el «no hacer nada» era de verdad la opción más acertada.

En estos días las redes también parecen haberse cansado de especular sobre una supuesta reconciliación entre Rubén y yo, y he leído incluso varios comentarios de lectores anónimos defendiéndome y diciendo que es una estupidez que alguien se plantee seriamente que Rubén sea mi novio.

Siempre he dicho que mis lectores son muy listos.

Y buenas personas.

Y guapísimos y guapísimas.

Estoy eufórica.

No solo eso, mi relación con John también ha mejorado; él sigue siendo engreído y va a la suya, pero tengo que reconocer que le juzgué demasiado rápido. Un error que ya tendría que haber aprendido a no cometer. Nuestras fotos se han vuelto más humanas, más personales y los seguidores de *Los chicos del calendario* se han dado cuenta y han empezado a recuperar la confianza en nosotros. En alguna otra foto sigo etiquetando a BoardSun, pero ahora lo hago porque no quiero poner a John en ningún compromiso y no para hacerles publicidad. Al fin y al cabo, hace dos fines de semana él me ayudó muchísimo; a pesar de que insiste en que no lo hizo por mí, sé que sí. Él podría ahorrarse esa clase de complicaciones con su patrocinador.

Estoy tan contenta que, cuando suena el móvil y veo el nombre de Alberto en la pantalla, no me planteo que pueda llamarme para darme una mala noticia.

—¡Hola, Alberto! ¡Qué alegría! ¿Cómo estás, cómo está Claudia?

—Hola, Cande. Claudia está bien.

—¿Qué ha pasado?

No hace falta que Alberto siga hablando para que yo sepa que algo va mal.

—Enrique ha muerto —me dice sin ningún preámbulo—. He pensado que te gustaría saberlo.

—¡Dios mío! —Quedo sentada en la cama, que por suerte está a mi espalda. Son las diez de la noche del viernes y había decidido quedarme a descansar porque mañana a las seis de la mañana se supone que vamos de excursión en barco—. ¿Cuándo ha sido? ¿Cómo? ¿Estás bien?

Él se ríe cargado de pena.

—No, no estoy bien. Ha sucedido esta mañana, Enrique llevaba días muy cansado y hoy no se ha despertado. Habíamos quedado para jugar una partida de ajedrez.

—Lo siento muchísimo, Alberto. Estoy segura de que se ha muerto convencido de que iba a darte una paliza —intento animarle a pesar de que he empezado a llorar y sé que él puede oírme.

—Seguro.

—¿Cuándo es el entierro? Me gustaría estar.

—Es mañana a las doce, haremos una pequeña ceremonia aquí, en el geriátrico, y después le incinerarán. Es lo que él quería.

Alberto no me lo dice, pero me imagino que él también tiene que hacerse cargo de las cenizas.

—Estaré allí, si no te importa.

—Por supuesto que no. En realidad me gustaría que vinieras, si puedes. A Enrique le caías muy bien, me dijo que era una lástima que no hubieras nacido antes.

—Allí estaré, te lo prometo. Ahora mismo voy a comprar el billete. Te llamo en cuanto tenga los datos, ¿de acuerdo?

—De acuerdo.

—Sé que ahora mismo crees que el mundo es una mierda, Alberto, y a veces lo es, pero intenta pensar en que Enrique a su manera era feliz y te quería. Tendrías que leer la carta que nos escribió cuando te presentó a candidato a *Los chicos del calendario*.

Tomo nota mental de buscarla y dársela.

—Lo sé, es que creía que tendría más tiempo con él. Claudia le conoció el otro día y me dijo que era un tío genial.

No sé qué decirle, nada podrá consolarle por haber perdido al hombre que en cierta manera le obligó a cambiar y a dar el primer paso para recuperar a su hija.

—Llegaré mañana.

Nos despedimos y voy al ascensor para ir al piso donde está la habitación de John. Le encuentro jugando a los videojuegos con dos surfistas más y con tres chicas esperándolos en un sofá.

—¡Hola, Cande! ¿Te animas a jugar una partida? —me saluda nada más verme.

—No, gracias. ¿Puedo hablar contigo un momento? —Le señalo el pasillo y él deja el mando al instante y camina hacia mí.

—¿Ha sucedido algo?

—Sí.

—¿Qué ha hecho esta vez ese imbécil de Rubén?

—No, no tiene nada que ver con eso. Acaba de llamarme Alberto, el chico de junio, para decirme que uno de los pacientes del geriátrico ha muerto.

—Lo siento mucho.

—Gracias. Enrique, así se llamaba ese señor, es muy importante para Alberto y durante el mes que estuve allí hablé mucho con él.

—Tienes que ir al funeral o estar con su familia, por supuesto. No hace falta que me pidas permiso —añade horrorizado y la verdad es que su reacción se ve sincera—. Eso es mucho más importante que nada de lo que tengamos previsto hacer aquí.

—Gracias, te lo agradezco de verdad. —En un impulso le doy un abrazo y él, para mi sorpresa, también me abraza—. Voy a buscar un billete para Segovia. En cuanto tenga los datos te aviso, supongo que volveré el domingo o el lunes por la mañana.

—Haz lo que tengas que hacer, Cande. Por mí no sufras; echaré de menos tus miradas de reprobación y tus comentarios sarcásticos, pero sobreviviré.

De regreso a mi dormitorio llamo a Salvador, sé que tengo pocas posibilidades de hablar con él. Ayer me dijo que hoy por la tarde tal vez tenía que viajar a Londres y que iba a estar en el avión o de reunión en reunión. No me dio demasiados detalles excepto que había aprovechado que este fin de semana yo iba a estar ocupada para programarlas todas.

No me contesta. Le dejo un mensaje explicándole por encima qué ha pasado y pidiéndole que me llame en cuanto pueda.

El aeropuerto más cerca de Segovia es el de Madrid, pero encontrar un vuelo Mallorca-Madrid para el veintitrés de julio no es tarea fácil. Tengo que llegar a Madrid con tiempo suficiente para después coger un tren o un coche e ir a Segovia.

Encuentro un billete, aunque tengo que pagar un ojo de la cara e hipotecar un riñón, y después empiezo a mirar horarios de trenes y qué me costaría alquilar un coche. Estoy perdida y agobiada navegando por Internet cuando se me ocurre una idea y la ejecuto sin pensar.

Llamo a Javier, el chico de mayo.

—¡Hola, Cande! —Él me contesta al instante y suena contento de hablar conmigo—. ¿Sigues en Mallorca? ¿Cómo va todo?

—Llamo para pedirte un favor. Puedes decirme que no y mandarme a paseo sin pensarlo.

—¿Qué favor? ¿Te ha pasado algo?

—¿Te acuerdas de Alberto, el chico de junio?

—Por supuesto que me acuerdo de él, ¿le ha pasado algo?

—A él no, no directamente. Ha muerto Enrique, uno de los pacientes del geriátrico.

—Sé quién es Enrique; él presentó a Alberto como candidato a *Los chicos del calendario*, ¿no?

Le cuento la historia por encima y termino dándole los detalles del vuelo que he encontrado para mañana.

—Esteban y yo iremos a buscarte al aeropuerto y te acompañaremos al funeral. Cuenta con nosotros. Y antes de que digas la tontería de que no quieres molestar ni abusar de nosotros te diré que, si me hubiese enterado de la muerte de Enrique de alguna otra manera, también habría ido a ver a Alberto.

—Gracias.

—Y ahora duerme un poco y haz el equipaje. Tienes que levantarte dentro de seis horas.

Miro la hora, es la una de la madrugada.

—¡Oh, Dios mío! Siento haberte llamado tan tarde.

Javier se ríe.

—No pasa nada, solo te estaba tomando el pelo. Como puedes oír, estoy completamente despierto. Nos vemos dentro de un rato, Cande.

Antes de dormirme cuelgo una foto que le saqué a John hace unos días en la que está mirando el mar, se le ve de espaldas y tiene los hombros algo caídos.

«Gracias #ChicoDeJulio por entender el dolor ajeno. Mañana no estaré en Mallorca, iré a Segovia a despedirme de un hombre estupendo y al que quiero decirle por última vez que me siento muy afortunada de haberle conocido #AdiósEnrique #TeEcharemosDeMenosScrooge».

Es la noticia más triste que he compartido nunca.

Por la mañana vuelvo a llamar a Salvador y vuelve a saltarme el contestador. Él no me ha devuelto la llamada de anoche y mentiría si dijese que no estoy molesta y preocupada. Él me explicó que iba a estar muy ocupado, pero no consigo entender que no haya encontrado ni diez segundos para llamarme o mandarme un mensaje. En el vuelo hacia Madrid me quedo dormida; las pocas horas que he descansado esta noche me pasan factura, y cuando llegamos vuelvo a comprobar si tengo un mensaje suyo.

Nada.

Le llamo.

El maldito contestador otra vez.

Tal vez Salvador escuchó mi mensaje y está volando de regreso a España y por eso no logro ponerme en contacto con él. Como una boba escudriño Barajas en busca de su pelo negro, pero no lo veo por ninguna parte.

Sacudo la cabeza, no sirve de nada que pierda el tiempo en esto. Él tiene mi mensaje, mis tres mensajes, seguro que me llamará en cuanto pueda o quizás está de camino hacia aquí. Yo ahora tengo que salir de la zona de recogida de equipaje e ir en busca de Javier y Esteban.

No me cuesta encontrarlos, están justo frente a la puerta de llegadas y los dos me saludan con un abrazo. Si todo va bien, llegaremos a Segovia media hora antes de que empiece el funeral, así que no tenemos tiempo que perder. Durante el trayecto les pregunto por sus trabajos y por Parche y Tintín, y también por Rocky. El dóberman ha sobrevivido finalmente a las heridas de su última pelea. Ellos me preguntan por Mallorca y por el chico de julio, y cuando les contesto me doy cuenta de que ya no hablo de John como hacía antes. Dudo mucho que él y yo lleguemos a ser grandes amigos, pero tal vez me equivoque.

Reconozco las calles de Segovia, Javier está al volante y va siguiendo las instrucciones del GPS hasta llegar al geriátrico. Cuando gira por la última calle, creo estar viendo alucinaciones.

Víctor.

¿Víctor?

—¿Ese de allí no es Víctor? —pregunta Javier obligándome a asumir que no me lo estoy imaginando.

—Sí, sí que lo es.

—¿Por qué no paras aquí un momento para que baje Cande y yo te acompaño a aparcar? —sugiere Esteban.

—Claro, buena idea.

Antes de que yo pueda opinar que no, que no me parece buena idea para nada, el coche se ha parado delante de Víctor y él está abriendo la puerta de la parte trasera del vehículo para ayudarme a bajar.

—Hola, Cande.

—Hola. —Espero a que cierre la puerta y a que el coche de Javier se aleje—. ¿Qué estás haciendo aquí?

Víctor se pone las manos en los bolsillos.

—He venido para estar contigo. Leí lo que escribiste en la foto de ayer. Lamento lo de Enrique.

—Gracias.

Alberto sale justo entonces por la puerta del geriátrico y se acerca a nosotros ajeno a lo que estamos hablando.

—Gracias por venir, Cande. —Me abraza y yo le devuelvo el abrazo.

—Lo siento tanto, Alberto.

—Lo sé.

Nos quedamos así unos segundos y cuando Alberto me suelta se fija en Víctor y me mira intrigada.

—Él es Víctor, fue el chico de marzo, ha querido acompañarme.

Víctor le tiende una mano a Alberto.

—Lamento mucho tu pérdida, Alberto. No quería entrometerme, solo quería hacerle compañía a Cande en estos momentos. Si te molesta que esté aquí, esperaré fuera.

Alberto le estrecha la mano con fuerza.

—Gracias por venir, Víctor. No, no te preocupes, por favor. Enrique siempre decía que le faltaban amigos y, si eres buen amigo de Cande, seguro que le habría encantado conocerte.

—Gracias.

Un coche se detiene frente al geriátrico y de su interior descienden Paula y Claudia. Me imagino que el marido de Paula irá a buscar aparcamiento igual que están haciendo Javier y Esteban. Alberto corre a abrazar a su hija, que se pone a llorar en sus brazos. Yo me emociono al verlos juntos; a pesar de la tristeza del momento es palpable que la relación entre padre e hija es ahora muy sincera.

Alberto se aparta de su hija dándole un beso en la frente y después saluda a su exesposa con uno en cada mejilla. Claudia me sonríe entre las lágrimas y corre a abrazarme. Mientras estamos así aparecen Javier y Esteban, y también el marido de Paula.

—Será mejor que entremos —dice Alberto con voz ronca—. El funeral está a punto de empezar.

Claudia se va con su padre y yo entro con Víctor detrás de Javier y Esteban.

—Hablaremos después —le digo en voz baja—; ahora lo más importante es Enrique y Alberto.

—Por supuesto. —Levanta una mano y me acaricia la mejilla. Es una caricia tierna, muy propia de alguien con un corazón como el del leñador.

La ceremonia es muy emotiva; cuando Alberto habla sobre Enrique consigue que todos nos riamos un poco y al final las lágrimas se mezclan con las sonrisas. Hay un momento en que Víctor me rodea el hombro con un brazo, es reconfortante. A pesar del motivo que le ha traído hasta aquí me alegro de verle. Le he echado mucho de menos.

El funeral termina y Alberto se despide diciendo que va a acompañar a Enrique en su último viaje. Yo me quedo allí, tengo ganas de saludar a Héctor, a las Chicas de Oro, a las enfermeras y a los enfermeros que conocí durante el mes pasado. En cierta manera nuestras conversaciones hacen que Enrique siga presente y le despidamos de nuevo.

Víctor ha salido fuera. Sé que después tendré que hablar con él, pero ahora mismo prefiero y necesito estar aquí.

Es bonito que haya venido para estar a mi lado, es la clase de gesto típico de Víctor, generoso, desinteresado.

Javier se acerca a mí y me habla junto al oído.

—Ve a hablar con Víctor. Está fuera hecho un desastre. Nosotros nos quedamos aquí y esperamos a que Alberto regrese. No te preocupes, te llamo en cuanto llegue.

—Gracias.

Me despido brevemente de Héctor, le digo que volveré después, y también de dos señoras encantadoras con las que estaba hablando. Las dos tienen la teoría de que, a su manera, Enrique les tiraba los tejos.

Encuentro a Víctor en la calle, está sentado en un banco que hay frente al geriátrico.

—Hola, Víctor.

Él levanta la cabeza y al verme se pone en pie.

—Hola.

—Gracias por venir.

—De nada. —Mira hacia ambos lados de la calle—. ¿Podemos hablar?

—Sí, será mejor que hablemos. ¿Te importa pasear?

Empiezo a caminar y él se pone a mi lado. No decimos nada durante un rato, cruzamos la calle y camino en dirección al río.

—Lamento mucho nuestra última discusión, Cande.

—Yo también lo siento.

Andamos un poco más hasta que él, sin previo aviso, se detiene y se planta frente a mí.

—Me han llamado de Estados Unidos, me han mejorado la oferta de trabajo.

—Felicidades.

—Gracias. La verdad es que lo que me han ofrecido supera todas mis expectativas.

Me quedo mirándolo.

—Pues no pareces muy contento.

—Lo estoy, pero también estoy preocupado.

—¿Le ha sucedido algo a Valeria?

—No, tanto ella como Tori como Carlos están muy bien. Te mandan recuerdos.

Sonrío. No sé cómo interpretar la actitud de Víctor, me recuerda a la de alguien enfrentándose a un pelotón de fusilamiento.

—¿Qué es lo que te preocupa?

—He estado pensando en el gato.

—¿Qué gato? ¿Mi gato de la suerte?
—No, el gato de Schrödinger. No puedo seguir dudando sobre si está vivo o está muerto.
—No sé de qué me estás hablando, Víctor.
—Cuando volví de Nueva York creía que estaba enamorado de ti. —Sus palabras me aceleran el corazón y no puedo dejar de mirarle; Víctor jamás me había dicho eso de esta manera—. Me puse celoso cuando me dijiste que habías visto a Barver y que no me lo contases en su momento sacó a relucir las dudas y los miedos que he tenido desde el principio, desde la primera vez que estuvimos juntos en abril. Siempre he sabido que Barver te rompió el corazón, Cande, sospecho que incluso lo supe antes que tú.
—Víctor, yo...
—Déjame terminar, por favor. Te pedí tiempo para pensar y lo he tenido y me he dado cuenta de que estaba pensando en esto, en nosotros, igual que si fuésemos el contenido de una de las probetas de mi laboratorio—. Él ve que sacudo confusa la cabeza y sigue hablando—. Es mi manera de afrontar las cosas. Mi padre y yo siempre discutíamos por este motivo y tengo que decir que él tenía razón; hay cosas que no se solucionan con fórmulas científicas. Desde que volví de Estados Unidos he estado buscando una prueba fiable de que lo que siento por ti es amor y no solo una gran atracción sexual. Lo cual es una estupidez porque antes de conocerte había practicado el sexo en abundancia y jamás me había pasado nada parecido. Lo cierto es que buscaba una prueba, porque así yo no tenía que arriesgarme ni asumir que tú podías rechazarme, o que podías aceptarme, decir que sentías lo mismo que yo y dejarme dentro de unos meses. ¿Sabes qué es el gato de Schrödinger?

Trago saliva.

—No tengo ni idea, Víctor, hasta hace unos minutos jamás había oído a hablar de él.
—No puedo seguir así, Cande, la incertidumbre es para cobardes y yo no lo soy. Y creo que tú tampoco. Tú y yo podemos ser muy felices juntos. Lo que sucede en la cama entre tú y yo, joder, no es

de este mundo y en el poco tiempo que hemos estado juntos he estado a punto de enamorarme de ti cada día. Me he cansado de intentar evitarlo.

—¿Qué me estás diciendo, Víctor?

—Te quiero, Cande.

—¡Oh, Dios mío!

No puedo respirar.

—Te quiero y quiero que vengas conmigo a Estados Unidos. El trabajo no empieza hasta enero, así que tú ya habrás terminado con *Los chicos del calendario*, pero antes tengo que ir a buscar casa y me encantaría tomarme unas vacaciones con Valeria y mi hermana.

—Para, Víctor...

—Sé que es un poco precipitado, pero no puedo seguir así, a medias, tiene que ser todo o nada. Y yo quiero que sea todo contigo.

—Estoy con Salvador.

La frase sale de mis labios y empuja a Víctor hacia atrás. Da un paso, dos. Cruza los brazos sobre el pecho y me mira. Los ojos, que hace un segundo brillaban cálidos, han quedado helados.

—¿Y dónde está él ahora, Cande? ¿Dónde? Joder. —Se pasa las manos por el pelo—. ¿Cuándo aprenderás que él no te quiere, eh?

—Tú tampoco me lo habías dicho hasta ahora.

—Te dije que tenía que pensar, que necesitaba tiempo. No creía que fueras a meterte en la cama de Barver tan rápido.

—¿Es lo único que vas a decirme ahora? ¿Lo único que te molesta es que me haya acostado con él?

Se aprieta la nariz.

—Joder, pues claro que me molesta. ¿A ti te haría ilusión saber que me he acostado con otra?

Él nota que me hace daño oírle decir eso. Sé que es injusto, que si él encontrase a alguien tendría que alegrarme, y más cuando yo estoy con Salvador.

—Joder, Cande, ¿qué quieres que te diga? ¿Me has dicho que estás con él porque quieres que me vaya sin más? Joder, acabo de decirte que te quiero y tú... —Cierra los ojos y respira antes de volver a hablar—. Te quiero y creo que tú también me quieres a mí. Y sé que Barver no te lo ha dicho nunca porque, de lo contrario, ya te habrías ido de aquí y me habrías dejado con la palabra en la boca.

—Víctor, yo... Salvador. —Tengo que coger aire para ver si así consigo dar cierta coherencia a lo que voy a decirle—. Tú dices que no puedes vivir con la incertidumbre y tienes razón, yo tampoco puedo. Necesito saber qué siento de verdad por Salvador, lo necesito para poder seguir adelante. Quizá no sea con él —reconozco con cierta tristeza—, pero tengo que estar segura. Tú eres increíble y sé que si Salvador no existiera, si no creyera en esa estúpida teoría de las langostas, ahora mismo estaría en tus brazos, pero no puedo hacerte esto.

—Tú hablas de las langostas de *Friends* y yo del gato de Schrödinger, ¿cómo es posible que no veas que estamos hechos el uno para el otro?

—Necesito estar segura, Víctor. Necesito estar segura antes de seguir adelante.

Él se queda pensando y no sé qué decide, pero da un paso hacia delante. Otro.

Me acaricia el rostro con ambas manos.

—Podemos seguir adelante juntos, nena.

—¿Cómo puedes decir eso, leñador?

—Porque te quiero.

Agacha la cabeza y me besa sin abrir los labios, es muy dulce y está cargado de rabia y de amor.

—Víctor...

—No decidas ahora. Piénsatelo. —Me suelta y se aparta—. Yo me voy. Te he dicho lo que quería decirte, no me he quedado encerrado en mi laboratorio, y confío en ti. Confío en lo que sé que sientes cuando estamos juntos. Mi vuelo sale de Madrid dentro de tres horas, así que será mejor que me suba ya a un taxi. Tengo previsto irme a Estados Unidos el treinta de julio, me harías muy feliz si vinieras conmigo. Será increíble, Cande, ya lo verás.

—Leñador, yo...

Me da un último beso, este más intenso que el anterior y se sube en un taxi que aparece a nuestro lado antes de que yo consiga reaccionar.

Me quedo allí, no sé cuánto rato estoy sin moverme, cuando lo hago es para buscar el móvil y llamar a Salvador.

Contesta.

—Salvador —suspiro aliviada—, ¿dónde estás? Creía que te había sucedido algo.

—Estoy en Londres —suena muy serio—; lamento mucho la muerte de Enrique y no haber podido estar en su funeral. ¿Estás bien?

—Sí, supongo. Me tenías muy preocupada. ¿Dónde estabas? ¿Por qué no me has llamado antes?

—Lo siento, no pretendía asustarte. No creía que fuera a estar tanto tiempo sin cobertura.

Un mal presentimiento me recorre la espalda y las palabras de Víctor se ríen crueles en mi mente: «¿Y dónde está él ahora, Cande? ¿Dónde?».

—¿Dónde estabas, Salvador, por qué no tenías cobertura?

—Siento mucho no haber estado en el funeral, Candela. Te prometo que te compensaré.

—No tienes que compensarme nada —la palabra se me atraganta—. Dime dónde estabas.

—Prefiero tener esta conversación cuando volvamos a vernos.

—¿Y cuándo será eso? ¿Cuando vuelvas de ese sitio que no quieres contarme? Vete a la mierda, Salvador.

Los nervios, la conversación con Víctor, que Salvador no se haya dignado a cogerme el teléfono hasta ahora, todo se agolpa en mi mente y tengo ganas de llorar y de gritarle. Y durante un segundo me planteo colgarle y correr detrás del taxi que acaba de irse. Pero no puedo hacerlo, le he dicho la verdad a Víctor, esta vez necesito llegar hasta el final.

—Ya te he dicho que estoy en Londres —contesta Salvador.

—¿Dónde de Londres? ¿En un búnker secuestrado por alienígenas que te han dejado sin móvil hasta que te han soltado?

—No tiene gracia, Candela. Ya te he dicho que lo siento. Lo siento muchísimo, créeme que si hubiese podido estar aquí hoy, lo estaría.
—Víctor ha estado.
—¿Ah, sí? ¿De verdad o estás vengándote?
—De verdad. Yo no juego contigo.
—Yo tampoco estoy jugando contigo.
—Pues dime dónde estabas. —Él se queda en silencio y yo ya no puedo parar—. Víctor me ha pedido que me vaya con él a Estados Unidos el año que viene.
—¿Y quieres irte con él? ¿De verdad basta con que discutamos una vez para que me amenaces con eso?
—No, no basta con eso, Salvador —reconozco—, pero necesito saber qué te pasa y dónde has estado. No es una cuestión de curiosidad o que crea que has estado haciendo algo malo. No es eso. —Me esfuerzo por ver más allá del enfado y serle completamente sincera—. Necesito saber que puedo preguntarte lo que quiera siempre que quiera y que tú vas a responderme. Lo necesito. No puedo volver atrás, a lo que sucedió en abril o en enero. No puedo.
—Puedes preguntarme lo que quieras, Candela. —A él le cambia la voz; si no fuera porque me parece imposible, diría que está llorando.
—¿Y tú vas a contestarme?
—Lo haré —suelta el aliento—... cuando pueda.
Le cuelgo.

31
SALVADOR

Hace exactamente seis meses que quiero a Candela.

Hace seis meses que le entregué mi corazón y ella puede hacer con él lo que quiera.

No se lo he dicho, no sé si podré decírselo nunca.

—¿Qué estás pensando, Salva?

Giro la cabeza y me encuentro con mi hermano Pablo. En realidad no nos une ningún lazo de sangre; mi madre se casó con su padre cuando yo era un adolescente y él, un niño de parvulario. Hemos sido hermanos desde entonces y no me imagino la vida sin él.

La *vida*, tiene gracia que precisamente yo utilice esta palabra.

—Estaba pensando en Candela.

Con él no tengo que fingir.

—¿Cuándo piensas contarle la verdad? ¿Vas a esperar a perderla para siempre? Porque deja que te diga que has tenido mucha suerte, cualquier chica te habría mandado a la mierda hace meses.

—Lo sé. Sé que tengo mucha suerte de haberla encontrado.

—Joder, no te pongas romántico conmigo, Salva, o tendré que pegarte o darte una paliza en *Assassins Creed*.

—Y hoy tal vez te deje.

—Si te estás planteando dejarme ganar es que estás preocupado de verdad. Decide, cuéntamelo o saco la consola, pero no voy a dejarte solo. La última vez que lo hice saliste a escalar una montaña, aún me acuerdo del miedo que le hiciste pasar a mamá.

—Saca la consola.

Jugamos dos partidas a este juego que a Pablo tanto le gusta y me gana las dos veces. No le dejo ganar, lo cierto es que mi cabeza está en otro lado. Mi hermano se da cuenta y lanza el mando al sofá para quitarme el mío de las manos y apagar el televisor.

—Dime de una vez qué te pasa. Hace un rato te he oído hablar con Candela.

—Sí, está en Segovia.

—Lo sé, lo he visto. Colgó una foto diciendo que iba allí porque había fallecido alguien. —Pablo se sienta, yo me quedo en pie y paseo de un lado al otro de la habitación. Estoy harto de estar tumbado o sentado.

—Tendría que haber estado allí.

—Sabes que era imposible. —Pablo se echa hacia delante y entrelaza los dedos. Aunque es más joven que yo, tengo la impresión de que va a sermonearme—. Lo que tendrías que hacer es decirle la verdad de una vez.

—No puedo.

—Di mejor que no quieres.

—Está bien. No quiero.

—Ahora intenta hacerme entender por qué.

—Joder, Pablo, tú estabas allí.

—La leucemia no te mató entonces y no te matará ahora, Salva.

Me derrumbo, me fallan las piernas, me siento al lado de mi hermano y dejo que él me pase un brazo por los hombros. Estoy cansado de ser fuerte, de estar solo, de pensar que voy a salir de esta igual que lo conseguí hace años.

—Tengo miedo, Pablo.

—Pues motivo de más para contárselo a Candela y dejar que ella esté a tu lado.

Suelto el aliento, noto una presión en el pecho y tengo náuseas. Parte es culpa de la quimioterapia de ayer, del tratamiento que me están haciendo, y otra parte se debe a lo mucho que de verdad necesito a Candela. Pero no puedo hacerle esto. Ahora no. Este es su año y no puede pasarse los meses que quedan de *Los chicos del calendario* cuidando a un enfermo.

No lo permitiré.

—Tú te acuerdas de lo que fue entonces —le digo a Pablo, la garganta también me duele—. Mamá estaba hecha una mierda y tú... tú tuviste que ir al psicólogo de las pesadillas que tenías.

—Yo era un niño y tú, tú eras mi hermano mayor y se suponía que eras indestructible. Y sí, mamá lo pasó muy mal, pero lo superó porque estaba a tu lado y podía estar contigo, y porque nos tenía a mí y a papá. Candela no estará sola, yo estaré con ella y le explicaré que no pasa nada, que puedes con esto y más. Dale una oportunidad. Dátela a ti, Salva, tengo miedo de lo que pueda pasarte si no lo haces.

Me froto los ojos, joder con Pablo.

—Siempre he pensado que me tocó la lotería el día que mamá se casó con tu padre. Te quiero, Pablo.

—No digas estas cosas, vas a ponerte bien y vas a tener a tu chica a tu lado. Llámala y explícaselo todo.

—Me ha dicho que Víctor le ha pedido que se vaya a vivir con él a Estados Unidos.

—¿Y qué? Pasara lo que pasase entre ella y ese chico no es lo mismo que contigo, eso es más que evidente.

—A mí me ha visto cada mes y, por mucho que ahora mismo odie a Víctor Pastor, tengo que reconocer que es un buen tío.

—Joder, Salva, no te pongas en plan mártir. Eso sí que no voy a permitírtelo y, si Candela llega a enterarse de que has decidido por ella como si fueras un señor feudal, no te lo perdonará jamás.

Sé que Pablo tiene razón, siempre he sabido que estoy haciendo mal y que en el fondo mi comportamiento es más el de un zumbado que el de un hombre enamorado, aunque tal vez las dos cosas sean lo mismo en mi caso. También sé que no quiero que Candela esté conmigo por pena.

Esa posibilidad me despierta por las noches y me impide darle una verdadera oportunidad a lo nuestro. La gente cambia cuando sabe que estás enfermo, cuando cree que la muerte puede venir a buscarte antes que a ellos.

—Si este tratamiento funciona, se lo diré. —Es una excusa y Pablo lo sabe.

—Díselo ahora. Confía en ella y en ti, joder, Salvador.

Me pongo en pie y vuelvo a pasear, estar en movimiento me alivia más que estar sentado.

—¡Tengo miedo de que se quede conmigo por pena! ¿Está claro?

Pablo se pone en pie y camina hasta donde yo estoy.

—Clarísimo.

—¿Sabes por qué empecé a escalar después de superar la leucemia? Porque creía que si el jodido cáncer no me había matado nada lo haría, creía que podía desafiar las leyes de la gravedad y de la naturaleza. Y una parte de mí pensaba que si me moría en medio de una montaña tal vez así me evitaría que esta mierda de enfermedad volviese a joderme la vida.

—Pero ha vuelto.

—Sí, ha vuelto.

—Y no va a poder contigo, Salvador. Tienes que creer en lo que te han dicho los médicos y en lo que seguro que sabes dentro de ti.

—¿Y si se equivocan? —Ya está, ya lo he dicho, al menos el único que sabe hasta qué punto estoy muerto de miedo de verdad es mi hermano.

—No se equivocan. —Pablo me sujeta por los hombros—. Pero si se equivocan, y que conste que solo lo digo para seguir con tu estúpido razonamiento, y al final te mueres, ¿de verdad quieres pasarte tus últimos meses sin Candela?

—No, por supuesto que no.

—Entonces, piensa bien en lo que estás haciendo, Salva.

Pablo me deja a solas. Estamos en Londres, él me ha acompañado y mi madre llegará mañana. Son los únicos que están al corriente de lo que me pasa, ellos y Luis, el marido de mi madre. Ella es peor que Pablo en esto de Candela, insiste en que tengo que llamarla y permitirle decidir si quiere o no estar a mi lado.

Sé que ella diría que sí, ese es uno de los motivos por los que no se lo he dicho, la bondad de Candela brilla con luz propia. No es una cursilería, es la verdad.

Recuerdo la primera vez que la vi, fue meses antes de que grabase ese vídeo diciendo que los hombres somos el problema de este país. Yo estaba en un café que hay cerca de Olimpo, acababa de colgar a alguien y estaba esperando para pagar. Ella entró con Abril, estaba riéndose y la oí hablar de sus sobrinas. Su risa me hizo cosquillas y pensé que ella tenía la sonrisa y los ojos más bonitos del mundo. No fue amor a primera vista, pero meses más tarde la vi en una reunión de Olimpo. Yo tenía que dar una conferencia y ella estaba sentada al fondo. Vi que Marisa, la directora de *Gea* la miraba mal y le decía algo. Candela tuvo que levantarse y salir. Cuando acabó esa conferencia, yo tenía que explicar a los empleados los objetivos para el próximo año y fui a la planta donde están las oficinas de *Gea*. Salí del ascensor y la vi sentada en su cubículo, tecleando con la cabeza agachada mientras cantaba canciones de Rocío Jurado. Aquel día de enero en el barco ella pensó que yo tenía *Como una ola* desde siempre, cuando en realidad la grabé entonces.

Esta semana me hacen unas pruebas, esta ha sido mi primera sesión de quimioterapia después de la radio. Los resultados son optimistas y Pablo tiene razón, si se equivocan y no lo son tanto, ¿de verdad quiero estar sin Candela?

No, no quiero.

La quiero, llevo meses queriéndola y no tengo intención de dejar de hacerlo.

Mejor dejo de pensar en este tema porque lo único que puedo hacer ahora es esperar.

Oigo ruido en la cocina; mi madre insistió en que la mejor opción era alquilar una casa cerca de la clínica donde me están haciendo las pruebas. Dentro de unos minutos aparecerá Pablo otra vez para preguntarme si tengo hambre.

No tengo; tengo ganas de vomitar.

Pero haré un esfuerzo.

Me he planteado cientos de veces, cada vez que respiro y echo de menos a Candela, si cometí un error el mes de enero. Si no hubiese estado nunca con ella tal vez esto sería más soportable. Fui un estúpido, al parecer es mi comportamiento estrella, ser un estúpido.

Cuando Candela puso como condición para seguir adelante con *Los chicos del calendario* que yo fuese el chico de enero, durante unos instantes pensé que tal vez ella también me había visto en esa cafetería tiempo atrás o que se había fijado en mí de alguna manera. En su vídeo, el de diciembre de 2015, ella dice que los hombres no somos románticos, ni detallistas, ni generosos y no cuestiono que tenga razón. Esa definición encaja conmigo y probablemente con todos los hombres del mundo, pero hay algo que Candela no tuvo en cuenta y es la excepción a la regla.

Creo que lo leí hace años en un libro sobre navegación: lo importante no son las reglas, sino saber cuándo estás ante una excepción. En el mar reconocer la excepción puede significar la diferencia entre seguir a flote o hundirte y yo me he hundido con Candela.

Ella es mi excepción.

Y tengo miedo de no ser la suya, de ser un chico más con el que ha estado y que la ha defraudado. Y sé que todo esto es absurdo, que está en mi cabeza; sé que soy yo el que se ha comportado como un loco y que ha sido hermético, cerrado, obtuso y cruel. Creía que solo necesitaba más tiempo; tiempo para curarme o tiempo para descubrir si de verdad ella es... ella.

Mi ella.

No me he curado, pero lo haré. Sé que lo haré. Lo que tengo que decidir es si quiero perder o no a Candela. Si le digo que estoy enfermo y se queda conmigo por lástima... Creo que preferiría no tenerla nunca de verdad a tenerla de esa manera.

Conozco a Víctor Pastor y, joder, me encantaría poder decir que es un imbécil, un cretino, un ser despreciable. Y me siento como un hijoputa porque con lo que quiero a Candela tendría que desear que ella estuviese con alguien tan maravilloso como él. Pero estoy celoso; desde que sé que ha hablado con ella estoy convencido de que las náuseas se deben a los celos y no a la quimio.

Candela podría enamorarse de él. Él jamás le ha hecho el daño que yo si le he hecho y, si se va con él a Estados Unidos, no tendrá que ver lo que me sucederá a mí en los próximos meses. La quiero demasiado como para hacerla pasar por eso.

Pero Pablo tiene razón, no puedo seguir ocultándole la verdad. Candela tiene derecho a saber por qué me he comportado así y qué significa el tatuaje que llevo en la espalda.

Y si después se va, tendré que buscar la manera de seguir luchando sin ella.

32

Es mi última semana en Mallorca, la última de julio.

No he hablado con Salvador desde nuestra discusión, o conversación, o lo que fuera que tuvimos. Con Víctor sí que he hablado, él me llamó ayer y me preguntó cómo estaba y si había tomado una decisión.

Le dije que sí.

He tomado la decisión de estar sola, de ser yo, Candela, y de seguir con *Los chicos del calendario*.

Ni Salvador ni Víctor ni nadie. Candela y solo Candela.

Víctor me ha dicho que lo entiende, de momento, que está dispuesto a darme todo el tiempo que necesite y me ha preguntado si puede llamarme. Le he dicho que sí. No sé qué pasará con nosotros o si llegará a pasar algo, pero estoy segura de que no quiero que desaparezca de mi vida y Salvador tampoco, claro que de él no sé nada. Nada de nada.

Durante esta semana, aparte de seguir a John y de conocer partes de Mallorca que aún no conocía, también he estado intercambiando correos con Vanesa sobre el chico de agosto. Ya le hemos elegido y él ya ha dicho que sí, así que en ese sentido no va a haber ningún problema ni ninguna sorpresa. El señor Barver padre no volverá a elegir por nosotros. Estoy acabando el primer borrador del libro; al parecer discutir con dos chicos en cuestión de días va genial para la inspiración y para dejar de dormir, así que he avanzado muchísimo. Ahora llega lo más difícil, supongo, ponerme a escribir la versión definitiva y esforzarme por no insultar a Salvador en cada párrafo. De todos modos, él tendrá que leerse el manuscrito cuando esté terminado y me imagino que, si algo no le gusta, tendremos que hablarlo. Si es que se digna a volver de dondequiera que esté.

Me niego a volver a pensar en eso, por mí como si está en Bora-Bora aprendiendo a bailar la danza del vientre y pasa cada noche con una chica distinta, que le aproveche. Ojalá algún día alguien le rompa el corazón como él a mí. No me imagino nada peor, pero como es culpa mía porque fui yo la que decidió darle otra oportunidad, no me queda más remedio que apechugar, como diría mi madre, y seguir adelante.

Estamos a viernes, ya me he despedido de John, al final ha resultado ser menos malo de lo que creía. Él se ha reído cuando se lo he dicho y me ha prometido que cuando sea famosa de verdad proclamará a los cuatro vientos que tuvimos un *affaire* de lo más apasionado.

Me he reído porque sé que es mentira; a su manera John tiene un extraño código del honor y de la amistad.

«#AdiósMallorca #MásQueUnaIsla ☀ #GraciasChicoDeJulio 🏄 #MasQueUnaCaraBonita #LosChicosDelCalendario 📅 🏃 ».

Estamos a veintinueve de julio y pasaré el fin de semana en Barcelona para el lunes irme a la nueva ciudad. Hoy por la tarde grabaré el vídeo del mes con Abril; estoy impaciente por verla y hacerle bromas de embarazada.

Estoy en el aeropuerto cuando me parece oír a alguien gritando mi nombre. Me giro porque no hay tantas Candes en el mundo, la verdad, y la voz, a pesar del ruido de los altavoces y de la gente que hay a mi alrededor, me parece demasiado familiar. No veo a nadie. Serán imaginaciones mías.

—¡Cande! ¡Cande! Espera.

No, no son imaginaciones mías y esa voz pertenece a Víctor, que aparece de repente abriéndose paso entre un grupo de turistas alemanes.

—¿Víctor?

El día que hablamos por teléfono me dijo que tenía billete para San Francisco para el sábado treinta de julio. Mañana. ¿Qué está haciendo aquí?

—Dios, creía que no llegaría a tiempo. —Se detiene frente a mí, está sudado de tanto correr y parece cansado—. He ido al hotel, creía que te quedabas hasta más tarde, que cogías el último vuelo a Barcelona.

Le miro confusa, aun así le contesto.

—Tengo que grabar el vídeo y terminar el artículo. He preferido irme temprano.

—Claro, lo entiendo.

Todo esto es muy raro.

—¿Qué haces aquí, Víctor?

Le miro y veo que no lleva maleta ni nada, parece como si se hubiese subido a un avión de repente o que hubiese venido nadando hasta Mallorca.

—He estado pensando en el gato.

—Otra vez el gato, no. Al final tuve que buscar información sobre él y sigo sin entender qué tiene que ver Schrödinger con nosotros.

Víctor me sonríe.

—Tiene mucho que ver con *nosotros*. He estado pensando que podemos volver a meterlo en la caja y decidir si la abrimos juntos. Una relación es cosa de dos y yo te quiero. Y tú tal vez aún estás hecha un lío y entiendo que quieras estar sola un tiempo, pero sé que sientes algo por mí. Algo que nunca has sentido por nadie. No pienses en Barver, ni en Rubén, ni en nadie más excepto tú y yo. En cierto modo todas las relaciones son distintas, igual que los gatos. No hay dos gatos iguales.

—Deja de hablar del gato.

—Lo que quiero decir es que no tenemos que resolverlo todo ahora. Estos meses han sucedido muchas cosas, cierto, y seguro que van a sucedernos muchas más en el futuro. No podemos aparcar la vida a un lado y analizar esto, lo que está pasando, hasta el aburrimiento. Deja que esas cosas nos sucedan juntos. El gato puede estar vivo, nena.

—Deja en paz al gato, Víctor.

—Tómate unas vacaciones, seguro que *Los chicos del calendario* pueden cerrar unos días en agosto, empezar un poco más tarde. Ven conmigo a San Francisco —levanta las manos— sin presiones. Solo como amiga, si es eso lo que quieres.

—¿Solo como amiga?

—Vale, confieso que intentaré acostarme contigo, pero no me culpes. Te echo mucho de menos, nena.

—No creo que pueda tomarme unas vacaciones.

Espera un momento, ¿pero qué estoy haciendo? Hace un momento había decidido seguir sola y disfrutar de la vida.

Víctor se da cuenta de que dudo.

—Podemos ir a Barcelona y quedarnos hoy allí. Tú hablas con quien tengas que hablar y, si al final puedes, mañana nos vamos a San Francisco juntos.

—No te he dicho que sí, ni siquiera te he dicho que exista la más remota posibilidad de que te diga que sí.

—Pero te lo estás pensando.

No sé qué decirle, lo que propone es una locura y la verdad es que siento que ahora debo estar sola. Estos últimos meses me están pasando factura y necesito centrarme, saber que voy por el camino correcto. Después, si eso es lo que quiero, ya decidiré si quiero que alguien me acompañe. Pero debo confesar que cuando he visto a Víctor corriendo por el aeropuerto, me he quedado sin aliento y que aún no respiro con normalidad.

Me suena el móvil y veo el número de Pablo reflejado en la pantalla. Si fuera otra persona no contestaría, pero algo me dice que tengo que contestar. Le pido disculpas a Víctor y me alejo unos pasos, así podré hablar y tendré tiempo para averiguar cómo responder a lo último que me ha preguntado Víctor.

—¡Hola, Pablo!

—Hola, Cande, ¿dónde estás?

—En el aeropuerto de Palma de Mallorca, ¿por qué? ¿Estás por aquí?

—No. Estoy en Londres.

—¿En Londres?

—Tienes que venir, Candela —que me llame por mi nombre me asusta más que la repentina llamada.

—¿De qué estás hablando, Pablo? ¿Qué pasa?

—Tienes que venir. Mi hermano. Salvador. Está en el hospital.

Sé que nunca he tenido tanto miedo como en este instante.

—¿En el hospital? ¿Ha tenido un accidente?

—No, Salvador está enfermo. Tienes que venir cuanto antes.

Lo único que evita que acabe sentada en el suelo es que Víctor me sujeta por la cintura cuando me fallan las piernas.